Infância
Adolescência
Juventude

Liev Tolstói

Infância
Adolescência
Juventude

Tradução e apresentação
Rubens Figueiredo

todavia

Apresentação 7

Infância 13
Adolescência 157
Juventude 273

Apresentação

A primeira parte desta trilogia, *Infância*, de 1852, foi também a primeira obra publicada de Liev Tolstói. Ele tinha 24 anos e estava no Cáucaso desde o ano anterior, como soldado raso voluntário, integrado à campanha do Exército do Império Russo contra os montanheses da região. Circulava entre a Geórgia, o Daguestão e a Chechênia e sua posição nas tropas era ambígua: como nobre, deveria receber um posto de oficial, mas um problema de documentação o manteve numa condição dúbia, até o fim de sua temporada naquela guerra.

Pouco depois de chegar à região, após quarenta dias de viagem por terra e por rio, Tolstói escreveu em seu diário: "Como vim parar aqui? Não sei. E para quê? Também não sei". O que se sabe é que foi até lá acompanhando o irmão Nikolai, oficial do Exército, muito admirado por Liev e alguns anos mais velho. Depois do insucesso em dois cursos universitários, em Kazan — línguas orientais e direito —, Tolstói andava agitado, em busca de um rumo na vida. Aos dezenove anos, coubera a ele, por herança, a propriedade rural de Iásnaia Poliana e as atividades agrícolas lhe interessaram por um tempo. Porém a perspectiva de aventuras e de experiências mais fortes, em companhia do irmão, no exótico e remoto Cáucaso, continha, nessa fase da vida, um atrativo considerável.

Parte desse atrativo residia na possibilidade de observar ambientes, pessoas e situações muito diversos daqueles que compunham seu mundo de jovem da nobreza rural. Pois já havia algum tempo que Tolstói se dedicava a escrever com regularidade, e a sério, e tinha clara noção de sua pouca experiência do mundo. Em primeiro lugar, escrevia seus diários, a que se dedicava desde adolescente, o que continuou a fazer até o fim da vida, aos 82 anos. Além disso, empenhava-se a fundo em experimentos ficcionais. Um deles, por exemplo, concluído nessa época e só publicado muito depois de sua morte, se intitula *História de ontem*, em que tenta relatar rigorosamente tudo o que se passou em seu pensamento, e à sua volta, em um único dia, num texto em que a coesão lógica às vezes cede lugar à força do fluxo dos pensamentos.

A campanha do Cáucaso não era nada fácil e, mais de uma vez, Tolstói pôs a vida em risco. Embora os povos da região não tivessem um exército tão bem organizado como o do Império Russo, possuíam armamentos muito superiores, fornecidos com abundância pela Inglaterra. A intenção era manter as tropas russas ocupadas e longe das áreas onde as forças britânicas ampliavam sua dominação colonial. Em tal contexto, Tolstói tinha, de fato, muito que observar, e o Cáucaso representou, até o fim da vida, uma fonte inesgotável para sua ficção e seu pensamento. Basta dizer que o romance *Os cossacos* (publicado dez anos depois) começou a ser escrito nessa ocasião. O mesmo vale para *Hadji-Murat*, o livro em que Tolstói ainda estava trabalhando décadas mais tarde, quando morreu.

As observações de Tolstói, desde essa época, tinham certo cunho etnográfico. Ele tentava aprender as línguas locais, e se considera, mesmo, que são dele os primeiros registros conhecidos de darguin, uma das principais línguas do Daguestão. Entretanto, com a mesma energia minuciosa com que focalizava o mundo exterior, Tolstói se concentrava obsessivamente nos movimentos do mundo mental. A rigor, a autoanálise era a pedra de toque de suas ideias, o ponto de partida e de chegada de sua incansável atividade intelectual. Em certa página de *Adolescência*, presente neste volume, o leitor vai encontrar esta passagem:

> [...] muitas vezes, ao começar a pensar na coisa mais banal do mundo, eu me via perdido no círculo vicioso da análise de meus pensamentos e já não pensava na questão que me ocupava, mas sim pensava que eu estava pensando. Quando eu me perguntava: No que estou pensando? Eu respondia: Estou pensando no que estou pensando. E agora, no que estou pensando? Penso que estou pensando no que estou pensando, e assim sucessivamente. A razão se perdia no raciocínio...

Desse modo, as situações vividas são também, e sempre, situações de pensamento. A experiência concreta rebate nas emoções, que, por sua vez, são analisadas pelo pensamento, realimentado por memórias e confrontado, de novo, com o mundo exterior, num movimento contínuo e permeado por contradições. Essa dinâmica, sempre contraditória, constitui um dos motores da narrativa de Tolstói, aqui e em toda a sua obra, e foi destacada em primeira mão pelo crítico russo Tchernichévski, no momento em que tinham sido publicadas apenas as duas primeiras partes desta trilogia. Ao analisar essa técnica, e constatar como ela extrai sua força da contradição, Tchernichévski denominou-a de "dialética da alma". A título de exemplo, podemos destacar um pequeno parágrafo no final de *Adolescência*, que diz: "na questão dos sentimentos, a inverossimilhança é o sinal mais fiel de verdade".

Adolescência, também escrito no Cáucaso, foi publicado em 1854, na mesma revista que lançara *Infância*, o famoso periódico *O Contemporâneo*, fundado por Púchkin e dirigido, na época, pelo poeta Nekrássov. A repercussão de *Infância* — e de alguns contos de Tolstói publicados na mesma revista — não poderia ter sido melhor, mas, a despeito dos apelos de Nekrássov, o escritor continuou assinando seus textos apenas com as iniciais. Era uma situação curiosa, a de um autor anônimo e já famoso.

Ocorreu que, nesse ano, Tolstói se transferiu para as tropas que travavam a Guerra da Crimeia. O tsar Nicolau I, intempestivamente, decidira defender territórios situados na atual Bulgária, atacada pelo Império Otomano (Turquia), ao qual se aliaram imediatamente a Inglaterra e a França, num conflito, agora, muito mais abrangente e de cunho interimperialista, que as forças russas, com armamentos e equipamentos inferiores, não poderiam vencer. Dessa vez, Tolstói havia regularizado sua condição de militar, era oficial do Exército e comandava baterias de canhões. Em vez das perseguições, fugas e escaramuças a cavalo pelas montanhas, como no Cáucaso, os combates na Guerra da Crimeia eram lutas de sítios, trincheiras e canhoneios, com muito maior destruição e mortandade, e, por várias vezes, Tolstói escapou por pouco.

Ali mesmo, ele encontrou tempo para trabalhar em *Juventude*, a terceira parte desta trilogia, publicada apenas em 1857, e que Tolstói só terminou de escrever em sua propriedade rural, Iásnaia Poliana, depois de ter deixado o Exército. Agora, já assinava as obras com seu nome completo e, em São Petersburgo, pôde conhecer pessoalmente os intelectuais da época. Sua ideia original era compor um romance em quatro partes, porém a última nunca foi escrita e o livro sempre foi publicado como uma trilogia, sem prejuízo sensível de seu sentido ou coerência.

Isso deriva, em grande parte, da técnica de capítulos curtos e dotados de boa dose de autonomia, que Tolstói empregou de modo consciente: "A maneira de escrever em capítulos curtos, que adotei desde o início, é a mais conveniente. Cada capítulo deve expressar só um pensamento ou só um sentimento".

A respeito, vale lembrar que, entre os exercícios literários que Tolstói se impunha, no Cáucaso e na Guerra da Crimeia, figurava traduzir obras do escritor inglês Laurence Sterne, um autor do século XVIII, cuja técnica poderia muito bem inspirar ideias desse tipo.

O personagem principal e narrador da trilogia é baseado, em parte, num dos vizinhos da propriedade rural da família de Tolstói e, em parte, no próprio autor. O leitor deve ter em mente que a mãe de Tolstói morreu quando ele tinha dois anos e o pai, quando contava apenas nove. Nada disso ocorre no livro. No entanto, o autor se inspirou em muitos parentes e conhecidos para compor sua galeria de personagens, além de aproveitar situações que viveu pessoalmente.

Claro que tudo será deslocado e recomposto a fim de se adaptar às necessidades da obra. Mesmo assim, vale registrar aqui uma situação curiosa e reveladora. O grande escritor russo Turguêniev, que incentivou Tolstói desde o primeiro minuto, conhecendo apenas as iniciais de seu nome, mostrou uma parte desta trilogia para uma amiga. Sem que soubesse, tratava-se de uma parente de Tolstói, que, ao ler o texto, se admirou ao identificar vários familiares e amigos seus, representados no livro com perfeição. Sem nada revelar a Turguêniev, ela conversou com as pessoas de casa e, juntos, tentaram adivinhar quem poderia ter escrito aquilo. A hipótese a que chegaram foi de que o autor misterioso era Nikolai, o irmão mais velho de Liev.

Na composição deste primeiro livro, é impossível não perceber elementos constantes nas obras posteriores do autor. Limito-me aqui a destacar o questionamento sobre os efeitos da desigualdade social, que se desdobram em vários planos: os meninos e as meninas, a irmã e a agregada, os patrões e os trabalhadores, os vários níveis de riqueza da classe dominante, os alunos bolsistas e os não bolsistas, os homens e as mulheres etc. De modo mais específico, Tolstói se vale da perspectiva infantil para elaborar a técnica literária que o crítico russo Víktor Chklóvski chamou de "estranhamento": os pressupostos implícitos e convencionais do mundo social são cancelados da percepção e, então, os fatos mais corriqueiros se desenham com feição nova e revelam significados que apenas a força do automatismo das relações sociais mantêm invisíveis.

Assim, ao saber que seu preceptor vai ser demitido, o menino não entende como aquele homem, que sempre havia morado com a família, almoçado em sua mesa, irá embora do dia para a noite, e para sempre. Também não entende por que a menina agregada, com a qual ele foi criado desde pequeno, diz que é pobre e que pode ser obrigada a ir embora da casa a qualquer momento. Em *Juventude*, o narrador, já estudante universitário, ao refletir sobre o teor de suas relações com os colegas de curso, se questiona: "Afinal, o que era aquela altura da qual eu olhava para eles?". E só encontra respostas que ele mesmo chama de absurdas.

Mais do que um traço de personalidade, o ânimo questionador de Tolstói era uma perspectiva consciente e uma posição que ele buscava, com afinco, para si no mundo histórico. Logo depois da publicação de *Juventude*, Tolstói foi visitar Turguêniev numa casa de campo, onde este se recuperava de um problema de saúde. Lá, deitado, Turguêniev observou o escritor em atividade. "Ele não senta junto à lareira para escrever, mas dentro da lareira, no meio das chamas, e vai enchendo página após página com sua escrita."

Rubens Figueiredo

Infância

1. O professor Karl Ivánitch

No dia 12 de agosto de 18..., exatamente três dias depois do meu aniversário, quando tinha feito dez anos e ganhara presentes maravilhosos, Karl Ivánitch me acordou às sete horas da manhã, golpeando uma mosca, bem pertinho da minha cabeça, com um mata-moscas feito com um pedaço de papel de embrulhar açúcar preso na ponta de uma vareta. Foi tão desastrado que esbarrou no santinho com a imagem do meu anjo da guarda, pendurado na cabeceira de carvalho da cama, e a mosca morta acabou caindo em cheio na minha cabeça. Pus o nariz para fora da coberta, segurei com a mão o santinho, que continuava balançando, empurrei a mosca morta para o chão e fitei Karl Ivánitch com olhos zangados, embora sonolentos. Ele, por sua vez, num roupão acolchoado e colorido, fechado por um cinto do mesmo tecido, com um barrete de tricô vermelho enfeitado com uma borla e de botas de couro de cabra macio, continuou a andar bem junto à parede, fazendo pontaria e disparando golpes.

"Eu sei, eu sou pequeno", pensei, "mas para que ele vem me incomodar? Por que não vai caçar moscas perto da cama do Volódia? Olha lá quanta mosca! Não, o Volódia é mais velho que eu; sou o menor de todos: é por isso que vem me atormentar. Ele não pensa em outra coisa na vida", resmunguei, "a não ser inventar um jeito de me chatear. Está vendo muito bem que me acordou e me assustou, mas dá a impressão de que não sabe de nada... sujeito nojento! Até o roupão, o gorrinho e a borla... como dão nojo!"

Ao mesmo tempo que eu exprimia dessa forma, em pensamento, minha irritação, Karl Ivánitch foi para perto de sua cama, deu uma olhada no relógio que ficava dentro de um sapatinho bordado de miçangas, suspenso junto à cama, pendurou o mata-moscas num prego e, no melhor humor do mundo, que logo saltava aos olhos, voltou-se para nós.

— *Auf, Kinder, auf!... s'ist Zeit. Die Mutter ist schon im Saal*[1] — gritou com a boa voz alemã, depois chegou perto de mim, sentou ao pé da cama e tirou do bolso a caixinha de rapé. Fingi que estava dormindo. Primeiro, Karl Ivánitch cheirou o rapé, assoou o nariz, estalou os dedos e só então cuidou de mim. Rindo de leve, começou a fazer cócegas nos meus calcanhares. — *Nun, nun, Faulenzer!*[2] — disse.

Por mais que eu tivesse medo de cócegas, não pulei da cama e não lhe dei resposta, apenas enfiei a cabeça bem fundo embaixo do travesseiro, esperneei com toda a força e usei todas as energias para conter o riso.

"Como ele é bom e como gosta de nós, e eu ainda pude pensar tão mal dele!"

Fiquei aborrecido comigo e com o Karl Ivánitch, tive vontade de rir e de chorar: os nervos estavam abalados.

— *Ach, lassen sie,*[3] Karl Ivánitch! — comecei a gritar, com lágrimas nos olhos, e tirei a cabeça de debaixo do travesseiro.

Karl Ivánitch ficou surpreso, deixou meus pés em paz e, preocupado, começou a me fazer perguntas: O que havia comigo? Será que eu havia tido um pesadelo?... Seu bondoso rosto alemão e a empatia com a qual ele tentava adivinhar a causa de meu choro obrigaram as lágrimas a correr com abundância maior ainda: senti vergonha e não entendi como, um

---

1 Em alemão no original: "Acordem, crianças, acordem!... Está na hora. A mamãe já está na sala". **2** Em alemão no original: "Vamos lá, vamos lá, preguiçoso!". **3** Em alemão no original: "Ah, me deixe em paz".

minuto antes, eu tinha sido capaz de não sentir amor por Karl Ivánitch e achara repulsivo o roupão, o barrete e a borla; agora, ao contrário, tudo aquilo me parecia extraordinariamente encantador e até a borla parecia uma prova evidente da bondade dele. Respondi que estava chorando porque havia tido um pesadelo — era como se *maman* tivesse morrido e estivesse sendo levada para o enterro. Inventei tudo aquilo, pois não me lembrava de nada do que havia sonhado naquela noite; mas, quando Karl Ivánitch, comovido com minha história, começou a me consolar e me acalmar, me veio a impressão de que havia tido de fato aquele pesadelo terrível, e então as lágrimas escorreram por um motivo diferente.

Quando Karl Ivánitch se afastou e eu, sentado sobre a cama, comecei a calçar as meias nos meus pés pequenos, as lágrimas diminuíram um pouco, mas os pensamentos lúgubres sobre o sonho inventado não me largavam. Veio o criado de quarto Nikolai — homenzinho miúdo, limpinho, sempre sério, meticuloso, respeitoso e grande amigo de Karl Ivánitch. Trouxe nossas roupas e calçados. Botas para Volódia e, para mim, os detestáveis sapatos com lacinhos. Seria vergonhoso, para mim, chorar na frente dele; além do mais, o solzinho matinal reluzia alegre nas janelas e Volódia, imitando Mária Ivánovna (a governanta da minha irmã), dava risadas tão altas e com tanta alegria, curvado sobre a bacia de lavar o rosto, que até o sério Nikolai, com a toalha no ombro, o sabonete na mão e a jarra de água na outra mão, falou sorrindo:

— Por favor, Vladímir Petróvitch,[4] tenha a bondade de se lavar.

Eu me alegrei por completo.

---

4 Volódia é um hipocorístico do nome Vladímir.

— *Sind sie bald fertig?*[5] — a voz de Karl Ivánitch veio da sala de aula.

Sua voz estava severa e não tinha mais a expressão de bondade que me comovera até às lágrimas. Na sala de aula, Karl Ivánitch se mostrava uma pessoa totalmente diferente: ele era o mestre. Eu me vesti com rapidez, me lavei e, ainda com a escova na mão, alisando os cabelos molhados, atendi a seu chamado.

Karl Ivánitch, com os óculos no nariz e um livro na mão, estava sentado no lugar de costume, entre a porta e a janelinha. À esquerda da porta, havia duas prateleirazinhas: uma, a nossa; a outra, de Karl Ivánitch, *a própria*. Na nossa, havia todo tipo de livros — escolares ou não: uns estavam de pé; outros, deitados. Só os dois grandes tomos da *Histoire des voyages*,[6] de capa vermelha, ficavam solenemente encostados na parede; depois vinham livros compridos, grossos, grandes e pequenos — capas sem livro e livros sem capa; tudo enfiado e espremido ali às pressas, antes do recreio, na hora em que recebíamos ordem de arrumar a biblioteca, como Karl Ivánitch chamava aquela prateleirazinha, em tom grandiloquente. A coleção de livros da prateleira *própria*, se não era tão grande como a nossa, em compensação era ainda mais variada. Lembro-me de três: uma brochura alemã sobre a adubação de repolhos em hortas, sem capa; um tomo de história sobre a Guerra dos Sete Anos, encadernado em pergaminho e chamuscado no canto; e um curso completo de hidrostática. Karl Ivánitch passava grande parte do seu tempo em leituras e, por causa disso, até prejudicou a visão; mas, além desses livros e da *Abelha do Norte*,[7] não lia mais nada.

---

5 Em alemão no original: "Vão ficar prontos logo?". **6** *História de viagens.*
7 Jornal de quatro folhas publicado em São Petersburgo entre 1825 e 1864.

Entre os objetos que ficavam na prateleirazinha de Karl Ivánitch, havia um de que me lembro melhor do que todos. Era um disco de papelão preso numa base de madeira, na qual o disco rodava, seguro por pinos. No disco, estava colada uma figurinha, com a caricatura de uma dama e seu cabeleireiro. Karl Ivánitch sabia fazer colagens muito bem, ele mesmo concebeu e montou o disquinho, para proteger da luz forte os olhos debilitados.

Vejo na minha frente, como se fosse agora, a figura alongada, de roupão acolchoado e barrete vermelho, por baixo do qual se percebem os escassos cabelos grisalhos. Ele está sentado junto à mesinha, sobre a qual se encontra o disco com a imagem do cabeleireiro, lançando uma sombra no seu rosto; na mão, ele segura um livro, a outra mão está apoiada no braço da poltrona; a seu lado estão um relógio com um caçador pintado no mostrador, um lenço quadrado, uma caixinha de rapé, um estojo verde para óculos e um par de pinças sobre uma bandejinha. Tudo arrumado em seu lugar de modo tão solene e meticuloso que só aquela ordem bastava para concluir que Karl Ivánitch tinha a consciência limpa e a alma tranquila.

Às vezes, quando me fartava de correr pelo salão, no térreo, eu subia e, na ponta dos pés, me esgueirava até a sala de aula para espiar — Karl Ivánitch estava sentado, sozinho, na sua poltrona e, com expressão serena e imponente, lia algum de seus livros prediletos. De vez em quando, eu o surpreendia em momentos em que ele não estava lendo: os óculos tinham escorregado mais para baixo no nariz grande e aquilino, os olhos azuis semicerrados miravam com uma expressão diferente e os dentes sorriam com tristeza. Na sala, faz-se silêncio; só se ouvem sua respiração ritmada e as batidas do relógio com o caçador.

Às vezes, ele não nota minha presença, enquanto fico parado junto à porta e penso: "Pobre velhinho, coitado! Nós somos muitos, brincamos, nos divertimos, enquanto ele é sozinho-sozinho neste mundo, ninguém lhe faz um carinho. É bem verdade quando ele diz que é órfão. E a história de sua vida é terrível! Lembro quando ele contou para o Nikolai... como é horrível estar na situação dele!". E me dava tanta pena que às vezes me aproximava, pegava sua mão e dizia: "*Lieber*[8] Karl Ivánitch!". Ele gostava quando eu lhe falava assim; sempre me fazia um carinho e era evidente que ficava comovido.

Na outra parede, havia mapas pendurados, quase todos rasgados, mas colados com arte pelas mãos de Karl Ivánitch. Na terceira parede, no meio da qual ficava a porta para o térreo, de um lado estavam penduradas duas réguas: uma, lascada, a nossa; a outra, novinha, *própria*, usada por ele mais para nos incentivar do que para traçar linhas retas; do outro lado, um quadro-negro no qual nossos erros grandes eram destacados com rodinhas e os pequenos, com cruzinhas. À esquerda do quadro, estava o canto onde nos mandavam ficar de joelhos.

Como me recordo daquele canto! Lembro-me da portinha da estufa, do respiradouro na portinha e do barulho que fazia quando ela era aberta. Às vezes, eu ficava tanto tempo ajoelhado no canto que os joelhos e as costas começavam a doer, e pensava: "O Karl Ivánitch se esqueceu de mim: deve estar muito sossegado, na poltrona macia, lendo sua hidrostática... e o que será de mim?". Então, para ser lembrado, eu começava a abrir e fechar a portinha bem de leve, ou começava a arrancar o reboco da parede; mas, se de repente um pedaço grande demais caía no chão e fazia barulho, juro, me vinha um medo pior do que o de qualquer castigo. Eu dava uma espiada em Karl Ivánitch — mas ele continuava sentado, com seu livro na mão, e parecia não perceber nada.

---

8 Em alemão no original: "Querido".

No meio da sala, havia uma mesa coberta por uma lona encerada, toda rasgada, por baixo da qual se via, em muitos pontos, a borda retalhada a canivete. Em torno da mesa, havia uns banquinhos sem pintura, mas que, de tão usados, pareciam cobertos de verniz. A última parede era ocupada por três janelas. A vista era a seguinte: logo abaixo das janelas, passava uma estrada na qual, fazia muito tempo, todos os buracos, todas as pedrinhas, todos os sulcos eram conhecidos e adorados por mim. Depois da estrada, havia uma alameda de tílias podadas, atrás da qual se via, aqui e ali, uma cerca de bambu trançado; através da alameda se via um pasto, que tinha de um lado uma eira coberta e, do outro, um bosque; ao longe, dentro do bosque, se via a cabana do vigia. Na janela da direita, se via uma parte da varanda, onde os adultos costumavam ficar descansando antes do jantar. Às vezes, enquanto Karl Ivánitch corrigia a folha com o ditado, dava para ver pela janela a cabeça morena da mamãe, as costas de alguém, e ouvir vagamente a conversa e os risos que vinham de lá; eu ficava aborrecido por não poder estar lá e pensava: "Será que, quando for grande, vou parar de estudar e vou ficar na companhia das pessoas de que gosto, em vez de ficar decorando esses diálogos?". A irritação virava tristeza e, Deus sabe por que e como, eu me perdia em pensamentos de tal forma que nem ouvia quando Karl Ivánitch se zangava com meus erros.

Karl Ivánitch tirava o roupão, vestia o fraque azul, de ombros amarrotados e franzidos, ajeitava a gravata diante do espelho e nos levava para o térreo, a fim de cumprimentar a mamãe.

2. Mamãe

Mamãe estava na sala de visitas e servia o chá; com uma mão, segurava o bule, com a outra, a torneira do samovar, da qual a água escorria por fora da boca do bule e caía na bandeja. Ela não percebia isso, apesar de estar olhando fixamente, e também não percebeu que havíamos entrado.

Por mais vivas que sejam as recordações do passado, quando tentamos ressuscitar na imaginação as feições de uma pessoa querida, só a vemos de modo vago, através dessas recordações, como se fosse através de lágrimas. São as lágrimas da imaginação. Quando tento me lembrar de mamãe, tal como ela era naquele tempo, tudo que vejo são seus olhos castanhos, que sempre exprimiam a mesma bondade e o mesmo amor, um sinal de nascença no pescoço, um pouco abaixo do lugar onde os cabelinhos mais finos se enroscavam, a gola branca e bordada, a mão terna e seca, que tantas vezes me acariciava e que tantas vezes eu beijava; mas a fisionomia geral me escapa.

À esquerda do sofá, ficava um grande piano de cauda inglês; diante do piano, estava sentada minha irmãzinha morena, Liúbotchka, que, com os dedos rosados, recém-lavados na água fria, e com um esforço evidente, tocava os estudos de Clementi. Tinha onze anos; usava um vestidinho curto de linho, calças branquinhas debruadas de renda, e só conseguia tocar as oitavas em forma de arpejo. A seu lado, de perfil, estava sentada Mária Ivánovna, com um chapéu de fitas rosadas, xale azul e rosto vermelho e zangado, que tomou uma expressão ainda mais severa na hora em que Karl Ivánitch entrou. Olhou para ele com ar ameaçador e, sem responder sua saudação, continuou a contar, batendo o pé: "*Un, deux, trois, un, deux, trois*",[9] ainda mais alto e em tom mais autoritário do que antes.

Sem prestar a menor atenção a isso, Karl Ivánitch, com uma saudação alemã, como era seu costume, seguiu direto para a mão de mamãe. Ela voltou à realidade, balançou a cabeça como se, com aquele gesto, quisesse repelir pensamentos tristes, ofereceu a mão para Karl Ivánitch e beijou-o na têmpora enrugada, no mesmo instante em que ele beijava sua mão.

— *Ich danke, lieber*, Karl Ivánitch[10] — e, continuando a falar em alemão, perguntou: — As crianças dormiram bem?

Karl Ivánitch era surdo de um ouvido, mas naquela hora, por causa do barulho do piano, não estava escutando nada. Inclinou-se mais para perto do sofá, apoiou-se com a mão na mesa, ficando num pé só e, com um sorriso que naquele momento me pareceu o auge do refinamento, ergueu um pouco o barrete acima da cabeça e disse:

— A senhora me dá licença, Natália Nikoláievna?

Para não resfriar a cabeça calva, ele nunca tirava o barrete vermelho, mas, toda vez que entrava na sala de visitas, pedia essa licença.

— Cubra a cabeça, Karl Ivánitch... Perguntei ao senhor se as crianças dormiram bem — falou *maman* em voz bem alta e se aproximando dele.

Porém, mais uma vez, Karl Ivánitch não escutou, cobriu a careca com o barrete vermelho e sorriu de modo ainda mais amável.

— Pare um instante, Mimi — disse *maman* para Mária Ivánovna, com um sorriso. — Não se ouve nada.

---

9 Em francês no original: "Um, dois, três, um, dois, três". **10** Em alemão no original: "Eu agradeço, querido Karl Ivánitch".

Quando mamãe sorria, por mais belo que já fosse seu rosto, ele se tornava incomparavelmente melhor e tudo ao redor parecia se alegrar. Se nos momentos difíceis da vida eu pudesse ver aquele sorriso, ainda que só num lampejo, eu não saberia o que é a dor. Parece-me que apenas o sorriso e mais nada constitui o que chamam de beleza do rosto: se o sorriso aumenta a beleza do rosto, é porque o rosto é bonito; se o sorriso não o modifica, então o rosto é comum; se o sorriso o prejudica, significa que o rosto é feio.

Depois de me cumprimentar, *maman* segurou minha cabeça entre as mãos, inclinou-a para trás, em seguida me olhou com atenção e disse:

— Você chorou hoje?

Não respondi. Ela me beijou nos olhos e perguntou em alemão:

— Por que você chorou?

Quando nos falava em tom amistoso, ela sempre usava essa língua, que sabia com perfeição.

— É que chorei durante um sonho, *maman* — respondi e lembrei, em todos os detalhes, o sonho inventado e não pude deixar de estremecer com aqueles pensamentos.

Karl Ivánitch confirmou minhas palavras, mas manteve silêncio quanto ao sonho. Depois de conversar um pouco sobre o tempo — conversa de que Mimi também tomou parte —, *maman* colocou na bandeja seis torrões de açúcar para alguns criados prediletos, levantou-se e se aproximou do bastidor de bordar, que ficava junto à janela.

— Muito bem, agora vão falar com o papai, crianças, e digam a ele que venha sem falta me ver, antes de ir para a eira coberta.

A música, a contagem dos compassos e os olhares ameaçadores recomeçaram, e fomos ao encontro do papai. Depois de passar pelo cômodo que desde o tempo dos avós era chamado de *sala dos copeiros*, entramos no escritório.

3. Papai

Ele estava de pé junto à escrivaninha e, apontando para alguns envelopes, papéis e maços de dinheiro, se exaltava e, com energia, explicava alguma coisa para o administrador Iákov Mikháilov, que, postado em seu lugar de costume, entre a porta e o barômetro, com as mãos cruzadas nas costas, movia os dedos muito depressa e em várias direções.

Quanto mais papai se exaltava, mais depressa se mexiam os dedos e, ao contrário, quando papai se calava, os dedos também paravam; porém, quando o próprio Iákov começava a falar, os dedos alcançavam a agitação mais intensa e se reviravam desesperados em todas as direções. Mas me parecia que, por meio dos movimentos dos dedos, era possível adivinhar os pensamentos secretos de Iákov; já o seu rosto estava sempre tranquilo — exprimia a consciência de sua dignidade e, ao mesmo tempo, de sua condição servil, ou seja: eu tenho razão, mas não adianta, o senhor é que manda!

Ao nos ver, papai apenas disse:

— Esperem, já vou falar com vocês.

E, com um movimento da cabeça, apontou para a porta, a fim de que um de nós a fechasse.

— Ah, Deus misericordioso! O que há com você hoje, Iákov? — prosseguiu, falando com o administrador, contraindo um ombro (ele tinha esse hábito). — Este envelope contém oitocentos rublos...

Iákov pegou o ábaco, marcou o valor de oitocentos e cravou o olhar num ponto indefinido, esperando o que viria em seguida.

— ... para as despesas domésticas durante minha ausência. Entendeu? Do moinho, você deve receber mil rublos... não é isso? Dos títulos do Tesouro, você deve receber de volta oito mil rublos; pelo feno, que, segundo as suas contas, devemos vender sete mil *puds*,[11] e vou calcular quarenta e cinco copeques o *pud*, você vai receber três mil rublos; portanto, quanto dinheiro você vai ter ao todo? Doze mil... não é isso?

— Exatamente, senhor — respondeu Iákov.

Mas, pela rapidez dos movimentos dos dedos, notei que ele queria levantar uma objeção; papai o interrompeu:

— Pois bem, desse dinheiro, você vai enviar dez mil para o Conselho, por causa da propriedade de Petróvskoie. Agora, quanto ao dinheiro que está no escritório de contabilidade — prosseguiu papai (Iákov desfez no ábaco os doze mil anteriores e marcou vinte e um mil) —, você vai trazê-lo para mim e vai lançar nas despesas com a data de hoje. (Iákov juntou as pedras do ábaco e virou-o, talvez para mostrar com isso que os vinte e um mil rublos também iam sumir do mesmo jeito.) Este envelope com o dinheiro, você vai entregar, da minha parte, no endereço indicado.

Eu estava perto da mesa e espiei o destinatário. Estava escrito: "Para Karl Ivánovitch Mauer".

Talvez por notar que eu tinha lido algo de que não precisava saber, papai colocou a mão no meu ombro e, com um movimento leve, indicou que eu devia me afastar da mesa. Não entendi se era um gesto de carinho ou de repreensão, em todo caso beijei a mão grande e cheia de veias pousada no meu ombro.

— Sim, senhor — respondeu Iákov. — E qual será sua ordem a respeito do dinheiro de Khabárovka?

---

11 Um *pud* equivale a 16,3 quilos.

Khabárovka era a propriedade de *maman*.

— Deixe no escritório de contabilidade e não use, em nenhuma hipótese, sem ordem minha.

Iákov ficou calado um momento; depois, de repente, os dedos começaram a se revirar com rapidez redobrada e ele, substituindo a expressão de estupidez submissa, com a qual ouvia as ordens do patrão, pela expressão de esperteza malandra, que lhe era peculiar, pegou o ábaco e começou a falar:

— O senhor me permita acrescentar, Piotr Aleksándritch, que tudo será feito como o senhor deseja, mas não será possível pagar ao Conselho no prazo. O senhor me permita dizer — prosseguiu, pausadamente — que devemos receber dinheiro dos títulos, do moinho e do feno. — Ao calcular aqueles itens, ele marcava os valores nas pedras do ábaco. — O que eu temo é que nós nos enganemos nas contas — acrescentou, depois de um breve silêncio, e olhou para o papai de relance, com ar muito pensativo.

— Por quê?

— Tenha a bondade de observar o seguinte: em relação ao moinho, veja bem, o moleiro já me procurou duas vezes para pedir um adiantamento do prazo e jurou em nome de Cristo e de Deus que não tinha dinheiro... E, aliás, ele está aqui agora: o senhor não gostaria de falar com ele pessoalmente?

— Mas o que é que ele diz? — perguntou papai, fazendo com a cabeça um sinal de que não queria falar com o moleiro.

— O mesmo de sempre, diz que não há grãos para moer, que todo o dinheiro que tinha ele gastou na barragem. Mas também, se nós o mandarmos embora, *incelência*, em que isso vai ajudar as nossas contas? Com relação aos títulos do Tesouro, me permita dizer, como creio que já informei ao senhor, que nosso dinheirinho está preso lá e tão cedo não será possível recebê-lo. Há pouco tempo, mandei uma carroça de farinha para Ivan Afanássitch, na cidade, junto com um bilhete sobre o assunto, e ele respondeu de novo a mesma coisa, que ficaria feliz de poder ser útil a Piotr Aleksándritch, mas a questão não estava em suas mãos e que, até onde se sabe, é provável que o senhor não receba sua quitação nem daqui a dois meses. Em relação ao feno, me permita dizer, vamos supor que consiga vender por três mil...

Marcou três mil no ábaco e ficou calado um minuto, observando ora o ábaco, ora os olhos de papai, com a expressão de quem diz: "O senhor mesmo está vendo como é pouco! De novo, vamos levar prejuízo no feno, se o senhor quiser vender agora, e o senhor mesmo pode verificar, tenha a bondade...".

Era evidente que ele ainda tinha uma grande reserva de argumentos; na certa, por isso, papai o interrompeu.

— Não vou mudar minhas ordens — disse ele. — Mas, se de fato houver atraso no recebimento desse dinheiro, então não há nada a fazer, tire do dinheiro da propriedade de Khabaróvka quanto for necessário.

— Sim, senhor.

Mas, pela expressão do rosto e pelos dedos de Iákov, era evidente que aquela última ordem lhe dera uma grande satisfação.

Iákov era um servo, pessoa extremamente zelosa e dedicada; como todos os bons administradores, era avarento ao extremo com o dinheiro do patrão e tinha ideias estranhíssimas a respeito dos lucros de seu senhor. Vivia preocupado em aumentar o patrimônio do patrão à custa do patrimônio da patroa, empenhando-se em demonstrar que era necessário empregar em Petróvskoie (a aldeia onde morávamos) todo o rendimento da propriedade dela. Naquele momento, Iákov estava exultante, porque havia alcançado um sucesso total em relação a isso.

Papai nos cumprimentou e disse que, no campo, iríamos nos tornar vadios, que já não éramos pequenos e que estava na hora de estudarmos a sério.

— Vocês já sabem, creio eu, que hoje à noite vou partir para Moscou e vou levá-los comigo — disse. — Vocês vão morar com a sua avó, enquanto *maman* vai ficar aqui com as meninas. E vocês sabem muito bem que o consolo único que ela vai ter será saber que vocês vão bem nos estudos e que todos estão satisfeitos com vocês.

Embora, pelos preparativos que notávamos havia alguns dias, já esperássemos algo fora do comum, aquela novidade, no entanto, nos chocou horrivelmente. Volódia ficou vermelho e, com voz trêmula, transmitiu o pedido de mamãe.

"Então era isso que meu sonho estava predizendo!", pensei. "Deus queira que não haja nada pior ainda."

Fiquei com muita, muita pena de mamãe e, ao mesmo tempo, a ideia de que já éramos grandes me alegrou.

"Se vamos viajar hoje, então certamente não vai ter aula; isso é ótimo!", pensei. "Mas tenho pena de Karl Ivánitch. Sem dúvida, vão demiti-lo, pois do contrário não teriam preparado o envelope para ele… Mas seria melhor estudar a vida toda aqui e não ir embora, não me separar da mamãe e não magoar o pobre Karl Ivánitch. Ele já vive tão infeliz!"

Esses pensamentos disparavam pela minha cabeça; eu não saía do lugar e olhava fixamente para os lacinhos pretos de meus sapatos.

Depois de falar com Karl Ivánitch mais algumas palavras sobre a queda do nível do barômetro e ordenar a Iákov que não dessem comida para os cachorros, porque, como despedida, ia caçar com os cães jovens depois do almoço, papai, contra a minha expectativa, nos mandou ir para a aula, porém nos consolou com a promessa de nos levar à caçada.

No caminho para o primeiro andar, corri até a varanda. Junto à porta, de olhos semicerrados, tomando um solzinho, estava deitada a cadela borzói predileta de papai, a Milka.

— Mílotchka — falei, acariciando-a e beijando seu focinho.
— Nós vamos embora hoje: adeus! Nunca mais nos veremos.

Fiquei comovido e comecei a chorar.

4. As aulas

Karl Ivánitch estava de péssimo humor. Dava para notar, pela sobrancelha franzida e pelo jeito como jogou a sobrecasaca na cômoda, pela maneira como apertou o cinto com irritação e riscou com a unha o livro de diálogos, para indicar o ponto até onde devíamos decorar. Volódia se saiu muito bem; mas eu estava tão abalado que não fui capaz de fazer absolutamente nada. Olhava para o livro de diálogos demoradamente, com a cabeça vazia e, por causa das lágrimas que se acumulavam nos olhos, em face da ideia da separação iminente, não conseguia memorizar; quando chegou a hora de repetir os diálogos para Karl Ivánitch, que me escutava de sobrancelhas franzidas (aquilo era um mau sinal), exatamente no trecho em que um diz: *"Wo kommen Sie her"*,[12] e o outro responde: *"Ich komme vom Kaffe-Hause"*,[13] não consegui mais conter as lágrimas e, por causa dos soluços, não pude pronunciar: *"Haben sie die Zeitung nicht gelesen?"*.[14] Quando chegou a hora da caligrafia, por causa das lágrimas que caíam no papel, fiz tamanhos borrões que parecia que eu tinha escrito com água num papel de embrulho.

Karl Ivánitch se zangou, me mandou ficar de joelhos, garantiu que aquilo era teimosia, um teatro de marionetes (era

---

[12] Em alemão no original: "De onde o senhor está vindo?". [13] Em alemão no original: "Eu estou vindo do café". [14] Em alemão no original: "O senhor não leu o jornal?".

uma de suas expressões prediletas), me ameaçou com a régua e exigiu que eu pedisse desculpas, enquanto eu, por causa das lágrimas, não conseguia pronunciar nenhuma palavra; por fim, talvez sentindo sua injustiça, ele saiu para o quarto de Nikolai e bateu a porta.

Da sala de aula, dava para ouvir a conversa no quarto do velho criado.

— Nikolai, você soube que as crianças vão embora para Moscou? — perguntou Karl Ivánitch ao entrar no quarto.

— Claro, soube sim.

Talvez Nikolai quisesse levantar, porque Karl Ivánitch disse: "Fique sentado, Nikolai!", e fechou a porta. Eu saí do meu canto, fui para perto da porta, a fim de escutar.

— Por mais que a gente faça o bem às pessoas, por mais que a gente tome afeição, é evidente que não se pode esperar gratidão, não é, Nikolai? — disse Karl Ivánitch, emocionado.

Nikolai, sentado junto à janela, consertando o sapato, fez que sim com a cabeça.

— Moro há doze anos nesta casa e posso dizer diante de Deus, Nikolai — prosseguiu Karl Ivánitch, levantando para o teto os olhos e a caixinha de rapé —, que eu os amei e cuidei deles mais e melhor do que se fossem meus filhos. Lembra, Nikolai, quando Volódienka teve febre, lembra como fiquei do lado dele por nove dias, sem dormir? Pois é! Na época, eu era o bondoso, o querido Karl Ivánitch, na época, eu era necessário; mas agora — acrescentou, sorrindo com ironia —, agora *as crianças cresceram: precisam estudar a sério*. Será que aqui elas não estudam, Nikolai?

— Como não? Parece que estudam bastante — disse Nikolai, pondo de lado a sovela e esticando o fio encerado com as duas mãos.

— Pois é, agora não sou mais necessário, é preciso me mandar embora; onde foram parar as promessas? Onde foi parar a gratidão? Respeito e amo Natália Nikoláievna, Nikolai — disse, pondo a mão no peito. — Mas o que ela é?... Nesta casa, a vontade dela é igual a isto aqui — e, com um gesto eloquente, jogou no chão um retalho de couro. — Sei quem está por trás dessas armações e por que me tornei desnecessário: é porque não bajulo e não baixo a cabeça para tudo, como fazem os outros. Estou habituado a dizer a verdade, sempre e diante de todos — disse com orgulho. — Fiquem com Deus! Porque, sem mim, não vão ficar mais ricos, e eu, como Deus é misericordioso, vou encontrar um jeito de ganhar meu pão... Não é isso, Nikolai?

Nikolai ergueu a cabeça e fitou Karl Ivánitch — como se quisesse se certificar de que ele, de fato, era capaz de ganhar seu pão —, mas não disse nada.

Karl Ivánitch ficou falando dessa maneira muito tempo: disse que souberam apreciar melhor seus méritos na casa de certo general, onde ele havia morado antes (para mim, foi muito doloroso ouvir isso), falou da Saxônia, de seus pais, de Schönheit, seu amigo alfaiate etc.

Tive compaixão de seu desgosto e me foi doloroso saber que papai e Karl Ivánitch, os quais eu amava quase igualmente, não se davam bem; de novo, me instalei no canto, sentei-me sobre os calcanhares e me pus a pensar num jeito de fazer as pazes entre os dois.

Quando voltou para a sala de aula, Karl Ivánitch mandou que eu levantasse e preparasse o caderno para anotar o ditado. Quando tudo estava pronto, ele sentou na poltrona com ar solene e, com uma voz que parecia vir das profundezas, ditou o seguinte: "*Von al-len Lei-den-chaf-ten die grau-sam-ste ist... Haben sie geschrieben?*".[15] Nesse ponto, fez uma pausa, cheirou o

---

15 Em alemão no original: "De todos os pecados, o mais grave é... escreveram?".

rapé lentamente e continuou, com força renovada: *"Die grausamste ist die Un-dank-bar-keit... Ein grosses U".*[16] Depois de escrever a última palavra, enquanto esperava a continuação, fiquei olhando para ele.

— *Punctum* — disse, com um sorriso quase imperceptível, e fez sinal para lhe entregarmos os cadernos.

Várias vezes, com diversas entonações e com uma expressão de supremo contentamento, leu aquela frase, que exprimia seu pensamento íntimo; depois nos deu uma aula de história e sentou-se junto à janela. Seu rosto não estava tristonho, como antes; expressava a satisfação de uma pessoa que se vingou, de maneira digna, de uma ofensa sofrida.

Eram quinze para a uma; mas Karl Ivánitch, pelo visto, nem pensava em nos liberar: toda hora, ele apresentava novas lições. O tédio e o apetite aumentavam na mesma proporção. Com grande impaciência, eu acompanhava todos os sinais que indicavam a proximidade do almoço. Passou uma criada com a bucha, para lavar os pratos, passaram Mimi, Liúbotchka e Kátienka (Kátienka era a filha de doze anos de Mimi), que vieram do jardim; mas nada de ver o Foka — o mordomo Foka, que sempre vinha avisar que a comida estava pronta. Só então poderíamos largar os livros e correr para o térreo, sem prestar mais atenção em Karl Ivánitch.

Então se ouviram passos na escada; mas não era Foka! Eu havia estudado seu modo de andar e sempre identificava o rangido de suas botas. A porta se abriu e nela surgiu uma figura totalmente desconhecida.

---

16 Em alemão no original: "O mais grave é a In-gra-ti-dão... Com I maiúsculo".

5. O beato[17]

Entrou na sala um homem de uns cinquenta anos, de rosto pálido, alongado, marcado pela varíola, de cabelos grisalhos e compridos e barbinha rala e arruivada. Sua estatura era tão elevada que, para passar pela porta, não só teve de abaixar a cabeça como também foi preciso curvar o corpo. Vestia alguma coisa esfarrapada, parecida com um cafetã ou com uma batina; na mão, trazia um cajado enorme. Ao entrar na sala, bateu com o cajado no chão com toda a força e, arqueando as sobrancelhas e abrindo a boca exageradamente, gargalhou da maneira mais tenebrosa e anormal. Era cego de um olho e a pupila branca daquele olho palpitava sem parar e dava a ele e a todo o rosto feio uma expressão ainda mais repulsiva.

— Ahá! Peguei! — começou a berrar, correu na direção de Volódia, em passinhos miúdos, segurou sua cabeça e se pôs a observá-lo com toda a atenção; depois, com a expressão mais séria do mundo, afastou-se dele, chegou perto da mesa e começou a soprar debaixo da lona encerada e benzê-la. — Oh-oh, que pena! Oh-oh, que dor!... Os queridos... vão voar — falou com a voz trêmula por causa das lágrimas, olhando comovido para Volódia, e pôs-se a enxugar com a manga as lágrimas que escorriam de fato.

---

17 Em russo, *iuródivi*. Pessoa tida como louca e santa, pela força de sua religiosidade, e que vivia à margem da sociedade.

Sua voz era bruta e rouca, os movimentos, afoitos e bruscos, as palavras, sem sentido e desconexas (ele nunca usava pronomes), mas as ênfases eram tão comoventes e o rosto amarelo e monstruoso tomava, às vezes, uma expressão tão sinceramente triste que, ao ouvi-lo, era impossível evitar um sentimento que misturava pena, medo e tristeza.

Era o beato e peregrino Gricha.

De onde ele era? Quem eram seus pais? O que o levara a escolher a vida errante? Ninguém sabia. Só sei que, desde os quinze anos de idade, ele se tornou conhecido como um beato que andava descalço, no inverno e no verão, visitava os mosteiros, dava santinhos às pessoas de quem gostava e dizia palavras enigmáticas, entendidas por alguns como profecias; que ninguém jamais o havia conhecido com outro aspecto, que ele, de vez em quando, visitava minha avó e que alguns diziam que era um filho infeliz de pais ricos e que tinha a alma pura, porém outros diziam que era apenas um mujique e um preguiçoso.

Afinal, apareceu o tão esperado e pontual Foka e nós descemos. Gricha, entre soluços e continuando a falar vários absurdos, veio atrás de nós, batendo com o cajado nos degraus da escada. Papai e *maman* caminhavam pela sala de mãos dadas e conversavam em voz baixa. Mária Ivánovna estava sentada, com ar solene, numa das poltronas dispostas simetricamente em ângulo reto, dos dois lados do sofá, e com voz severa, mas discreta, dava instruções para as meninas, sentadas perto dela. Assim que Karl Ivánitch entrou na sala, Mária Ivánovna olhou para ele de relance, logo lhe deu as costas e seu rosto ganhou uma expressão que se podia traduzir assim: eu nem ligo para você, Karl Ivánitch. Mas, pelos olhos das meninas, dava para perceber que elas queriam com urgência nos transmitir uma novidade muito importante; no entanto, para elas, saltar de onde estavam e vir ao nosso encontro seria uma violação das regras de Mimi. Primeiro, nós é que tínhamos de chegar perto dela e dizer: *"Bonjour, Mimi"*, cumprimentá-la com uma reverência e só depois podíamos tomar a liberdade de conversar entre nós.

Que figura detestável era essa Mimi! Em sua presença, às vezes, era impossível conversar qualquer coisa: tudo ela considerava indecente. Além do mais, toda hora dizia: *"Parlez donc français"*,[18] só para implicar com a gente, quando queríamos conversar em russo; ou durante o almoço, quando alguém estava gostando muito de um prato e não queria que ninguém atrapalhasse, ela sempre se metia: *"Mangez donc avec du pain"*,[19] ou *"Comment est-ce que vous tenez votre fourchette?"*.[20] "E o que ela tem a ver com isso?", a gente pensava. "Ela que vá ensinar suas meninas, para isso já temos o Karl Ivánitch." Eu compartilhava inteiramente o ódio dele por *certas pessoas*.

— Peça à sua mãezinha que nos deixe ir à caçada — disse Kátienka num sussurro, me segurando pelo casaco, quando os adultos foram na frente para a sala de jantar.

— Está bem, vamos tentar.

Gricha almoçava na sala de jantar, mas numa mesinha separada; ele não erguia os olhos do prato, de vez em quando suspirava, fazia caretas terríveis e dizia, como se falasse consigo mesmo: "Que pena!... Voou... A pomba voa para o céu... Oh, tem uma pedra na sepultura!..." etc.

Desde a manhã, mamãe estava angustiada; a presença, as palavras e o comportamento de Gricha reforçaram nela, de modo visível, aquele estado de espírito.

— Ah, sim, já ia me esquecendo de pedir uma coisa a você — disse ela, ao entregar para o papai o prato de sopa.

— O que é?

---

18 Em francês no original: "Fale francês". **19** Em francês no original: "Coma com o pão". **20** Em francês no original: "Como é que se segura o garfo?".

— Por favor, mande prender seus cachorros horríveis, por pouco não devoraram o pobre Gricha, quando ele passou pela estrada. E eles também podem avançar desse jeito nas crianças.

Ao ouvir que falavam dele, Gricha virou-se para a mesa, começou a mostrar as abas rasgadas de sua roupa e, mastigando, sentenciou:

— Queria que despedaçassem... Deus não deixou. É pecado atacar com cachorros! Pecado grande! Não bata, *patrão*,[21] para que bater? Deus vai perdoar... os tempos mudaram.

— O que ele está dizendo? — perguntou papai, olhando fixamente para Gricha, com ar severo. — Não entendo nada.

— Mas eu entendo — respondeu *maman*. — Ele me contou que um caçador atiçou os cães contra ele, de propósito, por isso ele disse: "Queria que despedaçassem, mas Deus não deixou", e está pedindo que você não o castigue por esse motivo.

— Ah! É isso! — exclamou papai. — Mas por que ele acha que quero castigar o tal caçador? Você sabe que, no geral, não sou grande admirador desses senhores — prosseguiu, em francês —, mas esse em especial me desagrada e devia ser...

— Ah, não diga isso, meu querido — interrompeu-o *maman*, como se tivesse ficado assustada com alguma coisa. — Como é que você vai saber?

— Creio que tive oportunidade de estudar esse tipo de gente, são tantos que vêm aqui procurar você, e todos seguem o mesmo modelo. Sempre com a mesma história...

Era evidente que, sobre aquele assunto, a opinião de mamãe era diferente por completo, mas ela não queria discutir.

— Por favor, passe-me um pastel — disse ela. — E então, os pastéis ficaram bons hoje?

— Pois é, eu me irrito — continuou papai, pegando um pastel na mão, mas segurou-o a certa distância, para que *maman*

---

21 Assim ele chamava todos os homens, sem distinção. [N.A.]

não pudesse alcançá-lo —, eu me irrito quando vejo que pessoas inteligentes e instruídas se deixam levar pela ilusão.

E bateu com o garfo na mesa.

— Pedi que você me desse um pastel — repetiu ela, estendendo a mão.

— E fazem muito bem em mandar essa gente para a cadeia — prosseguiu o papai, recuando a mão. — Só servem mesmo para perturbar as pessoas que, mesmo sem isso, já têm os nervos fracos — acrescentou com um sorriso e, ao notar que a conversa não estava agradando muito à mamãe, lhe deu o pastel.

— Sobre isso, só lhe digo uma coisa: é difícil acreditar que um homem que, apesar de seus sessenta anos caminha descalço, no inverno e no verão, e carrega embaixo da roupa correntes que pesam dois *puds*, sem nunca retirá-las, e que várias vezes rejeitou propostas para viver sossegado e no conforto, é difícil acreditar que um homem assim faz tudo isso só por preguiça. E quanto às profecias — acrescentou com um suspiro e depois de um breve silêncio —, *je suis payée pour y croire*;[22] acho que já contei para você como o Kiriucha[23] previu, para o falecido papai, o dia e a hora do seu fim.

— Ah, o que você fez comigo! — disse papai, sorrindo e pondo a mão em concha junto à boca, do lado em que Mimi estava sentada. (Quando fazia isso, eu sempre escutava com atenção redobrada, à espera de algo engraçado.) — Para que você foi me lembrar dos pés dele? Eu dei uma olhada e agora, pronto, não vou poder comer mais nada.

O almoço estava chegando ao fim. Liúbotchka e Kátienka piscavam os olhos para nós sem parar, se remexiam em suas cadeiras e, no geral, exprimiam uma forte inquietação.

---

22 Em francês no original: "paguei caro para acreditar nelas". **23** Hipocorístico do nome Kiril.

O piscar de olhos significava: "Por que não pedem permissão para nos levarem à caçada?". Cutuquei Volódia com o cotovelo, Volódia me cutucou e, afinal, se decidiu: com voz tímida, no início, e depois bastante firme e alta, ele explicou que, como tínhamos de partir naquele dia, gostaríamos que as meninas fossem à caçada junto conosco, na charrete. Após uma breve conferência entre os adultos, a questão se decidiu a nosso favor e — o que foi ainda mais agradável — *maman* disse que ela mesma iria também.

6. Preparativos para a caçada

Na hora da sobremesa, chamaram Iákov e deram as ordens relativas à charrete, aos cachorros e aos cavalos de montaria — tudo com uma profusão de detalhes, chamando cada cavalo pelo nome. O cavalo de Volódia estava mancando; papai mandou selar um cavalo de caça para Volódia. Aquela expressão, "cavalo de caça", soou de maneira um pouco estranha nos ouvidos de *maman*: ela teve a impressão de que um cavalo de caça era uma espécie de fera raivosa e que, com toda a certeza, iria disparar e matar Volódia. Apesar das explicações tranquilizadoras de papai e de Volódia — o qual, com uma coragem admirável, disse que não tinha nada de mais e que ele até gostava muito quando o cavalo disparava —, a pobrezinha da *maman* continuou a repetir que ia ficar aflita durante todo o passeio.

O almoço terminou; os adultos foram tomar café no escritório, enquanto nós corremos para o jardim, onde ficamos caminhando devagar pelas veredas, cobertas de folhas amarelas caídas das árvores, e conversando. Começamos dizendo que Volódia ia montar um cavalo de caça, que era uma vergonha que Liúbotchka corresse mais devagar do que Kátienka, que seria muito interessante poder observar as correntes de Gricha etc.; sobre o fato de que íamos nos separar, nenhuma palavra foi dita. A conversa foi interrompida pelo barulho da charrete que se aproximava e na qual, sobre cada uma das molas, vinha sentado um menino da criadagem. Atrás da charrete, vinham os caçadores com os cães; atrás dos caçadores, o cocheiro Ignat montado no cavalo destinado a Volódia, trazendo pela rédea o meu velho kleper.[24] De início, todos nos precipitamos para a cerca, de onde dava para ver todas aquelas coisas interessantes, e depois, entre gritos e tumulto, corremos para o primeiro andar a fim de trocarmos de roupa e nos vestirmos da maneira mais parecida possível com os caçadores. Um dos principais recursos para isso era enfiar a calça por dentro do cano das botas. Cuidamos de tudo sem perder tempo, nos apressamos para terminar logo e corremos para o alpendre, a fim de nos deliciar com a visão dos cachorros e dos cavalos, também com a conversa com os caçadores.

O dia estava quente. As formas brancas e fantásticas das nuvenzinhas eram visíveis no horizonte desde a manhã; depois, a brisa leve começou a varrê-las cada vez mais para perto, de modo que, às vezes, elas encobriam o sol. Por mais que se movessem e ficassem escuras, parecia que as nuvens não estavam destinadas a se avolumar em forma de tempestade e, desse modo, terminar estragando nosso prazer. À tarde, novamente, elas começaram a dispersar: algumas empalideceram, se afinaram e fugiram no horizonte; outras, exatamente acima de nossa cabeça, se transformaram numa escama branca e transparente; só uma nuvem negra e grande continuava parada, a leste. Karl Ivánitch sempre sabia para onde ia cada nuvem; explicou que aquela nuvem ia para Máslovka, disse que não ia chover e que faria um tempo maravilhoso.

Apesar da idade avançada, Foka desceu da charrete com muita agilidade e rapidez e gritou: "Vem!". E postou-se com firmeza no meio da entrada, com as pernas abertas, entre o local para onde o cocheiro devia trazer a charrete e o primeiro degrau da escadinha, com a pose de um homem a quem não é preciso lembrar suas obrigações. As senhoras chegaram e, após uma

---

24 Raça alemã de cavalo.

breve discussão sobre o lado em que cada uma ia sentar e em que ia segurar-se (embora me parecesse totalmente desnecessário segurar-se), elas sentaram, abriram as sombrinhas e partiram. Na hora em que a charrete se pôs em movimento, *maman*, apontando para o "cavalo de caça", perguntou ao cocheiro, com voz trêmula:

— Esse cavalo é para o Vladímir Petróvitch?

E, quando o cocheiro respondeu que sim, ela ergueu a mão e virou-se para o outro lado. Eu estava muito impaciente: montei no meu cavalinho, fiquei olhando entre suas orelhas e fiz algumas evoluções pelo pátio.

— Tenha a bondade de não pisotear os cachorros — disse-me um caçador.

— Fique tranquilo: não é minha primeira vez — respondi, com orgulho.

Volódia montou no "cavalo de caça", não sem algum receio, apesar da firmeza de seu caráter, e, enquanto afagava o animal, perguntou algumas vezes:

— Ele é manso?

Mas Volódia estava muito bonito em cima do cavalo, igual a um adulto. Suas coxas, envoltas pela calça, se apoiavam tão bem na sela que até senti inveja — sobretudo porque, até onde eu podia julgar pela sombra, eu estava longe de ter uma aparência tão bela.

Então soaram os passos de papai na escada; o homem que cuidava dos cães de caça reuniu os cães farejadores que haviam se dispersado; os caçadores com os cães borzóis chamaram seus cavalos e começaram a montar. O cavalariço levou o cavalo de papai pela rédea na direção do alpendre; os cães de trela de papai, que antes estavam parados à sua volta, em diversas poses, como numa pintura, se atiraram em sua direção. Atrás dele, numa coleira com miçangas, com uma plaquinha de metal tilintante, veio correndo Milka. Ao sair, ela sempre trocava cumprimentos com os cachorros do canil: com uns, brincava; com outros, cheirava e rosnava; com outros ainda, catava pulgas.

Papai montou no cavalo e partimos.

7. A caçada

O caçador que cuidava dos cães, apelidado de Turká, montado num cavalo cinzento de focinho aquilino, com uma imensa buzina de chifre pendurada no ombro e uma faca na cintura, ia à frente de todos. Pela aparência lúgubre e feroz daquele homem, podia-se muito bem imaginar que seguia para uma batalha mortal e não para uma caçada. Perto das patas traseiras de seu cavalo, corriam os cães farejadores, muito juntos, formando um novelo colorido e ondulante. Dava pena ver o destino do cão infeliz que inventasse de ficar para trás. Teria de fazer um grande esforço para alcançar seus companheiros e, quando os alcançasse, um dos caçadores que vinham mais atrás, com toda a certeza, o atiçaria a chicotadas, gritando: "Para o grupo!". Depois de passar pelo portão, papai mandou que nós e os caçadores seguíssemos pela estrada, enquanto ele próprio virou e avançou pelo campo de centeio.

A colheita estava no auge. O interminável campo amarelo e reluzente só num dos lados fazia divisa com um bosque alto e azulado, que então me pareceu o lugar mais remoto e misterioso, além do qual ou acabava o mundo ou começava uma terra de países desabitados. Todo o campo estava coalhado de gente e de montes de centeio. No meio do centeio alto e denso, aqui e ali, numa faixa já ceifada, viam-se as costas curvadas de uma ceifeira, o balanço das espigas quando ela as juntava entre os dedos, uma mulher curvada sobre um berço, numa sombra, e feixes de centeio dispersos pelo restolho, entremeado de centáureas. Do outro lado, mujiques só de camisa, de pé sobre as carroças, amontoavam os feixes, levantando uma nuvem de poeira, no campo ressecado e escaldante. O estaroste,[25] de botas, com uma túnica rústica jogada sobre os ombros e plaquinhas de madeira na mão, ao avistar papai de longe, tirou seu chapéu de feltro, enxugou a cabeça e a barba ruiva com uma toalha e deu um grito para as camponesas. O cavalinho alazão que papai montava andava ligeiro, num passo alegre, de vez em quando baixava a cabeça para o peito, esticando as rédeas, e sacudia a cauda espessa para espantar as moscas e as mutucas, que grudavam nele com voracidade. Dois cães borzóis, com a cauda retesada em forma de gancho e a cabeça muito erguida, saltitavam graciosos pelo restolho alto, logo atrás das patas do cavalo; Milka corria na frente e, com a cabeça virada, esperava que lhe dessem alguma coisa para comer. As vozes das pessoas, o tropel dos cavalos e o barulho das carroças, os pios alegres das codornas, o zumbido dos insetos que pairavam no ar em enxames imóveis, o cheiro de absinto, de palha e de suor de cavalo, milhares de cores e de sombras variadas, que o sol ardente derramava pelo restolho amarelo-claro, o bosque azulado ao longe e as nuvens brancas e lilases, as teias de aranha brancas que pairavam no ar ou pousavam no restolho — tudo isso eu via, ouvia e sentia.

Quando chegamos ao bosque de Kalínovo, já encontramos lá a charrete e, de modo totalmente inesperado, também uma carroça puxada por um cavalo, na qual, bem no meio, estava sentado o copeiro. Por baixo da palha, viam-se: o samovar, o balde com a fôrma de sorvete, além de saquinhos e caixinhas muito atraentes. Era impossível se enganar: íamos ter o chá ao ar livre, com sorvete e frutas. Ao ver a carroça, manifestamos nossa alegria de modo ruidoso, porque tomar o chá no bosque

25 Chefe da comuna de camponeses.

sobre a grama e, além do mais, num lugar onde ninguém jamais havia tomado chá era um grande prazer.

Turká se aproximou da clareira, parou, escutou com atenção as instruções minuciosas de papai sobre como devíamos formar uma fila e para onde ir (no entanto, ele nunca seguia as instruções e agia à sua maneira), soltou os cães, amarrou as trelas sem pressa na traseira da sela, montou no cavalo e, assobiando, desapareceu atrás das bétulas jovens. Soltos, os cães farejadores manifestaram sua satisfação, antes de tudo, sacudindo a cauda, depois se alvoroçaram, voltaram a si e então, já num trote curto, farejaram uns aos outros e, abanando o rabo, saíram correndo em várias direções.

— Você tem um lenço? — perguntou papai. Tirei do bolso e mostrei para ele.

— Muito bem, prenda o lenço naquele cachorro cinzento...

— O Jiran? — perguntei com ar de entendido.

— Sim, e corra com ele pela estrada. Quando chegar à clareirazinha, pare e, veja lá, hein: não me volte sem uma lebre!

Amarrei o lenço no pescoço peludo de Jiran e corri desabaladamente na direção do local indicado. Papai riu e gritou atrás de mim:

— Mais depressa, força, senão não vai dar tempo.

Jiran parava toda hora, erguia as orelhas e escutava com atenção os gritos de estímulo dos caçadores. Eu não tinha força bastante para puxá-lo e comecei a gritar: "Pega! Pega!". Então Jiran disparou com tanto ímpeto que só a muito custo eu conseguia segurá-lo, e até caí algumas vezes, antes de chegar ao local. Depois de escolher um lugar plano e sombreado junto à raiz de um carvalho alto, deitei no capim, sentei Jiran a meu lado e fiquei esperando. Minha imaginação, como sempre acontece em situações semelhantes, fugiu para longe da realidade: imaginava que já estava caçando a terceira lebre, na hora em que o primeiro cão farejador latiu na mata. A voz de

Turká ressoou pelo bosque, alta e animada; o cão farejador latia e sua voz chegava a intervalos cada vez menores; a ele se juntou outro cão, de voz grave, depois um terceiro, um quarto... Essas vozes ora se calavam, ora se entrecortavam umas às outras. Aos poucos, os sons ficaram mais fortes, ininterruptos, acabaram se fundindo num único ronco, profundo e modulante. A clareira se tornou um grande alarido e os cães farejavam, sem parar de latir.

Ouvindo isso, fiquei paralisado no meu lugar. Com os olhos cravados na orla da mata, eu sorria, atônito; o suor escorria caudaloso e, embora as gotas fizessem cócegas quando deslizavam pelo queixo, eu não as enxugava. Pareceu-me que não poderia existir um minuto mais decisivo do que aquele. O estado de tensão era violento demais para poder durar muito tempo. Os cães farejadores ora latiam com estardalhaço bem perto da orla da mata, ora se afastavam de mim aos poucos; a lebre não apareceu. Passei a olhar para os lados. Com Jiran, foi a mesma coisa: no início, latiu e ganiu, depois ficou deitado a meu lado, pousou o focinho nos meus joelhos e se acalmou.

Junto às raízes nuas do carvalho sob o qual eu estava, na terra cinzenta e seca, entre folhas secas de carvalho, bolotas e ramos musgosos e ressequidos, no musgo amarelo-esverdeado e entre as folhinhas finas de capim verde que despontavam aqui e ali, formigas fervilhavam. Umas atrás das outras, apressavam-se pela trilhazinha plana aberta por elas mesmas: algumas com carga, outras sem nada. Peguei um graveto e barrei a trilha. Só vendo para crer como algumas, desdenhando o perigo, rastejaram por baixo do graveto e outras passaram por cima; mas algumas, em especial as que traziam uma carga, se perderam de todos e não sabiam o que fazer: paravam, procuravam um desvio, ou voltavam atrás, ou subiam pelo graveto e chegavam à minha mão e, ao que parecia, tinham a intenção de se enfiar por baixo da manga de meu casaco. Fui desviado dessas observações interessantes por uma borboleta de asinhas amarelas, que rodopiava na minha frente de maneira incrivelmente sedutora. Assim que voltei minha atenção para a borboleta, ela se afastou de mim uns dois passos, esvoaçou por cima de uma flor branca e quase murcha de trevo silvestre e pousou ali. Não sei se o solzinho aqueceu a borboleta ou se ela colheu algum néctar naquela planta — o que se via é que ela estava gostando muito. De vez em quando, abanava as asinhas e se unia com a flor, até que ficou imóvel. Apoiei a cabeça nas mãos e observei a borboleta com prazer.

De repente, Jiran uivou e deu um pulo com tamanha força que por pouco não caí. Olhei em redor. Na orla da mata, com uma orelha erguida e a outra dobrada, uma lebre saltitava. O sangue me subiu à cabeça e, naquele instante, esqueci tudo: comecei a gritar alguma coisa com voz frenética, soltei o cachorro e desatei a correr. Porém, assim que fiz isso, me arrependi: a lebre parou um momento, deu um pulo e não a vi mais.

Quanta vergonha senti, quando, seguindo os cães farejadores que o haviam guiado pelos latidos até a orla da mata, Turká apareceu na minha frente, saindo de trás dos arbustos! Ele percebeu meu erro (que consistia em não *ter me contido*) e, depois de me lançar um olhar de desprezo, apenas disse: "Eh, patrão!". Mas era preciso ouvir a maneira como aquilo foi dito! Seria mais fácil, para mim, se ele tivesse me pendurado na sela, como uma lebre caçada.

Fiquei muito tempo parado no mesmo lugar, tomado por forte desespero, não chamei os cachorros e apenas repetia, batendo com as mãos nas coxas:

— Meu Deus, o que foi que eu fiz!

Ouvi que estavam levando os cães farejadores para longe, percebi que saíram de surpresa do outro lado da clareira, capturaram a lebre, e que Turká, com sua enorme buzina de chifre, chamou os cães — mesmo assim, não saí do lugar...

8. Brincadeiras

A caçada havia terminado. À sombra das bétulas jovens, estenderam um tapete e todos se sentaram ali, num círculo. O copeiro Gavrilo, pisoteando o capim verde e viçoso à sua volta, amolava os talheres e retirava de uma caixinha pêssegos e ameixas, embrulhados em folhas. Através dos ramos verdes das bétulas jovens, o sol reluzia e lançava nos desenhos do tapete, nas minhas pernas e até na careca suada de Gavrilo trêmulos círculos de luz. A brisa, que perpassava pela folhagem das árvores, por meus cabelos e meu rosto suado, me refrescava imensamente.

Depois que comemos os sorvetes e as frutas, não havia mais que fazer no tapete, e nós, apesar dos raios ardentes e oblíquos do sol, levantamos e fomos brincar.

— Então, de que vamos brincar? — disse Liúbotchka, piscando os olhos por causa do sol e dando pulinhos pelo capim.
— Vamos brincar de Robinson.

— Não... é chato — disse Volódia, jogando-se preguiçosamente no capim e mascando folhas. — Sempre Robinson! Mas, se vocês querem mesmo, é melhor construir um caramanchão.

Era evidente que Volódia se fazia de importante: na certa, estava orgulhoso de ter montado um cavalo de caça e fingia estar muito cansado. Talvez também fosse porque ele já tinha juízo demais e imaginação de menos para se divertir de verdade, brincando de Robinson. Essa brincadeira consistia em representar cenas de *Robinson Suisse*,[26] que tínhamos lido pouco antes.

— Puxa, por favor... por que não quer nos dar esse prazer? — insistiram as meninas. — Você vai ser o Charles, ou o Ernest, ou o pai... O que prefere? — disse Kátienka, tentando levantá-lo do chão, puxando-o pela manga do casaco.

— Na verdade, não estou com vontade... é chato! — disse Volódia, espreguiçando-se e, ao mesmo tempo, sorrindo satisfeito.

— Então era melhor a gente ficar em casa, se ninguém quer brincar — reclamou Liúbotchka, entre lágrimas. Era uma tremenda chorona.

— Então vamos; só não pode chorar, por favor, que eu não aguento!

A condescendência de Volódia nos deu muito pouco prazer; ao contrário, seu jeito preguiçoso e enjoado tirava toda a graça da brincadeira. Quando sentamos na terra e, imaginando que estávamos pescando num barco, começamos a remar com todas as forças, Volódia ficou sentado de braços cruzados, numa posição que nada tinha a ver com a de um pescador. Chamei sua atenção por isso; mas ele respondeu que tanto fazia, para nós, mexer os braços com mais ou com menos força, que não iríamos mais longe por isso nem iríamos ganhar nem perder nada. A contragosto, concordei com ele. Quando, imaginando que eu ia caçar, pus um pedaço de pau no ombro e segui para a mata, Volódia deitou-se de costas, cruzou as mãos sob a nuca e me disse para fazer de conta que ele também ia. Tais atitudes e palavras, que esfriavam nossa brincadeira, eram extremamente desagradáveis, tanto mais porque era impossível, no fundo, não concordar que Volódia agia com bom senso.

---

26 *O Robinson suíço*. Do original *Der Schweizerische Robinson*, do escritor suíço Johann David Wyss, publicado em 1812, sobre uma família suíça vítima de naufrágio.

Sei muito bem que, com um pedaço de pau, não se pode matar um pássaro, nem se pode dar um tiro. É uma brincadeira. Se raciocinássemos assim, também seria impossível montar nas cadeiras como se fossem cavalos; mas o próprio Volódia, eu creio, também lembra como, nas longas noites de inverno, cobríamos a poltrona de xales, dela fazíamos um coche e um de nós tomava a posição do cocheiro, outro, do lacaio, as meninas ficavam no meio, três cadeiras faziam as vezes da troica de cavalos — e partíamos pela estrada. E quantas aventuras aconteciam naquela estrada! E como as noites de inverno eram alegres e passavam depressa!... Se tomarmos tudo ao pé da letra, não haverá brincadeira nenhuma. E, se não houver brincadeiras, o que é que sobra?

9. Algo parecido com o primeiro amor

Quando fazia de conta que estava colhendo frutas americanas de uma árvore, Liúbotchka apanhou, junto com uma folhinha, uma lagarta enorme, jogou-a na terra com um susto, ergueu os braços e recuou, como se temesse que algo esguichasse da lagarta. A brincadeira parou; todos nós, com as cabeças unidas, nos curvamos para o chão — a fim de observar aquela curiosidade.

Olhei por trás do ombro de Kátienka, que tentava levantar a lagarta numa folhinha, que ela colocou no seu caminho.

Eu havia notado que muitas meninas tinham o costume de levantar os ombros, tentando com esse gesto trazer o decote do vestido de volta para o lugar certo. Também lembro que Mimi sempre se irritava com esse gesto e dizia: *C'est un geste de femme de chambre.*[27] Depois de se curvar sobre a lagarta, Kátienka fez esse gesto e, na mesma hora, um vento ergueu o lenço que trazia no pescoço branco. Quando fez esse gesto, seu ombrinho estava a dois dedos de meus lábios. Eu já não estava mais olhando para a lagarta, meus olhos estavam cravados no ombro de Kátienka e eu o beijei com toda a força. Ela não se virou, mas percebi que seu pescocinho e suas orelhas ficaram vermelhos. Volódia, sem erguer a cabeça, falou com desdém:

— Que chamego é esse?

Eu já estava com lágrimas nos olhos.

[27] Em francês no original: "É um gesto de camareira".

Não desviei os olhos de Kátienka. Fazia tempo que me acostumara com seu rostinho fresco e louro e sempre o adorara; mas, naquele momento, comecei a observar com mais atenção e o adorei mais ainda. Quando chegamos perto dos adultos, papai, para nossa grande alegria, avisou que, a pedido de mamãe, a viagem tinha sido adiada para a manhã seguinte.

Voltamos juntos para casa, acompanhando a charrete. Eu e Volódia, tentando superar um ao outro na arte da montaria e na bravura, empinávamos os cavalos perto da charrete. Minha sombra estava mais comprida do que antes e, a julgar por ela, imaginei que tinha o aspecto de um cavaleiro muito bonito; mas o sentimento de satisfação que experimentei foi logo destruído pelo que aconteceu em seguida. Desejando a todo custo deixar as passageiras da charrete deslumbradas, fiquei um pouco para trás e depois, com a ajuda do chicote e das pernas, aticei meu cavalinho, fiz uma pose graciosa e desembaraçada e quis passar por elas como um tufão, do lado em que Kátienka estava sentada. Eu só não sabia o que seria melhor: passar a galope calado ou dando gritos? Mas o cavalinho insolente, quando alcançou os cavalos da charrete, apesar de todos os meus esforços, freou de modo tão inesperado que dei um pulo da sela para seu pescoço e por pouco não voei para o chão.

10. Que tipo de pessoa era meu pai?

Meu pai era uma pessoa do século passado e tinha o caráter esquivo da juventude daquele tempo, em geral, feito de nobreza, iniciativa, autoconfiança, curiosidade e devassidão. Ele encarava com desdém as pessoas do século atual e essa opinião se devia tanto ao orgulho inato quanto a um rancor secreto, porque, em nosso século, ele não podia ter a influência nem os êxitos que tivera no seu. As duas principais paixões, para meu pai, eram as cartas e as mulheres; ao longo da vida, tinha ganhado alguns milhões e se relacionara com um número incontável de mulheres, de todas as classes.

A grande estatura, o jeito curioso de andar, em passinhos miúdos, o costume de levantar o ombro, os olhos pequenos e sempre risonhos, o nariz grande e aquilino, os lábios assimétricos que se uniam de modo desajeitado, mas simpático — o jeito de cecear quando falava —, e a careca grande, que tomava toda a cabeça: eis a aparência de meu pai tal como me lembro dele, aparência com a qual ele soube não apenas ganhar a reputação de ser, e ser efetivamente, um homem *à bonnes fortunes*,[28] como também agradar a todos, sem exceção — pessoas de todas as classes e condições, mas em especial aquelas a quem ele queria agradar.

Sabia se colocar em posição superior, em todas as suas relações. Sem nunca ter sido um homem da mais alta sociedade,

[28] Homem bem-sucedido.

sempre se relacionou com pessoas daquela esfera de tal modo que se fazia respeitar. Sabia qual era a dose misteriosa de orgulho e autoconfiança que, sem ofender os outros, o engrandecia na opinião da sociedade. Era original, mas nem sempre, e usava a originalidade como um meio de substituir o mundanismo ou a riqueza, em certos casos. Nada no mundo conseguia provocar nele um sentimento de assombro: por mais brilhante que fosse sua posição, parecia que não tinha nascido para aquilo. Sabia tão bem esconder dos outros e apagar de si o lado escuro da vida, conhecido por todos, cheio de pequenos desgostos e mágoas, que era impossível não sentir inveja dele. Era um entendido em todas as coisas que proporcionavam conforto e prazer e sabia aproveitá-las. Sua obsessão eram as ligações com pessoas importantes, com as quais era relacionado, em parte, pelos parentes de minha mãe e, em parte, por seus camaradas de juventude, dos quais no fundo ele tinha raiva, por terem subido muitos postos em suas carreiras, enquanto ele continuara sempre um tenente da Guarda reformado. Como todos os ex-militares, não sabia vestir-se na moda; em compensação, vestia-se de modo original e distinto. Trajes sempre folgados e leves, roupa de baixo da melhor qualidade, punhos e colarinhos grandes e abertos... De resto, tudo caía bem nele, por conta de sua grande estatura, de seu corpo forte, da cabeça calva e dos movimentos calmos e confiantes.

Era sensível e até chorava com facilidade. Muitas vezes, ao ler em voz alta, quando chegava a uma passagem patética, a voz começava a tremer, surgiam lágrimas e ele, com irritação, baixava o livro. Gostava de música e, acompanhando-se ao piano, cantava romanças de seu amigo A., canções ciganas e alguns trechos de óperas; mas não gostava de música erudita e, sem prestar atenção à opinião geral, dizia abertamente que as sonatas de Beethoven lhe davam sono e tédio e que não conhecia nada melhor do que "Não me acorde, rapaz", como

Semiónova cantava, e "Não estou só", como cantava a cigana Taniúcha. Sua natureza era uma dessas para as quais o público é indispensável para que algo seja bom. E então ele só considerava bom aquilo que o público achava bom. Só Deus sabe se tinha princípios morais, quaisquer que fossem. Sua vida era tão cheia de paixões, de todos os tipos, que ele nem tinha tempo para formar princípios morais, e era tão feliz na vida que não via nenhuma necessidade disso.

Na velhice, desenvolveu uma forma fixa de encarar as coisas e regras imutáveis — mas somente no plano prático: as ações e o estilo de vida que lhe traziam felicidade ou satisfação, ele considerava bons e achava que todos deviam agir sempre assim. Falava de modo muito atraente e esse dom, me parece, reforçava a flexibilidade de suas regras: era capaz de contar a mesma ação como se fosse a travessura mais encantadora ou como uma baixeza infame.

11. Os trabalhos no escritório e no salão

Já estava escurecendo quando chegamos em casa. *Maman* sentou-se ao piano e nós, as crianças, pegamos papéis, lápis, tintas e nos instalamos em torno da mesa redonda para desenhar. Eu só tinha tinta azul; mas, apesar disso, resolvi desenhar uma caçada. Depois de desenhar, com muita agilidade, um menino azul montado num cavalo azul e cães azuis, eu não sabia direito se podia desenhar uma lebre azul e corri para o escritório de papai para pedir um conselho. Papai estava lendo algo e, ao ouvir minha pergunta, "Existem lebres azuis?", sem levantar a cabeça, respondeu: "Existem, meu amigo, existem". Depois de voltar à mesa redonda, desenhei uma lebre azul, então achei necessário transformar a lebre azul num arbusto. Também não gostei do arbusto; transformei-o numa árvore, que virou um monte de feno, e o monte de feno virou uma nuvem, e assim acabei borrando de azul o papel todo de tal forma que o rasguei com irritação e fui cochilar na poltrona voltaire.

Maman estava tocando o segundo concerto de Field, seu professor. Eu cochilei e, na minha imaginação, surgiram lembranças leves, luminosas e cristalinas. Ela começou a tocar a sonata *Patética* de Beethoven e eu me lembrei de algo triste, penoso e sombrio. *Maman* tocava muitas vezes essas duas composições, por isso me lembro muito bem do sentimento que elas despertavam em mim. Era um sentimento parecido com uma recordação, mas uma recordação de quê? Parecia me lembrar de coisas que nunca tinham acontecido.

A porta do escritório estava na minha frente e vi que Iákov e outros homens, barbudos e de cafetã, entraram ali. A porta logo se fechou. "Bem, começaram os trabalhos!", pensei. Eu tinha a impressão de que nada no mundo podia ser mais importante do que os negócios tratados no escritório; essa ideia era confirmada também pelo fato de que, ao se aproximar da porta do escritório, todos costumavam andar na ponta dos pés e falar em sussurros; de lá, vinha a voz alta de papai e o cheiro de charuto, que, não sei por quê, sempre me atraía muito. De repente, quase dormindo, fui surpreendido por um rangido de botas que eu conhecia bem e que vinha da sala dos criados. Karl Ivánitch, na ponta dos pés, mas com o rosto soturno e decidido, e trazendo na mão uns papéis escritos, aproximou-se da porta e bateu de leve. Deixaram-no entrar e a porta se fechou outra vez.

"Tomara que não aconteça nenhuma desgraça", pensei. "Karl Ivánitch está zangado: é capaz de tudo…"

Cochilei de novo.

No entanto, não aconteceu nenhuma desgraça; uma hora depois, o mesmo rangido de botas me acordou. Enxugando com um lenço as lágrimas que notei em suas bochechas, Karl Ivánitch saiu pela porta e, murmurando algo para si mesmo, subiu ao primeiro andar. Depois dele, saiu o papai e foi para o salão.

— Sabe o que acabei de decidir? — falou, com voz alegre, depois de pôr a mão no ombro de *maman*.

— O que é, meu amigo?

— Vou levar Karl Ivánitch com as crianças. Tem lugar na charrete. Elas estão acostumadas com ele, e ele parece muito apegado a elas; e setecentos rublos por ano não fazem tanto diferença, *et puis au fond c'est un très bon diable*.[29]

---

29 Em francês no original: "além disso, no fundo, é um diabo muito bom".

Eu não consegui entender por que o papai estava xingando Karl Ivánitch.

— Estou muito contente — disse *maman* —, pelas crianças, por ele: é um velho maravilhoso.

— Se você visse como ficou emocionado quando eu lhe disse para ficar com os quinhentos rublos como um presente... Porém o mais divertido são essas contas que ele me trouxe. Vale a pena examinar — acrescentou com um sorriso, entregando a ela um bilhete escrito pela mão de Karl Ivánitch. — É uma graça!

Eis o conteúdo do bilhete:

Duas varas de pescar para as crianças — setenta copeques. Papel colorido, uma moldura dourada, cola de amido e um molde para fazer uma caixinha de presente — seis rublos e cinquenta e cinco copeques.

Um livro e um arco, presentes para as crianças — oito rublos e dezesseis copeques.

Calças para Nikolai — quatro rublos.

Um relógio de ouro que Piotr Aleksándritch prometeu trazer de Moscou em 18... — cento e quarenta rublos.

Portanto, Karl Mauer deve receber, além do salário — cento e cinquenta e nove rublos e setenta e nove copeques.

Ao ler o bilhete em que Karl Ivánitch exigia que lhe dessem todo o dinheiro que gastara em presentes e que pagassem até por um presente prometido, qualquer um pensaria que Karl Ivánitch era, acima de tudo, um insensível egoísta e interesseiro — mas estaria enganado.

Ao entrar no escritório com as folhas na mão e um discurso já pronto na cabeça, ele tinha a intenção de expor com eloquência, para o papai, todas as injustiças sofridas por ele em nossa casa; porém, quando começou a falar com a mesma voz comovente e as mesmas entonações sentimentais com que costumava fazer ditados para nós, sua eloquência produziu um efeito mais forte sobre ele mesmo do que em papai; então, ao chegar ao ponto em que disse: "por mais que para mim seja triste me separar das crianças", ele se atrapalhou por completo; sua voz começou a tremer e ele foi obrigado a pegar no bolso um lenço quadrado.

— Sim, Piotr Aleksándritch — disse, entre lágrimas (esse trecho não fazia parte, absolutamente, do discurso ensaiado) —, estou tão acostumado com as crianças que não sei o que farei sem elas. Mesmo sem salário nenhum, era melhor eu continuar a servir o senhor — acrescentou, enxugando as lágrimas com a mão, enquanto com a outra mão entregava as contas.

Que naquele momento Karl Ivánitch falou com sinceridade, isso eu posso afirmar com segurança, porque conheço seu bom coração; mas como conciliar aquelas contas com suas palavras, para mim, continua um mistério.

— Se é triste para o senhor, para mim seria mais triste ainda me separar do senhor — disse papai, dando palmadinhas no seu ombro. — Agora, mudei de ideia.

Pouco antes do jantar, Gricha entrou na sala. Desde o primeiro momento em que chegara a nossa casa, ele não tinha parado de suspirar e chorar, o que, na opinião de quem acreditava em sua capacidade profética, era prenúncio de alguma desgraça para nossa casa. Gricha começou a se despedir e disse que no dia seguinte, de manhã, iria embora. Pisquei o olho para Volódia e saí pela porta.

— O que é?

— Se queremos ver as correntes de Gricha, vamos subir agora para os aposentos dos homens. — Gricha dormia no segundo andar. — Podemos muito bem ficar no quarto de despejo e dali vamos ver tudo.

— Excelente! Espere aqui: vou chamar as meninas.

Elas vieram correndo e fomos todos para cima. Não sem alguma discussão, ficou resolvido quem seria o primeiro a entrar no escuro quarto de despejo, depois nos acomodamos e começamos a esperar.

12. Gricha

Todos tínhamos pavor de ficar no escuro; nos esprememos uns contra os outros e não falamos nada. Logo depois, Gricha chegou, em passos silenciosos. Numa mão, trazia seu cajado; na outra, uma vela de sebo num castiçal de bronze. Nós prendíamos a respiração.

— Senhor Jesus Cristo! Santa Mãe de Deus! Em nome do Pai, do Filho e do Espírito Santo... — repetiu, respirando fundo, em várias entonações e abreviações, próprias apenas a quem repete tais palavras com frequência.

Sem parar de rezar, colocou o cajado num canto, observou a cama e começou a se despir. Depois de soltar da cintura a velha faixa negra, tirou devagar o cafetã esfarrapado de nanquim, dobrou-o com cuidado e pendurou-o nas costas de uma cadeira. Agora, seu rosto não exprimia, como de hábito, afobação e estupidez; ao contrário, estava tranquilo, pensativo e até imponente. Seus movimentos eram vagarosos e ponderados.

Quando ficou só com as roupas de baixo, sentou-se devagar na cama, benzeu-a em todas as direções e, com esforço, ao que parecia — pois franziu o rosto —, ajeitou as correntes por dentro da camisa. Depois de ficar um tempo parado e examinar com atenção os rasgões em certos pontos da roupa de baixo, ficou de pé e, sem parar de rezar, levantou a vela na altura do oratório, onde havia algumas imagens, fez o sinal da cruz para os santos e virou a vela com a chama para baixo. A chama se apagou com um chiado.

A lua quase cheia batia nas janelas que davam para o bosque. O vulto comprido e branco do beato, de um lado, era iluminado pelos raios pálidos e prateados da lua, e, do outro, era delineado por uma sombra negra, que se fundia com as sombras das esquadrias das janelas, sobre o chão, na parede, e chegava até o teto. Lá fora, o vigia dava marteladas na sua plaquinha de ferro.

Depois de cruzar as mãos enormes sobre o peito e baixar a cabeça, suspirando sem parar, Gricha ficou de pé, calado, diante dos ícones e, em seguida, com esforço, ajoelhou-se e começou a rezar.

De início, pronunciou em voz baixa as preces conhecidas, apenas enfatizando certas palavras, depois repetiu as preces, mas em voz alta e com grande entusiasmo. Começou a falar usando suas próprias palavras, tentando com um esforço evidente exprimir-se em eslavo eclesiástico. Suas palavras eram incoerentes, mas tocantes. Rezou por todos os seus benfeitores (assim ele chamava a quem lhe dava abrigo), entre os quais estávamos mamãe e nós mesmos, e rezou por si, pediu que Deus perdoasse seus pecados graves, repetiu: "Deus, perdoe meus inimigos!". Levantava-se ofegante e, repisando muitas vezes as mesmas palavras, abaixava-se até o chão, para levantar-se outra vez, apesar do peso das correntes, que emitiam um som seco e estridente ao bater no chão.

Volódia me beliscou na perna com força, mas nem virei os olhos para ele: apenas esfreguei a perna e, com um sentimento infantil de espanto, pena e respeito, continuei a acompanhar todos os movimentos e palavras de Gricha.

Em lugar da diversão e dos risos que previa ao entrar no quarto de despejo, eu sentia um calafrio e um aperto no coração.

Gricha continuou por muito tempo naquele estado de êxtase religioso e improvisava preces. Ora repetia algumas vezes seguidas: "Senhor, tem piedade", mas cada vez com uma força e uma expressão novas; ora dizia: "Perdoa-me, Senhor, ensina-me o que fazer... Ensina-me o que fazer, Senhor!", com uma tal expressão que parecia esperar uma resposta imediata para suas palavras; ora se ouviam apenas soluços de lamento... Ele se pôs de joelhos, cruzou as mãos sobre o peito e ficou em silêncio.

Sem fazer nenhum barulho, pus a cabeça para fora da porta e prendi a respiração. Gricha não se mexia; de seu peito se desprendiam suspiros pesados; na pupila turva de seu olho cego, iluminado pela lua, havia uma lágrima.

— E seja feita a tua vontade! — exclamou de repente, com uma expressão inimitável, tombou de testa no chão e soluçou como uma criança.

Muita água correu desde então, muitas lembranças do passado perderam o sentido para mim e se tornaram apenas pensamentos confusos, até o peregrino Gricha há muito tempo terminou sua última peregrinação; mas a impressão que ele deixou em mim e o sentimento que despertou nunca morrerão na minha memória.

Ah, grande cristão Gricha! Sua fé era tão forte que você sentia a proximidade de Deus, seu amor era tão grande que as palavras jorravam sozinhas de sua boca — não era pelo raciocínio que acreditava nelas. E que louvor elevado você fez ao Senhor quando, sem encontrar as palavras, tombou no chão, entre lágrimas!...

O sentimento de comoção com que escutei Gricha não podia durar muito tempo, primeiro, porque minha curiosidade estava saciada; segundo, porque minhas pernas ficaram dormentes, por permanecer sentado no mesmo lugar, e eu tinha vontade de me unir aos cochichos e ao rebuliço que ouvia atrás de mim, no escuro quarto de despejo. Alguém me pegou pela mão e sussurrou no meu ouvido: "De quem é esta mão?". No quarto de despejo, a escuridão era completa; mas só pelo toque e pela voz, que me sussurrava bem junto ao ouvido, logo reconheci Kátienka.

De modo totalmente instintivo, segurei seu braço, de manguinha curta, na altura do cotovelo, e ali colei os lábios. Kátienka, é claro, espantou-se com esse gesto e puxou o braço: com o movimento, ela esbarrou numa cadeira quebrada que estava no quarto de despejo. Gricha levantou a cabeça, virou-se em silêncio e, recitando preces, começou a fazer o sinal da cruz em todas as direções. Entre rumores e sussurros, saímos correndo do quarto de despejo.

13. Natália Sávichna

Em meados do século passado, nos quintais da aldeia de Khabárovka, em seu vestido grosseiro, corria Natachka, uma menina descalça, mas alegre, gordinha e corada. Graças aos méritos e ao desejo do pai, o clarinetista Sávva, meu avô levou-a *para cima* — a fim de integrar-se às criadas da vovó. A camareira Natachka distinguia-se nessa função por sua natureza dócil e por seu empenho. Quando mamãe nasceu e foi preciso arranjar uma babá, atribuíram a responsabilidade à Natachka. Nessa nova atividade, ela recebeu elogios e recompensas por seu zelo, fidelidade e dedicação à jovem patroa. Mas a cabeça empoada e as meias com fivelas do jovem e atrevido copeiro Foka, que por causa do serviço se encontrava muitas vezes com Natachka, cativaram seu coração rústico, mas amoroso. Ela até resolveu ir por conta própria pedir ao vovô permissão para casar com Foka. Vovô tomou seu pedido como uma ingratidão, enfureceu-se e, como castigo, mandou a pobre Natália ir trabalhar num curral, numa aldeia na estepe. No entanto, seis meses depois, como ninguém conseguia substituir Natália, ela foi trazida de volta para sua função anterior. Quando regressou do exílio em seu vestido rústico, ela foi falar com o vovô, caiu aos seus pés e pediu que lhe desse de novo a compaixão, o carinho, e esquecesse a estupidez que ela cismara de fazer e que — prometeu — não ia mais repetir. E, de fato, cumpriu a palavra.

Desde então, Natachka tornou-se Natália Sávichna e usava uma touca: toda a reserva de amor que se abrigava dentro dela foi canalizada para sua patroazinha.

Quando uma preceptora tomou seu lugar junto à minha mãe, Natália recebeu as chaves da despensa e as roupas brancas, e todas as provisões ficaram sob sua responsabilidade. Ele cumpria aquelas novas funções com o mesmo empenho e amor. Vivia para zelar pelos bens dos patrões, em tudo enxergava desperdício, desleixo, furto e tentava combater isso de todos os meios.

Quando *maman* casou, quis recompensar Natália Sávichna de alguma forma, por seus vinte anos de trabalho e dedicação, e chamou-a a seu quarto, expressou com as palavras mais lisonjeiras toda a sua gratidão e seu amor por ela, entregou-lhe uma folha de papel timbrado, na qual estava escrita a alforria da Natália Sávichna, e disse que, independentemente de continuar ou não a servir em nossa casa, ela receberia sempre uma pensão anual de trezentos rublos. Natália Sávichna escutou tudo calada, depois, com o documento na mão, olhou para ele com rancor, resmungou algo entre os dentes e saiu do quarto correndo e batendo a porta. Sem entender a causa daquele gesto estranho, *maman* foi ao quarto de Natália Sávichna, pouco depois. Ela estava com olhos chorosos, sentada sobre um baú, revirando um lenço entre os dedos e olhando fixamente para os pedaços da alforria, rasgada e jogada no chão, à sua frente.

— O que há com a senhora, querida Natália Sávichna? — perguntou *maman*, segurando sua mão.

— Não é nada, mãezinha — respondeu. — Na certa, fiz alguma coisa ruim para a senhora, por isso está me expulsando de casa... O que fazer? Vou embora.

Ela libertou sua mão e, contendo as lágrimas a muito custo, quis sair do quarto. *Maman* segurou-a, abraçou-a, e as duas desataram a chorar.

Desde quando me lembro de mim, lembro-me também de Natália Sávichna, de seu amor e carinho; mas só agora sei lhe dar valor — na época, nem me passava pela cabeça que criatura rara e maravilhosa era aquela velhinha. Não só jamais falava de si como, ao que parece, nunca pensava em si mesma: toda a sua vida era amor e abnegação. Fiquei tão acostumado com seu amor desinteressado e terno por nós que nem imaginava que aquilo poderia ser diferente, não sentia nenhuma gratidão por ela e nunca perguntava a mim mesmo: Será que ela é feliz? Está satisfeita?

Às vezes, sob o pretexto de uma necessidade inevitável, eu fugia da aula para o quarto dela, sentava e me punha a sonhar em voz alta, sem me constranger em nada com sua presença. Estava sempre ocupada com alguma coisa: ou tricotava uma meia, ou remexia nos baús que enchiam seu quarto, ou fazia a lista de roupas para lavar e, escutando todas as bobagens que eu dizia, como: "Quando eu for general, vou casar com uma beldade maravilhosa, vou comprar um cavalo alazão, vou construir uma casa de vidro e vou mandar trazer da Saxônia os parentes de Karl Ivánitch" etc., ela acrescentava: "Sim, meu patrãozinho, sim". Em geral, quando eu me levantava e me preparava para sair, ela abria um baú azul, em cuja tampa, por dentro — me lembro até hoje —, estavam coladas a imagem colorida de um hussardo, uma estampa retirada de um frasco de pomada e um desenho de Volódia. Tirava do baú um incenso, acendia e, balançando-o no ar, dizia:

— Este incenso, patrãozinho, ainda é de Otchákov.[30] Quando seu falecido avô, que Deus o tenha no Reino do Céu, lutou contra os turcos, ainda trouxe de lá isto aqui. Olhe, este é o último pedacinho que sobrou — acrescentava com um suspiro.

---

30 Cidade no sul da Ucrânia. O trecho refere-se à guerra entre Rússia e Turquia, entre 1787 e 1792, quando a cidade foi sitiada.

Dentro dos baús, que enchiam seu quarto, havia rigorosamente tudo. Toda vez que precisavam de alguma coisa, em geral diziam: "Tem de pedir para Natália Sávichna". E, de fato, depois de remexer um pouco, ela encontrava o objeto necessário e dizia: "Pronto, ainda bem que guardei". Dentro dos baús havia milhares de coisas de que ninguém em casa, a não ser ela, sabia ou cuidava.

Certa vez me zanguei com ela. Foi assim: no almoço, quando eu me servia de *kvas*,[31] entornei a jarra e sujei a toalha de mesa.

— Chamem a Natália Sávichna para que ela fique contente com o seu queridinho — disse *maman*.

Natália Sávichna entrou e, ao ver a poça que eu tinha feito, balançou a cabeça; em seguida, *maman* disse algo em seu ouvido e ela, me ameaçando com o dedo, saiu.

Depois do almoço, no estado de ânimo mais alegre possível, fui saltitante para o salão, quando de repente, de trás da porta, Natália Sávichna avançou de um salto com a toalha de mesa na mão, segurou-me e, apesar de minha resistência desesperada, esfregou o pano molhado na minha cara, falando: "Não suje a toalha de mesa, não suje a toalha de mesa!". Isso me ofendeu tanto que desatei a chorar de raiva.

"Como é que pode?", eu dizia comigo mesmo, andando pela sala, sufocado pelas lágrimas. "Natália Sávichna, que não passa de uma *Natália*, me trata por *você* e ainda bate na minha cara com uma toalha de mesa molhada, como se eu fosse um moleque de quintal. Não, isso é horrível!"

Quando Natália Sávichna viu que eu me desfazia em lágrimas, logo foi embora e eu, continuando a andar para um lado

---

31 Bebida refrescante, feita de centeio fermentado, de teor alcoólico muito baixo.

e para outro, raciocinava para encontrar um jeito de me vingar da petulante Natália, pela ofensa que me causara.

Minutos depois, Natália Sávichna voltou, aproximou-se de mim timidamente e começou a me consolar.

— Chega, meu patrãozinho, não chore mais... Me desculpe, sou uma boba... Foi culpa minha... Mas o senhor vai me perdoar, meu querido... Tome aqui para o senhor.

Debaixo do xale, pegou um cone feito de papel vermelho, dentro do qual havia dois caramelos e um figo seco e, com a mão trêmula, entregou para mim. Não tive forças para olhar no rosto da boa velhinha: virei a cara, peguei o presente e as lágrimas escorreram mais ainda; no entanto, já não eram de raiva, mas de amor e vergonha.

14. A separação

No dia seguinte aos incidentes que descrevi, ao meio-dia, a carruagem e a charrete estavam paradas na porta. Nikolai encontrava-se vestido para a viagem, ou seja, com as calças enfiadas nos canos das botas e o velho casacão bem apertado na cintura, por um cinto. Ele estava de pé na charrete e ajeitava capotes e almofadas embaixo do assento; quando o banco lhe parecia alto, sentava sobre as almofadas e as comprimia, com uns pulinhos.

— Faça uma divina caridade, Nikolai Dmítritch, veja se dá para o senhor colocar aí o estojo do patrão — disse ofegante o camareiro de papai, ao sair da carruagem. — É pequenininho...

— Devia ter dito antes, Mikhei Ivánitch — respondeu Nikolai, falando depressa e com irritação, enquanto jogava uma trouxa com toda a força no fundo da charrete. — Meu Deus, minha cabeça chega a rodar com tudo isso, e o senhor ainda me vem com suas bobagens — acrescentou, tirando o quepe e enxugando grossas gotas de suor na testa queimada de sol.

Camponeses de casacões, cafetãs, camisas, sem gorro, mulheres de vestidos rústicos, xales listrados e com crianças nos braços, e a garotada descalça estavam parados perto do alpendre, observando os veículos e conversando entre si. Um dos cocheiros — um velho curvado, de gorro de inverno e *armiak*[32] — segurava o tirante da carruagem, apalpava-o e examinava o eixo com ar pensativo; o outro — um rapaz vistoso, só de

---

32 Sobretudo rústico, usado por camponeses.

camisa branca, com remendos vermelhos nos sovacos, de chapéu preto de lã de cordeiro, que ele usava meio para trás e inclinava ora para um lado, ora para outro, enquanto coçava os cachos louros — colocou seu *armiak* na boleia, jogou também ali as rédeas e, enquanto fazia estalar o chicote trançado, observava ora as botas, ora os cocheiros que lubrificavam a charrete. Um deles, com muito esforço, suspendia o veículo; o outro, agachado sob a roda, untava cuidadosamente o eixo e a bucha — e, para não desperdiçar o alcatrão que ficava no pano, esfregava com ele a parte de baixo do aro. Os cavalos de posta cansados, de várias cores, estavam parados junto à grade e sacudiam o rabo para espantar as moscas. Alguns, levantando as patas peludas e gordas, contraíam os olhos e cochilavam; outros, de tédio, se esfregavam uns nos outros ou mordiscavam as folhas e os caules de uma áspera samambaia verde-escura, que crescia junto ao alpendre. Alguns cães borzóis respiravam ofegantes, deitados sob o sol, outros andavam na sombra embaixo da carruagem e da charrete e lambiam a gordura em volta do eixo. Em toda parte, pairava uma espécie de névoa poeirenta, o horizonte tinha uma cor lilás acinzentada; mas não havia nenhuma nuvem no céu. Um forte vento oeste levantava colunas de poeira da estrada e do campo, curvava o topo da copa das tílias altas e das bétulas do jardim e carregava para longe as folhas amarelas que tinham caído. Eu estava sentado junto à janela e, com impaciência, esperava o fim de todos os preparativos.

Quando todos nos reunimos em volta da mesa redonda, no salão, para ficarmos alguns minutos juntos pela última vez, nem passou pela minha cabeça que momento triste nós tínhamos pela frente. Os pensamentos mais fúteis rodavam na minha mente. Eu me fazia perguntas como: Qual cocheiro irá na charrete e qual irá na carruagem? Quem irá com o papai e quem irá com Karl Ivánitch? Para que, a todo custo, querem me enrolar num cachecol e me vestir com um casacão acolchoado?

"Acham que sou um garoto mimado? Talvez eu nem sinta frio. Tomara que tudo isso acabe de uma vez; queria embarcar logo e partir."

— Para quem devo entregar a lista das roupas de baixo das crianças? — disse Natália Sávichna, entrando com os olhos chorosos e um papel na mão, dirigindo-se a *maman*.

— Entregue para o Nikolai, e depois vá se despedir das crianças.

A velhinha quis dizer alguma coisa, mas de repente parou, cobriu o rosto com um lenço e, abanando a mão, saiu da sala. Senti um pequeno aperto no coração quando vi seu gesto; mas a impaciência para partir era mais forte do que aquele sentimento e continuei a ouvir, com total indiferença, a conversa entre papai e mamãe. Falavam de coisas que visivelmente não interessavam a nenhum dos dois: O que era preciso comprar para casa? O que dizer para a princesa Sophie e para a madame Julie? Será que a estrada estava boa?

Foka entrou e, exatamente com a mesma voz com que anunciava "o jantar está pronto", falou, postado na ombreira da porta: "Os cavalos estão prontos". Notei que *maman* estremeceu e ficou pálida ao ouvir o aviso, como se fosse algo inesperado para ela.

Mandaram que Foka fechasse todas as portas da sala. Achei aquilo muito divertido, "é como se todo mundo estivesse se escondendo de alguém".

Quando todos sentaram, Foka sentou também na pontinha da cadeira; mas, assim que fez isso, a porta rangeu e todos olharam para lá. Natália Sávichna entrou afoita na sala e, sem erguer os olhos, se instalou na mesma cadeira que Foka, perto da porta. Vejo como se fosse agora a cabeça careca, o rosto imóvel e enrugado de Foka, e a figura recurvada e bondosa de touca, sob a qual se viam cabelos grisalhos. Os dois se espremiam na mesma cadeira e estavam ambos constrangidos.

Eu continuava desatento e impaciente. Os dez segundos em que ficamos com as portas fechadas me pareceram uma hora inteira. Por fim, todos se levantaram, fizeram o sinal da cruz e começaram a se despedir. Papai abraçou *maman* e beijou-a várias vezes.

— Chega, não fique assim, minha amiga — disse papai. — Não vamos nos separar para sempre.

— Mesmo assim, é triste! — disse *maman* com voz trêmula e com lágrimas.

Quando ouvi aquela voz, vi seus lábios trêmulos e os olhos cheios de lágrimas, esqueci tudo e me veio tanta tristeza, dor e medo que seria melhor fugir do que me despedir dela. Naquele minuto, entendi que, ao abraçar o papai, ela já estava se despedindo de nós.

Mamãe beijou e benzeu Volódia tantas vezes que, supondo que em seguida ela se dirigiria a mim, eu avancei; mas ela continuou a abençoar Volódia e o apertava junto ao peito. Por fim, eu a abracei, me aconcheguei a ela, chorei sem pensar em mais nada senão no meu desgosto.

Quando estávamos indo para as carruagens, alguns criados importunos apareceram no vestíbulo para se despedir. Seus pedidos de "me dê a mãozinha, por favor, patrão", os beijos estalados nos ombros[33] e o cheiro de banha de porco que vinha da cabeça deles despertaram em mim um sentimento próximo do azedume que acomete as pessoas irritáveis. Sob o efeito de tal sentimento, beijei com extraordinária frieza o topo da cabeça de Natália Sávichna quando ela, coberta de lágrimas, se despediu de mim.

É estranho que ainda agora eu consiga ver o rosto de todos os criados e seria até capaz de pintá-los, em todos os mínimos detalhes; porém o rosto e a posição de *maman* escapam

---

33 Saudação usada por subalternos com seus senhores.

totalmente da minha memória: talvez porque, durante todo aquele tempo, eu não tenha tido coragem de olhar nem uma vez para ela. Parecia-me que, se eu o fizesse, a dor dela e a minha chegariam a limites insuportáveis.

Saí correndo para a carruagem, antes de todos, e me instalei no banco de trás. As costas do banco dianteiro não me deixavam ver nada, mas uma espécie de instinto me dizia que *maman* ainda estava lá.

"Devo olhar para ela mais uma vez ou não?... Está bem, uma última vez!", disse comigo e pulei da carruagem na direção do alpendre. Naquele instante, *maman*, com a mesma ideia que eu, se aproximava da carruagem pelo lado oposto e me chamou pelo nome. Ao ouvir sua voz atrás de mim, virei para ela, mas tão bruscamente que nossas cabeças se chocaram; ela sorriu com tristeza e me beijou com toda a força, uma última vez.

Depois que a carruagem havia percorrido algumas braças, resolvi me virar para trás e olhar para ela. O vento levantava o lencinho que cobria sua cabeça; com o rosto coberto pelas mãos, de cabeça baixa, ela caminhava devagar para o alpendre. Foka a amparava.

Papai estava sentado a meu lado, sem falar nada; quanto a mim, estava engasgado com as lágrimas e sentia um aperto tão forte na garganta que tive medo de sufocar... Quando pegamos a estrada principal, vimos um lenço branco que alguém sacudia numa varanda. Comecei a sacudir meu lenço também e esse gesto me tranquilizou um pouco. Continuei a chorar e a ideia de que minhas lágrimas eram a prova de minha sensibilidade me trouxe satisfação e conforto.

Percorrida uma versta,[34] fiquei mais tranquilo e, com uma atenção obstinada, me pus a observar o objeto que eu tinha mais próximo dos olhos — a garupa do cavalo da troica que

---

34 Medida equivalente a 1,067 quilômetro.

estava do meu lado da carruagem. Eu observava como aquele cavalo malhado balançava a cauda, como resvalava uma pata na outra, como suas patas começavam a saltar juntas, quando o chicote trançado do cocheiro encostava em sua garupa; observei como os arreios sacudiam sobre seu dorso e as argolas balançavam nos arreios, e fiquei observando, até que os arreios perto da cauda ficaram cobertos de espuma. Então me pus a observar em redor: os campos ondulantes de centeio maduro, a terra escura dos campos de pousio, onde, aqui e ali, se viam um arado de madeira, um mujique, um cavalo e um potro, os marcos que indicavam as verstas na estrada, e olhei também para a boleia a fim de saber qual o cocheiro que nos guiava; e as lágrimas ainda não tinham secado em meu rosto quando meus pensamentos já estavam longe de minha mãe, da qual eu me despedira talvez para sempre. Mas todas as recordações levavam meu pensamento para ela. Lembrei-me de um cogumelo que havia encontrado na véspera, na alameda de bétulas, lembrei-me de que Liúbotchka e Kátienka tinham discutido para saber quem ia colher o cogumelo, lembrei-me de como elas choraram ao se despedirem de nós.

Que pena delas! E que pena de Natália Sávichna, e da alameda de bétulas, que pena de Foka! E da malvada Mimi, até de você eu tenho pena! Tudo, tudo me dava pena! E a pobre *maman*? De novo, as lágrimas vieram aos meus olhos; mas por pouco tempo.

15. Infância

Feliz, feliz tempo da infância, tempo que não volta! Como não amar, como não acalentar as lembranças da infância? Essas lembranças revigoram, elevam minha alma e servem de fonte dos melhores prazeres.

Depois de me fartar de correr, sento na minha cadeirinha alta, diante da mesa de chá; já é tarde, faz tempo que tomei minha xícara de leite com açúcar, o sono pesa nos olhos, mas eu não saio do lugar, fico sentado e escuto. E como não escutar? *Maman* fala com alguém e os sons de sua voz são tão doces, tão acolhedores. Só aqueles sons falam tanto ao meu coração! Com os olhos enevoados de sono, observo atentamente seu rosto e, de repente, toda ela se torna muito pequenina — seu rosto não é maior do que um botãozinho; mas continuo a vê-lo com a mesma clareza: vejo como ela olhou para mim e como sorriu. Gosto de vê-la assim, bem miúda. Contraio as pálpebras mais ainda, e agora ela não é maior do que um menino refletido na pupila dos olhos; mas eu me mexi um pouco — e o encantamento se quebrou; contraio as pálpebras, me viro, tento de todas as maneiras trazer o efeito de volta, mas não adianta. Levanto, subo numa poltrona e me instalo confortavelmente, com as pernas dobradas.

— Você vai dormir de novo, Nikólienka — me diz *maman*. — Era melhor subir para o seu quarto.

— Não quero dormir, mãezinha — respondo para ela e devaneios confusos, mas doces, enchem minha imaginação, o saudável sono infantil fecha as pálpebras e, um minuto depois, adormeço e fico dormindo, alheio a tudo, até me acordarem. Às vezes, durante o sono, sinto o toque de uma mão carinhosa; mas só pelo tato reconheço a mão e, mesmo dormindo, de modo inconsciente, seguro essa mão e a aperto com toda a força contra os lábios.

Todos tinham se dispersado; só uma vela estava acesa no salão; *maman* disse que ela mesma me acordaria; foi ela que sentou bem na beira da poltrona onde eu estava dormindo, percorreu meus cabelos com a mãozinha carinhosa e, junto ao meu ouvido, soou a voz meiga e conhecida:

— Levante, meu benzinho: está na hora de ir para a cama.

Ninguém a perturba com olhares indiferentes: ela não receia derramar sobre mim toda a sua ternura e amor. Eu não me mexo e beijo sua mão com mais força ainda.

— Vamos, levante, meu anjo.

Com a outra mão, ela segura meu pescoço e seus dedinhos se mexem depressa e fazem cócegas. Na sala, há silêncio, penumbra; meus nervos estão agitados, por causa das cócegas e por ter acordado; mamãe fica bem junto de mim; ela me toca; sinto seu cheiro e ouço sua voz. Tudo isso me força a levantar de um pulo, abraçar seu pescoço, apertar minha cabeça contra o seu peito e, ofegante, dizer:

— Ah, mãezinha querida, como eu amo você!

Ela sorri com seu sorriso triste, encantador, segura minha cabeça com as duas mãos, beija minha testa e me coloca sobre seus joelhos.

— Então você me ama muito? — Ela se cala um momento e depois diz: — Escute, me ame sempre, nunca esqueça. Se um dia sua mãe não existir mais, você não vai se esquecer dela, não é? Não vai se esquecer, não é, Nikólienka?

E me beija com mais ternura ainda.

— Pare! Não diga isso, minha adorada, minha doçura! — grito, enquanto beijo seus joelhos, e as lágrimas correm de meus olhos como riachos, lágrimas de amor e de enlevo.

Depois disso, como de outras vezes, subo ao primeiro andar, me ponho de pé diante dos ícones, em meu roupão acolchoado, e experimento um sentimento maravilhoso quando falo: "Senhor, proteja o papai e a mamãe". Ao repetir as preces que minha boca de criança balbuciou pela primeira vez pela adorada mamãe, o amor por ela e por Deus, de um jeito estranho, se fundiram num único sentimento.

Depois de rezar, acontece de eu me enrolar no cobertor; a alma está leve, clara e contente; só os sonhos se sucedem — mas sobre o quê? São esquivos, mas repletos de um amor puro e de esperanças de uma felicidade radiante. Lembro, às vezes, de Karl Ivánitch e de seu destino amargo — a única pessoa infeliz que eu conhecia — e sinto tanta pena, tanto amor por ele, que lágrimas descem dos olhos e penso: "Deus, dê felicidade para ele, me dê a chance de ajudá-lo, de aliviar seu desgosto; estou disposto a sacrificar tudo por ele". Depois, pego um adorado brinquedo de porcelana — uma lebrezinha ou um cachorrinho —, ajeito no canto do travesseiro de penas e fico admirando como ele fica ali, bem deitado, quentinho e confortável. Rezo mais um pouco, para que Deus dê felicidade para todos, para que todos fiquem satisfeitos e para que amanhã faça um tempo bom para passear, viro-me para o outro lado, os pensamentos e os sonhos se embaralham, se confundem, e adormeço devagar, sereno, com o rosto ainda molhado de lágrimas.

Será que voltarão algum dia o frescor, a despreocupação, a necessidade de amor e a força da fé que gozamos na infância? Que tempo pode ser melhor do que aquele em que as duas melhores virtudes — a alegria inocente e a infinita carência de amor — eram as únicas motivações na vida?

Onde estão as preces fervorosas? Onde está o melhor dom — as lágrimas puras de afeição? O anjo consolador vinha voando, enxugava aquelas lágrimas com um sorriso e inspirava sonhos doces na pura imaginação infantil.

Será que a vida deixou marcas tão pesadas no meu coração que aquelas lágrimas e enlevos acabaram se perdendo para sempre? Será que só restaram as lembranças?

16. Versos

Quase um mês depois de mudarmos para Moscou, eu estava sentado diante de uma mesa grande, no primeiro andar da casa da vovó, e escrevia; sentado à minha frente estava o professor de desenho, que fazia as correções finais num desenho da cabeça de um turco de turbante, feito a lápis preto. Com o pescoço esticado, Volódia estava de pé, atrás do professor, e observava por cima de seu ombro. A cabecinha era a primeira criação de Volódia com um lápis preto e naquele dia, o dia do santo onomástico da vovó,[35] seria o presente que daria a ela.

— E aqui, o senhor não vai deixar mais sombreado? — perguntou Volódia ao professor, esticando-se na ponta dos pés e apontando para o pescoço do turco.

— Não, não precisa — disse o professor, guardando os lápis e a caneta no estojo. — Agora ficou ótimo e o senhor trate de não tocar mais no desenho. Muito bem, e o senhor, Nikólienka? — acrescentou, levantando e continuando a olhar de esguelha para o turco. — Revele para nós, afinal, o seu mistério: o que o senhor vai dar para a vovó? Na verdade, seria melhor que fosse uma cabeça também. Adeus, senhores — disse, pegou o chapéu, o dinheiro e foi embora.

Naquele instante, também achei que era melhor uma cabeça do que aquilo em que eu estava trabalhando. Quando nos avisaram que faltava pouco para o aniversário da vovó e que

---

35 Na Rússia, como em outros países, se comemora como aniversário o dia do santo do qual a pessoa tem o nome.

teríamos de preparar um presente para aquele dia, me veio à cabeça escrever para ela um poema para a ocasião e na mesma hora compus dois versos rimados, na esperança de logo compor o resto. Não lembro absolutamente como uma ideia tão estranha para uma criança entrou na minha cabeça, mas lembro que gostei muito da ideia e que, sempre que perguntavam sobre o presente, eu respondia que daria sem falta um presente para a vovó, mas não contava para ninguém o que era.

Ao contrário do que eu esperava, aconteceu que, apesar de todos os meus esforços, a não ser pelos dois versos inventados no ímpeto inicial, não consegui criar mais nada. Comecei a ler os poemas que havia em nossos livros; mas nem Dmítriev nem Dierjávin[36] me ajudaram — ao contrário, me deixaram ainda mais convencido de minha incapacidade. Sabendo que Karl Ivánitch gostava de copiar poeminhas, comecei a remexer discretamente em seus papéis e, no meio de poemas alemães, achei um russo, na certa, saído de sua própria pena.

À sra. L... Petróvskaia
3 de junho de 1828

Lembre perto,
Lembre longe,
Lembre o meu
De agora ainda e para sempre,
Lembre ainda até meu túmulo,
Como fiel amar eu tenho.[37]

Karl Mauer

---

36 Mikhail Aleksándrovitch Dmítriev (1796-1866) e Gavrila Románovitch Dierjávin (1743-1816), poetas russos. **37** Como era alemão, Karl Ivánitch não escrevia bem em russo.

Esse poema, escrito em letras bonitas e redondas, numa folha de papel fino de carta, me agradou pelo sentimento comovente que o impregnava; na mesma hora, o decorei e resolvi tomá-lo como modelo. O trabalho correu com muito mais facilidade. No dia do aniversário, o louvor de doze versos estava pronto e, sentado à mesa na sala de aula, eu o copiava num papel de pergaminho.

Já havia estragado duas folhas de papel... Não porque eu tentasse mudar alguma coisa no poema: os versos me pareciam excelentes; mas, a partir da terceira linha, o fim delas começava a se inclinar para cima, cada vez mais, a tal ponto que até de longe se via que o texto estava torto e não prestava.

A terceira folha ficou tão torta quanto a primeira; mas resolvi não copiar de novo. No poema, eu agradecia à vovó, desejava-lhe muitos anos de vida e concluía assim:

Vamos tentar consolar
E amamos como se fosse mãe.

Parecia que não estava mau, mas o último verso batia em meu ouvido de um jeito estranho.

— E amamos como se fosse mãe — repeti comigo, em voz baixa. — Que outra rima posso usar em lugar de *mãe*? Brincar? Cama?[38] Ah, deixe assim mesmo! Em todo caso, está melhor do que o de Karl Ivánitch!

E escrevi o último verso. Depois, em meu quarto, li em voz alta toda a minha obra, com sentimento e gesticulação. Havia versos totalmente sem métrica, mas não me importei com isso; no entanto, o último verso me desagradou ainda mais do que antes. Sentei na cama e fiquei pensando...

---

38 Em russo, essas palavras rimam.

"Por que escrevi 'como se fosse mãe'? Afinal, mamãe não está aqui, não era necessário falar dela; na verdade, eu amo a vovó, respeito, mesmo assim não é a mesma coisa... Por que escrevi isso, por que menti? Claro, é só um poema, mesmo assim não precisava."

Naquele instante, entrou o alfaiate e trouxe os fraquezinhos novos.

— Bem, não há o que fazer! — disse eu, com forte impaciência e, irritado, enfiei os versos embaixo do travesseiro e fui correndo experimentar a roupa moscovita.

A roupa moscovita pareceu excelente: os fraquezinhos marrons com botões de bronze ficaram bem justos — não eram folgados, como faziam no campo, para que continuássemos usando, enquanto fôssemos crescendo —, as calças pretas também estavam apertadas, era incrível como definiam os músculos e como pousavam nas botas.

"Finalmente tenho calças com presilhas, calças de verdade!", eu sonhava, fora de mim de tanta alegria, enquanto observava minhas pernas de todos os lados. Embora me sentisse muito apertado e desconfortável na roupa nova, escondi isso de todos, disse que, ao contrário, estava muito à vontade e que, se havia algum defeito na roupa, era apenas que estava um pouquinho folgada. Depois disso, fiquei muito tempo na frente do espelho, escovando meu cabelo, coberto por uma abundante camada de creme; porém, por mais que tentasse, não conseguia de jeito nenhum alisar os tufos do redemoinho no alto da cabeça: assim que, a fim de verificar sua obediência, eu parava de comprimir os tufos com a escova, eles logo levantavam e arrepiavam em todas as direções, deixando meu rosto com a expressão mais ridícula do mundo.

Karl Ivánitch estava se vestindo no outro quarto e, através da sala de aula, levaram para ele um fraque azul e alguns acessórios brancos. Junto à porta que dava para o térreo, ouviu-se a voz de uma das camareiras de vovó; saí para ver o que ela queria. Na mão, segurava um peitilho engomado e duro e me disse que ela o havia trazido para Karl Ivánitch e que não tinha dormido à noite, para poder lavar a tempo aquela peça de roupa. Fiquei de entregar para ele e perguntei se vovó já havia se levantado.

— Como não, senhor? Já tomou o café e o arcipreste já chegou. Como o senhor está um rapazinho! — acrescentou, com um sorriso, olhando para minha roupa nova.

O comentário me deixou vermelho; dei meia-volta num pé só, estalei os dedos e saltitei, desejando com isso dar a impressão de que ela ainda não sabia nem de longe até que ponto eu era de fato um rapazinho.

Quando entreguei o peitilho para Karl Ivánitch, ele já não precisava: tinha vestido outro e, curvado diante de um espelho pequeno, colocado sobre a mesa, segurava com as duas mãos a fita suntuosa de sua gravata e experimentava o nó, para ver se, por trás dele, o queixo liso e barbeado se movia com liberdade. Depois de esticar nossas roupas em todas as direções e pedir a Nikolai que fizesse o mesmo com as suas, ele nos levou ao encontro de vovó. Acho engraçado lembrar o cheiro forte da pomada no cabelo de nós três na hora em que começamos a descer a escada.

Na mão de Karl Ivánitch, havia uma caixinha feita por ele; na mão de Volódia, o desenho; e, na minha, o poema. Na ponta da língua de cada um, estava a saudação com a qual entregaríamos nossos presentes. No momento em que Karl Ivánitch abriu a porta da sala, o sacerdote estava vestindo a casula e ressoaram os primeiros sons de uma prece de ação de graças.

Vovó já estava na sala: inclinada e apoiada no espaldar de uma cadeira, encontrava-se de pé junto a uma parede; papai estava ao seu lado. Ele se virou para nós e sorriu, ao notar que escondíamos às pressas, atrás das costas, os presentes que tínhamos preparado e, tentando passar despercebidos, ficamos parados bem na porta. Todo o efeito da surpresa que tínhamos planejado se perdeu.

Quando começamos a nos aproximar da cruz, de repente senti que me encontrava sob o efeito pesado de uma timidez insuperável e estonteante e, sentindo que eu nunca teria coragem de entregar meu presente, me escondi atrás de Karl Ivánitch, que, depois de cumprimentar minha avó com os termos mais rebuscados possíveis, passou a caixinha da mão direita para a esquerda, entregou-a à aniversariante e recuou alguns passos para abrir caminho para Volódia. Vovó pareceu maravilhada com a caixinha, enfeitada com fitas douradas, e exprimiu sua gratidão com o sorriso mais carinhoso. No entanto, dava para notar que ela não sabia onde colocar a caixinha e, talvez por isso, sugeriu que papai observasse a admirável habilidade com que ela havia sido feita.

Satisfeita sua curiosidade, papai entregou-a ao arcipreste, a quem aquela coisinha pareceu agradar imensamente: balançou a cabeça e, com curiosidade, olhava ora para a caixinha, ora para o artesão capaz de fazer um objeto tão belo. Volódia entregou seu turco e recebeu, de todos, os elogios mais lisonjeiros. Chegou minha vez: vovó, com um sorriso de aprovação, virou-se para mim.

Quem já experimentou a timidez sabe que esse sentimento aumenta na razão direta do tempo, ao passo que a determinação diminui na razão inversa, ou seja, quanto mais a situação dura, mais a timidez se torna insuperável e menos resta da determinação.

A última reserva de coragem e determinação me abandonou na hora em que Karl Ivánitch e Volódia entregaram seus presentes e minha timidez alcançou o último grau: senti o sangue subir de um jato do coração à cabeça, a cor do rosto mudar e grossas gotas de suor brotarem na testa e no nariz. As orelhas queimavam, sentia o tremor e a transpiração no corpo todo, eu mudava o pé de apoio, sem sair do lugar.

— Vamos, Nikólienka, me mostre o que você tem: uma caixinha ou um desenho? — disse papai.

Não havia o que fazer: com a mão trêmula, entreguei o rolinho fatal de papel amassado; mas a voz se recusava absolutamente a me obedecer e fiquei parado e mudo diante da vovó. Não conseguia repelir o pensamento de que, em vez do esperado desenho, seriam lidos na frente de todos os meus versos imprestáveis e as palavras "como se fosse mãe", que iam mostrar com clareza que eu nunca a havia amado e a havia esquecido. Como descrever meu sofrimento na hora em que a vovó começou a ler meu poema em voz alta e quando, incapaz de decifrar a letra, parou no meio de um verso, para, com um sorriso que então me pareceu zombeteiro, lançar um olhar para o papai, e quando ela não pronunciou os versos como eu desejava e, incapaz de chegar ao fim, por causa da vista fraca, entregou o papel para o papai e pediu que lesse tudo para ela, desde o início? Tive a sensação de que fez aquilo porque estava farta de ler versos tão ruins e escritos em linhas tão tortas, também para que o papai lesse ele mesmo o último verso, que mostrava com tamanha clareza minha falta de sentimentos. Eu esperava que ele desse um piparote no meu nariz por causa do poema e dissesse: "Menino malvado, não esqueça sua mãe... Por isso, tome aqui!". Mas nada disso aconteceu; ao contrário, quando a leitura chegou ao fim, vovó disse: "*Charmant!*",[39] e me deu um beijo na testa. A caixinha, o desenho e o poema foram colocados junto a dois lenços de cambraia e uma tabaqueira com um retrato de *maman*, sobre a mesinha embutida na poltrona voltaire, na qual a vovó sempre se sentava.

---

39 Em francês no original: "Encantador!".

— A princesa[40] Varvara Ilínitchna — anunciou um dos dois lacaios enormes que iam sempre atrás da carruagem da vovó.

Pensativa, ela olhava para o retrato, engastado na tabaqueira feita de casco de tartaruga, e nada respondeu.

— Quer que mande entrar, vossa excelência? — repetiu o lacaio.

40 Título mais elevado da nobreza russa.

17. A princesa Kornakova

— Mande entrar — disse a vovó, e se acomodou mais fundo na poltrona.

A princesa era uma mulher de uns quarenta e cinco anos, pequena, franzina, seca e amarelada, de olhinhos cinza-esverdeados e desagradáveis, cuja expressão contradizia nitidamente a humildade forçada e artificial de sua boquinha. Por baixo do chapéu de veludo, com uma pena de avestruz, viam-se os cabelos ruivos e claros; as sobrancelhas e as pestanas pareciam ainda mais claras e ruivas, em contraste com a cor doentia do rosto. Apesar disso, graças a seus movimentos espontâneos, às mãos diminutas e à secura peculiar de todas as suas feições, o aspecto geral tinha algo de nobre e vigoroso.

A princesa falava muito e, por sua eloquência, pertencia a essa classe de pessoas que sempre falam de um modo que dá a impressão de que as estão contradizendo, embora ninguém tenha dito nenhuma palavra; ora ela elevava a voz, ora a baixava pouco a pouco e, de repente, com novo ímpeto, começava a falar e olhava em volta para alguns dos presentes que, no entanto, não estavam participando da conversa, como se a princesa tentasse, com aquele olhar, ganhar apoio.

Apesar de a princesa ter beijado a mão da vovó e chamá-la sempre de *ma bonne tante*,[41] notei que vovó estava descontente com ela: levantava a sobrancelha de um modo peculiar,

---

41 Em francês no original: "minha boa tia".

enquanto a ouvia explicar por que o príncipe Mikháilo não pudera de maneira nenhuma vir dar pessoalmente os parabéns para a vovó, apesar de seu forte desejo de fazê-lo; e, ao responder em russo às palavras ditas em francês pela princesa, vovó falou, separando bem as palavras:

— Fico muito agradecida à senhora, minha querida, por sua atenção; quanto ao príncipe Mikháilo não ter vindo, para que falar sobre isso?... Ele está sempre ocupadíssimo; de resto, que prazer teria de ficar na companhia de uma velha?

E, sem dar tempo à princesa de refutar suas palavras, prosseguiu:

— Mas como vão seus filhos, minha querida?

— Graças a Deus, *ma tante*, estão crescendo, estudando, fazendo travessuras... Especialmente Étienne,[42] o mais velho, anda tão travesso que ninguém tem mais sossego; em compensação, é inteligente, *un garçon qui promet*.[43] Imagine, *mon cousin*[44] — prosseguiu, dirigindo-se exclusivamente ao papai, porque a vovó, sem o menor interesse pelos filhos da princesa e desejando gabar-se de seus netos, pegou com cuidado meu poema embaixo da caixinha e começou a desenrolá-lo —, imagine só, *mon cousin*, o que ele fez há poucos dias...

E a princesa se inclinou para perto do papai e passou a lhe contar algo com grande animação. Terminada a história, que não ouvi, a princesa imediatamente deu uma risada e, olhando para o rosto do papai com ar interrogador, disse:

— Que menino, não é, *mon cousin*? Merecia levar umas chicotadas; mas essa sua artimanha foi tão inteligente e divertida que eu o perdoei, *mon cousin*.

---

42 Os nobres, nas conversas entre si, costumavam traduzir seus nomes para o francês e outras línguas europeias. Em russo, Étienne corresponde a Stiepan.
43 Em francês no original: "Um menino que promete". **44** Em francês no original: "Meu primo".

E a princesa, tendo voltado o olhar para a vovó, sem dizer nada, continuou a sorrir.

— Então a senhora *bate* em seus filhos, minha querida? — perguntou a vovó, erguendo as sobrancelhas de modo expressivo e enfatizando especialmente a palavra "bate".

— Ah, *ma bonne tante* — respondeu a princesa com voz de boazinha, depois de lançar um rápido olhar para o papai —, eu sei qual é sua opinião sobre esse assunto, mas permita não concordar com a senhora apenas nisso: por mais que eu tenha pensado, por mais que eu tenha lido e pedido conselhos sobre a questão, apesar de tudo isso, a experiência acabou por me convencer da necessidade de empregar o medo com os filhos. Para fazer de um bebê alguma coisa, é preciso o medo... não é assim, *mon cousin*? E, *je vous demande un peu*,[45] o que as crianças temem mais do que um chicote?

Ao dizer isso, olhou para nós com ar interrogativo e, admito, naquele instante fiquei um pouco embaraçado.

— Digam o que quiserem, um menino até os doze anos, e mesmo até os catorze, ainda é um bebê; agora, com as meninas é outra história.

"Que sorte não ser filho dela", pensei.

— Sim, isso é ótimo, minha querida — disse a vovó, dobrando meu poema e colocando embaixo da caixinha, como se, depois de escutar aquilo, não considerasse a princesa digna de ouvir tal obra —, está muito bem, apenas me diga, por favor, que sentimentos delicados a senhora pode exigir de seus filhos, depois disso?

E, julgando o argumento irrefutável, vovó acrescentou, a fim de encerrar a conversa:

— De resto, sobre esse assunto, cada um pode ter sua própria opinião.

45 Em francês no original: "eu pergunto aos senhores".

A princesa não respondeu, apenas sorriu com indulgência, exprimindo com isso que perdoava aqueles preconceitos estranhos numa pessoa a quem respeitava tanto.

— Ah, mas me apresente aos seus mocinhos — disse ela, olhando para nós e sorrindo de modo amável.

Levantamos e, de olhos cravados no rosto da princesa, não sabíamos de maneira nenhuma o que era preciso fazer para mostrar que já tínhamos sido apresentados.

— Beijem a mão da princesa — disse o papai.

— Peço que amem essa velha tia — disse ela, ao beijar os cabelos de Volódia. — Apesar de sermos parentes distantes, para mim, contam mais os laços de amizade do que o grau de parentesco — acrescentou, dirigindo-se sobretudo à vovó.

Mas a vovó continuou a se mostrar descontente e respondeu:

— Ah, minha querida! Então é assim que encaram o parentesco hoje em dia?

— Este aqui vai ser um jovem de sucesso na sociedade — disse papai, apontando para Volódia. — E este será poeta — acrescentou, na hora em que eu, beijando a mãozinha seca e miúda da princesa, imaginava, com uma clareza extraordinária, um chicote seguro naquela mão, um banco embaixo do chicote etc.

— Qual deles? — perguntou a princesa, segurando-me pela mão.

— Esse, o pequeno, com o redemoinho no cabelo — respondeu o papai, sorrindo alegre.

"Que mal o meu redemoinho fez a ele?... Será que não tem outro assunto?", pensei e me afastei para um canto.

Eu tinha as ideias mais estranhas sobre a beleza — até o Karl Ivánitch, para mim, era a maior beleza do mundo; mas sabia muito bem que eu mesmo não era bonito e, nesse ponto, não estava nem um pouco enganado; por isso, qualquer alusão à minha aparência me ofendia amargamente.

Lembro muito bem que, certa vez, durante o almoço — eu tinha seis anos, na ocasião —, falaram de minha aparência e *maman* tentou encontrar algo bonito no meu rosto: disse que eu tinha olhos inteligentes, um sorriso agradável e por fim, cedendo aos argumentos do papai e às evidências, foi obrigada a reconhecer que eu era feio; e depois, quando fui lhe agradecer pelo almoço, mamãe deu palmadinhas na minha bochecha e disse:

— Trate de entender, Nikólienka, que ninguém vai amá-lo por seu rosto; por isso você deve se esforçar para ser um menino inteligente e bom.

Essas palavras me convenceram não só de que eu não era bonito como também de que seria, necessariamente, um menino bom e inteligente.

Apesar disso, muitas vezes eu tinha momentos de desespero: imaginava que não existia, no mundo, felicidade nenhuma para uma pessoa de nariz largo, lábios grossos e olhos cinzentos e miúdos, como eu; pedia a Deus que fizesse um milagre e me transformasse numa beleza e tudo o que eu tinha no presente, tudo o que teria no futuro, tudo isso eu daria, em troca de um rosto bonito.

18. Príncipe Ivan Ivánitch

Quando a princesa ouviu o poema e cobriu o autor de elogios, vovó se apaziguou, passou a falar com ela em francês, deixou de tratá-la como "senhora", "minha querida", e a convidou para vir à nossa casa à noite com todos os filhos, convite que a princesa aceitou e, depois de ficar mais um pouco, foi embora.

Naquele dia, vieram tantas visitas para dar os parabéns que, no pátio, perto da entrada, durante toda a manhã, havia várias carruagens estacionadas.

— *Bonjour, chère cousine* — disse um dos convidados, ao entrar, e beijou a mão da vovó.

Era um homem de uns setenta anos, alto, rosto de expressão franca e serena, de uniforme militar com dragonas grandes, cuja gola deixava ver, por baixo, uma grande cruz branca.[46] A liberdade e a simplicidade de seus movimentos me impressionaram. Apesar de só restar um semicírculo de cabelos ralos no topo da cabeça, e da posição do lábio superior deixar à mostra, com clareza, a falta de alguns dentes, seu rosto era de uma beleza admirável.

No fim do século passado, o príncipe Ivan Ivánitch, graças ao caráter nobre, à bela aparência, à bravura admirável, ao parentesco com pessoas conhecidas e poderosas e, sobretudo, graças à sorte, fez uma carreira brilhante ainda muito jovem. Continuou na ativa e, em pouco tempo, sua ambição estava tão

---

46 Trata-se de uma condecoração militar.

satisfeita que ele não tinha mais o que almejar com relação a isso. Desde o início da juventude, portava-se como se estivesse se preparando para ocupar o posto mais brilhante da sociedade, no qual o destino o colocou, de fato, mais tarde; por isso, embora em sua vida brilhante e um pouco fútil, como na de todos os demais, tenha havido reveses, decepções e desgostos, nem uma vez ele mudou seu caráter tranquilo nem o modo elevado de pensar nem as regras básicas da religião e da moral, e conquistou o respeito geral, menos por conta de sua posição brilhante do que por sua perseverança e rigor. Não era de grande inteligência, mas graças a essa posição, que lhe permitia encarar do alto todos os vãos contratempos da vida, sua forma de pensar era elevada. Ele era bom e sensível, embora frio e um pouco arrogante no trato. Isso acontecia porque, instalado numa posição em que podia ser útil a muita gente com sua frieza, ele tentava se resguardar dos eternos pedidos e bajulações de pessoas que desejavam apenas tirar proveito dessa influência. No entanto, a frieza era atenuada pela cortesia complacente de um homem da *mais alta sociedade*. Era muito culto e muito lido; mas sua instrução se restringia ao conhecimento que havia adquirido na juventude, ou seja, no fim do século passado. Tinha lido tudo o que fora escrito em francês, em especial no terreno da filosofia e da retórica, no século XVIII, conhecia a fundo todas as melhores obras da literatura francesa, por isso, muitas vezes, era capaz e gostava de citar trechos de Racine, Corneille, Boileau, Molière, Montaigne, Fénelon; tinha um vasto conhecimento de mitologia e, com proveito, estudava os monumentos da poesia clássica antiga, em traduções francesas, tinha bastante conhecimento de história, sorvido dos livros de Ségur; mas não tinha nenhum conhecimento de matemática, a não ser a aritmética, nem de física nem de literatura contemporânea: numa conversa, sabia manter-se calado com decoro ou dizer algumas frases genéricas sobre Goethe, Schiller e Byron, mas nunca lia tais autores.

Apesar de sua instrução clássica francesa, da qual já hoje restam muito poucos exemplos, sua conversa era simples e essa simplicidade escondia sua ignorância de certas coisas e, da mesma forma, deixava patente seu tom agradável e sua tolerância. Era um grande inimigo de toda originalidade, dizia que a originalidade era um truque das pessoas de mau tom. Para ele, a sociedade era imprescindível, onde quer que estivesse; em Moscou ou no exterior, sempre vivia de portas abertas e, nos dias marcados, recebia a cidade inteira em sua casa. Gozava de tal posição na cidade que um cartão de convite dele podia valer como passaporte para todos os salões, muitas mocinhas e damas bonitas lhe ofereciam, de bom grado, as bochechas rosadas, que ele beijava como se fosse com um sentimento paternal, e outras pessoas, certamente muito importantes e respeitáveis, sentiam uma alegria indescritível quando conseguiam uma vaga numa partida de cartas com o príncipe.

Na opinião do príncipe, já restavam poucas pessoas como a vovó, que faziam parte do mesmo círculo que ele, com a mesma educação, a mesma forma de ver as coisas e a mesma idade; por isso, ele tinha um apreço especial por sua velha ligação amistosa com ela e sempre lhe demonstrava um grande respeito.

Eu não me cansava de admirar o príncipe: o respeito que lhe prestavam, as dragonas grandes, a alegria especial que a vovó exprimia ao vê-lo e o fato de que só ele, sem dúvida, não tinha medo dela, tratava-a com total liberdade e tinha até a coragem de chamá-la de *ma cousine*, me inspiravam um respeito igual, senão maior, do que o que eu sentia pela vovó. Quando lhe mostraram meus versos, ele me chamou para perto e disse:

— Nunca se sabe, *ma cousine*, talvez ele venha a ser outro Dierjávin.

Com isso, me deu um beliscão tão forte na bochecha que, se eu não gritei, foi só porque adivinhei que devia entender aquilo como um carinho.

Os convidados se dispersaram, papai e Volódia saíram; no salão, ficamos o príncipe, a vovó e eu.

— Por que a nossa querida Natália Nikoláievna não veio? — perguntou Ivan Ivánitch de repente, após um momento de silêncio.

— Ah! *Mon cher* — respondeu a vovó, baixando a voz e colocando a mão na manga de seu uniforme. — Na verdade, ela viria, se fosse livre para fazer o que quer. Ela me escreveu que Pierre bem que lhe sugeriu vir, mas ela mesma recusou a ideia, porque este ano eles não receberam renda nenhuma; escreveu assim: "Além do mais, não tenho nenhum motivo para me mudar, com todas as nossas coisas, para Moscou este ano. Liúbotchka ainda está pequena demais; quanto aos meninos, o fato de que vão morar com a senhora me deixa ainda mais tranquila do que se estivessem comigo". Tudo isso é maravilhoso! — prosseguiu a vovó num tom que mostrava com clareza que ela não via naquilo, absolutamente, nada de maravilhoso. — Fazia muito tempo que os meninos deveriam ter vindo para cá, a fim de poderem estudar alguma coisa e se habituarem à sociedade; afinal, que educação podem receber no campo?... Na verdade, o mais velho daqui a pouco terá treze anos e o outro, onze... O senhor notou, *mon cousin*, que aqui eles são como verdadeiros selvagens... não sabem como entrar numa sala.

— Mas eu não entendo — respondeu o príncipe — por que essas eternas queixas sobre a desordem nos negócios. *Ele* tem uma situação muito boa e, quanto a Khabárovka, a propriedade de Natacha, onde eu e a senhora, em nosso tempo, representávamos no teatro amador, e que eu conheço como a palma da mão, é uma propriedade maravilhosa! Sempre deve dar uma renda excelente.

— Vou falar com você, como a um amigo de verdade — interrompeu vovó, com expressão triste. — Parece-me que tudo isso são pretextos só para que *ele* viva aqui sozinho, vadiando pelos clubes, pelos jantares e Deus sabe o que mais anda fazendo; e ela nem desconfia de nada. O senhor sabe que ela é um anjo de bondade, acredita em tudo o que ele diz. Ele a convenceu de que era preciso trazer os filhos para Moscou, enquanto ela devia ficar sozinha no campo, com a tola da governanta, e ela acreditou; se ele dissesse que era necessário chicotear os filhos, como a princesa Varvara Ilínitchna chicoteia os seus, ela também concordaria, não há dúvida — disse a vovó, virando-se na poltrona com uma expressão de total desprezo. — Sim, meu amigo — prosseguiu a vovó, depois de um instante de silêncio, e pegou um dos dois lenços para enxugar uma lágrima. — Muitas vezes, chego a pensar que ele é incapaz de apreciá-la e entendê-la e que, apesar de toda a bondade dela, de seu amor por ele e do esforço para esconder sua mágoa, sei disso muito bem, ela não pode ser feliz com ele; e guarde bem minhas palavras, se ele não...

Vovó cobriu o rosto com o lenço.

— Eh, *ma bonne amie*[47] — disse o príncipe, em tom de censura. — Vejo que a senhora não ficou nem um pouco mais sensata, sempre se lamentando e chorando por causa de desgostos imaginários. Não se envergonha? Eu o conheço há muito tempo e sei que é um marido atencioso, bondoso e excelente, e acima de tudo é um homem de imensa nobreza, *un parfait honnête homme*.[48]

Depois de ouvir, sem querer, essa conversa, que eu não devia ter escutado, saí da sala na ponta dos pés e com uma forte inquietação.

---

47 Em francês no original: "minha boa amiga". **48** Em francês no original: "um perfeito homem de bem".

19. Os Ívin

— Volódia! Volódia! Os Ívin! — gritei, quando vi pela janela três meninos de jaquetas azuis, com gola de pelo de castor, que atravessavam a rua na direção de nossa casa, seguindo um preceptor jovem e elegante.

Os Ívin eram aparentados conosco e tinham quase a mesma idade que nós; pouco depois de nossa chegada a Moscou, fomos apresentados e ficamos amigos.

O segundo Ívin — Serioja — era um menino moreno, de cabelo crespo, nariz arrebitado e grande, lábios vermelhos muito frescos, que raramente cobriam de todo a fileira superior de dentes brancos e ligeiramente pronunciados, lindos olhos azul-escuros e rosto de expressão extraordinariamente atrevida. Nunca sorria: ou olhava com ar de seriedade absoluta, ou ria francamente com sua risada sonora, afiada e de um incrível fascínio. Sua beleza original me impressionou desde o primeiro olhar. Sentia por ele uma atração irresistível. Vê-lo era o bastante para a minha felicidade; e, em certas ocasiões, todas as forças da minha alma se concentravam nesse desejo: quando ocorria de ficar três ou quatro dias sem vê-lo, começava a me irritar e a tristeza me levava às lágrimas. Todos os meus sonhos, dormindo ou acordado, eram sobre ele: quando ia dormir, eu desejava sonhar com ele; ao fechar os olhos, eu o via na minha frente e acalentava aquele fantasma, como o melhor dos prazeres. Eu não me atrevia a confiar a ninguém esse sentimento, de tão precioso que era para mim.

Talvez por estar farto de sentir meus olhos inquietos o tempo todo cravados nele, ou apenas por não sentir nenhuma simpatia por mim, era evidente que gostava mais de brincar e conversar com Volódia do que comigo; mesmo assim, eu ficava satisfeito, não desejava mais nada, não exigia mais nada e estava disposto a sacrificar tudo por ele. Além da atração apaixonada que me inspirava, sua presença agitava em mim, em grau não menor, outro sentimento — o medo de aborrecê-lo, de ofendê-lo de algum modo, e desagradar-lhe: talvez porque seu rosto tivesse uma expressão arrogante, ou porque, desprezando minha própria aparência, eu valorizasse demais a presença da beleza nos outros, ou então porque, acima de tudo, aquilo fosse um sinal inequívoco de amor, eu sentia por ele tanto medo quanto amor. Na primeira vez em que Serioja falou comigo, fiquei tão desnorteado com aquela felicidade inesperada que empalideci, corei e não consegui responder nada. Quando estava pensativo, ele tinha o mau hábito de fixar o olhar num ponto e piscar repetidamente, enquanto contraía o nariz e as sobrancelhas. Todos achavam que esse costume o prejudicava muito, mas eu achava aquilo tão encantador que, sem querer, me habituei a fazer o mesmo e, alguns dias depois de ter conhecido Serioja, a vovó me perguntou se meus olhos estavam doendo, pois eu estava piscando como um corujão. Entre nós, nunca se disse nenhuma palavra de amor; mas ele percebia o poder que exercia sobre mim e, de modo inconsciente, mas tirânico, tirava proveito disso, em nossas relações infantis; eu, por mais que desejasse revelar para Serioja tudo o que se passava em minha alma, tinha medo demais dele para me decidir pela sinceridade; eu me esforçava para dar uma impressão de indiferença e, sem reclamar, me submetia a Serioja. Às vezes, sua influência me parecia penosa, ofensiva; mas livrar-me dela era algo que estava além de minhas forças.

Fico triste ao pensar naquele sentimento fresco e belo de um amor desinteressado e sem limite, que morreu sem se manifestar e sem ser correspondido.

O estranho é que, quando criança, eu tentava ser parecido com os adultos e, desde que deixei de ser criança, muitas vezes desejo ser parecido com elas. Quantas vezes, em minhas relações com Serioja, a vontade de não parecer criança reprimiu o sentimento que estava pronto para se manifestar e obrigou-me a dissimular. Eu não só não me atrevia a beijá-lo, do que muitas vezes tive vontade, ou pegar sua mão e dizer como eu estava feliz por vê-lo, como sequer me atrevia a chamá-lo de Serioja, e o tratava forçosamente de Serguei: isso já se tornara rotineiro entre nós. Toda expressão de sensibilidade era sinal de criancice e quem se permitia chamá-lo assim ainda era um *menino*. Sem ter passado ainda pelas experiências amargas que levam os adultos à cautela e à frieza nas relações com os outros, nós nos privávamos dos prazeres puros da terna afeição infantil, só por causa do estranho desejo de imitar os *adultos*.

Recebi os Ívin ainda na sala dos lacaios, cumprimentei-os e fui correndo ao encontro da vovó: anunciei para ela que os Ívin haviam chegado e minha expressão parecia indicar que a notícia devia encher minha avó de alegria. Depois, sem tirar os olhos de Serioja, eu o segui até o salão e observei todos os seus movimentos. Na hora em que vovó disse que ele estava muito crescido e cravou nele seus olhos sagazes, experimentei o sentimento de medo e de esperança que deve experimentar um artista, quando espera, de um juiz respeitado, a sentença sobre uma de suas obras.

O jovem preceptor dos Ívin, Herr Frost, com autorização da vovó, levou-nos para o jardim, sentou-se num banco verde, cruzou as pernas de modo pitoresco, colocando entre elas a bengala de castão de bronze e, com o ar de um homem muito satisfeito com suas realizações, começou a fumar um charuto.

Herr Frost era alemão, mas um alemão em tudo diferente do nosso Karl Ivánitch: em primeiro lugar, falava russo corretamente, falava francês com forte sotaque e gozava da reputação geral de ser muito culto; em segundo lugar, tinha bigodes ruivos, usava um grande alfinete enfeitado com um rubi na echarpe de cetim preta, cujas pontas ficavam enfiadas embaixo dos suspensórios, e vestia calças azul-claras, com matizes de tom e presilhas; em terceiro lugar, era jovem, tinha uma aparência bonita, segura de si, e pernas extraordinariamente musculosas e torneadas. Era evidente que tinha um apreço especial por este último atributo: considerava seu efeito irresistível sobre pessoas do sexo feminino e, na certa, com esse objetivo, tentava exibir as pernas do ângulo mais favorável e, de pé ou sentado, sempre punha em movimento as panturrilhas. Era o tipo acabado do jovem alemão russo, que deseja ser galante e conquistador.

No jardim, estávamos nos divertindo muito. Nossa brincadeira de bandoleiro corria às mil maravilhas, mas uma circunstância por muito pouco não estragou tudo. Serioja era o bandoleiro: na hora em que perseguia os viajantes, tropeçou e, em plena corrida, bateu com o joelho numa árvore com tanta força que pensei que havia se partido em mil pedaços. Apesar de meu papel ser o de polícia e de minha obrigação ser prendê-lo, eu me aproximei e, solidário, perguntei se estava doendo. Serioja se irritou comigo: cerrou os punhos, bateu com os pés no chão e, com uma voz que mostrava claramente que o machucado estava doendo muito, começou a gritar comigo:

— Ora, mas que história é essa? Depois disso, não tem mais brincadeira nenhuma! Por que não vai me prender? Por que não vai me prender? — repetiu algumas vezes, enquanto olhava de esguelha para Volódia e para o Ívin mais velho, que faziam o papel de viajantes e, aos pulos, corriam pela estradinha e então, de súbito, ele deu um grito estridente e, com uma forte risada, saiu correndo para assaltá-los.

Nem posso exprimir como aquele gesto heroico me impressionou e fascinou: apesar da dor terrível, ele não só não chorava como também não dava nenhum sinal de que sentia alguma dor e, nem por um minuto, se esqueceu da brincadeira.

Pouco depois, quando Ílienka Grap se juntou a nós e subimos ao primeiro andar, onde ficamos até o almoço, Serioja teve ocasião de me impressionar e fascinar ainda mais com sua admirável bravura e sua firmeza de caráter.

Ílienka Grap era filho de um estrangeiro pobre que, tempos antes, havia morado na casa de meu avô, sentia gratidão por ele e, agora, considerava ter o absoluto dever de mandar seu filho à nossa casa com frequência. Se acreditava que o relacionamento conosco poderia trazer para o filho alguma honra ou prazer, estava redondamente enganado, porque nós não apenas não tínhamos amizade por Ílienka como só lhe dávamos alguma atenção quando queríamos zombar dele. Ílienka Grap era um menino de treze anos, magro, alto, pálido, com cara de passarinho e expressão humilde e bondosa. Vestia-se de maneira muito pobre, em compensação passava tanta pomada no cabelo que estávamos convencidos de que, num dia de sol forte, a pomada derreteria em sua cabeça e escorreria por dentro da japona. Quando me lembro dele, agora, acho que era muito prestativo, bom e tranquilo; na época, me parecia uma criatura tão desprezível que não merecia compaixão nem mesmo que se pensasse nele.

Quando a brincadeira de bandoleiro cessou, fomos para o primeiro andar, começamos a fazer muita bagunça e a nos exibir, uns para os outros, fazendo vários exercícios de ginástica. Ílienka nos observava com um tímido sorriso de admiração e, quando lhe propuseram também se exercitar, recusou, dizendo não ter força nenhuma. Serioja estava incrivelmente encantador; havia tirado a japona — o rosto e os olhos brilhavam —, ria sem parar e inventava novas travessuras: saltava por cima de três cadeiras enfileiradas, rolava pelo quarto inteiro como se fosse uma roda, plantou bananeira sobre os volumes do dicionário de Tatíschev, colocados como um pedestal no meio do quarto e, na hora, fez movimentos tão engraçados com as pernas que foi impossível conter o riso. Depois desta última brincadeira, ele parou, ficou pensativo, piscou os olhos e de repente, com o rosto completamente sério, aproximou-se de Ílienka: "Tente fazer, também; garanto que não é difícil". Grap notou que a atenção geral estava voltada para ele, ruborizou-se e, com voz quase inaudível, assegurou que não conseguiria fazer aquilo, de maneira nenhuma.

— Mas, afinal, como é que pode, por que ele não quer mostrar nada? Por acaso é uma menininha?... Tem de fazer, tem de plantar bananeira!

E Serioja puxou-o pela mão.

— Vai ter de plantar bananeira, vai ter de plantar bananeira! — gritamos todos, cercando Ílienka, que naquele momento ficou visivelmente assustado e pálido, enquanto o segurávamos pelo braço e o puxávamos na direção dos dicionários.

— Soltem, eu vou sozinho! Vão rasgar a japona! — gritava a vítima infeliz. Mas os gritos de desespero nos animaram ainda mais; morríamos de rir; a japona verde estalava em todas as costuras.

Volódia e o Ívin mais velho baixaram a cabeça dele e a colocaram em cima dos dicionários; eu e Serioja seguramos o pobre menino pelas pernas fininhas, que ele remexia em várias direções, arregaçamos sua calça até os joelhos e, entre risadas, viramos seus pés para o alto; o Ívin mais jovem mantinha o tronco todo equilibrado.

Aconteceu que, depois das risadas espalhafatosas, todos ficamos calados e, no quarto, se fez tamanho silêncio que só dava para ouvir a respiração ofegante do infeliz Grap. Naquele momento, eu não estava completamente convencido de que tudo aquilo fosse muito engraçado e divertido.

— Pronto, agora mostrou que é valente — disse Serioja, e deu uma palmadinha em Grap.

Ílienka estava calado e, tentando se desvencilhar, remexia as pernas em várias direções. Num desses movimentos desesperados, bateu com o salto do sapato no olho de Serioja com tanta força que, na mesma hora, Serioja largou suas pernas, pôs a mão no olho, do qual lágrimas escorreram contra a vontade dele, e empurrou Ílienka com toda a força. Não podendo mais se segurar em nós, Ílienka desabou no chão como um corpo sem vida e, entre lágrimas, só conseguia dizer:

— Por que vocês me tiranizam?

A figura deplorável do pobre Ílienka, de rosto choroso, cabelos eriçados e calças arregaçadas, por baixo das quais se viam os canos sujos das botas, nos deixou perplexos; ficamos todos calados e, constrangidos, fizemos força para sorrir.

O primeiro a se refazer foi Serioja.

— Olhe só que mulherzinha — disse, tocando-o de leve com o pé. — Ninguém pode brincar com ele... Vamos, chega, levante.

— Eu bem que disse que você é um menino que não presta — exclamou Ílienka, com raiva, virou-se e começou a soluçar bem alto.

— Ah, ah! Bate com o salto da bota e ainda xinga! — gritou Serioja, apanhou um dicionário e levantou-o acima da cabeça do infeliz, que nem pensou em se proteger, apenas cobriu a cabeça com as mãos.

— Tome! Tome!... Vamos largar ele aqui, já que não sabe brincar... Vamos lá para baixo — disse Serioja, e deu um riso forçado.

Com pena, olhei para o pobre coitado que, deitado no chão, com o rosto escondido atrás dos dicionários, chorava tanto que parecia à beira de morrer por causa das convulsões que sacudiam todo o seu corpo.

— Eh, Serguei! — eu lhe disse. — Por que fez isso?

— Essa é boa!... Eu não chorei, hoje, quando quase quebrei a perna até o osso, chorei?

"Sim, é verdade", pensei. "Ílienka não passa de um chorão; o Serioja, sim, como é valente... como é valente!"

Não compreendi que o coitado chorava, na verdade, menos em razão da dor física do que da ideia de que cinco meninos, de quem ele talvez gostasse, uniram-se para execrá-lo e repudiá-lo, sem nenhum motivo.

Eu não conseguia, de jeito nenhum, explicar para mim mesmo a crueldade de nosso gesto. Como não me aproximei dele, não o protegi e não o consolei? Onde tinha ido parar o sentimento de compaixão que, às vezes, me obrigava a chorar copiosamente ao ver que estavam levando para o lixo um filhote de gralha ou de outro pássaro que caíra do ninho, ou uma galinha que o cozinheiro levava para fazer sopa?

Será que esse belo sentimento tinha sido sufocado, dentro de mim, pelo amor por Serioja e pelo desejo de me mostrar, a seus olhos, tão valente quanto ele mesmo? Então, nada digno de inveja havia nesse amor e nesse desejo de me mostrar valente! Eles foram a causa da única mancha escura nas páginas de minhas memórias infantis.

20. Chegam os convidados

A julgar pela agitação incomum que se notava no bufê, pela iluminação radiante que dava um aspecto novo e festivo a todos os objetos no salão e na sala, tão conhecidos por mim havia muito tempo, e a julgar, acima de tudo, pelo fato nada gratuito de o príncipe Ivan Ivánitch ter enviado seus músicos, esperava-se, para aquela festa, uma grande quantidade de convidados.

Ao barulho de cada carruagem que passava, eu corria para junto da janela, erguia a palma das mãos entre as têmporas e o vidro e, com impaciência e curiosidade, olhava para a rua. No escuro, que a princípio encobria todos os objetos na janela, aos poucos apareciam: na calçada oposta, a lojinha que eu conhecia havia muito tempo, com seu lampião; do lado, uma casa grande com duas janelas iluminadas no térreo; no meio da rua, um coche de aluguel com dois passageiros, ou uma caleche vazia que voltava devagar para casa; mas, então, uma carruagem se aproximou do alpendre e eu, na certeza absoluta de que eram os Ívin, que tinham prometido chegar cedo, corri para recebê-los no vestíbulo. Atrás do criado de libré que abriu a porta, em vez dos Ívin, surgiram duas pessoas do sexo feminino: uma, grande, num mantô azul com gola de pele de zibelina; a outra, pequena, toda enrolada num xale verde, sob o qual só se viam os pezinhos miúdos, em botinhas forradas de peles. Sem prestar a mínima atenção à minha presença no vestíbulo, apesar de eu considerar que era minha obrigação curvar-me diante delas para saudar sua chegada, a pequena se aproximou da grande, sem dizer nada, e parou na frente dela. A grande desenrolou o xale que cobria toda a cabeça da pequena, desabotoou o mantô e, quando o lacaio de libré recebeu aqueles objetos sob sua guarda e descalçou dela as botinhas forradas de peles, saiu daquela figura agasalhada uma maravilhosa menina de doze anos, num vestidinho curto e decotado de musselina, calças brancas e sapatinhos pretos minúsculos. No pescocinho branco, havia uma fita de veludo preto; a cabecinha era, toda ela, coberta de cachos louros escuros, que, na frente, combinavam tão bem com seu rostinho bonito e, por trás, com os ombros nus, e que nem eu nem ninguém, nem mesmo o próprio Karl Ivánitch, seria capaz de acreditar que eles estavam assim espiralados porque, desde a manhã, ficaram enrolados em pedacinhos do jornal *Notícias de Moscou* e porque tinham sido prensados por tenazes quentes. Parecia que ela havia nascido assim, com aquela cabecinha cacheada.

Um traço impressionante em seu rosto era o tamanho extraordinário dos olhos, saltados e semicerrados, que criavam um contraste estranho, porém agradável, com a boquinha minúscula. Os lábios se mantinham fechados e os olhos fitavam com ar tão sério que a expressão geral do rosto era do tipo de que não se espera um sorriso e no qual, por isso mesmo, um sorriso se torna ainda mais cativante.

Tentando não ser percebido, me esgueirei pela porta da sala e achei necessário ficar andando para um lado e para outro, fingindo estar mergulhado em pensamentos e não ter nem de longe percebido que as convidadas estavam entrando. Quando as convidadas chegaram ao meio da sala, fingi voltar a mim, cumprimentei-as com uma mesura exagerada e comuniquei que a vovó estava no salão. A sra. Valákhina, cujo rosto me agradou muito, sobretudo por ter visto nele grande semelhança com o rosto de sua filha Sónietchka, me cumprimentou cordialmente com uma inclinação da cabeça.

A vovó, pelo visto, ficou muito contente de ver Sónietchka: chamou-a para perto, arrumou uma mecha de cabelo que pendia sobre a testa e, olhando fixamente para seu rosto, disse:

— *Quelle charmant enfant!*[49]

Sónietchka sorriu, ficou vermelha e se mostrou tão meiga que eu, olhando para ela, também fiquei ruborizado.

— Espero que você não se aborreça em minha casa, minha amiguinha — disse vovó, erguendo o rostinho, por baixo do queixo. — Peço que se divirta e dance o mais que puder. Agora já temos uma dama e dois cavalheiros — acrescentou, dirigindo-se à sra. Valákhina e tocando-me com a mão.

Para mim, foi tão agradável essa aproximação que me fez ficar vermelho novamente.

Sentindo aumentar minha timidez e, tendo ouvido o som da chegada de mais uma carruagem, julguei necessário me retirar. No vestíbulo, encontrei a princesa Kornakova com o filho e uma incrível quantidade de filhas. Todas as filhas tinham o rosto igual, eram feias e parecidas com a princesa; por isso, nenhuma delas chamava atenção. Enquanto tiravam os mantôs e as capas, de repente, todas falaram com vozes fininhas, agitaram-se e riram por algum motivo — talvez por serem tantas. Étienne era um menino de quinze anos, alto, corpulento, de fisionomia murcha, olhos encovados, com olheiras, e de braços e pernas enormes para sua idade; era desajeitado, tinha uma voz desagradável e irregular, mas parecia muito satisfeito consigo mesmo e era exatamente aquilo que, na minha opinião, podia ser um menino em quem batem com um chicote.

Ficamos por um tempo parados na frente um do outro e, sem falar nada, nos observamos atentamente; depois, chegando mais perto, parecia que queríamos nos beijar, porém,

---

49 Em francês no original: "Que criança encantadora!".

depois de nos fitar, mais um pouco, nos olhos um do outro, por algum motivo, mudamos de ideia. Quando os vestidos de todas as suas irmãs passaram farfalhantes por nós, eu, a fim de começar uma conversa qualquer, perguntei se não era muito apertado viajar com tanta gente na carruagem.

— Não sei — respondeu, com displicência. — Na verdade, nunca ando de carruagem, porque, assim que me sento, logo começo a vomitar, e a mamãe sabe disso. Quando vamos a algum lugar à tardinha, sempre sento na boleia... É muito mais divertido, dá para ver tudo. Filipp me deixa guiar, às vezes uso até o chicote. Aí, às vezes, tem as ultrapassagens, sabe? — acrescentou com um gesto expressivo. — É maravilhoso!

— Vossa excelência — disse um lacaio, entrando no vestíbulo. — Filipp está perguntando onde o senhor teve a bondade de colocar o chicote.

— Como assim, onde coloquei? Devolvi para ele.

— Ele diz que o senhor não devolveu.

— Bem, então pendurei na lanterna.

— Filipp diz que também não está na lanterna e que seria melhor o senhor dizer que pegou ou perdeu, senão o Filipp terá de pagar com seu próprio dinheiro pela travessura do senhor — prosseguiu o lacaio, cada vez mais nervoso e irritado.

O lacaio, que tinha o aspecto de um homem respeitável e triste, parecia tomar, com afinco, o partido de Filipp e estar decidido a esclarecer a questão a qualquer preço. Por um sentimento inconsciente de delicadeza, me afastei para o lado, como se não estivesse percebendo nada; mas os lacaios presentes fizeram exatamente o contrário: chegaram mais perto, olhando para o velho criado com aprovação.

— Muito bem, se perdi, então está perdido — disse Étienne, esquivando-se de dar mais explicações. — O que custar a ele o chicote, eu pago depois. Para que tanto estardalhaço? — acrescentou, aproximando-se de mim e me arrastando para o salão.

III

— Não, me desculpe, patrão, mas com que o senhor vai pagar? Eu sei como o senhor paga: para Mária Vassílievna, já faz oito meses que o senhor diz que vai pagar vinte copeques; para mim também, já faz dois anos, eu calculo, e para o Petruchka...

— Você não vai se calar, não? — gritou o jovem príncipe, vermelho de raiva. — Olhe que vou contar tudo isso.

— Vou contar, vou contar! — exclamou o lacaio. — Isso não é bom, vossa excelência! — acrescentou de modo muito eloquente na hora em que entramos na sala, e foi com os mantôs na direção do baú.

— Muito bem, muito bem! — ouviu-se atrás de nós, no vestíbulo, uma voz de aprovação.

Vovó tinha o dom especial de empregar um determinado tom e o pronome singular ou plural da segunda pessoa, em determinados casos, para exprimir sua opinião sobre os outros. Embora usasse o *senhor* e *você* ao contrário do que era o costume geral, em seus lábios essas nuances ganhavam um significado totalmente distinto. Quando o jovem príncipe se aproximou dela, vovó lhe disse algumas palavras, tratando-o de *você*, e o espiava com um ar tão displicente que, se eu estivesse no lugar dele, teria ficado completamente desconcertado; mas Étienne, estava claro, não era um menino dessa *conformação*: não só não prestou nenhuma atenção à recepção da vovó nem à sua pessoa como cumprimentou toda a sociedade com uma inclinação da cabeça, se não de maneira elegante, pelo menos com desembaraço.

Sónietchka atraía toda a minha atenção: lembro que, quando Volódia, Étienne e eu começamos a conversar na sala, num lugar de onde se podia ver Sónietchka e ela também podia nos ver e ouvir, eu falava com prazer; quando acontecia de eu dizer algo que julgava engraçado ou atrevido, eu falava mais alto e olhava para o salão, através da porta; quando passamos para outro lugar, onde era impossível que nos escutassem ou nos vissem do salão, eu ficava calado e não via mais graça nenhuma na conversa.

Aos poucos, a sala e o salão se encheram de convidados; entre eles, como sempre acontece nas festas infantis, havia algumas crianças maiores, que não queriam desperdiçar a oportunidade de se divertir e dançar, e o faziam como se fosse apenas para dar esse contentamento ao anfitrião.

Quando os Ívin chegaram, em vez do prazer que eu em geral experimentava ao encontrar Serioja, senti um rancor estranho contra ele, porque Serioja ia ver Sónietchka e ser visto por ela.

21. Antes da mazurca

— Ah! Pelo visto vamos ter dança na sua casa — disse Serioja, saindo do salão e tirando do bolso um novo par de luvas de pelica. — Tenho de vestir as luvas.

"E agora? Não temos luvas", pensei. "Vou ter de subir para procurar."

No entanto, por mais que vasculhasse todas as cômodas, só encontrei, numa delas, nossas luvas verdes de viagem e, em outra, uma luva de pelica que não me servia de nada: em primeiro lugar, porque estava extremamente velha e suja; segundo, porque era grande demais para mim; e, acima de tudo, porque faltava o dedo médio, na certa cortado por Karl Ivánitch, havia muito tempo, a fim de proteger um dedo machucado. Porém vesti assim mesmo aquele resto de luva e observei atentamente o lugar do meu dedo médio, que estava sempre manchado de tinta.

— Quem dera a Natália Sávichna estivesse aqui: com certeza, ela arranjaria umas luvas. É impossível descer desse jeito, porque, se me perguntarem por que eu não estou dançando, o que vou responder? Mas também não posso ficar aqui, porque sem dúvida vão procurar por mim. O que vou fazer? — perguntei-me, abrindo os braços.

— O que está fazendo aqui? — perguntou Volódia, que entrou correndo. — Vá convidar uma dama... Já vai começar.

— Volódia — eu lhe disse, mostrando a mão com dois dedos enfiados na luva imunda, com uma voz que exprimia um estado próximo do desespero. — Volódia, você também não pensou nisso!

— Em quê? — retrucou, com impaciência. — Ah! Nas luvas — acrescentou com total indiferença, ao perceber minha mão.

— Não pensei mesmo; vamos ter de perguntar à vovó... o que ela acha. — E, sem pensar mais no assunto, desceu correndo.

O sangue-frio com que ele reagiu a uma circunstância que me parecia tão relevante me tranquilizou e fui correndo para o salão, absolutamente esquecido da luva deformada, vestida na minha mão esquerda.

Avancei com cautela na direção da poltrona da vovó, puxei de leve sua mantilha e lhe disse, num sussurro:

— Vovó! O que vamos fazer? Não temos luvas!

— O que foi, meu amigo?

— Não temos luvas — repeti, chegando cada vez mais perto e pondo as mãos no braço da poltrona.

— E isto, o que é? — disse ela, segurando de repente minha mão esquerda. — *Voyez, ma chère*[50] — prosseguiu, voltando-se para a sra. Valákhina —, *voyez comme ce jeune homme s'est fait élégant pour danser avec votre fille.*[51]

Vovó segurou minha mão com força e, com ar sério, mas interrogativo, olhou para os presentes, até que a curiosidade de todos os convidados ficasse satisfeita e o riso se tornasse geral.

Eu teria ficado aflito se Serioja tivesse me visto no momento em que, encolhido de vergonha, eu tentava em vão desvencilhar meu braço, mas, diante de Sónietchka, que ria tanto que as lágrimas encheram seus olhos e todos os cachinhos se sacudiram em torno do rosto vermelho, eu não sentia nenhuma vergonha. Entendi que seu riso era alto e espontâneo demais para ser de desdém; ao contrário, o fato de termos

---

50 Em francês no original: "Veja, minha querida". **51** Em francês no original: "veja como este rapaz se pôs elegante para dançar com a filha da senhora".

rido juntos e olhado um para o outro pareceu me deixar mais próximo dela. O episódio das luvas, embora pudesse ter acabado mal, trouxe a vantagem de me deixar mais à vontade no círculo de pessoas que sempre me parecera o mais aterrorizante de todos: o círculo do salão; eu já não sentia mais a menor timidez na sala.

O sofrimento das pessoas tímidas provém de ignorarem a opinião que formaram a seu respeito; assim que essa opinião se exprime com clareza — qualquer que seja ela —, o sofrimento cessa.

Como Sónietchka Valákhina estava graciosa quando dançou, na minha frente, a quadrilha francesa com o jovem príncipe desajeitado! Como era gracioso seu sorriso, quando me deu a mãozinha, na *chaîne*![52] Como eram graciosos os cachinhos louros que sacudiam no ritmo da música e com que doçura ela fez um *jeté-assemblé*[53] com os pezinhos minúsculos! Na quinta figura da dança, quando minha dama se afastou de mim e foi para o lado oposto e eu, à espera do compasso, me preparava para fazer o solo, Sónietchka fechou os lábios com ar sério e ficou olhando para o lado. Mas não havia motivo para ela temer por mim: fiz com coragem os movimentos *chassé en avant*, *chassé en arrière*, *glissade* e, na hora em que avancei em sua direção, mostrei-lhe, com um gesto divertido, a luva com dois dedos salientes. Ela deu uma tremenda risada e, com mais graça ainda, deslizou os pezinhos ligeiros sobre o assoalho. Ainda lembro como, no momento em que formamos a roda e todos ficaram de mãos dadas, ela inclinou a cabecinha e, sem soltar a mão da minha, coçou o narizinho com sua luva. Tudo isso parece estar agora na frente dos meus olhos e ainda posso

---

52 Em francês no original: "corrente", movimento da quadrilha.
53 Movimento de dança.

ouvir a quadrilha de "Donzelas do Danúbio", ao som da qual tudo isso aconteceu.

Começou a segunda quadrilha, que dancei com Sónietchka. Quando sentei a seu lado, senti um acanhamento fora do comum e não sabia absolutamente o que falar com ela. Quando o silêncio se tornou longo demais, comecei a temer que ela me tomasse por um idiota e decidi desfazer, a qualquer preço, esse engano a meu respeito.

— *Vous êtes une habitante de Moscou?*[54] — falei e, depois da resposta afirmativa, continuei: — *Et moi, je n'ai encore jamais fréquenté la capitale*[55] — confiando especialmente no efeito da palavra *fréquenté*. No entanto, senti que, apesar de aquele início ter sido brilhante e provar por completo meu grande conhecimento da língua francesa, eu não tinha condições de prosseguir a conversa no mesmo nível. Nossa vez de dançar ainda ia demorar um pouco e, assim, o silêncio recrudesceu: constrangido, eu olhava para ela, querendo saber que impressão eu havia causado e esperando dela alguma ajuda.

— Onde o senhor achou essa luva ridícula? — perguntou, de repente; e essa pergunta me trouxe grande alívio e contentamento.

Expliquei que a luva pertencia a Karl Ivánitch, divaguei, de modo até um pouco irônico, sobre o próprio Karl Ivánitch, contei como ele ficava engraçado quando tirava o gorro vermelho e que, certa vez, vestido num jaquetão verde, ele caiu do cavalo direto no pasto etc. A quadrilha passou e nem percebi. Tudo estava correndo muito bem; mas por que falei de Karl Ivánitch em tom de escárnio? Será que eu perderia a boa opinião que Sónietchka tinha sobre mim se eu o descrevesse com o amor e o respeito que, de fato, eu sentia por ele?

---

54 Em francês no original: "A senhora é moradora de Moscou?".
55 Em francês no original: "Ah, eu nunca estive na capital".

Quando a quadrilha terminou, Sónietchka me disse "*merci*", com uma expressão muito gentil, como se realmente eu merecesse sua gratidão. Fiquei em êxtase, mal me continha de alegria e eu mesmo não conseguia me reconhecer: de onde eu havia tirado aquela coragem, segurança e até ousadia? "Não existe nada capaz de barrar meu caminho!", pensei, enquanto desfilava despreocupado pelo salão. "Estou pronto para tudo!"

Serioja me propôs dançar vis-à-vis com ele.

— Está bem — respondi. — Apesar de eu não ter uma dama, mas vou arranjar.

Depois de percorrer a sala com um olhar decidido, notei que todas as damas estavam ocupadas, exceto uma mocinha crescida, de pé, junto à porta do salão. Um jovem alto se aproximava dela, eu imaginei, para convidá-la; estava a dois passos da moça, enquanto eu estava na extremidade oposta da sala. Num piscar de olhos, deslizando graciosamente pelo assoalho, atravessei toda a distância que me separava dela e, fazendo uma mesura, convidei-a com voz firme para a contradança. A mocinha crescida, sorrindo de modo condescendente, me deu a mão e o jovem ficou sem dama.

Eu tinha tamanha consciência de minha força que nem prestei atenção à irritação do jovem; mas depois eu soube que aquele jovem perguntara quem era o menino desgrenhado que havia saltado tão ligeiro na sua frente e tomado sua dama, bem debaixo do seu nariz.

22. A mazurca

O jovem cuja dama eu havia tomado ia formar o primeiro par da mazurca. De braço dado com a dama, ele saltou de onde estava e, em vez de fazer o *pas de basque*[56] como Mimi nos havia ensinado, simplesmente correu para a frente; quando chegou ao canto da sala, fez uma paradinha, separou as pernas, bateu com os tacões dos sapatos um no outro, virou-se e, saltitante, saiu correndo outra vez.

Como eu não tinha dama na mazurca, estava sentado atrás da poltrona da vovó e observava.

"Mas o que ele está fazendo?", pensei comigo mesmo. "Afinal, isso não tem nada a ver com o que Mimi nos ensinou: ela garantiu que todos dançam a mazurca na ponta dos pés, deslizando-os suavemente em movimentos circulares; mas parece que estão dançando de um jeito muito diferente. Olhe lá, até os Ívin e o Étienne, todos estão dançando assim, mas não fazem o *pas de basque*; e o nosso Volódia está copiando essa maneira nova. Não é feio!... E a Sónietchka, que doçura! Olhe, ela entrou..." Eu estava incrivelmente alegre.

A mazurca estava chegando ao fim: algumas damas e homens mais idosos vieram despedir-se da vovó e foram embora; os lacaios, esquivando-se dos dançarinos, levavam a louça e os talheres com cuidado para os fundos; visivelmente cansada, vovó falava como que de má vontade e com voz muito arrastada;

---

56 Em francês no original: "passo do basco", antigo passo de mazurca.

os músicos, com preguiça, recomeçaram o mesmo tema pela trigésima vez. A mocinha crescida com a qual eu dançara fez uma figura de dança, reparou em mim e, sorrindo de modo maroto — talvez querendo, com isso, agradar à vovó —, conduziu Sónietchka e uma das inúmeras princesinhas na minha direção.

— *Rose ou hortie?*[57] — disse para mim.

— Ah, você está aqui! — disse vovó para mim, virando-se na poltrona. — Vá, meu amiguinho, vá.

Embora naquele momento eu quisesse muito mais me esconder embaixo da poltrona da vovó do que sair de onde estava, como poderia recusar? Levantei-me, disse *"rose"* e olhei para Sónietchka com timidez. Mal tive tempo de me recuperar quando a mão não sei de quem, metida numa luva branca, segurou a minha e uma princesinha de sorriso muito agradável foi em frente, sem nem de longe desconfiar que eu não sabia em absoluto o que fazer com os pés.

Eu estava bem ciente de que o *pas de basque* era inadequado, indecoroso e podia até me cobrir de vergonha; mas as notas familiares da mazurca, ao bater em meus ouvidos, comunicaram a ordem já conhecida dos nervos auditivos, que por sua vez transmitiram esse movimento para as pernas; e estas, de modo totalmente involuntário, e para surpresa de todos os espectadores, começaram a traçar os fatais movimentos circulares e suaves, na ponta dos pés. Enquanto fomos em linha reta, a coisa ainda correu mais ou menos bem, mas na curva me dei conta de que, se não tomasse alguma providência, acabaria fatalmente me adiantando. Para evitar esse contratempo, dei uma parada, no intuito de fazer a mesma firula que o jovem do primeiro par executava de maneira tão bela. Mas, no instante em que separei os pés e me preparava para dar os pulinhos, a princesinha, correndo afobada ao meu redor, com ar de curiosidade tola e de

---

57 Em francês no original: "Rosa ou urtiga?".

espanto, observou minhas pernas. Aquele olhar acabou comigo. Fiquei tão desconcertado que, em vez de dançar, comecei a bater os pés no chão, sem sair do lugar, da maneira mais estranha, fora do ritmo, sem nenhum desenho coerente, e por fim fiquei completamente parado. Todos olhavam para mim: alguns com surpresa, outros com curiosidade, outros com escárnio, outros com compaixão; só a vovó olhava com total indiferença.

— *Il ne fallait pas danser, si vous ne savez pas!*[58] — falou a voz zangada do papai, perto do meu ouvido e, depois de me puxar de leve para trás, segurou a mão da minha dama, fez com ela uma volta à moda antiga, recebeu a ruidosa aprovação dos espectadores e levou-a a seu lugar. Logo depois, a mazurca terminou.

"Senhor! Por que me castigas de modo tão horrível?"

Todos me desprezam e sempre vão me desprezar... está fechado meu caminho para tudo: para a amizade, o amor, as honrarias... Tudo está perdido! Para que o Volódia me fez sinais que todos viram e que não podiam me ajudar? Por que essa princesinha nojenta olhou daquele jeito para minhas pernas? Por que Sónietchka... Ela é um encanto; mas por que sorriu naquela hora? Por que o papai se ruborizou e me puxou pelo braço? Será que até ele teve vergonha de mim? Ah, isso é horrível! Quem dera a mamãe estivesse aqui, ela não ficaria ruborizada por causa do seu Nikólienka... E, com aquela imagem querida, minha imaginação voou para longe. Lembrei-me do prado na frente da casa, do jardim de tílias altas, do laguinho de água limpa, acima do qual as andorinhas esvoaçam, lembrei-me do céu azul em que nuvens brancas e transparentes ficam paradas, dos montes cheirosos de feno fresco e muitas outras recordações tranquilas e coloridas desfilaram na minha imaginação abalada.

---

58 "Não era preciso dançar, se não sabia!" [N.A.]

23. Depois da mazurca

Durante o jantar, o jovem que formou o primeiro par da dança sentou-se à nossa mesa, a das crianças, e dedicou a mim uma atenção especial, que teria agradado ao meu amor-próprio se, depois da desgraça que ocorrera comigo, eu ainda fosse capaz de sentir alguma coisa. Porém, ao que parecia, o jovem queria me alegrar a todo custo; começou a brincar comigo, chamava-me de valente e, quando nenhum adulto estava olhando, enchia minha taça com vinho de várias garrafas e fazia absoluta questão de que eu bebesse. No fim do jantar, quando o mordomo serviu apenas um quarto de tacinha de champanhe para mim, de uma garrafa enrolada num guardanapo, e o jovem insistiu em que ele devia encher até em cima e me obrigou a beber de um gole só, senti um calor agradável em todo o corpo, uma afeição especial pelo meu alegre protetor e, por algum motivo, dei muitas risadas.

De repente, soaram da sala as notas de *Grossvater*[59] e as pessoas começaram a se levantar da mesa. Minha amizade com o jovem imediatamente terminou: ele foi para junto dos adultos e eu, sem me atrever a segui-lo, me aproximei com curiosidade para ouvir a conversa entre Valákhina e a filha.

— Mais meia horinha só — disse Sónietchka, em tom persuasivo.

---

59 Em alemão no original: "avô". Dança alemã do século XVII, que costumava ser tocada no fim das festas.

— É sério, não pode, meu anjo.

— Mas por favor, por mim — disse ela, fazendo um carinho.

— E será que você vai ficar feliz se, amanhã, eu adoecer? — perguntou a sra. Valákhina, e fez a imprudência de sorrir.

— Ah, você deixou! Vamos ficar? — exclamou Sónietchka, dando um pulo de alegria.

— Quem é que pode com você? Então vá, dance... Aqui está um cavalheiro para você — disse ela, apontando para mim.

Sónietchka me deu a mão e fomos correndo para a sala. O vinho que eu bebera, a presença e a alegria de Sónietchka me obrigaram a esquecer, por completo, a triste experiência da mazurca. Executei com as pernas os truques mais divertidos: ora imitando um cavalo, corria a trote curto, erguendo os pés com orgulho; ora batendo os pés no chão sem sair do lugar, como um carneiro que se irrita com um cachorro, e então ria sem medo e sem me preocupar nem de longe com a impressão que eu poderia deixar nos espectadores. Sónietchka também não parava de rir: ela riu quando demos voltas de mãos dadas, gargalhou ao olhar para um senhor idoso que, erguendo os pés lentamente, passou por cima de um lenço sobre o chão, fingindo que era muito difícil fazer aquilo, e Sónietchka morreu de rir quando fiquei dando pulos quase até o teto, para mostrar minha agilidade.

Ao passar pelo escritório da vovó, dei uma olhada no meu reflexo no espelho: o rosto estava suado; os cabelos, desgrenhados; os tufos de cabelo do rodamoinho, mais arrepiados do que nunca. Mas, no geral, a expressão do rosto era tão alegre, boa, saudável, que agradou até a mim mesmo.

"Se eu for sempre assim, como sou agora", pensei, "talvez ainda possam gostar de mim."

Porém, quando olhei de novo para o lindo rostinho da minha dama, além da expressão de alegria, saúde e despreocupação que me agradara no meu rosto, havia nele uma beleza tão refinada e meiga que fiquei aborrecido comigo mesmo:

entendi como *eu* era tolo ao ter esperança de que uma criatura tão maravilhosa prestasse atenção em mim.

Eu não podia esperar reciprocidade e nem pensava em tal coisa: minha alma, mesmo sem isso, estava repleta de felicidade. Eu não entendia o que era o sentimento de amor que enchia minha alma de contentamento e ignorava se podia exigir uma felicidade ainda maior e desejar algo além de querer que tal sentimento nunca cessasse. Para mim, já estava bom. O coração batia como o de um pombo, o sangue afluía em jatos para o coração e eu tinha vontade de chorar.

Quando passamos pelo corredor e pelo armário embutido embaixo da escada, olhei para ele e pensei: "Que felicidade, se eu pudesse passar a vida inteira com ela dentro desse armário escuro! E sem ninguém saber que nós dois moramos lá dentro".

— Não acha que hoje estamos nos divertindo muito? — falei em voz baixa e trêmula, acelerando o passo, com medo não tanto do que eu tinha acabado de dizer quanto daquilo que eu queria dizer.

— Sim… muito! — respondeu ela, virando a cabeça para mim, com uma expressão tão franca e bondosa que deixei de ter medo.

— Principalmente depois do jantar… Mas se soubesse que pena me dá — eu queria dizer "que tristeza me dá", mas não tive coragem — o fato de a senhorita ter de ir embora daqui a pouco e não nos vermos mais.

— Mas por que não nos veremos? — disse ela, com os olhos cravados na pontinha dos sapatos e correndo o dedinho da mão pelo biombo de treliça, junto ao qual estávamos passando. — Toda terça-feira e sexta-feira, eu vou com a mamãe ao bulevar Tverskói. O senhor não sai para passear?

— Vou pedir permissão para ir na terça-feira e, se não deixarem, vou sozinho mesmo, sem gorro. Sei o caminho.

— Sabe de uma coisa? — disse Sónietchka, de repente. — Sempre trato os meninos que vão a nossa casa por "você"; vamos também nos tratar por "você". Não quer? — acrescentou, balançou a cabeça e fitou-me direto nos olhos.

Naquele momento, entramos na sala e começou a outra parte do *Grossvater*, ainda mais animada.

— Como quiser, senhorita — respondi, numa hora em que a música e o barulho podiam encobrir minhas palavras.

— Como *você* quiser, e não *senhorita* — corrigiu Sónietchka, e riu.

O *Grossvater* terminou e eu nem tive tempo de formar uma frase usando "você", embora não parasse de imaginar frases em que esse pronome se repetia várias vezes. Eu não me atrevia a tamanha audácia. "Você quer?", "Você vai?" ressoavam nos meus ouvidos e provocavam uma espécie de embriaguez: eu não enxergava nada nem ninguém, senão Sónietchka. Vi como tinham arrumado seus cachinhos, acomodando-os atrás das orelhas e deixando descoberta uma parte da testa e das têmporas que eu ainda não tinha visto; vi como a embrulharam no xale verde de modo tão completo que só dava para ver a pontinha do nariz; notei que, se não tivesse aberto, com o dedinho rosado, uma pequena abertura em volta da boca, ela acabaria sufocada, e vi também que, ao descer a escada atrás da mãe, ela se virou ligeiro para nós, fez um aceno com a cabeça e sumiu, atrás da porta.

Volódia, os Ívin, o jovem príncipe, eu, todos nós estávamos apaixonados por Sónietchka e, parados na escada, a acompanhávamos com os olhos. Para quem em particular ela fez aquele cumprimento com a cabeça, eu não sei; mas naquele momento tive a firme convicção de que fora para mim.

Ao me despedir dos Ívin, com muito desembaraço, até com certa frieza, troquei umas poucas palavras com Serioja e apertei sua mão. Se ele entendeu que, a partir daquele dia, tinha perdido meu amor e seu poder sobre mim, certamente lamentou aquilo, embora tentasse dar a impressão de total indiferença.

Pela primeira vez na vida, mudei de amor e, pela primeira vez, experimentei a doçura desse sentimento. Alegrou-me trocar o sentimento desgastado de uma devoção rotineira por um sentimento de amor mais fresco, repleto de mistério e desconhecido. Além disso, deixar de amar e, ao mesmo tempo, começar a amar significa amar com uma força duas vezes maior do que antes.

24. Na cama

"Como pude amar Serioja por tanto tempo e com tanta paixão?", eu pensava, deitado na cama. "Não! Ele nunca entendeu, não soube apreciar e não era digno do meu amor... E Sónietchka? Que encanto! 'Você quer?' 'É você que começa.'"

Com a imagem viva de seu rostinho na minha frente, fiquei de quatro na cama, cobri a cabeça com o cobertor, enfiei as bordas da coberta embaixo de mim por todos os lados e, quando não restou nenhuma fresta, deitei e, sentindo um calor agradável, mergulhei em doces devaneios e recordações. Cravei os olhos imóveis no forro do cobertor acolchoado e a vi tão nítida como uma hora antes; em pensamento, conversei com ela e a conversa, embora não tivesse nenhum sentido preciso, me transmitia um prazer indescritível, porque *você, a você, com você, para você* apareciam nela o tempo todo.

Aqueles devaneios eram tão nítidos que, por causa da minha doce agitação, eu não conseguia pegar no sono e tinha vontade de compartilhar com alguém a abundância do meu amor.

— Minha querida! — eu disse quase em voz alta, virando-me bruscamente para o outro lado. — Volódia! Está dormindo?

— Não — respondeu ele, com voz sonolenta. — O que foi?

— Estou apaixonado, Volódia! Completamente apaixonado por Sónietchka.

— Sei, e daí? — respondeu, espreguiçando-se.

— Ah, Volódia! Você não pode imaginar o que está acontecendo comigo... Olhe, agora mesmo eu estava aqui deitado, enrolado no cobertor, e a vi com tanta nitidez que até conversei com ela, é simplesmente incrível. E sabe o que mais? Quando deito, logo penso nela, e só Deus sabe por que fico triste e me vem uma vontade de chorar.

Volódia se mexeu um pouco.

— Eu só desejo uma coisa — continuei. — Estar sempre com ela, vê-la sempre e mais nada. E você, está apaixonado? Admita a verdade, Volódia.

O estranho é que eu queria que todos estivessem apaixonados por Sónietchka e que todos me contassem.

— O que é que você tem com isso? — perguntou Volódia, virando o rosto para mim. — Talvez.

— Você não está com vontade de dormir, estava fingindo! — gritei ao notar, pelos seus olhos brilhantes, que ele nem pensava em dormir e afastei o cobertor. — Vamos, é melhor falarmos sobre ela. Não é verdade que é um encanto?... Tão encantadora que se me dissesse: "Nikolacha! Pule pela janela ou se jogue no fogo", eu me jogaria na hora! — falei. — Pularia pela janela, e com alegria. Ah, que encanto! — acrescentei, imaginando-a com nitidez na minha frente e, para me deleitar por completo com aquela imagem, virei-me bruscamente para o outro lado e enfiei a cabeça embaixo do travesseiro. — Que vontade tremenda de chorar, Volódia.

— Que bobalhão! — disse ele, sorrindo. E depois de um breve silêncio: — Não estou nem de longe como você: acho que, se fosse possível, eu queria primeiro sentar ao lado dela e conversar...

— Ah! Então você também está apaixonado? — interrompi.

— Depois — prosseguiu Volódia, sorrindo com ternura —, depois eu beijaria seus dedinhos, os olhinhos, os labiozinhos, o narizinho, os pezinhos... Eu beijaria tudo...

— Que besteira! — gritei, embaixo do travesseiro.

— Você não entende nada — disse Volódia, com desdém.

— Não, eu entendo sim, você é que não entende e fica falando bobagem — respondi, entre lágrimas.

— Mas não tem por que chorar. Você não passa de uma mulherzinha!

25. A carta

No dia 16 de abril, quase seis meses depois do dia que acabei de descrever, papai subiu para a nossa sala na hora da aula e avisou que, naquela noite, iríamos com ele para o campo. Ao ouvir a notícia, algo apertou dentro do meu coração e meu pensamento logo se voltou para a mãezinha.

A causa daquela partida inesperada foi a seguinte carta:

Petróvskoie, 12 de abril

Só agora, às dez horas da noite, recebi sua carta bondosa de 3 de abril e, como é sempre meu costume, vou responder imediatamente. Fiódor trouxe a carta ontem mesmo da cidade, mas, como era tarde, entregou-a para Mimi hoje de manhã. Já a Mimi, sob o pretexto de que eu não estava bem de saúde e aflita, não me entregou a carta no decorrer de todo o dia. Tenho só uma pequena febre e, para lhe confessar a verdade, já faz quatro dias que não estou bem de saúde e não saio da cama.

Por favor, não se assuste, meu querido: eu me sinto bastante bem e, se Ivan Vassílievitch permitir, pretendo sair da cama amanhã.

Na sexta-feira da semana passada, fui passear de carruagem com as meninas; porém, perto da saída para a estrada principal, junto daquela pontezinha que sempre me mete medo, os cavalos atolaram na lama. Estava um dia lindo e pensei em seguir a pé pela estrada principal, enquanto tiravam a carruagem do atoleiro. Ao chegar à capela, estava muito cansada e sentei para repousar; então, enquanto as pessoas se juntavam para puxar a carruagem, passou mais ou menos meia hora e senti frio, sobretudo nos pés, que eu havia molhado, porque estava de botas de sola fina. Depois do almoço, senti calafrios e febre, porém, por um hábito rotineiro, continuei a andar e, depois do chá, sentei-me com Liúbotchka para tocar piano a quatro mãos. (Você não vai reconhecê-la: que progressos ela fez!) Mas imagine minha surpresa quando notei que não conseguia contar os compassos. Comecei a contar várias vezes, mas minha cabeça se embaralhava por completo e eu ouvia um zumbido estranho nos ouvidos. Eu contava: um, dois, três e então, de repente: oito, quinze, e o mais importante é que via meu engano e não conseguia de maneira nenhuma corrigir. Por fim, Mimi veio me socorrer e, quase à força, me pôs na cama. Aqui está, meu querido, o relato detalhado de como adoeci e de como sou eu mesma a culpada. No dia seguinte, tive uma febre bastante forte, o nosso bom e velho Ivan Vassílievitch veio me ver e, desde então, está morando aqui em casa e promete que em breve vai me deixar sair para este mundo de Deus. Que velhinho maravilhoso é esse Ivan Vassílievitch! Quando eu estava febril e delirava, ele passou a noite inteira ao lado de minha cama, sem pregar os olhos, e agora mesmo, como sabe que estou escrevendo, foi para junto das meninas, na saleta, e aqui do quarto ouço como ele conta histórias alemãs para elas e como, ao ouvi-lo, as meninas morrem de rir.

La belle Flamande,[60] como você a chama, já está hospedada aqui há duas semanas, porque a mãe viajou para visitar alguém e, com seus cuidados comigo, demonstra a mais

---

60 Em francês no original: "A bela flamenga".

sincera afeição. Ela me confia todos seus segredos íntimos. Com seu belo rosto, seu coração bondoso e sua juventude, poderia vir a ser uma linda mocinha, em todos os aspectos, se caísse em boas mãos; porém, no meio em que vive, a julgar pelo que conta, irá se perder totalmente. Passou pela minha cabeça que, se eu não tivesse tantos filhos, faria uma boa ação se a adotasse.

A própria Liúbotchka queria lhe escrever, mas, depois de estragar três folhas de papel, disse: "Sei como o papai é gozador: se eu fizer um errinho só, ele vai mostrar para todo mundo". Kátienka continua gentil como sempre. Mimi continua boa e maçante.

Agora, vamos falar de coisas sérias: você me escreveu que seus negócios não andam bem neste inverno e que será necessário pegar dinheiro da renda da Khabárovka. Acho até estranho você pedir minha permissão para isso. Por acaso o que me pertence não pertence a você igualmente?

Meu querido, você é tão bom que, por medo de me afligir, esconde a situação real de seus negócios; mas eu adivinho: provavelmente, você perdeu muito no jogo e, juro a você, não me entristeço com isso nem um pouco; portanto, se a questão puder mesmo ser remediada, por favor, não pense muito no assunto e não se torture em vão. Estou acostumada a não contar, para as despesas das crianças, não só com seus lucros como também, me perdoe, com toda a sua fortuna. Seus ganhos no jogo não me alegram, assim como suas perdas não me entristecem; só me entristece sua infeliz paixão pelo jogo, que tira de mim uma parte de sua terna afeição e me obriga a lhe dizer verdades tão amargas como agora, mas Deus é testemunha de como isso me dói! Não paro de rezar e pedir a Deus só uma coisa, que Ele nos salve... não da pobreza (o que é a pobreza?), mas de uma situação horrível, na qual, porventura, os interesses das crianças, que eu terei de proteger, entrem em conflito com os nossos. Até agora, o Senhor atendeu à minha prece: você não atravessou a linha além da qual teremos de ou sacrificar o patrimônio que já não pertence a nós, mas sim a nossos filhos, ou... Dá medo só de pensar, mas esse infortúnio horrível sempre nos ameaça. Sim, essa é a cruz pesada que o Senhor deu para nós dois!

Você me escreve também sobre os meninos e retorna àquela nossa antiga discussão: pede que eu concorde em enviá-los para um estabelecimento de ensino. Você conhece minha opinião contrária a esse tipo de educação...

Não sei, meu querido, se vai concordar comigo; em todo caso, imploro, pelo amor que tem por mim, que me faça a promessa de que, enquanto eu estiver viva e depois da minha morte, se for a vontade de Deus nos separar, isso nunca irá acontecer.

Você me escreve que terá de viajar para Petersburgo para tratar de nossos negócios. Cristo o acompanhe, meu querido, vá e volte logo. Sem você, ficamos todos tão desanimados! A primavera está maravilhosa: já retiramos a porta de inverno da sacada, a trilha para a estufa de plantas estava completamente seca quatro dias atrás, os pessegueiros estão todos floridos e só aqui e ali restou um pouco de neve, as andorinhas chegaram e, hoje, Liúbotchka me trouxe as primeiras flores da primavera. O médico diz que daqui a três dias estarei totalmente curada e poderei respirar o ar puro e me aquecer no solzinho de abril. Adeus, meu querido, não se preocupe, por favor, nem com minha doença nem com suas perdas no jogo; termine os negócios o mais depressa possível e volte para nós com as crianças, fique o verão inteiro. Estou fazendo planos maravilhosos para o nosso verão e só falta você, para que eles se tornem realidade.

A parte seguinte da carta estava escrita em francês, em letras desiguais e muito juntas, num outro pedacinho de papel. Eu a traduzo, palavra por palavra:

Não acredite no que lhe escrevi sobre minha doença, ninguém desconfia de como ela é grave. Só eu sei que não vou mais me levantar desta cama. Não perca nem um minuto, venha logo para cá e traga as crianças. Talvez eu consiga, ainda uma vez, abraçar você e abençoar as crianças: esse é meu último pedido. Sei que golpe terrível lanço sobre você; mas não importa, cedo ou tarde, de mim ou dos outros, você o receberia; com firmeza e com esperança na misericórdia de Deus, vamos tentar suportar essa desgraça. Aceitemos a Sua vontade.

Não pense que o que escrevo são delírios de uma imaginação enferma; ao contrário, meus pensamentos estão extraordinariamente claros, neste momento, e me sinto absolutamente tranquila. Não se console em vão com a esperança de que se trata de pressentimentos ilusórios e confusos de um espírito assustado. Não, eu sinto, eu sei — e sei, porque é a vontade de Deus me revelar isso — que me resta muito pouco tempo de vida.

Será que, junto com a vida, terminará também meu amor por você e pelas crianças? Compreendi que isso é impossível. Sinto agora com força demais para poder imaginar que esse sentimento, sem o qual é impossível conceber a existência, algum dia pode chegar ao fim. Minha alma não pode existir sem o amor por vocês: e sei que ela irá existir eternamente pelo simples fato de que um sentimento como o meu amor não poderia ter surgido se tivesse de terminar algum dia.

Não estarei com vocês; mas tenho a firme convicção de que meu amor nunca os abandonará, e essa ideia traz tanta alegria ao meu coração que espero tranquila e sem medo a aproximação da morte.

Estou tranquila e Deus sabe que sempre encarei e encaro a morte como uma passagem para uma vida melhor; mas por que as lágrimas me sufocam?... Para que privar os filhos do amor da mãe? Para que lançar sobre você um golpe tão duro e inesperado? Para que vou morrer, quando o seu amor fez da minha vida uma felicidade sem limites?

Mas que seja feita a vontade de Deus.

As lágrimas não me deixam escrever mais. Talvez eu não o veja. Agradeço a você, meu inestimável amigo, por toda a felicidade com que me cercou nesta vida; vou rezar por você e pedir que Deus o recompense. Adeus, meu querido; lembre que eu não estarei aqui, mas meu amor nunca, em nenhum lugar, irá deixá-lo. Adeus, Volódia, adeus, meu anjo, adeus, meu benjamim, Nikólienka.

Será possível que algum dia eles se esquecerão de mim?

Nessa carta, foi introduzido um bilhetinho de Mimi, em francês, com o seguinte conteúdo:

Os tristes pressentimentos de que ela fala ao senhor foram amplamente confirmados pelas palavras do médico. Ontem à noite, ela mandou levar esta carta imediatamente para o correio. Achando que ela falava em delírio, esperei até a manhã de hoje e resolvi abri-la. Assim que abri o envelope, Natália Nikoláievna me perguntou o que eu tinha feito com a carta e mandou que eu a queimasse, se ainda não tinha sido enviada. Ela não para de falar nisso, garante que a carta vai matar o senhor. Não atrase sua viagem, caso queira ver este anjo, enquanto ainda não nos deixou. Perdoe estes garranchos. Faz três noites que não durmo. O senhor sabe como eu a amo!

Natália Sávichna, que passou toda a noite de 11 de abril no quarto de mamãe, contou-me que, depois de escrever a primeira parte da carta, *maman* colocou-a na mesinha de cabeceira, a seu lado, e adormeceu.

— Confesso que eu mesma cochilei na poltrona — disse Natália Sávichna — e a meia que eu estava tricotando caiu de minhas mãos. Já passava de meia-noite quando, meio adormecida, ouvi que ela parecia estar falando; abri os olhos, olhei: ela, a minha pombinha, sentada na cama, estava com as mãozinhas cruzadas assim e as lágrimas escorriam. "Então, está tudo acabado?" Assim que falou, cobriu o rosto com as mãos. Levantei-me de um pulo e perguntei muitas vezes: "O que a senhora tem?".

— Ah, Natália Sávichna, se a senhora soubesse quem eu vi agora.

Por mais que eu perguntasse, ela não me respondeu, apenas mandou trazer a mesinha de cabeceira para perto, escreveu mais alguma coisa, mandou selar a carta e enviar sem demora. Depois, foi piorando e piorando, cada vez mais.

26. O que nos aguardava na aldeia

No dia 18 de abril, descemos da carruagem em frente ao alpendre da casa de Petróvskoie. Ao partir de Moscou, papai estava pensativo e, quando Volódia perguntou se *maman* estava doente, papai olhou-o com tristeza e, em silêncio, fez que sim com a cabeça. Durante a viagem, ele se acalmou visivelmente; porém, à medida que nos aproximávamos da casa, seu rosto adquiria uma expressão cada vez mais tristonha e quando, ao descer da carruagem, ele perguntou ao Foka, que viera correndo, esbaforido: "Onde está Natália Nikoláievna?", sua voz estava trêmula e havia lágrimas nos olhos. O bom e velho Foka, depois de olhar furtivamente para nós, baixou os olhos e, quando abriu a porta do vestíbulo, virou-se e respondeu:

— Faz seis dias que a senhora não sai da cama.

Milka, que, como eu soube depois, não parava de ganir com tristeza desde o dia em que *maman* adoecera, atirou-se com alegria na direção do papai — pulou sobre ele e gania, lambia suas mãos; mas papai a repeliu, seguiu para a sala de visitas e de lá para a saleta, cuja porta dava direto para o quarto. Quanto mais se aproximava do quarto, mais sua inquietação se tornava patente, por todos os movimentos do corpo: quando entrou na saleta, andava na ponta dos pés, mal respirava, e fez o sinal da cruz antes de tomar coragem para segurar a maçaneta da porta fechada. Naquele momento, Mimi veio às pressas pelo corredor, chorosa e despenteada.

— Ah! Piotr Aleksándritch! — disse ela, num sussurro, com expressão de sincero desespero. Depois, ao notar que papai girava a maçaneta, ela acrescentou numa voz quase inaudível: — Não se pode passar por aqui... O caminho é pelo quarto das criadas.

Ah, como tudo aquilo teve um efeito doloroso na minha imaginação infantil, já predisposta ao sofrimento, por força de um pressentimento terrível!

Fomos para o quarto das criadas; no corredor, apareceu em nosso caminho o bobo Akim, que sempre nos divertia com suas caretas; mas, naquele momento, ele não só não me pareceu nem um pouco engraçado como nada me causou uma impressão mais dolorosa do que a imagem de seu rosto apalermado e indiferente. No quarto das criadas, duas moças sentadas, atarefadas com algum serviço, levantaram-se para nos cumprimentar com uma reverência, mas com uma fisionomia tão triste que fiquei aterrorizado. Ao atravessar também o quarto de Mimi, papai abriu a porta do quarto principal, e entramos. À direita da porta, havia duas janelas cobertas por mantas; junto a uma delas, estava sentada Natália Sávichna, com os óculos no nariz e tricotando uma meia. Ela não veio nos beijar, como costumava fazer, apenas se levantou, olhou para nós através dos óculos e suas lágrimas escorreram numa torrente. Não gostei nem um pouco do fato de começarem a chorar assim que nos viam, quando antes estavam perfeitamente tranquilos.

À esquerda da porta, havia um biombo; atrás do biombo, a cama, a mesinha de cabeceira, o armariozinho de remédios e a poltrona grande, onde o médico cochilava; junto à cama, estava uma jovem muito loura, de uma beleza notável, num roupão branco matinal, que, com a manga um pouco arregaçada, colocava gelo na cabeça de *maman*, naquele instante ainda fora do alcance de minha visão. A moça era *la belle Flamande*, de que *maman* havia falado na carta e que, mais tarde, teve um papel muito importante na vida de toda nossa família. Assim que entramos, ela afastou a mão da cabeça de *maman* e ajeitou sobre o peito as abas de seu roupão, depois falou, num sussurro:

— Está inconsciente.

Eu sentia uma dor forte naquele momento, porém, sem querer, notava todos os detalhes. O quarto estava quase escuro, quente e com cheiro de menta, água de colônia, camomila e gotas de Hoffman. Esse cheiro me impressionou de tal modo que, não só quando o sinto, mas também quando apenas me lembro dele, instantaneamente a imaginação me transporta para aquele quarto escuro, abafado, e reproduz todos os mínimos detalhes do momento horrível.

Os olhos de *maman* estavam abertos, mas ela não via nada... Ah, nunca vou esquecer aquele olhar terrível! Quanto sofrimento se exprimia nele!...

Levaram-nos para fora.

Depois, quando perguntei para Natália Sávichna sobre os últimos minutos da mãezinha, eis o que ela me contou:

— Quando vocês saíram, ela se debateu por muito tempo, a minha pombinha, como se alguma coisa a apertasse; depois baixou a cabecinha no travesseiro e começou a cochilar, tão quieta, tranquila, feito um anjo do céu. Saí um instantinho só para ver por que não traziam água... Quando voltei, ela, o meu benzinho, tinha espalhado as cobertas todas em volta, acenava sem parar, chamando o paizinho de vocês para ficar junto dela; ele se inclinou para ela e dava para ver que já não tinha mais forças para falar o que queria: só abriu os lábios e começou de novo a se lamentar: "Meu Deus! Meu Deus! As crianças, as crianças!". Eu quis correr para trazer vocês, mas Ivan Vassílievitch me segurou e disse: "Vai ser pior, vai ficar mais alarmada, é melhor não trazer". Depois, só levantava a mãozinha e baixava de novo. E o que ela queria com isso, só Deus sabe. Acho que ela estava abençoando vocês, mesmo que vocês não estivessem ali; sim, parece que o Senhor não permitiu que ela (antes do instante final) visse os filhinhos. Depois, ela se levantou um pouco, a minha pombinha, fez assim com a mão e, de repente, começou a falar, mas com uma voz que me dói só de lembrar: "Mãe de Deus, não os abandone!". Então, bateu uma dor bem embaixo do seu coração, pelos olhos dava para ver que a pobrezinha sofria horrivelmente; desabou em cima dos travesseiros, apertou o lençol entre os dentes; e as lágrimas escorriam tanto, meu caro.

— Mas e depois? — perguntei.

Natália Sávichna não conseguiu dizer mais nada; virou-se e desatou a chorar amargamente.

Maman morreu entre sofrimentos horríveis.

27. A dor

No dia seguinte, tarde da noite, eu quis vê-la mais uma vez; depois de vencer um avassalador sentimento de medo, abri a porta devagar e, na ponta dos pés, entrei no salão.

No meio do quarto, sobre a mesa, estava o caixão; em volta, velas acesas em altos castiçais de prata; no canto mais afastado, um sacristão estava sentado e, em voz baixa e monótona, lia os Salmos.

Parei na porta e comecei a olhar; mas meus olhos estavam tão chorosos e os nervos, tão abalados, que não consegui distinguir nada; tudo se misturava de um jeito estranho: a luz, o brocado, o veludo, os castiçais, a almofada cor-de-rosa guarnecida de rendas, a coroa de flores, a touquinha com fitas e também alguma coisa transparente, cor de cera. Fiquei de pé em cima de uma cadeira para ver seu rosto; porém, no lugar onde ficava o rosto, de novo surgiu para mim o mesmo objeto pálido e amarelado. Eu não conseguia acreditar que aquilo era seu rosto. Observei com toda atenção e, aos poucos, fui reconhecendo ali as feições conhecidas, adoradas. Tremi de horror, quando me convenci de que era ela; mas por que os olhos fechados estavam tão fundos? Por que aquela palidez terrível e, numa bochecha, aquela mancha vermelha embaixo da pele transparente? Por que a expressão tão severa e fria em todo o rosto? Por que os lábios estavam tão pálidos e tinham um feitio tão belo, tão majestoso, e exprimia uma serenidade celestial tamanha, que um calafrio percorreu minhas costas e meu cabelo, quando olhei para eles?...

Eu olhava e sentia que uma espécie de força inexplicável e irresistível atraía meus olhos para aquele rosto sem vida. Eu não desviava os olhos dele, enquanto a imaginação pintava cenas repletas de vida e felicidade. Esqueci que o corpo morto que jazia na minha frente — e que eu olhava atordoado como se fosse um objeto que nada tinha de comum com as minhas recordações — era *ela*. Eu a imaginava ora numa, ora noutra situação: viva, alegre, sorridente; depois, de repente, algum traço daquele rosto pálido em que meus olhos se detinham me espantava: eu me lembrava da realidade horrível, estremecia, mas não parava de olhar. E mais uma vez os devaneios tomavam o lugar da realidade, e mais uma vez a consciência da realidade desfazia os devaneios. Por fim, a imaginação se cansou, parou de me enganar, a consciência da realidade também desapareceu e eu perdi a noção de mim mesmo. Não sei quanto tempo passei nesse estado, nem sei o que foi aquilo; só sei que, durante o tempo em que perdi a noção da própria existência, experimentei uma espécie de prazer elevado, inexplicavelmente agradável e triste.

Talvez, ao voar para um mundo melhor, sua alma linda tenha olhado com tristeza para o mundo em que nos deixara; viu minha dor, teve pena e, nas asas do amor, com um sorriso celestial de compaixão, baixou na terra para me consolar e me abençoar.

A porta rangeu e um sacristão entrou no quarto para render o outro sacristão. O barulho me acordou e o primeiro pensamento que me veio foi de que, como eu não estava chorando e me encontrava de pé em cima da cadeira numa pose que nada tinha de comovente, o sacristão podia me tomar por um menino sem sentimentos, que subira na cadeira por travessura ou curiosidade: fiz o sinal da cruz, inclinei a cabeça e comecei a chorar.

Ao recordar agora minhas impressões, acho que só aquele instante de alheamento de mim mesmo foi de dor verdadeira. Antes e depois do enterro, eu não parava de chorar e estava triste, mas tenho vergonha de me lembrar dessa tristeza, porque sempre se misturava com uma espécie de sentimento de amor-próprio: ora o desejo de mostrar que eu estava mais amargurado do que todos, ora a preocupação com o efeito que causava nos outros, ora uma curiosidade infinita que me obrigava a fazer observações sobre a touca de Mimi e o rosto dos presentes. Eu me desprezava por não experimentar exclusivamente um sentimento de desgosto e me esforçava para esconder todos os outros sentimentos; por isso minha dor era insincera e fingida. Além disso, eu experimentava uma espécie de prazer por saber que era infeliz, me esforçava para atiçar a consciência da infelicidade, e esse sentimento egoísta, maior do que os outros, abafava dentro de mim o sofrimento verdadeiro.

Depois de uma noite de sono profundo e tranquilo, como sempre acontece após uma forte comoção, acordei com as lágrimas secas e os nervos apaziguados. Às dez horas, fomos chamados para as preces fúnebres, antes de levarem o caixão. A sala estava cheia de criados e camponeses, que vieram despedir-se de sua senhora, todos com lágrimas nos olhos. Na hora das preces, chorei como convinha, fiz o sinal da cruz e me prostrei até o chão, mas não rezei com o coração e mantive bastante sangue-frio; me preocupava o fato de o casaco novo que vestiram em mim me incomodar muito nas axilas, tinha receio de sujar demais a calça, nos joelhos e, olhando de esguelha, observava todos os presentes. Papai, de pé, junto à cabeceira do caixão, estava branco feito um lençol e continha as lágrimas com visível dificuldade. Sua figura alta, de fraque preto, tinha o rosto pálido e expressivo e, como sempre, seus movimentos graciosos e confiantes, quando fazia o sinal da cruz, curvava-se até tocar a mão no chão, tomava a vela da mão do sacerdote ou se aproximava do caixão, produziam um efeito extraordinário; porém, não sei por quê, não me agradou justamente o fato de ele poder se mostrar tão impressionante naquele momento. Mimi estava de pé, encostada na parede, e parecia mal se aguentar sobre as pernas; o vestido estava amarrotado e cheio de penugem, a touca tombada para o lado, os olhos inchados e vermelhos, a cabeça tremia em espasmos; não parava de soluçar com uma voz que cortava o coração e toda hora cobria o rosto com um lenço e com as mãos. Eu tinha a impressão de que ela fazia aquilo para esconder o rosto dos espectadores e descansar por um minuto dos soluços fingidos. Lembro como, na véspera, ela falara para o papai que a morte de *maman* havia sido, para ela, um golpe terrível do qual não tinha nenhuma esperança de se recuperar, que aquela morte a privara de tudo, que aquele anjo (assim chamava *maman*), antes da própria morte, não se esquecera dela e exprimira o desejo de garantir para sempre seu futuro e o de Kátienka. Ela derramava lágrimas amargas ao contar tudo isso e, talvez, seu sentimento de dor fosse verdadeiro, mas não era puro e exclusivo. Liúbotchka, num vestidinho preto, enfeitado com crepe, toda molhada de lágrimas, de cabeça baixa, às vezes lançava um olhar para o caixão e seu rosto exprimia, nessa hora, apenas um medo infantil. Kátienka estava de pé, ao lado da mãe, e, apesar de seu rostinho alongado, estava rosada como sempre. A natureza sincera de Volódia continuou sincera também na dor: ora ficava pensativo, com o olhar cravado e imóvel em algum objeto, ora a boca de repente começava a se contrair e ele, às pressas, fazia o sinal da cruz e se curvava. Todos os estranhos que foram ao enterro me eram insuportáveis. As palavras de consolo que diziam ao papai — que no céu ela estaria melhor, que ela não pertencia a este mundo — despertavam em mim uma espécie de irritação.

Que direito tinham de falar dela e chorar por ela? Alguns, ao se referirem a nós, nos chamavam de "órfãos". Como se, sem eles, não soubéssemos que as crianças sem mãe eram chamadas assim! Com certeza, tinham prazer de serem os primeiros a nos dar esse nome, assim como as pessoas costumavam correr para serem as primeiras a chamar de "madame" uma jovem que acabou de casar.

Num canto mais afastado da sala, quase escondida atrás da porta aberta do bufê, estava uma velhinha grisalha e corcunda. De mãos juntas e com os olhos voltados para o alto, não chorava, mas rezava. Sua alma se dirigia a Deus, pedia que Ele a levasse para junto daquela a quem amava mais que tudo no mundo, e tinha a firme esperança de que isso não ia demorar. "Aí está quem a amou de verdade!", pensei, e senti vergonha de mim mesmo.

As preces fúnebres terminaram; o rosto da falecida foi descoberto e todos os presentes, exceto nós, começaram a se aproximar do caixão, um por um, para dar um beijo.

Uma das últimas a se despedir da falecida foi uma camponesa que trazia no colo uma menininha bonita, de cinco anos, que só Deus sabe por que foi levada até lá. Na hora, por acaso, deixei meu lenço molhado cair e quis pegá-lo; mas, assim que me abaixei, fui surpreendido por um grito terrível e estridente, repleto de tamanho pavor que, mesmo que eu viva cem anos, nunca o esquecerei e, quando lembro, um calafrio gelado sempre percorre meu corpo. Levantei a cabeça — de pé em cima de um banquinho, ao lado do caixão, estava aquela mesma camponesa e, com dificuldade, segurava nos braços a menininha que, abanando os bracinhos, com o rosto assustado virado para trás e os olhos arregalados e fixos no rosto da falecida, gritava com voz terrível e alucinada. Gritei com uma voz que, acredito, foi ainda mais terrível do que aquela que me impressionou, e saí correndo da sala.

Só naquele instante entendi por que havia aquele cheiro forte e pesado que, misturado com o cheiro de incenso, enchia a sala; e a ideia de que o rosto que, alguns dias antes, estava cheio de beleza e ternura, o rosto daquela que eu amava mais que tudo no mundo, podia causar horror, parece que pela primeira vez me revelou a amarga verdade e encheu minha alma de desespero.

28. As últimas recordações tristes

Maman já não existia, mas nossa vida seguia o mesmo curso: dormíamos e acordávamos na mesma hora e nos mesmos quartos; o chá da manhã, o chá da tarde, o almoço, o jantar — tudo na hora de costume; mesas, cadeiras continuavam no mesmo lugar; em casa e em nossa maneira de viver, nada havia mudado; só ela não existia...

Parecia-me que, depois de tamanha infelicidade, tudo deveria mudar; nosso modo rotineiro de viver parecia-me uma afronta à memória dela e fazia lembrar sua ausência de maneira muito viva.

Na véspera do enterro, depois do almoço, tive vontade de dormir e fui para o quarto de Natália Sávichna, com a ideia de me deitar na sua cama, no macio colchão de penas, embaixo do cobertor acolchoado e quente. Quando entrei, Natália Sávichna estava deitada na cama, talvez dormindo; ao ouvir meus passos, levantou-se um pouco, retirou o lenço de lã que cobria sua cabeça por causa das moscas e, ajeitando a touca, sentou-se na beira da cama.

Como, desde antes, com muita frequência, acontecia de eu ir dormir naquele quarto depois do almoço, ela adivinhou para que eu tinha ido lá e me disse, levantando-se da cama:

— O que foi? Na certa veio aqui para descansar, não é, meu querido? Deite.

— Não é isso, Natália Sávichna — exclamei, segurando sua mão. — Não foi para isso que vim aqui... Eu estava passando... É a senhora que está cansada: é melhor deitar.

— Não, patrãozinho, já dormi bastante — respondeu (eu sabia que havia três dias que ela não dormia). — E, além do mais, agora não é hora de dormir — acrescentou, com um suspiro profundo.

Eu tinha vontade de conversar com Natália Sávichna sobre nosso infortúnio; conhecia sua sinceridade e seu amor e, por isso, chorar com ela seria um consolo para mim.

— Natália Sávichna — falei, depois de um breve silêncio, sentando na cama. — A senhora esperava por isso?

A velhinha olhou para mim com espanto e curiosidade, na certa sem entender por que eu perguntava tal coisa.

— Quem é que podia esperar uma coisa dessas? — repeti.

— Ah, meu patrãozinho — respondeu, lançando em mim o olhar da mais terna compaixão —, não só não esperava como, ainda agora, não consigo nem acreditar. Olhe, já sou velha, já faz muito tempo que meus velhos ossos deviam estar descansando; mas veja só o que a gente tem de passar na vida: o velho patrão, o seu avô, a memória eterna do príncipe Nikolai Mikháilovitch, os dois irmãos, a irmã Ánnuchka, todos eu enterrei, e todos eram mais novos do que eu, meu patrãozinho. E agora, parece que para pagar meus pecados, também tive de sobreviver a ela. Seja feita Sua vontade! Ele a levou porque era merecedora e, lá, Ele também precisa dos bons.

Esse pensamento simples me deu uma sensação agradável e cheguei mais perto de Natália Sávichna. Ela cruzou as mãos no peito e olhou para o alto; os olhos fundos e úmidos exprimiam uma dor grande, mas serena. Natália Sávichna tinha a firme esperança de que Deus não a manteria separada, por muito tempo, daquela em quem concentrara toda a sua força e seu amor, por tantos anos.

— Pois é, meu patrãozinho, nem parece que faz tanto tempo que eu a amamentava, a enrolava nas fraldas e ela me chamava de Nacha. Às vezes, vinha correndo para mim, me apertava em seus bracinhos e começava a beijar e falar: "Minha Náchik, minha bonitinha. Você é a minha peruazinha". E eu, às vezes, de brincadeira, dizia: "Não é verdade, meu anjinho, a senhora não gosta de mim; é só ficar grande e casar que vai logo esquecer a sua Nacha". Ela, às vezes, ficava pensativa e dizia: "Não, acho melhor não casar, se não puder levar comigo a minha Nacha; nunca vou deixar a minha Nacha". E veja só, ela me deixou, sem me esperar. E como me amava, a falecida! Mas também, para dizer a verdade, quem é que ela não amava? Pois é, patrãozinho, o senhor não pode esquecer sua mãezinha; não era uma pessoa, era um anjo do céu. Quando a alma dela estiver no Reino do Céu, de lá também ela vai amar o senhor e, lá também, ela vai se alegrar com o senhor.

— Por que a senhora, Natália Sávichna, diz "quando estiver no Reino do Céu"? — perguntei. — Acho que ela já está lá, não está?

— Não, patrãozinho — respondeu Natália Sávichna, baixando a voz e sentando mais perto de mim, na cama. — Agora, sua alma está aqui.

E apontou para o alto. Falava quase num sussurro e com tanto sentimento e convicção que não pude deixar de voltar os olhos para o alto, e olhei para a sanca no teto, à procura de alguma coisa.

— Antes da alma de um justo entrar no paraíso, tem de passar por quarenta provações, meu patrãozinho, quarenta dias, e pode ficar ainda na casa onde morava...

E continuou por muito tempo falando comigo coisas desse tipo, e falava com tanta simplicidade e convicção como se estivesse dizendo as coisas mais rotineiras, como se ela mesma tivesse visto e como se não pudesse passar pela cabeça de ninguém ter a menor dúvida sobre aquilo. Eu a escutava com a respiração contida e, apesar de não compreender muito bem o que dizia, acreditava completamente.

— Pois é, patrãozinho, agora ela está aqui, olha para nós, quem sabe está escutando o que estamos dizendo — concluiu Natália Sávichna.

E, depois de baixar a cabeça, calou-se. Precisou de um lenço para enxugar as lágrimas; levantou-se, olhou direto no meu rosto e disse, com voz trêmula de emoção:

— Com isso, o Senhor me fez subir muitos degraus na Sua direção. O que sobrou para mim, agora? Para que vou viver? Quem vou amar?

— Mas a senhora não ama a gente? — perguntei em tom de censura e mal conseguindo conter as lágrimas.

— Deus é testemunha de que eu amo o senhor, meu querido, mas amar como eu a amava, nunca amei ninguém nem vou poder amar.

Ela não conseguia mais falar, me deu as costas por um momento e desatou a chorar amargamente.

Eu já não pensava em dormir; ficamos em silêncio, sentados um de frente para o outro, e choramos.

Foka entrou no quarto; percebendo nossa situação e, talvez, para não nos incomodar, lançou um olhar tímido e ficou na porta, calado.

— O que você quer, Fokacha? — perguntou Natália Sávichna, enxugando-se com o lenço.

— Uma libra e meia de passas, quatro de açúcar e três de painço sarraceno para o *kutiá*.[61]

— Já vai, já vai, meu caro — respondeu Natália Sávichna, cheirando rapé às pressas, e foi na direção do baú, em passinhos ligeiros. Os últimos traços da tristeza causada por nossa conversa desapareceram, assim que ela passou a cuidar de suas obrigações, que considerava da maior importância.

---

61 Mingau comido após o enterro, em homenagem ao morto.

— Mas para que quatro libras? — perguntou contrariada, enquanto pegava o açúcar e pesava na balança. — Três e meia vai dar de sobra.

E tirou uns pedacinhos da balança.

— E afinal, onde é que já se viu? Ontem mesmo dei oito libras de painço e já estão pedindo mais: faça como quiser, Foka Demíditch, mas não vou dar mais painço. Aquele Vanka está contente, porque agora a casa está uma confusão: ele acha que ninguém vai reparar. Não, eu não vou deixar que se aproveitem do patrão. Puxa, onde e que já se viu: oito libras!

— Então como é que vai ser? Ele diz que acabou tudo.

— Está bem, então tome, vai! Pegue logo!

Fiquei impressionado com aquela transição, do sentimento comovente com que ela me falara para os resmungos e os cálculos de ninharias. Mais tarde, ao pensar sobre aquilo, entendi que, apesar do que se passava em sua alma, restava bastante presença de espírito para ela cuidar de seu trabalho, e a força do hábito a impelia para os afazeres cotidianos. A dor produzia um efeito tão forte que ela não achava necessário esconder que podia cuidar de outros assuntos; ela nem mesmo conseguiria entender que alguém fosse capaz de ter essa ideia.

A vaidade é o sentimento mais incompatível com a dor verdadeira, ao mesmo tempo é um sentimento tão profundamente enraizado na natureza humana que é muito raro que mesmo a dor mais forte consiga expulsá-lo. Na dor, a vaidade se expressa pelo desejo de parecer ou angustiado, ou infeliz, ou resistente; e esses desejos inferiores em que não nos reconhecemos, mas que quase nunca — mesmo na tristeza mais forte — nos abandonam, tiram da tristeza a força, a dignidade e a sinceridade. Já Natália Sávichna estava tão profundamente afetada por sua infelicidade que, na alma, não restava nenhum desejo e ela vivia apenas por força do hábito.

Depois de entregar os mantimentos para Foka e lembrá-lo do empadão que seria necessário fazer para servir aos membros do clero, ela o mandou embora, pegou a meia que estava tricotando e sentou-se de novo ao meu lado.

A conversa recomeçou sobre o mesmo assunto e, mais uma vez, choramos um pouco e, mais uma vez, enxugamos as lágrimas.

As conversas com Natália Sávichna se repetiam todos os dias; suas lágrimas silenciosas e as palavras serenas e devotas me traziam conforto e alívio.

Mas logo nos separaram: três dias depois do enterro, fomos todos para a casa em Moscou e era meu destino nunca mais voltar a vê-la.

Só quando chegamos, a vovó recebeu a notícia terrível, e sua amargura foi fora do comum. Não nos deixavam falar com ela, porque passou uma semana inteira fora de si; o médico temia por sua vida, ainda mais porque não queria tomar nenhum remédio, não falava com ninguém, não dormia e não aceitava nenhuma comida. Às vezes, sozinha no quarto, em sua poltrona, de repente começava a rir, depois soluçava sem lágrimas, tinha convulsões e gritava com voz frenética palavras enlouquecidas ou terríveis. Foi o primeiro sofrimento forte que a atingiu e aquele sofrimento a levou ao desespero. Ela precisava culpar alguém por sua desgraça e falava coisas horríveis, ameaçava não se sabia quem, com uma violência fora do comum, se levantava bruscamente da poltrona, andava pelo quarto em passos ligeiros, largos, e depois caía sem sentidos.

Certa vez, entrei no seu quarto; estava em sua poltrona, como de costume, e parecia tranquila; mas seu olhar me impressionou. Os olhos estavam muito abertos, porém o olhar era vago e opaco: olhava direto para mim, mas não devia estar me vendo. Lentamente, os lábios começaram a sorrir e ela falou, com voz terna, comovente: "Venha cá, meu bem, chegue perto, meu anjo". Pensei que estivesse falando comigo e me aproximei, mas não era a mim que estava vendo. "Ah, se você soubesse, minha doçura, como sofri e como agora estou contente por você ter vindo..." Entendi que ela imaginava ver *maman* e parei. "Ah, me contaram que você não estava viva", prosseguiu, franzindo o rosto. "Que mentira! Como você poderia morrer antes de mim?" E riu com uma terrível gargalhada histérica.

Só pessoas capazes de amar com força podem também experimentar desgostos fortes; mas essa mesma necessidade de amar serve, para elas, como antídoto para o sofrimento e lhes traz a cura. É por isso que a natureza moral de uma pessoa é ainda mais resistente do que a natureza física. O desgosto nunca mata.

Uma semana depois, vovó conseguiu chorar e sentiu-se melhor. Seu primeiro pensamento, quando voltou a si, foi sobre nós, e seu amor por nós aumentou. Não nos afastávamos de sua poltrona; ela chorava baixinho, falava de *maman* e nos acariciava com ternura.

Vendo a tristeza de vovó, não podia passar pela cabeça de ninguém que ela estivesse exagerando e as expressões dessa tristeza eram fortes e comoventes; porém, não sei por quê, eu tinha mais compaixão de Natália Sávichna e até hoje estou convencido de que ninguém amou *maman* nem a lamentou como aquela criatura de alma simples e amorosa.

Com a morte de mamãe, teve fim o período feliz da minha infância e começou uma idade nova: a idade da adolescência; porém, como as lembranças de Natália Sávichna — que nunca mais vi e que teve uma influência tão forte e benéfica em minha formação e no desenvolvimento da minha sensibilidade — pertencem à primeira idade, direi mais algumas palavras sobre ela e sua morte.

Como me contaram mais tarde algumas pessoas que ficaram no campo, depois que fomos embora, a indolência a deixou muito abatida. Embora continuasse a controlar todos os baús e não parasse de remexer seu conteúdo, arrumando, pesando, desarrumando, ela sentia falta do barulho e da agitação da casa de fazenda senhorial, habitada pelos patrões, a que estava acostumada desde a infância. O desgosto, a mudança na forma de vida e a falta de preocupações logo fizeram surgir uma doença senil, para a qual já tinha propensão. Exatamente um ano depois da morte de mamãe, manifestou-se uma hidropisia e ela caiu de cama.

Acho que, para Natália Sávichna, deve ter sido difícil viver e mais difícil ainda morrer sozinha, na grande casa vazia de Petróvskoie, sem parentes, sem amigos. Na casa, todos a amavam e respeitavam; mas ela mesma não tinha amizade com ninguém e se orgulhava disso. Supunha que, em sua posição de governanta, gozando da confiança dos patrões e tendo sob sua responsabilidade tantos baús, onde ficavam todos os bens de valor, uma amizade com alguém a levaria necessariamente a uma conduta parcial e a uma complacência criminosa; por isso, ou talvez por não ter nada em comum com os outros criados, mantinha distância de todos e dizia que, em casa, não tinha compadres nem afilhados e que não deixava ninguém se aproveitar dos bens dos patrões.

Confiando seus sentimentos a Deus em preces fervorosas, ela procurava e encontrava consolo; mas às vezes, em momentos de fraqueza, a que todos estamos sujeitos, quando o melhor consolo são as lágrimas e a simpatia de algum ser vivo, Natália Sávichna colocava na cama sua cachorrinha (que lambia sua mão, com os olhos amarelos cravados nela), falava com ela e chorava baixinho, enquanto a acariciava. Quando a cachorrinha começava a ganir de tristeza, tentava tranquilizá-la e dizia: "Chega, não preciso de você para saber que vou morrer em pouco tempo".

Um mês antes de sua morte, tirou de seu baú um tecido fino e branco de algodão, musselina branca e fitas cor-de-rosa;

com a ajuda de uma criada, costurou para si um vestido branco, uma touca e determinou, nos mínimos detalhes, tudo o que seria necessário para seu enterro. Também fez uma arrumação nos baús dos patrões, preparou um inventário com grande exatidão e entregou-os aos cuidados da mulher do administrador; depois pegou dois vestidos de seda, um xale velho que a vovó lhe dera, muito tempo antes, e um uniforme militar do meu avô, com galões dourados, que também tinham dado para ela, com plenos direitos de propriedade.

Graças a seu zelo, os galões e os bordados no uniforme estavam perfeitamente conservados e o pano não tinha sido tocado pelas traças.

Antes do fim, ela comunicou o desejo de que um dos vestidos — o cor-de-rosa — fosse dado a Volódia, para fazer um roupão ou um *bechmet*,[62] e o outro — de cor ocre e xadrez —, fosse entregue a mim, com a mesma finalidade; já o xale era para Liúbotchka. O uniforme, ela reservou para o primeiro de nós que se tornasse oficial. Todo o resto de seus bens e seu dinheiro, ela deixou para o irmão, exceto quarenta rublos que ela havia separado para o enterro e para a tradicional refeição servida após o funeral. Seu irmão, libertado da servidão muito tempo antes, morava numa província distante e levava uma vida devassa; por isso, durante todo o tempo, ela não teve nenhum contato com ele.

Quando o irmão de Natália Sávichna apareceu para receber a herança e viu que todos os bens da falecida não passavam de vinte e cinco rublos em cédulas, ele não quis acreditar, disse que era impossível, que uma velha que tinha vivido sessenta anos numa casa rica, que tinha tudo nas mãos, que tinha sido avarenta a vida inteira e se agarrava a qualquer trapinho não tivesse deixado nada. Mas a verdade era essa.

---

62 Túnica usada na Ásia.

Natália Sávichna sofreu dois meses por causa de sua doença e suportou os sofrimentos com uma paciência verdadeiramente cristã: não resmungava, não se lamentava, apenas, como era seu costume, rezava sem parar. Uma hora antes da morte, com uma alegria discreta, ela confessou, comungou e recebeu a extrema-unção.

Pediu perdão a todos da casa pelas ofensas que pudesse ter causado e pediu ao seu confessor, o padre Vassíli, que transmitisse a todos nós que não sabia como agradecer por nossa caridade e nos pedia para perdoá-la se, por sua ignorância, tivesse ofendido alguém, "mas ladra eu nunca fui e posso garantir que ninguém se aproveitou de nem um fiapo que fosse do patrão". Era essa a única qualidade que prezava em si mesma.

Vestida com a túnica que havia costurado, com a touca, deitada sobre os travesseiros, até o fim ela não parou de conversar com o sacerdote, lembrou que não tinha deixado nada para os pobres, pegou dez rublos e pediu a ele que distribuísse na paróquia; depois, fez o sinal da cruz, deitou-se e suspirou pela última vez, pronunciando o nome de Deus com um sorriso alegre.

Deixou a vida sem angústia, não temia a morte e aceitou-a como uma bênção. Muitas vezes dizem isso, mas como é raro acontecer de verdade! Natália Sávichna podia não temer a morte, porque morreu com uma fé inabalável e tendo cumprido a lei do Evangelho. Toda a sua vida foi amor puro, desinteressado, e sacrifício.

Pouco importa que suas crenças não fossem mais elevadas, que sua vida não fosse voltada para um objetivo mais alto. Será que aquela alma pura é menos digna de amor e de admiração por causa disso?

Ela cumpriu a melhor e mais elevada obra nesta vida — morreu sem angústia e sem medo.

Conforme seu desejo, foi enterrada perto da capela construída sobre a sepultura da mamãe. O montinho de terra coberto de urtigas e bardanas sob o qual ela repousa está cercado por uma grade preta e, quando saio da capela, nunca me esqueço de me aproximar dessa grade e me curvar numa reverência até o chão.

Às vezes, fico parado, em silêncio, entre a capela e a grade preta. Na minha alma, de repente, lembranças pesadas despertam. E me vem um pensamento: será que a Providência só me uniu a essas duas criaturas para me obrigar a lamentá-las eternamente?...

Adolescência

1. Uma viagem sem troca de cavalos[1]

Mais uma vez duas carruagens estão paradas diante do alpendre da casa de Petróvskoie: uma é um coche em que estão Mimi, Kátienka, Liúbotchka, uma criada de quarto e o próprio administrador Iákov; a outra, uma caleche em que estamos eu, Volódia e o lacaio Vassíli, camponês que recentemente comprou sua isenção do trabalho na gleba.[2]

Papai, que também deve ir para Moscou alguns dias depois de nós, está de pé no alpendre, sem gorro, e faz o sinal da cruz na direção das janelas do coche e da caleche.

— Muito bem, que Cristo os acompanhe! Toca para a frente!

Iákov e os cocheiros (nós viajamos com nossos próprios cavalos) tiram os gorros e fazem o sinal da cruz.

— Ô! Ô! Que Deus nos proteja!

As carrocerias do coche e da caleche começam a sacolejar pela estrada cheia de buracos e, uma depois da outra, as bétulas da alameda grande passam ligeiro por nós. Não me sinto nem um pouco triste: minha visão mental não se volta para o que estou deixando para trás e sim para o que me aguarda. À medida que me distancio dos objetos ligados às lembranças penosas que, até então, enchiam minha imaginação, essas

---

1 Em russo, *Poiezdka na dólguikh*: uma viagem em que se usam cavalos próprios, e não os de posta (estações de muda de cavalos), e por isso os animais precisam fazer paradas para descansar e se alimentar. 2 Refere-se ao *obrok*, taxa que os camponeses podiam pagar anualmente ao senhor de terra para terem o direito de procurar trabalhos mais rentáveis.

lembranças perdem sua força e, rapidamente, dão lugar ao sentimento alegre da consciência da vida, repleto de energia, frescor e esperança.

Poucas vezes passei dias — não digo alegres: ainda tinha uma espécie de vergonha de me render à alegria —, mas tão agradáveis e tão bons como os quatro dias de nossa viagem. Diante de meus olhos, não estava mais a porta fechada do quarto da mamãe, pela qual eu não conseguia passar sem um calafrio, nem o piano fechado, do qual nem chegávamos perto, mas para o qual olhávamos com certo medo, nem as roupas de luto (todos estávamos com roupas simples de viagem) nem todas aquelas coisas que me faziam lembrar com clareza minha perda irreparável e me obrigavam a evitar toda manifestação de vida, por medo de ofender, de algum modo, a memória dela. Aqui, ao contrário, coisas e lugares novos e pitorescos não param de surgir e distraem minha atenção, e a natureza primaveril infunde na alma sentimentos alegres — o contentamento com o presente e a esperança radiante no futuro.

De manhã bem cedinho, Vassíli, implacável e rigoroso demais, como sempre ocorre quando as pessoas ocupam uma nova função, puxa meu cobertor e garante que está na hora de partir e que tudo está pronto. Por mais que você se enrole, se esquive, se zangue, para esticar o doce sono da manhã, ainda que seja só por mais quinze minutos, pelo rosto determinado de Vassíli, vê logo que ele está inflexível e pronto para arrancar o cobertor pela segunda vez, e então você pula da cama e corre para se lavar no pátio.

Na varanda, o samovar já está fervendo, soprado pelo boleeiro[3] Mitka, vermelho feito um caranguejo; lá fora, está úmido e enevoado, como se um vapor subisse do estrume de

---

3 Em russo, *foreitor*: aquele que ajuda a guiar a carruagem montado num dos cavalos.

cheiro forte; com luz brilhante e alegre, um solzinho ilumina a parte oriental do céu e os telhados de palha dos vastos galpões que rodeiam o pátio cintilam com o orvalho que os recobre. Embaixo deles, vemos nossos cavalos, amarrados perto das manjedouras, e ouvimos sua mastigação ritmada. Um cachorro peludo de quintal, que estava em cima de um montinho de estrume seco tirando um cochilo antes do nascer do sol, se espreguiça com indolência e, abanando o rabo, em passos miúdos, se dirige para o outro lado do pátio. A proprietária da estalagem, sempre atarefada, abre a porteira rangente, toca as vacas pensativas para a rua, onde já se ouvem o tropel e o mugido do rebanho, e troca umas palavrinhas com a vizinha sonolenta. Filipp, com as mangas da camisa arregaçadas, junto a um poço fundo, puxa com a roldana um balde transbordante de água cristalina e a despeja numa gamela de carvalho, perto da qual uns patos que acabaram de acordar vagueiam, atolando-se num charco; e eu, com prazer, olho para o rosto imponente de Filipp, com sua barba em leque, e para as veias grossas e os músculos que aparecem bem marcados em seus fortes braços nus, quando faz algum esforço.

Atrás da divisória onde Mimi dormiu com as meninas, e através da qual conversamos durante a noite, ouve-se um movimento. Com vários objetos que tenta esconder de nossa curiosidade por trás do vestido, Macha passa correndo por nós toda hora, até que, por fim, abre a porta e somos chamados para tomar o chá.

Vassíli, num acesso de zelo excessivo, toda hora entra no quarto, pega ora uma coisa, ora outra, pisca o olho para nós e implora de todas as formas para Mária Ivánovna que partamos mais cedo. Os cavalos estão atrelados e manifestam sua impaciência tilintando os guizos, de quando em quando; as malas, os baús, as arcas, os cofres e os cofrinhos são arrumados novamente e tomamos nossos lugares. Porém, assim que entramos na caleche, topamos com um monte de coisas nos assentos e não conseguimos entender como tudo isso foi arrumado na véspera e como vamos poder sentar agora; em especial, o que me causa a mais forte indignação é uma caixinha de chá feita de nogueira, com tampa triangular, que transferiram para a nossa caleche e se meteu bem embaixo de mim. Mas Vassíli diz que ela vai se ajeitar e eu sou forçado a acreditar nele.

O sol tinha acabado de aparecer por cima de uma nuvem branca e espessa que cobria o oriente e tudo em volta se clareou numa luz serena e alegre. Tudo a meu redor é tão bonito e a alma está tão leve e tranquila... Como uma faixa larga e selvagem, a estrada serpenteia, à frente, entre campos de restolho seco e a verdura do orvalho reluzente; aqui e ali, à beira da estrada, aparece um salgueiro tristonho ou uma bétula jovem, de folhas miúdas e pegajosas, que lança uma sombra comprida e imóvel sobre os sulcos de barro seco e sobre o capim verde e baixo da estrada... O barulho monótono das rodas e dos guizos não abafa o canto das cotovias, que voam em rodopios bem perto da estrada. O cheiro de pano roído por traças, de poeira e de algo ácido, característico de nossa caleche, recobre o aroma da manhã e sinto na alma uma inquietude alegre, um desejo de fazer alguma coisa — sinal de um prazer verdadeiro.

Não tive tempo de fazer minhas preces na estalagem; no entanto, como já havia notado mais de uma vez que, nos dias em que, por qualquer circunstância, me esqueço de cumprir esse ritual, me acontece uma infelicidade, tento corrigir meu erro: tiro o quepe, me viro para o canto da caleche, digo as preces e faço o sinal da cruz por baixo do casaco, para que ninguém veja. Mas mil coisas diferentes chamam minha atenção e, várias vezes seguidas, em meio a essa distração, repito as mesmas palavras da prece.

No caminho de pedestres que serpenteia junto à estrada, veem-se alguns vultos que se deslocam devagar: são peregrinas.

Têm a cabeça agasalhada por lenços imundos, alforjes feitos de casca de bétula pendurados nas costas, as pernas enroladas em perneiras imundas e esfarrapadas e os pés calçados em pesadas sandálias feitas de casca de árvore. Balançando os cajados ritmadamente e quase sem olhar para nós, elas se movem em passos vagarosos e pesados, uma na frente da outra, e me vêm as perguntas: Para onde, por que elas andam? Será que sua viagem vai ser muito demorada e será que suas sombras compridas, que elas projetam na estrada, daqui a pouco não vão se fundir com a sombra daquele salgueiro pelo qual vão ter de passar? Lá vem um coche puxado por quatro cavalos de posta, correndo em nossa direção. Dois segundos, e as pessoas que, a dois *archin*[4] de distância, nos olhavam com curiosidade e simpatia já ficaram para trás, e como parece estranho que aquelas pessoas não tenham nada em comum comigo e que talvez eu não as veja nunca mais.

Pelo lado da estrada, passam a galope dois cavalos suados, peludos, as coelheiras atadas com arreios ao pescoço e, atrás, com as pernas compridas metidas em botas grandes e penduradas dos dois lados de um cavalo, em cuja crina está preso um arco, de onde se ouve, às vezes, uma sineta tilintar bem de leve, vem montado um jovem cocheiro que, com o chapéu inclinado para o lado, entoa uma canção arrastada. Seu rosto e sua pose exprimem um contentamento tão preguiçoso e descuidado que me parece que a felicidade suprema é ser cocheiro, trazer de volta os cavalos de posta e cantar músicas tristes. E longe, atrás do barranco, avista-se, contra o céu azul-claro, uma igreja de aldeia, com telhado verde; depois, um povoado, o telhado vermelho de uma casa senhorial e um jardim verde. Quem mora naquela casa? Será que há crianças, um pai, uma mãe, um professor? Por que não vamos àquela

4 Um *archin* equivale a 71 centímetros.

casa e conhecemos os donos? Lá vem um comprido comboio de carroças enormes, atreladas a troicas de cavalos parrudos e de pernas grossas, que somos obrigados a deixar passar, encostando nossa caleche e nosso coche na beira da estrada. "O que estão levando aí?", pergunta Vassíli para o primeiro cocheiro, que, com as pernas enormes penduradas para fora da boleia e sacudindo seu chicote, fica nos olhando por muito tempo, fixamente e com ar alheio, enquanto vai passando, e só responde alguma coisa quando já não conseguimos mais ouvir. "Qual é a mercadoria?", pergunta Vassíli para outra carroça, na qual outro cocheiro vai deitado, embaixo de uma esteira nova, entre as estacas da parte dianteira. A cabeça loura, de cara vermelha e de barbicha arruivada, por um instante sobressai por baixo da esteira, espia nossa caleche com um olhar indiferente e desdenhoso, e de novo se esconde — e me vem a ideia de que aqueles cocheiros, com certeza, não sabem quem somos, de onde viemos e para onde vamos...

Fico uma hora e meia mergulhado em observações diversas, não presto atenção aos números tortos que indicam as verstas da estrada. Mas o sol começa a arder mais quente na cabeça e nas costas, a estrada fica mais poeirenta, a tampa triangular da caixinha de chá começa a me incomodar mais, eu mudo várias vezes de posição: sinto calor, desconforto e tédio. Toda a minha atenção está voltada para as estacas que marcam as verstas, na beira da estrada, e para os números nelas inscritos; faço diversos cálculos matemáticos sobre a hora em que devemos chegar à estalagem. "Doze verstas significam um terço de trinta e seis; até Lípets, são quarenta e uma verstas; logo, já percorremos um terço e, então, quanto falta?" E assim por diante.

— Vassíli — chamo, quando noto que ele começa a cochilar na boleia. — Deixe-me ir na boleia, meu caro.

Vassíli concorda. Trocamos de lugar: na mesma hora, ele começa a roncar e se esparrama de tal maneira que, na caleche, não sobra lugar para mais ninguém; no entanto, na minha frente, do lugar alto onde estou agora, se abre a visão mais agradável: nossos quatro cavalos, Manquinha, Sacristão, Canhota, que ia sempre no meio das troicas, e Boticário, animais que conheço até os mínimos detalhes e as peculiaridades de cada um.

— Por que foi que hoje atrelaram o Sacristão na direita e não na esquerda, Filipp? — pergunto, com certa timidez.

— O Sacristão?

— A Manquinha não está fazendo força nenhuma — digo.

— Não dá para atrelar o Sacristão na esquerda — diz Filipp, sem prestar atenção a meu último comentário. — Não é cavalo de atrelar no lado esquerdo. Para ficar na esquerda, tem de ser um cavalo assim, sabe, quer dizer, um cavalo mesmo, e esse não é.

E, com tais palavras, Filipp se inclina para o lado direito e, puxando as rédeas com toda a força, começa a chicotear o pobre Sacristão, na cauda e nas patas, de um modo especial, de baixo para cima e, apesar de Sacristão fazer o maior esforço e sacudir a caleche toda, Filipp só para de agir assim quando sente que precisa descansar e, sem perceber, empurra o chapéu para o lado, embora até então o chapéu tenha ficado muito bem e muito firme em sua cabeça. Aproveito esse momento feliz e peço a Filipp que me deixe guiar. De início, Filipp me dá uma rédea, depois a outra; por fim, as seis rédeas e o chicote passam para minhas mãos e me sinto absolutamente feliz. Tento imitar Filipp em tudo, pergunto para ele se estou indo bem. Mas, no geral, ele acaba ficando insatisfeito comigo: diz que um cavalo puxa muito e o outro não puxa nada, empurra o cotovelo no meu peito e toma as rédeas de minhas mãos. O calor já está aumentando, as nuvenzinhas encarneiradas começam a inflar como bolhas de sabão, se fundem cada vez mais altas numa sombra cinza-escura. A mão de alguém entra pela janela da carruagem, segurando uma garrafa e uma trouxinha: com uma agilidade extraordinária, e com o veículo em movimento, Vassíli pula da boleia e traz para nós *vatrúchki*[5] e *kvas*.

Nas ladeiras íngremes, todos descemos das carruagens e às vezes apostamos corrida até uma ponte, enquanto Vassíli e Iákov, depois de porem um calço para frear as rodas, escoram o coche com as mãos, de ambos os lados, como se fossem capazes de contê-lo, caso tombe. Depois, com a permissão de Mimi, eu ou Volódia entramos no coche, enquanto Liúbotchka ou Kátienka passam para a caleche. Essas mudanças dão mais satisfação às meninas, porque elas acham, com razão, que na caleche é muito mais divertido. Às vezes, nas horas de calor, ao passar por um bosque, ficamos um pouco para trás do coche, pegamos uns ramos de folhagem e montamos um caramanchão por cima da caleche. O caramanchão móvel corre a toda a velocidade para alcançar o coche e, com isso, Liúbotchka dá gritinhos com a voz mais estridente, o que ela nunca deixa de fazer, nas ocasiões que lhe trazem grande contentamento.

Mas lá vem a aldeia onde vamos jantar e descansar. Lá vem o cheiro da aldeia — o cheiro de fumaça, alcatrão, rosquinhas —, ouvem-se sons de conversa, de passos e de rodas; guizos ressoam, mas não como no campo aberto, as isbás passam ligeiro de ambos os lados, com telhados de palha, varandinhas ornadas de ripas entalhadas e janelas pequenas, com cortinas vermelhas e verdes, nas quais, aqui e ali, se mete o rosto de uma camponesa curiosa. Lá estão os meninos e as meninas camponeses, só de camisa: com olhos arregalados e mãos estendidas para nós, ficam parados onde estão ou, apesar dos gestos de ameaça de Filipp, correm muito depressa atrás das carruagens, batendo os pezinhos descalços na poeira, e tentam trepar nas malas, amarradas na traseira. E lá vêm os porteiros

5 Pãezinhos recheados de ricota.

arruivados das estalagens, que, de ambos os lados da estrada, correm na direção das carruagens e, com palavras e gestos amáveis, se esforçam, um depois do outro, para atrair os viajantes. Trrrr! Os portões rangem, as pontas dos balancins raspam nas colunas da porteira, e nós entramos no pátio. Quatro horas de descanso e liberdade!

2. A tempestade

O sol se inclinava para o ocidente e, com raios ardentes e oblíquos, esquentava meu pescoço e minhas faces de maneira insuportável; era impossível tocar nas beiradas da caleche; uma densa poeira subia da estrada e impregnava o ar. Não havia a mais leve brisa para espalhar a poeira. À nossa frente, sempre na mesma distância, a carroceria alta e empoeirada do coche balançava ritmadamente com as bagagens e, por trás dela, de vez em quando, se via o chicote que o cocheiro brandia, seu chapéu e o quepe de Iákov. Eu não sabia o que fazer: nem o rosto preto de poeira de Volódia, que cochilava a meu lado, nem os movimentos das costas de Filipp nem a sombra comprida de nossa caleche, que corria atrás de nós num ângulo oblíquo, conseguiam me distrair. Toda a minha atenção estava voltada para os postes que marcavam as verstas da estrada, que eu avistava de longe, e para as nuvens, antes espalhadas pelo horizonte e que agora, depois de tomarem o aspecto de sombras negras e ameaçadoras, tinham se juntado numa grande nuvem sombria. De vez em quando, um trovão roncava ao longe. Esta última circunstância, mais que tudo, aumentava minha ansiedade para chegar logo à estalagem. A tempestade provocava em mim um sentimento insuportavelmente pesado de angústia e terror.

Até a aldeia mais próxima, faltavam ainda umas nove verstas e uma grande nuvem lilás-escura, que viera só Deus sabe de onde, se movia depressa em nossa direção, apesar de não haver nenhum vento. O sol, que as nuvens ainda não tinham encoberto, iluminava com fulgor o volume sombrio da nuvem e as faixas cinzentas que dela partiam e alcançavam o horizonte. Às vezes, ao longe, faísca um relâmpago e se ouve um ronco fraco, que vai ficando cada vez mais forte, se aproxima e se transforma em estrondos intermitentes, que abarcam todo o horizonte. Vassíli se ergue na boleia e levanta a capota da caleche; os cocheiros vestem os casacos e, a cada pancada do trovão, tiram o gorro e se benzem; os cavalos empinam as orelhas, dilatam as narinas, como se, no cheiro do ar fresco, farejassem as nuvens que se aproximam, e a caleche roda mais ligeiro pela estrada poeirenta. Então me vem um pavor e tenho a sensação de que o sangue circula mais veloz em minhas veias. E as nuvens da frente já começam a encobrir o sol; ele espreitou pela última vez, iluminou um lado sombrio e assustador do horizonte, e se escondeu. De repente, tudo em redor se transforma e toma um aspecto sombrio. Um bosque de álamos começa a tremer; as folhas adquirem uma coloração branca e turva, as nuvens sobressaem contra o fundo lilás, roncam e se remexem; o topo das bétulas maiores começa a balançar e feixes de capim seco atravessam a estrada voando. Andorinhões e andorinhas de peito branco, como se quisessem de fato nos deter, esvoaçam em torno da caleche e passam voando bem juntinho do peito dos cavalos; gralhas de asas arrepiadas voam contra o vento, meio de lado; as abas do anteparo de couro, que tínhamos abotoado, começam a levantar, sacodem no ar e batem na carroceria, deixam passar lufadas de vento úmido que nos atingem. Um relâmpago reluz como se fosse dentro da caleche, ofusca a visão e, por um instante, ilumina o forro cinzento, os galões que enfeitam a borda do veículo e o vulto de Volódia, virado para o canto. No mesmo segundo, bem em cima de nossa cabeça, ressoa um enorme estrondo, que parece subir cada vez mais e se alastrar cada vez mais, numa espiral imensa, e vai aumentando pouco a pouco até tombar numa explosão ensurdecedora que, contra a minha vontade, me força a estremecer e prender a respiração. A ira de Deus! Quanta poesia há nessa ideia do povo!

As rodas giram cada vez mais depressa; pelas costas de Vassíli e Filipp, que sacode as rédeas com impaciência, percebo que também eles têm medo. A caleche rola com ímpeto na ladeira e retumba ao passar numa ponte de tábuas; tenho medo até de me mexer e espero, a qualquer minuto, a aniquilação de todos nós.

Trrr! O balancim se soltou e, apesar das trovoadas ensurdecedoras e ininterruptas, somos obrigados a parar na ponte.

Com a cabeça apoiada na beirada da caleche, a respiração presa e o coração apertado, observo com desespero os movimentos dos dedos grossos e pretos de Filipp, que, com lentidão, refaz o nó e ajusta os arreios, enquanto pressiona o flanco do cavalo com a palma da mão e com o cabo do chicote.

Sentimentos aflitivos de medo e angústia aumentavam dentro de mim, junto com a força crescente da tempestade, mas, quando veio o minuto portentoso do silêncio que, em geral, precede a irrupção da tormenta, aqueles sentimentos alcançaram um nível tão alto que, caso a situação se prolongasse por mais quinze minutos, estou convencido de que eu morreria de comoção. De repente, naquele momento, vindo de debaixo da ponte, vestido numa camisa imunda e esburacada, apareceu algo semelhante a uma criatura humana, de rosto inchado e estupefato, cabeça cambaleante, raspada e descoberta, pernas tortas e esquálidas e com uma espécie de coto vermelho e lustroso, em lugar do braço, que ele enfiou direto na caleche.

— Pa-a-ai-zin! Pro-a-lei-ja-do, por-a-mor-de-Cris-to — ressoa a voz doentia e, a cada palavra, o mendigo se benze e se curva até a cintura.

Não consigo exprimir o sentimento de horror gelado que dominou minha alma naquele instante. Um arrepio percorreu meus cabelos, enquanto os olhos, com um pavor absurdo, ficavam cravados no mendigo...

Vassíli, que é quem distribui esmolas pela estrada, orienta Filipp sobre a maneira de reforçar o balancim e só começa a procurar alguma coisa no bolso lateral depois que tudo fica pronto e depois que Filipp, juntando as rédeas na mão, sobe na boleia. Porém, assim que nos pomos em movimento, um relâmpago ofuscante, que enche o vale inteiro com uma luz de fogo, obriga os cavalos a parar e, quase sem intervalo nenhum, é seguido pela explosão ensurdecedora de um trovão, que parece fazer desmoronar a abóbada celeste inteira sobre nós. O vento fica mais forte: a crina e a cauda dos cavalos, o capote de Vassíli e as abas do anteparo de couro são puxados na mesma direção e se sacodem desesperadamente sob as rajadas do vento feroz. Sobre a capota de couro da caleche, caiu pesadamente uma enorme gota de chuva... mais uma, a terceira, a quarta, e de súbito parece que batem tambores em cima de nós e tudo em redor ressoa no barulho ritmado da chuva que cai. Pelos movimentos dos cotovelos de Vassíli, percebo que está desamarrando seu porta-moedas; o mendigo, que continua a fazer o sinal da cruz e a se curvar, corre tão perto da roda que dá a impressão de que, a qualquer momento, vai ser esmagado por ela. "Esmola por amor de Cri-i-isto." Enfim, uma moedinha de cobre voa diante de nós e a criatura miserável, cambaleante sob a força do vento, com os trapos encharcados que revestem seus membros magros, se detém perplexa no meio da estrada e logo desaparece da minha visão.

A chuva oblíqua, acossada pelo vento forte, se derramava como se caísse de um balde; da lã grosseira nas costas de Vassíli, escorriam filetes para uma poça de água turva que se formara no forro. A poeira da estrada, que de início estava compactada em bolinhas, agora se convertia numa lama líquida, mastigada pelas rodas; os solavancos diminuíram e pequenos regatos turvos escorriam pelos sulcos barrentos. Os relâmpagos faiscavam mais dispersos e mais empalidecidos e, sob o rumor ritmado da chuva, os roncos das trovoadas já não eram tão impressionantes.

E então a chuva se torna mais rala; a nuvem começa a dividir-se em nuvenzinhas onduladas, o lado em que deve estar o sol se ilumina e, através da orla branca e acinzentada da nuvem, quase dá para avistar um retalho azul-celeste e brilhante. Um minuto depois, um tímido raio de sol cintila nas poças da estrada, nos riscos da chuva, que cai reta como se passasse por uma peneira, e no verdor molhado e reluzente do capim da estrada. Agora, a nuvem negra escurece ameaçadoramente o lado oposto do horizonte, mas já não tenho medo. Experimento uma sensação alegre e indescritível de esperança e de vida, que, num instante, dentro de mim, toma o lugar do pesado sentimento de medo. Minha alma sorri como se estivesse revigorada, alegrada pela natureza. Vassíli baixa a gola do capote, tira o quepe e o sacode no ar; Volódia abaixa o anteparo de couro; eu meto a cabeça para fora da caleche e inspiro, com avidez, o ar fresco e aromático. A carroceria lavada e reluzente do coche, com as malas e a bagagem, balança à nossa frente, a garupa dos cavalos, as coelheiras, as rédeas, os aros das rodas — tudo está molhado e cintila no sol, como se estivesse coberto de verniz. De um lado da estrada, um interminável campo, semeado no outono, cortado aqui e ali por valas rasas, rebrilha com a terra e a vegetação molhadas e se estende até o horizonte como um tapete de sombra; do outro lado, um bosque de álamos, entremeado de pequenas nogueiras e cerejeiras silvestres, parece tomado por um excesso de felicidade, não se mexe e, devagar, desprendem de seus ramos gotas reluzentes de chuva, que caem sobre as folhas secas do ano anterior. De todas as direções, cotovias de crista descem ligeiras e revoam com um canto alegre; dentro dos arbustos molhados, percebe-se o movimento inquieto de passarinhos miúdos e, do meio do bosque, chega o nítido canto de um cuco. Tão fascinante é o cheiro maravilhoso da mata depois de uma tempestade de primavera, o cheiro de bétula, de violeta, de folha apodrecida, de cogumelo, de cereja silvestre, que não consigo ficar dentro da caleche, pulo do estribo, corro para as moitas e, apesar das gotas de chuva que me atingem, arranco ramos molhados de uma cerejeira florida, bato com eles no rosto e me embriago com seu perfume maravilhoso. Sem dar a mínima atenção ao fato de enormes torrões de lama se grudarem em minhas botas e de minhas meias estarem molhadas já há muito tempo, corro na direção da janela do coche, chapinhando na lama.

— Liúbotchka! Kátienka! — grito, estendendo alguns ramos de cerejeira. — Olhem que bonito!

As meninas dão gritinhos, suspiram; Mimi grita, reclama que eu saí da caleche e diz que vou acabar sendo atropelado.

— Mas sinta só cheiro, que perfume! — grito.

3. Uma visão nova

Kátienka estava sentada a meu lado na caleche e, com a cabecinha bonita inclinada, observava pensativa a estrada poeirenta, que fugia debaixo das rodas. Eu a observava em silêncio e me admirava com a expressão triste e nada infantil que, pela primeira vez, percebia em seu rostinho rosado.

— Agora falta pouco para chegarmos a Moscou — falei. — Como você acha que é lá?

— Não sei — respondeu, de má vontade.

— Mesmo assim, o que você imagina: é maior do que Sérpukhov ou não?...

— O quê?

— Nada, deixa.

No entanto, pelo sentimento instintivo que permite que uma pessoa adivinhe os pensamentos de outra e que serve de fio condutor para uma conversa, Kátienka entendeu que sua indiferença me magoava; ela ergueu a cabeça e virou-se para mim:

— Seu pai disse para vocês que nós vamos morar na casa da sua avó?

— Disse; a vovó quer mesmo morar com a gente.

— E vamos todos morar lá?

— Claro. Vamos morar na parte de cima, numa metade; e vocês, na outra metade; o papai vai ficar no pavilhão; e vamos todos almoçar juntos, no térreo, com a vovó.

— *Maman* diz que sua vovó é muito séria... Ela é zangada?

— Nã-ã-o! Só parece, no início. Ela é séria, sim, mas não tem nada de zangada; ao contrário, é muito boa, alegre. Se você visse o baile que deu no aniversário dela!

— Mesmo assim, estou com medo dela; enfim, de todo jeito, só Deus sabe o que vai ser de nós...

De repente, Kátienka ficou calada e pensativa, outra vez.

— O que foi? — perguntei, inquieto.

— Nada, falei por falar.

— Não, você disse: "Só Deus sabe...".

— Mas você estava falando do baile que teve na casa da sua avó...

— Pois é, que pena que você não estava lá; tinha um monte de convidados, umas mil pessoas, música, generais, até eu dancei... Kátienka! — falei de repente, me detendo no meio da minha descrição. — Você nem está escutando.

— Não, estou sim; você disse que dançou.

— Por que está tão desanimada?

— Nem sempre a gente está alegre.

— Não, você mudou muito, desde que viemos de Moscou. Diga a verdade — acrescentei com ar decidido, virando-me para ela. — Por que ficou tão estranha?

— Quem disse que eu estou estranha? — retrucou Kátienka, com uma animação que demonstrava que minha observação a interessava. — Não estou nada estranha.

— Não, você já não é mais a mesma — prossegui. — Antes, dava para ver muito bem que concordava com a gente, que você nos encarava como parte da sua família e nos amava como amamos você, mas agora ficou muito séria, se afasta da gente.

— Nada disso...

— Não, me deixe terminar — interrompi, já começando a sentir, dentro do nariz, a leve comichão que precedia as lágrimas que sempre apareciam nos meus olhos quando eu exprimia um pensamento guardado por muito tempo. — Você se afasta de nós, só conversa com a Mimi, como se não quisesse saber de nós.

— Bem, não é possível continuar sempre a mesma; algum dia, é preciso mudar — respondeu Kátienka, que, quando não sabia o que dizer, tinha o hábito de explicar tudo por uma espécie de necessidade fatalista.

Lembro-me de um dia em que, ao discutir com Liúbotchka, que a havia chamado de menina burra, ela retrucou: nem todo mundo pode ser inteligente, também é preciso que existam os burros; mas não me satisfez a resposta de que um dia é preciso mudar e continuei a indagar:

— Mas por que é preciso mudar?

— Afinal, nós não vamos morar juntos para sempre — respondeu Kátienka, ruborizando-se de leve e olhando fixamente para as costas de Filipp. — Minha mãezinha podia morar na casa de sua falecida mãe, que era amiga dela; mas na casa da condessa, que ainda por cima dizem ser tão zangada, só Deus sabe se elas vão se dar bem. Além do mais, algum dia, teremos mesmo de nos separar: vocês são ricos, são donos de Petróvskoie; e nós somos pobres, mamãe não tem nada.

Vocês são ricos, nós somos pobres: essas palavras e os conceitos associados a elas me pareciam incrivelmente estranhos. Pobres, na minha maneira de entender, na época, só podiam ser os mendigos e os mujiques e, em meu pensamento, eu não conseguia de maneira nenhuma associar esse conceito de pobreza à graciosa e linda Kátia. Eu tinha a impressão de que Mimi e Kátienka, como sempre tinham morado conosco, continuariam sempre morando conosco e compartilhando tudo igualmente. Não era possível ser de outro modo. Mas agora mil ideias novas e obscuras, relativas à posição solitária delas, começaram a pulular dentro da minha cabeça e senti tanta vergonha de sermos ricos e elas, pobres, que fiquei vermelho e não tive coragem de olhar para Kátienka.

"Mas o que é que tem de mais se somos ricos e elas, pobres?", pensei. "E de que forma isso provoca a necessidade de uma separação? Por que não dividimos meio a meio o que temos?" Mas entendi que não convinha falar disso com Kátienka e uma espécie de instinto prático, em contradição com o raciocínio lógico, logo me disse que ela estava com a razão e que seria inoportuno explicar para ela meu pensamento.

— Será possível que você vai mesmo embora e vai deixar a gente? — perguntei. — Como é que vamos viver separados?

— O que se vai fazer? Para mim também vai ser doloroso; só que, se isso acontecer, eu sei o que vou fazer...

— Você vai ser atriz... Que besteira! — interrompi, sabendo que ser atriz sempre fora o maior sonho dela.

— Não, isso eu dizia quando era pequena...

— Então, o que vai fazer?

— Vou para o convento e vou morar lá, vou andar de vestidinho preto e touquinha de veludo.

Kátienka deu uma risada.

Já aconteceu a você, leitor, num determinado ponto da vida, notar que sua visão das coisas de repente se modifica por completo, como se todos os objetos que via até então tivessem, de súbito, voltado para você outra face, ainda desconhecida? Foi esse tipo de transformação moral que aconteceu dentro de mim, pela primeira vez, durante nossa viagem, que considero como o início de minha adolescência.

Pela primeira vez, me veio à cabeça a ideia clara de que não somos só nós, quer dizer, nossa família, que vivemos no mundo, que nem todos os interesses giram em torno de nós, que existe outra vida, de outras pessoas, que nada têm em comum conosco, não se importam conosco e nem mesmo sabem que existimos. Antes, sem dúvida, eu já sabia de tudo isso; mas sabia não da forma como soube a partir de então, eu não tinha consciência, não sentia.

Uma ideia só se torna convicção por um caminho específico, não raro totalmente inesperado e distinto do caminho que outras mentes percorreram para chegar à mesma convicção. A conversa com Kátienka, que me abalou profundamente e me obrigou a refletir sobre sua situação futura, foi para mim esse caminho. Quando eu olhava para as aldeias e cidades por que passávamos, nas quais, dentro de cada casa, morava pelo menos uma família igual à nossa, com mulheres e crianças que, num minuto de curiosidade, olhavam para as carruagens e, depois, desapareciam para sempre, quando eu olhava para os pequenos comerciantes e para os mujiques que não só não nos cumprimentavam com uma reverência, a exemplo do que eu estava acostumado a ver em Petróvskoie, como nem sequer se dignavam a nos dirigir um olhar, me veio pela primeira vez à cabeça a pergunta: Com o que eles podem se preocupar, se não se interessam nem um pouco por nós? E dessa pergunta nasceram outras: como e para que eles vivem, como criam os filhos, será que estudam, será que os pais deixam que os filhos brinquem, como será que os castigam? Etc.

4. Em Moscou

Com a chegada a Moscou, a mudança na minha visão das coisas, das pessoas e de minha relação com elas se tornou ainda mais palpável.

No primeiro encontro com a vovó, quando vi seu rosto magro e enrugado e seus olhos apagados, o sentimento de respeito servil e de medo que eu tinha por ela se transformou em compaixão; quando ela, com o rosto colado à cabeça de Liúbotchka, começou a soluçar, como se tivesse diante dos olhos o cadáver da filha adorada, até o sentimento de amor se transformou, dentro de mim, em compaixão. Para mim, foi constrangedor ver seu sofrimento ao nos encontrar; eu me dei conta de que, aos olhos dela, nós mesmos não éramos nada, só éramos queridos enquanto uma recordação e, a cada um dos beijos com que cobria minhas faces, eu sentia que ela expressava um único pensamento: ela não existe, ela morreu, não vou mais vê-la!

Papai, que em Moscou não nos dava quase nenhuma atenção e só vinha nos ver na hora do almoço, com o rosto eternamente preocupado, vestindo uma casaca preta ou um fraque, perdeu muito interesse aos meus olhos, ao deixar também para trás suas camisas folgadas de colarinho duro, seu roupão, seus estarostes, seus administradores, seus passeios pela eira coberta e suas caçadas. Karl Ivánitch, que vovó chamava de tutor e que, de repente, Deus sabe por quê, cismou de trocar sua careca venerável, que eu conhecia tão bem, por uma peruca ruiva, com uma risca feita com linha, quase no meio da cabeça, me parecia tão estranho e ridículo que eu me admirava de não ter percebido isso antes.

Entre nós e as meninas, também surgiu uma espécie de barreira invisível; elas e nós já tínhamos nossos próprios segredos; parecia que, diante de nós, as meninas se orgulhavam cada vez mais de suas saias, que ficaram mais compridas, enquanto nós nos orgulhávamos de nossas calças compridas, com presilhas que passavam por baixo dos pés. Já no primeiro domingo, Mimi desceu para almoçar num vestido tão suntuoso e com tantas fitas na cabeça que, desde logo, ficou claro que agora não estávamos no campo e tudo seria diferente.

5. O irmão mais velho

Eu era apenas um ano e poucos meses mais jovem do que Volódia; crescemos, estudamos e brincamos sempre juntos. Entre nós, não faziam distinção entre o mais velho e o mais jovem; porém, exatamente nessa época de que estou falando, comecei a entender que Volódia não era meu camarada, nem pela idade nem pelas tendências nem pelas capacidades. Parecia-me até que o próprio Volódia tinha consciência de sua primazia e se orgulhava disso. Essa convicção, talvez falsa, insuflava meu amor-próprio, que sofria a cada confronto com ele. Volódia era superior a mim em tudo: nos divertimentos, nos estudos, nas discussões, na maneira de se comportar, e tudo isso me afastava dele e me obrigava a experimentar sofrimentos morais que eu desconhecia. Na primeira vez em que fizeram, para Volódia, umas camisas holandesas com pregas, se eu tivesse dito com franqueza que estava muito aborrecido por não ter camisas iguais, estou convencido de que me sentiria aliviado e não teria a sensação de que, toda vez que ele ajeitava o colarinho, fazia isso só para me humilhar.

O que mais me atormentava era que Volódia, como às vezes eu tinha a impressão, me compreendia perfeitamente, mas tentava esconder.

Quem nunca notou as relações secretas e mudas que transparecem na troca de um sorriso imperceptível, de um gesto ou de um olhar entre pessoas que vivem juntas constantemente: irmãos, amigos, marido e esposa, patrão e criado, sobretudo quando essas pessoas não são totalmente francas entre si? Quantos desejos, pensamentos e temores ocultos — de sermos compreendidos — se exprimem num olhar casual, quando nossos olhos tímidos e hesitantes se encontram!

Mas nisso talvez eu me deixasse enganar por minha exagerada suscetibilidade e tendência para a análise; talvez Volódia não sentisse absolutamente o mesmo que eu. Ele era impulsivo, franco e inconstante em suas paixões. Apaixonando-se pelas coisas mais díspares, ele se entregava a elas com toda a alma.

Ora lhe vinha, de repente, um entusiasmo pelos quadros: ele mesmo se punha a pintar, gastava todo seu dinheiro comprando o material e ainda pedia mais ao professor de pintura, ao papai, à vovó; ora se entusiasmava pelas coisas com que enfeitava sua mesinha e as recolhia em toda a casa; ora se entusiasmava por romances, que ele obtinha às escondidas, e lia por dias e noites inteiros... Sem querer, eu acabava me empolgando pelas paixões dele; mas era orgulhoso demais para seguir seus passos, era jovem e dependente demais para escolher um caminho novo. Porém nada me causava tanta inveja quanto o temperamento feliz, nobre e franco de Volódia, que se manifestava com uma contundência especial nas discussões que ocorriam entre nós. Eu sentia que ele se comportava bem, mas não conseguia imitá-lo.

Certa vez, no auge do ardor de sua paixão por objetos, me aproximei de sua mesinha e, por acidente, quebrei um frasquinho colorido vazio.

— Quem foi que pediu para você mexer nas minhas coisas? — disse Volódia, quando entrou no quarto e viu a desordem que eu promovera na simetria dos variados enfeites de sua mesinha. — Cadê o frasquinho? Tinha de ser você.

— Derrubei sem querer; ele quebrou, o que tem de mais?

— Tenha a bondade de nunca *se atrever* a tocar os dedos nas minhas coisas — disse ele, juntando os cacos do frasquinho e olhando desolado para eles.

— Por favor, não me dê ordens — retruquei. — Quebrou, está quebrado; para que esticar o assunto?

E sorri, embora não tivesse a menor vontade de sorrir.

— Sei, para você não é nada, mas para mim é — prosseguiu Volódia, fazendo um movimento de nervosismo com o ombro, que ele herdara do papai. — Quebrou e ainda acha graça, que pirralho insolente!

— Sou um pirralho, mas você é grande e burro.

— Não quero brigar com você — disse Volódia, me empurrando de leve. — Some.

— Não me empurre!

— Some!

— Já falei, não me empurre!

Volódia me pegou pelo braço e quis me puxar para longe da mesa; mas eu já estava irritado ao máximo: agarrei um pé da mesinha e a derrubei. "Pronto, olhe só!" E todos os enfeites de porcelana e de cristal voaram para o chão, com estrondo.

— Pirralho nojento! — começou a gritar, enquanto tentava segurar os objetos que caíam.

"Pronto, agora tudo está acabado entre nós", pensei ao sair do quarto. "Estamos brigados para sempre."

Ficamos até de noite sem falar um com o outro; eu me sentia culpado, tinha medo de olhar para ele e não conseguia me concentrar em nada o dia inteiro; Volódia, ao contrário, estudou bem e, como sempre, depois do almoço, conversou e riu com as meninas.

Assim que o professor terminou a aula, saí da sala: eu tinha medo, desconforto e vergonha de ficar sozinho com meu irmão. Depois da aula vespertina de história, peguei os cadernos e segui para a porta. Ao passar por Volódia, apesar de eu ter vontade de me aproximar e fazer as pazes com ele, me fiz de indignado e fechei a cara. Nesse momento, Volódia levantou a cabeça e, com um sorriso quase imperceptível, de bom humor e ironia, olhou para mim sem medo. Nossos olhos se encontraram e entendi que ele me entendia e que eu entendia que ele me entendia; porém uma espécie de sentimento irresistível me obrigou a lhe dar as costas.

— Nikólienka! — disse ele, com a voz mais simples, sem nada de patético. — Chega de brigar. Desculpe se ofendi você.

E me estendeu a mão.

De repente, tive a impressão de que alguma coisa subia cada vez mais e começou a me apertar o peito e a sufocar minha respiração; mas isso durou só um segundo: lágrimas vieram aos meus olhos e fiquei aliviado.

— Desculpe... Vó...lia! — falei, apertando sua mão.

Volódia, porém, olhou para mim como se não estivesse entendendo de maneira nenhuma por que eu tinha lágrimas nos olhos...

6. Macha

No entanto, nenhuma das mudanças que ocorreram na minha maneira de ver as coisas me surpreendeu tanto como aquela que me levou a deixar de ver uma de nossas camareiras como uma criada do sexo feminino e passar a encará-la como uma *mulher*, da qual, em certa medida, podiam depender minha tranquilidade e felicidade.

Desde que me entendo por gente, lembro-me de Macha em nossa casa, e eu nunca tinha prestado a menor atenção nela, até o acontecimento que mudou completamente minha maneira de vê-la e que vou contar agora. Macha tinha uns vinte e cinco anos, quando eu tinha catorze; era muito bonita; mas temo descrevê-la, temo que minha fantasia, de novo, me apresente a imagem fascinante e ilusória que se formou durante a minha paixão. Para não cometer um erro, direi apenas que era extraordinariamente branca, fartamente desenvolvida, e era mulher; e eu tinha catorze anos.

Num desses momentos em que a gente fica andando para lá e para cá, no quarto, com o livro de estudo na mão, fazendo força para só pisar sobre certas fissuras das tábuas do piso, ou cantarola alguma melodia qualquer, sem nenhum sentido, ou lambuza de tinta a beirada da mesa, ou, sem pensar em nada, repete um provérbio qualquer — em suma, num desses momentos em que a mente rejeita o trabalho e a imaginação, assumindo o comando, procura sensações —, eu saí da sala de aula e, sem propósito algum, desci até o patamar intermediário da escada.

Alguém, de sapatos, subia do outro lado, pelo lance inferior da escada. Naturalmente, tive vontade de saber quem era, mas de repente o som dos passos cessou e ouvi a voz de Macha:

— Mas o senhor, que bobagem está fazendo? E se Mária Ivánovna chegar, acha que vai ser bom?

— Não vai vir ninguém — disse a voz de Volódia, num sussurro, e logo depois houve um rumor, como se Volódia quisesse agarrá-la.

— Puxa, onde está metendo essas mãos? Seu sem-vergonha! — E, com o lencinho de cabeça caído para o lado, debaixo do qual se via o pescoço branco e farto, Macha passou correndo por mim.

Não sou capaz de exprimir a que ponto essa revelação me deixou deslumbrado, no entanto o sentimento de assombro logo deu lugar à simpatia pela façanha de Volódia: eu já não estava impressionado com suas façanhas, mas com a maneira como ele havia descoberto que agir assim era prazeroso. E não pude deixar de ter vontade de imitá-lo.

Às vezes, passava horas inteiras no patamar da escada, sem pensar em nada, com a atenção concentrada, os ouvidos à espreita dos menores movimentos que viessem de cima; mas nunca fui capaz de me forçar a imitar Volódia, apesar de ser aquilo que eu mais desejava no mundo. Às vezes, escondido atrás da porta, com um pesado sentimento de inveja e ciúme, eu escutava o rebuliço no quarto das criadas, e me vinha à cabeça: o que aconteceria comigo se eu subisse ao primeiro andar e, a exemplo de Volódia, tentasse beijar Macha? O que eu ia dizer, com meu nariz achatado e meus tufos de cabelo arrepiado, quando ela me perguntasse o que eu estava querendo? Às vezes, eu ouvia como Macha falava com Volódia: "Olha o castigo! Mas por que o senhor cismou comigo? Vá embora, seu sem-vergonha... Por que será que Nikolai Petróvitch nunca vem aqui e nunca fica de gracinhas...". Ela não sabia que

Nikolai Petróvitch, naquele instante, estava sentado embaixo da escada, disposto a dar qualquer coisa no mundo só para ficar no lugar do travesso Volódia.

Eu era tímido por natureza, mas minha timidez aumentava mais ainda por causa da convicção de que eu era horroroso. Estou convencido de que nada tem um efeito mais decisivo nos rumos da vida de uma pessoa do que sua aparência, e até menos sua aparência, propriamente dita, do que sua convicção de ser atraente ou não.

Eu era orgulhoso demais para aceitar minha situação e, como a raposa, me consolava persuadindo a mim mesmo de que as uvas estavam verdes, ou seja, tentava fazer pouco-caso de todos os prazeres que uma boa aparência proporcionava, prazeres que Volódia, a meus olhos, desfrutava e que eu invejava de todo coração, e então eu empregava todas as forças da razão e da fantasia para encontrar o prazer na solidão orgulhosa.

7. Chumbo de caça

— Meu Deus, pólvora! — gritou Mimi, com a voz sufocada de emoção. — O que estão fazendo? Querem incendiar a casa, matar todos nós...

Com uma indescritível expressão de firmeza de espírito, Mimi ordenou que todos se afastassem, avançou em passos largos e decididos na direção de umas bolinhas de chumbo de caça, espalhadas no chão, e, desdenhando o risco de acontecer uma grande explosão repentina, começou a bater com os pés sobre os pedacinhos de chumbo. Quando, em sua opinião, o perigo havia passado, chamou Mikhei e mandou que levasse toda aquela pólvora para outro lugar, bem longe, ou, melhor ainda, que jogasse tudo na água e, sacudindo a touca com orgulho, voltou para a sala de visitas. "Tomam conta deles muito bem, não há dúvida nenhuma", resmungou.

Quando papai chegou da ala dos fundos e fomos juntos com ele ao encontro de vovó, Mimi ainda estava no quarto, perto da janela, e olhou para a porta com ar ameaçador e com uma expressão misteriosamente oficial. Na mão, tinha algo embrulhado num papelzinho. Adivinhei que era chumbo de caça e que a vovó já estava a par de tudo.

Além de Mimi, no quarto da vovó, estavam também a camareira Gacha, que, como se podia ver pelo rosto furioso e vermelho, sentia-se profundamente aborrecida, e o dr. Blumenthal, homem miúdo, com marcas de varíola, que tentava, em vão, acalmar Gacha, fazendo-lhe misteriosos sinais tranquilizadores com os olhos e com a cabeça.

A própria vovó estava sentada um pouco de lado e jogava um tipo de paciência — um jogo chamado "Viajante" —, o que sempre indicava um estado de ânimo bastante adverso.

— Como a senhora está se sentindo hoje, *maman*? Dormiu bem? — perguntou o papai, beijando sua mão respeitosamente.

— Estou ótima, meu querido; o senhor sabe, quero crer, que estou sempre com excelente saúde — respondeu vovó num tom de voz que dava a entender que a pergunta de papai era a mais inoportuna e ofensiva do mundo. — Por favor, poderia me dar um lenço limpo? — prosseguiu, dirigindo-se para Gacha.

— Já dei um para a senhora — respondeu Gacha, apontando para um lenço de cambraia, branco como a neve, que estava sobre o braço da poltrona.

— Leve este trapinho imundo daqui e me traga um limpo, minha querida.

Gacha se aproximou da cômoda, abriu uma gaveta e fechou-a com tanta força que os vidros do quarto trepidaram. Vovó olhou para todos nós com ar ameaçador e continuou a acompanhar, com o olhar atento, todos os movimentos da camareira. Quando ela lhe deu o que me pareceu ser o mesmo lenço de antes, vovó disse:

— Quando a senhora vai moer tabaco para mim, minha querida?

— Quando tiver tempo.

— O que está dizendo?

— Vou moer agora.

— Se não queria me servir, minha querida, era só dizer: eu a teria dispensado há muito tempo.

— Então pode dispensar, ninguém vai chorar por causa disso — retrucou a camareira em voz baixa.

Nesse momento, o médico começou a piscar para ela; mas Gacha olhou para ele com tanta ira e com tanta determinação que o médico logo baixou os olhos e ficou mexendo numa chavezinha de seu relógio.

— Está vendo, meu querido — disse vovó, dirigindo-se ao papai, quando Gacha, que continuava a resmungar, saiu do quarto —, como falam comigo na minha própria casa?

— Permita-me, *maman*, eu mesmo vou moer o tabaco para a senhora — disse papai, como que coagido, e em grande apuro, por causa daquela atitude inesperada.

— Não é preciso, muito obrigada: ela é grosseira assim comigo porque sabe que ninguém consegue, tão bem quanto ela, moer o tabaco da maneira que eu gosto. O senhor sabia, meu querido — prosseguiu vovó, depois de um momento de silêncio —, que seus filhos, hoje, quase incendiaram a casa?

Papai, com curiosidade respeitosa, olhou para vovó.

— Sim, veja com o que eles estão brincando. Mostre para ele — disse vovó para Mimi.

Papai pegou na mão o chumbo de caça e não pôde deixar de sorrir.

— Mas isso é chumbo de caça, *maman* — disse ele. — Não tem perigo nenhum.

— Agradeço muito por me ensinar, meu querido, só que já estou velha demais...

— Os nervos, os nervos! — sussurrou o médico.

E papai, imediatamente, voltou-se para nós:

— Onde pegaram isto? E como se atrevem a brincar com essas coisas?

— Não deve perguntar nada para eles, deve perguntar para o *tutor* deles — disse vovó, pronunciando a palavra "tutor" com um desprezo especial. — Não é ele quem tem de tomar conta?

— Voldemar[6] disse que foi o próprio Karl Ivánitch que deu essa pólvora para as crianças — disse Mimi.

— Vejam só como ele é bom — prosseguiu vovó. — E onde ele está, esse *tutor*, qual é mesmo o nome dele? Chamem-no aqui.

— Eu o liberei para fazer uma visita — disse papai.

— Isso não é razão; ele deve estar sempre aqui. Os filhos não são meus, são seus, e não tenho o direito de lhe dar conselhos, porque o senhor é mais inteligente do que eu — prosseguiu vovó. — Mas parece que já está na hora de contratar um preceptor, em vez de um *tutor*, um mujique alemão. Sim, um mujique tolo, que não é capaz de lhes ensinar coisa nenhuma, senão maus modos e canções tirolesas. De resto, *agora*, não há ninguém para pensar nisso e o senhor pode fazer o que quiser.

A palavra "agora" significava: quando eles não têm mais mãe, o que despertou lembranças tristes no coração de vovó. Ela baixou os olhos para a tabaqueira com o retrato e ficou pensativa.

— Há muito tempo que penso nisso — papai se apressou em dizer. — E queria pedir o conselho da senhora, *maman*; não seria bom convidar Saint-Jérôme, que agora está dando aulas particulares para eles?

— Seria muito bom, meu caro — respondeu vovó, já sem a voz insatisfeita de antes. — Saint-Jérôme pelo menos é um *gouverneur* que sabe como orientar *des enfants de bonne Maison*,[7] e não um mero *menin*,[8] um tutor, que só serve para levar as crianças para passear.

— Vou chamá-lo amanhã mesmo — disse papai.

E, de fato, dois dias depois dessa conversa, Karl Ivánitch cedeu seu posto para um jovem francês elegante.

---

6 Forma francesa equivalente a Vladímir. **7** Crianças de boa família. [N.A.] **8** Pajem.

8. A história de Karl Ivánitch

Tarde da noite, na véspera do dia em que devia nos deixar para sempre, Karl Ivánitch estava junto à cama, com seu roupão acolchoado, de gorro vermelho; curvado sobre a mala, arrumava cuidadosamente suas coisas dentro dela.

A atitude de Karl Ivánitch conosco, nos últimos tempos, era visivelmente seca: parecia evitar toda proximidade conosco. E agora, quando entrei no quarto, ele me lançou um olhar de esguelha e, em seguida, continuou a arrumar suas coisas. Deitei na minha cama, mas Karl Ivánitch, que antes me proibia com rigor de fazer aquilo, não me disse nada — e a ideia de que ele não iria mais nos repreender nem nos deter e de que, agora, ele não tinha mais nada a ver conosco me trouxe à lembrança, de modo bem vivo, nossa iminente separação. Fiquei triste por ele não gostar mais de nós e tive vontade de expressar esse sentimento para ele.

— Deixe-me ajudar o senhor, Karl Ivánitch — pedi, aproximando-me.

Karl Ivánitch lançou um olhar para mim e me deu as costas outra vez, porém, no olhar fugaz que me dirigiu, percebi não a indiferença que explicava sua frieza, mas uma tristeza sincera e contida.

— Deus vê tudo e sabe tudo, e tudo obedece à Sua vontade sagrada — disse ele, pondo o corpo bem ereto, com um suspiro profundo. — Pois é, Nikólienka — prosseguiu, ao notar a expressão de franca solidariedade com que eu o olhava —, meu destino é ser infeliz, desde a infância até o túmulo. Sempre me pagaram com o mal o bem que fiz às pessoas e minha recompensa não virá daqui, mas de lá — e apontou para o céu.

— Se o senhor soubesse minha história e tudo o que suportei nesta vida!... Fui sapateiro, fui soldado, fui desertor, fui operário, fui professor, e agora não sou nada! E eu, que sou um filho de Deus, não tenho onde descansar a cabeça — concluiu, fechou os olhos e se afundou na poltrona.

Ao notar que Karl Ivánitch se encontrava naquele estado de ânimo sensível em que, sem prestar atenção aos ouvintes, expressava para si mesmo seus pensamentos íntimos, sentei na cama e fiquei calado, sem desviar os olhos de seu rosto bondoso.

— O senhor não é mais criança, pode compreender. Vou contar ao senhor minha história e tudo o que suportei nesta vida. Um dia, o senhor vai se lembrar do velho amigo que muito o amava, garoto!...

Karl Ivánitch apoiou o cotovelo na mesa a seu lado, cheirou rapé, voltou os olhos para o teto e, com a voz diferente, cadenciada, com que costumava fazer os ditados, começou assim sua narração:

— Fui infeliz desde a barriga *da meu* mãe. *Das Unglück verfolgte mich schon im Schoss meiner Mutter!* — repetiu, com mais emoção ainda.

Como Karl Ivánitch, por várias vezes, me contou posteriormente sua história, na mesma ordem, exatamente com as mesmas expressões e entonações, sempre invariáveis, espero transmiti-la quase palavra por palavra; excluindo, é claro, os erros de linguagem, os quais o leitor pode avaliar pela primeira frase. Se era, de fato, a sua história ou um produto da fantasia, formado durante sua vida solitária em nossa casa, em que ele passou a acreditar por força da repetição frequente, ou se apenas enfeitou acontecimentos reais de sua vida com fatos fantásticos — até hoje, não cheguei a uma conclusão. De um lado, ele contava sua história com um sentimento vivo demais e com uma concatenação bastante metódica, os dois principais sinais de verossimilhança, para que fosse possível duvidar dela; de outro lado, havia na sua história belezas poéticas demais; eram exatamente tais belezas que despertavam dúvidas.

— Nas minhas veias, corre o sangue nobre dos condes Von Sommerblat! *In meinen Adern fliesst das edle Blut des Grafen von Sommerblat!* Nasci seis semanas depois do casamento. O marido de minha mãe (eu o chamo de pai) era arrendatário do conde Sommerblat. Ele não foi capaz de esquecer a vergonha de minha mãe e não gostava de mim. Eu tinha um irmão mais novo, chamado Johann, e duas irmãs; mas eu era um estranho na minha própria família! *Ich war ein Fremder in meiner eigenen Familie!* Quando Johann fazia alguma bobagem, papai dizia: "Com esse menino Karl, não vou ter nenhum minuto de sossego!". E me xingavam e me castigavam. Quando as irmãs brigavam uma com a outra, papai dizia: "Karl nunca vai ser um menino obediente!". E me xingavam e me castigavam. Só minha mãezinha bondosa me amava e me tratava com carinho. Muitas vezes, me dizia: "Pobre, pobre Karl! Ninguém gosta de você, mas eu não o troco por ninguém. Sua mãezinha só lhe pede uma coisa: estude direitinho e seja sempre um homem honesto, que Deus não vai abandonar você! *Trachte nur ein ehrlicher Deutscher zu werden — sagt sie — und der liebe Gott wird dich nicht verlassen!*". E eu me esforçava. Quando completei catorze anos e pude fazer a primeira comunhão, minha mãezinha falou para o papai: "O Karl já é um menino crescido, Gustav; o que vamos fazer com ele?". E o papai disse: "Não sei". Então, a mãezinha disse: "Vamos deixá-lo na cidade, na casa do sr. Schultz, para que seja sapateiro!". E papai disse: "Está bem", *und mein Vater sagte "gut"*. Morei na cidade, na casa do mestre sapateiro, seis anos e sete meses, e o patrão gostava de mim.

Ele dizia: "Karl é um bom trabalhador e logo será meu *Geselle*,[9] mas... o homem põe e Deus dispõe... Em 1796, começou um recrutamento militar e todos que podiam servir, entre dezoito e vinte e um anos de idade, tiveram de se apresentar na cidade.

"Papai e meu irmão Johann foram à cidade e, juntos, fomos tirar a *Loos*[10] para ver quem ia ser soldado e quem não ia. Johann tirou um número ruim — e eu não ia ser *soldat*. Papai falou: 'Tenho só um filho e vou ter de me separar dele! *Ich hatte einen einzigen Sohn und von diesem muss ich mich trennen!*'.

"Segurei sua mão e disse: 'Por que o senhor está dizendo isso, papai? Venha comigo, vou explicar ao senhor o que vamos fazer'. E papai foi comigo. Ele foi e sentamos na taberna, diante de uma mesinha. 'Traga duas *Bierkrug*',[11] pedi, e nos serviram. Bebemos aos pouquinhos e o irmão Johann também bebeu.

"'Papai!', falei. 'Não diga que só tem um filho e que tem de se separar dele. Meu coração tem vontade de pular quando escuto isso. O irmão Johann não vai servir, eu vou ser *soldat*!... Ninguém precisa do Karl, aqui, então Karl vai ser *soldat*.'

"'Você é um homem honrado, Karl Ivánitch!', disse papai, e me beijou. '*Du bist ein braver Bursche!*', sagte mir mein Vater und küsste mich.

"E me tornei soldado!"

---

9 Contramestre. [N.A.] **10** Sorte. [N.A.] **11** Canecas de cerveja. [N.A.]

9. Continuação do capítulo anterior

— Era uma época terrível, Nikólienka — prosseguiu Karl Ivánitch. — Havia o Napoleão. Ele queria conquistar a Alemanha e nós defendemos nossa pátria até a última gota de sangue! *Und wir verteidigen unser Vaterland bis auf des letzten Tropfen Blut!* Eu estive em Ulm, estive em Austerlitz! Estive em Wagram! *Ich war bei Wagram!*

— Mas então o senhor também combateu de verdade? — perguntei, olhando para ele com admiração. — O senhor também matou gente?

Karl Ivánitch tratou logo de me tranquilizar quanto a isso.

— Certa vez, um granadeiro francês ficou para trás de sua tropa e tombou na estrada. Corri com o fuzil e quis furá-lo com a baioneta, *aber der Françoise warf sein Gewehr und rief pardon*,[12] e deixei que fosse embora!

"Em Wagram, Napoleão nos expulsou para uma ilha e nos cercou de tal modo que não havia mais salvação. Ficamos sem provisões durante três dias seguidos, e com a água nos joelhos. O cruel Napoleão não nos fazia prisioneiros nem nos deixava sair! *Und der Bösewicht Napoleon wollte uns nicht gefangen nehmen und auch nicht freilassen!*

"No quarto dia, graças a Deus, nos fizeram prisioneiros e nos levaram para uma fortaleza. Eu estava de calças azuis, com um uniforme de tecido bom, tinha quinze táleres no bolso e

---

12 Mas o francês largou seu fuzil e pediu clemência. [N.A.]

um relógio de prata — presente de meu papai. Um *soldat* francês tomou tudo de mim. Sorte minha que eu tinha três moedas de ouro, que mamãe tinha costurado por dentro da jaqueta. E ninguém encontrou as moedas!

"Não quis ficar muito tempo na fortaleza e resolvi fugir. Certa vez, no dia de uma festa importante, falei para o sargento que tomava conta de nós: 'Senhor sargento, hoje tem uma grande festa, quero comemorar. Por favor, traga duas garrafinhas de vinho madeira e vamos beber juntos'. E o sargento respondeu: 'Está bem'. Quando o sargento trouxe o vinho madeira, bebemos aos poucos, em cálices, e então segurei sua mão e disse: 'Senhor sargento, o senhor tem pai e mãe?'. Ele disse: 'Tenho, sr. Mauer...'. 'Meu pai e minha mãe', eu disse, 'não me veem há oito anos e não sabem se estou vivo ou se meus ossos já descansam embaixo da terra úmida. Ah, senhor sargento! Tenho duas moedas de ouro, que trago escondidas por dentro da jaqueta. Fique com elas e me deixe ir embora. Seja meu benfeitor e minha mãezinha, por toda a vida, vai rezar pelo senhor, para Deus Todo-Poderoso.'

"O sargento terminou de beber um cálice de vinho madeira e disse: 'Sr. Mauer, gosto muito do senhor e tenho muita pena, mas o senhor é um prisioneiro e eu, um soldado!'. Apertei sua mão e disse: 'Senhor sargento!'. *Ich drückte ihm die Hand und sagte: 'Her Sergeant!'.*

"E o sargento disse: 'O senhor é um homem pobre e não quero seu dinheiro, mas vou ajudar. Na hora em que eu for dormir, compre um garrafão de aguardente para os soldados e eles vão pegar no sono. Não vou vigiar o senhor'.

"Era um homem bom. Comprei o garrafão de aguardente e, quando os soldados ficaram embriagados, calcei as botas, vesti o capote velho e saí pela porta, sem fazer barulho. Cheguei ao fosso e pensei em pular, mas havia água e eu não queria estragar minha última roupa: fui para o portão.

"A sentinela andava com o fuzil *auf und ab*[13] e olhou para mim: '*Qui vive?*', *sagte er auf einmal*,[14] e eu fiquei calado. '*Qui vive?*', *sagte er zum zweiten Mal*.[15] E eu fiquei calado. '*Qui vive?*', *sagte er zum dritten Mal*,[16] e fugi. Pulei na água, escalei pelo outro lado do fosso e fui embora. *Ich sprang in's Wasser, kletterte auf die andere Seite und machte mich aus dem Staube.*

"Corri pela estrada a noite inteira, mas, quando amanheceu, tive medo de que me reconhecessem e me escondi no mato alto, me ajoelhei, juntei as mãos, agradeci ao Pai do Céu a minha salvação e, com um sentimento de tranquilidade, adormeci. *Ich dankte dem Allmächtigen Gott für seine Barmherzigkeit und mit beruhigtem Gefühl schlief ich ein.*

"Acordei à noite e segui adiante. De repente, uma grande carroça alemã, com dois cavalos negros, me alcançou. Na carroça, havia um homem bem-vestido, que fumava cachimbo e olhava para mim. Eu caminhava devagar para a carroça me ultrapassar, mas, quando andei devagar, a carroça também andou devagar, e o homem olhava para mim; eu andei mais depressa e a carroça também andou mais depressa, e o homem olhava para mim. Sentei na beira da estrada; o homem deteve os cavalos e olhou para mim. 'Jovem', disse ele, 'para onde está indo tão tarde?' Respondi: 'Vou para Frankfurt'. 'Suba na carroça, tem lugar, eu levo você até lá… Por que não está levando nada e não raspou a barba, e por que sua roupa está enlameada?', perguntou, quando sentei a seu lado. 'Sou pobre', respondi, 'quero arranjar emprego em algum lugar, numa fábrica; minha roupa está enlameada porque caí na estrada.' 'O senhor não está dizendo a verdade, meu jovem', disse ele. 'A estrada está seca.'

---

13 Para lá e para cá. [N.A.] 14 "Quem vem lá?", perguntou de repente. [N.A.]
15 "Quem vem lá?", perguntou pela segunda vez. [N.A.] 16 "Quem vem lá?", perguntou pela terceira vez. [N.A.]

"E fiquei calado.

""Conte-me toda a verdade', disse o bom homem, 'quem é o senhor e de onde vem? Gosto do seu rosto e, se for um homem honesto, vou ajudá-lo.'

"Contei tudo para ele. O homem disse: 'Muito bem, meu jovem, vamos para a minha fábrica de cordas. Eu lhe darei trabalho, roupa, dinheiro e o senhor poderá morar na minha casa'.

"Então eu disse: 'Está certo'.

"Chegamos à fábrica de cordas e o bom homem falou para a esposa: 'Este rapaz combateu pela sua pátria e fugiu da prisão; não tem casa nem roupa nem comida. Vai morar na minha casa. Dê para ele roupas limpas e comida'.

"Morei um ano e meio na fábrica de cordas e meu patrão ficou tão apegado a mim que não queria me deixar ir embora. E eu também me sentia bem. Na época, eu era um rapaz bonito, era jovem, alto, de olhos azuis, nariz romano... E madame L... (não posso dizer seu nome), esposa de meu patrão, era uma dama bem mocinha e bonita. E se apaixonou por mim.

"Quando me viu, ela disse: 'Sr. Mauer, como sua mãezinha o chamava?'. Respondi: 'Karlchen'.

"E ela disse: 'Karlchen! Sente-se a meu lado'.

"Sentei-me a seu lado e ela disse: 'Karlchen! Beije-me'.

"Eu a beijei e ela disse: 'Karlchen! Estou tão apaixonada por você que não consigo mais aguentar', e começou a tremer toda."

Nesse ponto, Karl Ivánitch fez uma longa pausa e, voltando para o alto os bondosos olhos azuis e balançando de leve a cabeça, pôs-se a sorrir como fazem as pessoas sob a influência de recordações agradáveis.

— Pois é — recomeçou, ajeitando-se na poltrona e fechando o roupão —, na minha vida, passei por muitas coisas, boas e ruins, mas esta é a minha testemunha — disse, apontando para uma pequena imagem do Salvador bordada numa tela e pendurada na cabeceira da cama. — Ninguém pode dizer que Karl Ivánitch foi um homem desonesto! Não queria pagar com negra ingratidão o bem que o sr. L... me fizera, e resolvi fugir. À noite, quando todos tinham dormido, escrevi uma carta para meu patrão e coloquei-a na mesa do seu quarto, peguei minha roupa, três táleres e fui para a rua, sem fazer barulho. Ninguém me viu e segui pela estrada.

10. Continuação

— Fazia nove anos que não via minha mãe e não sabia se estava viva ou se seus ossos descansavam embaixo da terra úmida. Fui para minha pátria. Quando cheguei à cidade, perguntei onde morava Gustav Mauer, que era um arrendatário do conde Sommerblat. E responderam: "O conde Sommerblat morreu e Gustav Mauer, agora, está morando na rua principal e é dono de uma loja de bebidas". Vesti meu colete novo, uma boa casaca — presente do dono da fábrica —, penteei o cabelo com cuidado e fui à loja de bebidas de meu pai. A irmã Mariechen estava na loja e perguntou o que eu desejava. Respondi: "Posso tomar um cálice de licor?". Ela respondeu: "*Vater!*,[17] o rapaz quer um cálice de licor". E papai disse: "Dê um cálice de licor para o rapaz". Sentei diante da mesinha, tomei meu cálice de licor, fumei cachimbo e observei papai, Mariechen e Johann, que também entrou na loja. No meio da conversa, papai me disse: "O senhor, meu jovem, certamente sabe por onde anda, agora, o nosso Exército". Respondi: "Eu mesmo vim do Exército, que está junto à Viena". "Nosso filho", disse papai, "era soldado e faz nove anos que não nos escreve e não sabemos se está vivo ou morto. Minha esposa sempre chora por ele..." Fumei meu cachimbo e disse: "Como se chamava seu filho e onde ele serviu? Talvez eu o conheça...". "Ele se chamava Karl Mauer e servia nos caçadores austríacos", respondeu meu pai.

17 "Pai!" [N.A.]

"É um homem alto e bonito, como o senhor", disse a irmã Mariechen. Falei: "Eu conheço o seu Karl". "Amalia!", *sagt auf einal mein Vater*,[18] "venha cá, há um rapaz que conhece o nosso Karl." E *meu* doce mãezinha veio pela porta dos fundos. Logo reconheci *ele*. "O senhor conhece *a nossa* Karl?" "Sim, eu o vi", respondi e não me atrevi a erguer os olhos para ela; meu coração *querer* pular. "O meu Karl está vivo!", disse mamãe. "Graças a Deus! E onde ele está, o meu querido Karl? Eu podia morrer tranquila, se pudesse olhar para ele mais uma vez, o meu filho adorado; mas Deus não quer isso." E começou a chorar... Não consegui aguentar mais... "Mãezinha!", falei. "Eu sou o seu Karl!" E *ele se atirar* nos meus braços...

Karl Ivánitch fechou os olhos e seus lábios tremeram.

— "*Mutter!*", *sagte ich*, "*ich bin ihr Sohn, ich bin ihr Karl! Und sie stürzte mir in die Arme*" — repetiu ele, acalmou-se um pouco e enxugou as lágrimas grossas que corriam pelo rosto.

— Mas Deus não quis que eu terminasse meus dias na minha terra natal. Meu destino era ser infeliz! *Das Unglück verfolgte mich überall!...*[19] Só fiquei três meses na minha terra natal. Num domingo, eu estava num café e tomava uma caneca de cerveja enquanto fumava cachimbo e conversava com meus conhecidos sobre política, sobre o imperador Francisco, sobre Napoleão, sobre a guerra, e cada um dava sua opinião. Perto de nós, estava sentado um senhor desconhecido, com um *Uberrock*[20] cinzento, tomava café, fumava cachimbo e não falava conosco. *Er rauchte sein Pfeifchen und schwieg still.* Quando o *Nachtwätcher*[21] gritou, anunciando as dez horas, peguei meu chapéu, paguei a conta e fui para casa. No meio da noite, alguém bateu à porta. Acordei e disse: "Quem é?". "*Macht*

---

18 "Disse meu pai, de repente". [N.A.] **19** "A desgraça me perseguia por toda parte!..." [N.A.] **20** Sobretudo. [N.A.] **21** Guarda-noturno. [N.A.]

auf!"[22] Respondi: "Diga quem é, que eu abro". *Ich sagte: "Sagt wer ihr seid, und ich werde aufmachen". "Macht auf im Namen des Gesetzes!",*[23] falaram atrás da porta. E eu abri. Dois *soldat* com fuzis ficaram na porta e o desconhecido de sobretudo cinzento que estava no café ao nosso lado entrou. Era um espião! *Er war ein Spion!...* "Venha comigo!", disse o espião. "Está bem", respondi... Calcei as botas, vesti a calça, pus os suspensórios e andei pelo quarto. Meu coração fervia; dizia para mim mesmo: "Ele é um canalha!". Quando me aproximei da parede onde minha espada estava pendurada, apanhei-a de repente e disse: "Você é um espião, defenda-se! *Du bist eins Spion, verteidige dich!". Ich gac ein Hieb*[24] à direita, *ein Hieb* à esquerda e ou- tro *no* cabeça. O espião caiu! Apanhei a mala, o dinheiro e pulei pela janela. *Ich nahm meinen Mantelsack und Beutel und sprang zum Fenster hinaus. Ich kam nach Ems,*[25] lá eu conhecia *a* general *Sazin.*[26] Ele gostava de mim, me conseguiu um passaporte, por intermédio do embaixador, e levou-me consigo para a Rússia, para dar aula para os filhos. Quando *a* general *Sazin* morreu, a mãezinha do senhor me levou para sua casa. Ela disse: "Karl Ivánitch! Entrego meus filhos ao senhor, tenha amor por eles que eu nunca abandonarei o senhor e darei tranquilidade à sua velhice". Agora, ela não existe mais e tudo foi esquecido. Em troca de meus vinte anos de trabalho, agora, na velhice, tenho de sair pela rua e procurar meu pedaço de pão duro... Deus está vendo isso, sabe de tudo e seja feita Sua santa vontade, só tenho pena de vocês, crianças! — concluiu Karl Ivánitch, puxando-me pela mão para si e beijando minha cabeça.

---

22 "Abra!" [N.A.] **23** "Abra em nome da lei!" [N.A.] **24** Desferi um golpe. [N.A.] **25** Cheguei a Ems. [N.A.] **26** Trata-se, na verdade, do sobrenome russo Súzin.

ii. A nota um

Após um ano de luto, vovó estava um pouco refeita do desgosto que havia sofrido e começou a receber visitas de vez em quando, sobretudo crianças — meninos e meninas da nossa idade.

No dia do aniversário de Liúbotchka, 13 de dezembro, ainda antes do almoço, chegaram à nossa casa a princesa Kornakova e as filhas, Valákhina e Sónietchka, Ílienka Grap e os dois irmãos Ívin mais jovens.

O barulho de conversas, risos e correrias chegava até nós, vindo do térreo, onde aquelas pessoas estavam reunidas, mas não podíamos ir para lá antes que as aulas da manhã terminassem. O quadro de horário, pendurado na sala de aula, dizia: "Lundi, de 2 a 3, Maître d'Histoire et de Géographie",[27] e era esse *Maître d'Histoire* que tínhamos de esperar, escutar com atenção e acompanhar até a saída, antes de ficarmos livres. Já eram duas e vinte, e não havia nem sinal do professor de história, nem sequer o avistávamos na rua por onde devia chegar, para a qual eu olhava com o forte desejo de nunca o ver.

— Parece que o Liébedev não vai vir hoje — disse Volódia, pondo de lado, por um minuto, o livro de Smarágdov, com o qual estava preparando a lição.

— Deus queira, Deus queira... Já que eu não sei nada mesmo, mas parece que ele está vindo lá — acrescentei, com voz desolada.

---

27 Segunda-feira, das 2 às 3, professor de história e geografia. [N.A.]

Volódia levantou-se e foi até a janela.

— Não, não é ele não, é algum senhor — disse. — Vamos esperar até duas e meia — acrescentou, espreguiçou-se e, ao mesmo tempo, coçou a cabeça, o que costumava fazer nos momentos em que descansava do estudo. — Se não chegar até duas e meia, podemos dizer a Saint-Jérôme que recolha os cadernos.

— E para que ele tem de vi-i-i-ir? — falei, também me espreguiçando e sacudindo, acima da cabeça, o livro de Kaidánov, que eu segurava com as duas mãos.

Por falta do que fazer, abri o livro na página da lição e comecei a ler. A lição era grande e difícil, eu não sabia nada e percebi que já não ia, de jeito nenhum, conseguir memorizar qualquer coisa, por pouco que fosse, ainda mais porque eu me encontrava naquele estado de espírito em que os pensamentos se recusam a se deter no que quer que seja.

Depois da última aula de história, que sempre achei a matéria mais maçante de todas, a mais arrastada, Liébedev deu queixa de mim para Saint-Jérôme e, no boletim, me deu um dois, o que era considerado muito ruim. Então, Saint-Jérôme me disse que se, na aula seguinte, eu tivesse uma nota menor do que três, seria castigado com severidade. Logo comecei a imaginar a aula seguinte e, confesso, me acovardei.

Estava tão envolvido na leitura da lição desconhecida para mim que o barulho que veio da entrada, de alguém descalçando as galochas, me deu um susto. Mal tive tempo de olhar quando, na porta, surgiu o rosto marcado de varíola, que me dava nojo, e a figura desajeitada, que eu conhecia tão bem, do professor de fraque azul-marinho, todo fechado com os botões de professor.[28]

---

28 Havia um tipo de botão específico para os professores.

Lentamente, o professor colocou o chapéu na janela, os cadernos na mesa, separou com as duas mãos as abas do fraque (como se aquilo fosse muito necessário) e, bufando, sentou-se em seu lugar.

— Muito bem, senhores — disse, enquanto enxugava as mãos suadas. — Primeiro, vamos ver o que foi apresentado na aula passada, depois tentarei pôr os senhores a par dos acontecimentos mais remotos da Idade Média.

Aquilo significava: digam suas lições.

Enquanto Volódia respondia com a liberdade e a confiança de quem sabe bem a matéria, eu saí, fui até a escada sem nenhum propósito e, como não podia descer, do modo mais natural do mundo e sem me dar conta do que fazia, me vi de repente no patamar. Porém, na hora em que eu queria me instalar no posto habitual de minhas observações — atrás da porta —, de repente, Mimi, que sempre era a causa de minha desgraça, topou comigo.

— O senhor, aqui? — disse ela, olhando com ar ameaçador para mim, depois olhou para a porta do quarto das criadas e para mim outra vez.

Eu me sentia completamente culpado — por não estar na sala de aula e por estar num lugar tão inconveniente, por isso fiquei calado, de cabeça baixa, e assumi a expressão de arrependimento mais comovente possível.

— Não, onde é que já se viu uma coisa dessas? — disse Mimi. — O que o senhor está fazendo aqui? — Fiquei calado. — Não, isso não pode ficar assim — repetia Mimi, batendo com o nó dos dedos no corrimão da escadaria. — Vou contar tudo à condessa.

Já eram cinco para as três quando voltei para a sala de aula. Como se não notasse minha ausência nem minha presença, o professor estava explicando para Volódia a lição seguinte. Quando terminou a explicação e começou a reunir os cadernos, enquanto Volódia saía para o outro quarto a fim de trazer o dinheiro, me veio o pensamento delicioso de que estava tudo encerrado e de que não iriam se lembrar de mim. Mas, de repente, o professor se voltou para mim, com um meio sorriso maléfico.

— Espero que o senhor tenha estudado a lição — disse ele, esfregando as mãos.

— Estudei, sim, senhor — respondi.

— Tenha a gentileza de me dizer algo sobre a cruzada de são Luís — disse, balançando-se na cadeira e olhando para os próprios pés, com ar pensativo. — Para começar, enumere os motivos que levaram o rei da França a adotar a cruz — disse ele, erguendo as sobrancelhas e apontando com o dedo para o tinteiro. — Depois me explique as características gerais dessa cruzada — acrescentou, fazendo um movimento largo com a mão, como se quisesse agarrar alguma coisa. — E, por último, diga qual a influência dessa cruzada sobre os Estados europeus em geral — disse, batendo com os cadernos no lado esquerdo da mesa. — Em especial, no Estado francês — concluiu, batendo no lado direito da mesa, e inclinou a cabeça para a direita.

Engoli saliva várias vezes, tossi, inclinei a cabeça para o lado e fiquei calado. Depois, peguei uma pena que estava sobre a mesa, comecei a cortar sua ponta, e continuei calado.

— Por favor, me dê essa peninha — disse o professor, estendendo a mão. — Ainda pode servir. E então, meu senhor?

— Lu... Luís... São Luís foi... foi... foi... um rei bondoso e inteligente...

— Quem?

— O rei. Ele inventou de ir para Jerusalém e passou as rédeas do governo para a mãe.

— Qual o nome dela?

— B... b... lanka.

— Como? Bulanka?

Dei um sorriso torto e sem jeito.

— Muito bem, senhor. Sabe mais alguma coisa? — perguntou com um sorrisinho.

Eu não tinha nada a perder, pigarreei e comecei a mentir, falando tudo o que me vinha à cabeça. O professor ficou calado, varreu da mesa a poeira da pena que tinha tomado de mim e ficou olhando fixamente para algum ponto ao lado da minha orelha, enquanto falava baixinho: "Muito bem, muito bem, senhor". Eu percebia que não sabia nada, que não estava dizendo nem de longe o que devia dizer e sofria terrivelmente de ver que o professor não me interrompia nem me corrigia.

— Mas para que ele inventou de ir a Jerusalém? — perguntou, repetindo minhas palavras.

— Porque... foi para... é que...

Parei de uma vez, não falei mais nada e senti que, caso aquele professor desalmado quisesse permanecer calado por um ano inteiro, olhando para mim com ar interrogativo, mesmo assim, eu não teria condições de emitir mais nenhum som. O professor ficou olhando para mim por uns três minutos e depois, de repente, acendeu em seu rosto uma expressão de profunda tristeza e, com voz sentida, falou para Volódia, que entrou na sala de aula naquele momento:

— Traga-me o boletim, por favor: vou pôr as notas.

Volódia lhe entregou o boletim e, com cuidado, colocou o dinheiro ao lado.

O professor abriu o boletim e, depois de molhar a pena meticulosamente, escreveu com sua caligrafia bonita a nota cinco para Volódia, na coluna do aproveitamento e na do comportamento. Depois, com a pena suspensa acima da linha em que ficavam minhas notas, olhou bem para mim, sacudiu a tinta e se pôs pensativo.

De repente, sua mão fez um movimento quase imperceptível e, na coluna das notas, apareceu escrito um bonito número um, e um ponto; outro movimento: e na coluna de comportamento, outro um, e um ponto.

Depois de fechar meticulosamente o boletim, o professor se levantou e foi para a porta, como se não notasse meu olhar, em que se exprimiam o desespero, a súplica e a censura.

— Mikhail Lariónitch! — chamei.

— Não — respondeu, já prevendo o que eu queria lhe dizer. — Desse jeito, é impossível estudar. Não quero receber dinheiro de graça.

O professor calçou as galochas, vestiu o sobretudo de chamalote e amarrou com esmero o cachecol no pescoço. Depois do que tinha acontecido comigo, como era possível preocupar-se com outra coisa? Para ele, era um movimento da pena, mas para mim era uma enorme desgraça.

— A aula acabou? — perguntou Saint-Jérôme, entrando na sala de aula.

— Acabou.

— O professor ficou satisfeito com vocês?

— Ficou — respondeu Volódia.

— Qual a sua nota?

— Cinco.

— E a do *Nicolas*?[29]

Fiquei calado.

— Acho que foi quatro — disse Volódia. Ele entendeu que eu precisava me salvar, nem que fosse só por um dia. Que me castigassem depois, mas não naquele dia, quando havia visitas em casa.

---

29 O professor usa a forma francesa do nome Nikolai, que em francês se pronuncia "Nicolá".

— *Voyons, messieurs!*[30] — Saint-Jérôme tinha o costume de falar "*voyons*" a cada palavra que dizia. — *Faites votre toilette et descendons.*[31]

30 "Vejamos, senhores!" [N.A.] 31 "Vão se arrumar e depois vamos descer." [N.A.]

12. A chavinha

Mal tivemos tempo de descer e cumprimentar todas as visitas, quando nos chamaram para a mesa. Papai estava muito alegre (tinha ganhado no jogo, dessa vez), deu de presente para Liúbotchka um caro conjunto de pratos e talheres de prata e, durante o almoço, lembrou que também havia guardado, nos fundos da casa, uma bomboneira, já preparada para dar à aniversariante.

— É melhor que você vá buscar, Koko,[32] em vez de eu mandar um criado — disse para mim. — As chaves estão em cima da mesa grande, dentro de uma concha, entendeu?... Pegue as chaves e, com a grande, abra a segunda gaveta da direita. Lá dentro, vai encontrar uma caixinha e bombons embrulhados em papel. Traga tudo para cá.

— E trago também charutos para você? — perguntei, sabendo que, depois do almoço, ele sempre pedia para pegar os charutos.

— Traga, sim, mas preste atenção, não toque em nada meu!

Depois de encontrar as chaves no lugar indicado, quis abrir logo a gaveta, quando me bateu o desejo de saber o que aquela chavinha minúscula pendurada no chaveiro abriria.

Sobre a mesa, entre mil coisas diversas, perto da beirada, havia uma pasta bordada, com um cadeado pendente, e me deu vontade de experimentar e ver se a chavinha encaixava ali.

---

32 Apelido para Nikolai.

A experiência teve um êxito completo: a pasta se abriu e, dentro dela, achei um grande maço de papéis. O sentimento de curiosidade me recomendou descobrir que papéis eram aqueles, e com tamanha força de persuasão que não consegui ouvir a voz da consciência e me pus a examinar o que havia dentro da pasta...

O sentimento infantil de respeito absoluto por todos os mais velhos e, em especial, pelo papai era tão forte dentro de mim que minha mente, de maneira inconsciente, recusava-se a tirar qualquer conclusão daquilo que eu via. Tinha a sensação de que papai vivia numa esfera totalmente especial, bela, inacessível e incompreensível para mim e que tentar penetrar nos segredos de sua vida seria, de minha parte, uma espécie de sacrilégio.

Por isso, as descobertas feitas por mim, quase por acaso, dentro da pasta do papai, não deixaram em mim nenhuma ideia clara, senão a consciência sombria de que eu estava agindo mal. Sentia-me envergonhado e constrangido.

Sob o efeito desse sentimento, quis fechar a pasta o mais depressa possível, mas parece que eu estava fadado a provar todas as infelicidades possíveis naquele dia memorável: depois de enfiar a chavinha no buraco do cadeado, virei para o lado errado, imaginei que o cadeado estava fechado, puxei a chave e — horror! — na minha mão ficou apenas a cabeça da chave. Em vão tentei juntá-la com a outra metade da chave, dentro do cadeado e, por meio de uma espécie de magia, desprendê-la dali; no fim, tive de me habituar à ideia horrível de que eu tinha cometido um novo crime, que logo teria de ser descoberto, quando papai voltasse ao escritório.

A queixa de Mimi, a nota um e a chavinha! Nada pior poderia acontecer comigo. Vovó, com a queixa de Mimi;

Saint-Jérôme, com a nota um; papai, com a chavinha... e tudo aquilo desabaria em cima de mim, no máximo, até de noite.

— O que será de mim: A-a-ah! O que foi que eu fiz? — falei em voz alta, andando sem rumo pelo tapete macio do escritório. — Eh! — exclamei para mim mesmo, enquanto pegava os bombons e os charutos. — *O que tem de ser, será...* — E corri para a outra parte da casa.

Aquele provérbio fatalista, que ouvi Nikolai dizer muitas vezes na infância, exerceu sobre mim, em todos os momentos difíceis da vida, uma influência benéfica, temporariamente tranquilizadora. Ao entrar na sala, eu me encontrava num estado de ânimo um tanto agitado, pouco natural, mas extraordinariamente alegre.

13. A traidora

Depois do almoço, começaram os *petis jeux*[33] e participei deles com o mais vivo entusiasmo. Na brincadeira de gato e rato, quando perseguia de maneira um tanto desastrada a governanta das meninas Kornakova, que brincava conosco, pisei sem querer no seu vestido e o rasguei. Ao notar que todas as meninas, em especial Sónietchka, demonstraram uma grande satisfação de ver a governanta correr para o quarto das criadas, com o rosto aflito, para costurar o vestido, resolvi proporcionar a elas a mesma satisfação mais uma vez. Por conta dessa amável intenção, assim que a governanta voltou para a sala, comecei a galopar à sua volta e continuei a fazer aquelas evoluções, até encontrar o minuto propício para prender sua saia embaixo do salto de meu sapato e rasgá-la. Sónietchka e as princesas mal conseguiam conter o riso, o que lisonjeou minha vaidade de maneira agradável; mas Saint-Jérôme, que na certa havia notado minhas travessuras, aproximou-se e, de sobrancelhas franzidas (algo que eu não conseguia suportar), disse que a minha euforia não ficava bem e que, se eu não fosse mais discreto, apesar de ser dia de festa, ele faria com que eu me arrependesse.

Porém eu me achava no estado de agitação de quem perdeu mais do que tem no bolso e teme fazer as contas, e por isso continua a baixar cartas desiludidas na mesa, já sem esperança

---

33 Jogos de salão. [N.A.]

de reaver o que perdeu, mas apenas com o intuito de ganhar tempo para recuperar o controle de si mesmo. Sorri friamente e me afastei de Saint-Jérôme.

Depois do gato e rato, alguém sugeriu uma brincadeira que chamávamos, eu acho, de *Lange Nase*.[34] A essência do jogo consistia em formar duas filas de cadeiras, uma de frente para outra, dividir em dois grupos as damas e os cavalheiros, que então se revezavam na escolha de um indivíduo do outro grupo.

A princesinha mais jovem sempre escolhia o Ívin caçula, Kátienka escolhia Volódia ou Ílienka, e Sónietchka sempre escolhia Serioja e, para meu enorme espanto, não se envergonhava nem um pouco quando Serioja avançava direto para ela e sentava na sua frente. Sónietchka ria com seu riso gentil e sonoro e lhe fazia um sinal com a cabeça, que ele entendia. Já a mim, ninguém escolhia. Para enorme afronta à minha vaidade, entendi que eu era supérfluo, *o resto*, e que de mim sempre deviam dizer: "Quem sobrou?". "O Nikólienka; vai, escolha-o você." Por isso, quando era minha vez de avançar, eu ia direto para minha irmã ou para uma das princesas feias e, para minha infelicidade, nunca estava enganado. Já Sónietchka, pelo visto, estava tão ocupada com Serioja Ívin que, para ela, era como se eu não existisse. Não sei com que fundamento eu a chamava mentalmente de *traidora*, pois ela nunca prometera me escolher em lugar de Serioja; mesmo assim, eu tinha a firme convicção de que ela agia comigo da maneira mais abominável.

Depois da brincadeira, notei que a *traidora*, que eu desprezava, mas da qual, no entanto, não conseguia desviar os olhos, foi para um canto, junto com Serioja e Kátienka, e os três conversavam com ar misterioso. Sorrateiro, me aproximei por trás do piano de cauda a fim de descobrir seus segredos e vi o seguinte: Kátienka segurava um lenço de cambraia pelas duas

---

34 Nariz comprido. [N. A.]

pontas, como um biombo que escondia a cabeça de Serioja e de Sónietchka. "Não, perdeu, agora tem de pagar!", dizia Serioja. Sónietchka, de braços abaixados, estava de pé na frente dele, com ar de culpa e, ruborizando-se, dizia: "Não, não perdi, não é verdade, *mademoiselle Catherine*?". "Eu amo a verdade", respondeu Kátienka. "Você perdeu a aposta, *ma chère*."[35]

Kátienka mal teve tempo de pronunciar essas palavras, quando Serioja se inclinou para a frente e deu um beijo em Sónietchka. Sem hesitar, beijou-a nos lábios rosados. E Sónietchka riu, como se não fosse nada, como se fosse muito divertido. Que horror! Ah, *pérfida traidora!*

---

35 Em francês no original: "minha cara".

14. Eclipse

De repente, senti desprezo por todo o sexo feminino, em geral, e por Sónietchka, em particular; comecei a me persuadir de que não havia nada de divertido naquelas brincadeiras, de que não passavam de coisas de *menininhas*, e me veio uma vontade tremenda de fazer bagunça, de pregar alguma peça tão atrevida que deixaria todos espantados. A ocasião não se fez esperar.

Saint-Jérôme conversou alguma coisa com Mimi e saiu da sala; seus passos soaram, de início, na escada e, depois, acima de nós, na direção da sala de aula. Passou pela minha cabeça a ideia de que Mimi havia contado para ele o lugar onde me vira, durante a aula, e que ele tinha ido examinar o boletim de notas. Naquele tempo, eu não supunha que Saint-Jérôme tivesse outro propósito na vida que não o desejo de me castigar. Tinha lido em algum lugar que crianças entre doze e catorze anos, ou seja, que se encontram na idade de transição da adolescência, têm uma tendência particular para causar incêndios e até para cometer assassinatos. Ao recordar minha adolescência e, especialmente, o estado de espírito em que me encontrava naquele dia funesto, para mim, compreendo de modo perfeitamente claro a possibilidade de se cometer a ação mais horrenda, sem nenhum objetivo, sem desejo de causar mal algum — mas à toa, por curiosidade, por uma necessidade inconsciente de agir. Há momentos em que o futuro se apresenta sob uma luz tão sombria que tememos deter sobre ele o olhar da inteligência, estancamos por completo, dentro de nós, a atividade do intelecto e tentamos nos convencer de que não haverá futuro e de que o passado não existiu. Em tais momentos, em que o pensamento não examina com antecedência cada decisão da vontade e em que os únicos impulsos vitais que restam são os instintos carnais, eu compreendo que uma criança, por inexperiência, seja especialmente propensa a um estado em que, sem o menor medo ou hesitação, com um sorriso de curiosidade, acenda e atice o fogo embaixo da própria casa, onde dormem os irmãos, o pai, a mãe, que ele ama com ternura. Sob o efeito dessa ausência temporária do pensamento — quase uma alienação —, um jovem camponês de dezessete anos, ao examinar a lâmina recém-afiada de um machado, junto a um banco onde o pai dormia de bruços, de repente brande o machado no ar e observa, com uma curiosidade obtusa, como o sangue escorre do pescoço cortado para baixo do banco. Sob o efeito dessa mesma ausência de pensamento e do instinto de curiosidade, o homem encontra uma espécie de prazer em se pôr na beirada de um abismo e pensar: E se eu pulasse lá embaixo? Ou encostar uma pistola na testa e pensar: E se eu puxasse o gatilho? Ou olhar para uma pessoa muito importante, pela qual toda a sociedade sente um respeito servil, e pensar: E se eu chegasse perto dele, puxasse seu nariz e dissesse: "E então, meu caro, vamos lá?".

Sob o efeito dessa perturbação interior e da ausência de reflexão, quando Saint-Jérôme desceu e me disse que eu não tinha o direito de estar ali, naquele dia, porque havia me comportado mal e estudado mal, e que tinha de ir já para o primeiro andar, pus a língua para fora, para ele, e disse que não ia sair de onde estava.

No primeiro momento, tomado pela surpresa e pela raiva, Saint-Jérôme não conseguiu pronunciar nenhuma palavra.

— *C'est bien*[36] — disse ele, e veio atrás de mim. — Já prometi várias vezes que ia aplicar no senhor um castigo, do que sua avó quis poupá-lo; mas agora vejo que nada senão o chicote vai obrigar o senhor a obedecer, e hoje o senhor fez por merecer um castigo completo.

Falou tão alto que todos ouviram suas palavras. O sangue afluiu para meu coração com uma força extraordinária; eu sentia que o coração batia com violência, que meu rosto perdia a cor e que meus lábios tremiam de modo totalmente descontrolado. Naquele momento, eu devia estar com um aspecto terrível, porque Saint-Jérôme, evitando meu olhar, aproximou-se rapidamente e segurou meu braço; mas, assim que percebi o contato de sua mão, me senti tão mal que, descontrolado pela raiva, agarrei sua mão e, com toda a minha força infantil, lhe dei um soco.

— O que deu em você? — me disse Volódia, aproximando-se, depois de ver, com horror e surpresa, minha reação.

— Deixe-me em paz! — gritei para ele, em meio às lágrimas. — Nenhum de vocês gosta de mim, não entendem como sou infeliz! Todos vocês são asquerosos, nojentos! — acrescentei, numa espécie de delírio, me dirigindo a todos.

Mas naquele momento, com o rosto pálido e resoluto, Saint-Jérôme se aproximou de mim, outra vez, e não tive tempo de me preparar para a defesa, quando ele segurou meus braços, com um movimento forte como o de tenazes, e me arrastou para não sei onde. Minha cabeça girava de comoção; só lembro que me debatia em desespero, dando joelhadas e cabeçadas, enquanto ainda havia forças dentro de mim; lembro que meu nariz bateu várias vezes contra os quadris de alguém, que uma casaca entrou na minha boca, que à minha volta, de todos os lados, eu ouvia o barulho de pés no chão e

---

36 "Está bem." [N.A.]

sentia o cheiro de poeira e da *violette*,[37] com que Saint-Jérôme se perfumava.

Cinco minutos depois, a porta da despensa se fechou atrás de mim.

— Vassíli! — disse ele, com voz abominável, triunfante. — Traga o chicote.

37 Loção de violeta. [N.A.]

15. Devaneios

Será que naquela hora eu podia pensar que continuaria vivo, depois de todas as desgraças que se abateram sobre mim, e que viria um tempo em que eu iria lembrar-me de todas elas com tranquilidade?

Ao recordar o que tinha feito, eu não conseguia imaginar o que seria de mim; mas pressentia vagamente que estava perdido, de modo irremediável.

De início, no térreo e à minha volta, reinou um silêncio absoluto, ou pelo menos assim me parecia, por causa da comoção interior fortíssima, porém, aos poucos, comecei a distinguir diversos ruídos. Vassíli veio do térreo, jogou na janela alguma coisa parecida com uma vassoura e, bocejando, deitou-se sobre uma arca. No térreo, ouviu-se a voz alta de Avgust Antónitch[38] (na certa, falava de mim); depois, vozes de crianças; depois, risos, correrias e, alguns minutos mais tarde, a casa inteira voltou ao movimento de antes, como se ninguém soubesse ou pensasse que eu estava fechado na despensa escura.

Não chorei, mas sobre meu coração havia algo pesado como uma pedra. Pensamentos e imagens passavam pela minha imaginação desordenada com uma velocidade crescente; mas a lembrança da desgraça que caíra sobre mim interrompia toda hora aquela corrente imaginária e, mais uma vez, entrei

---

38 Nome e patronímico do francês Saint-Jérôme, vertidos para a maneira russa.

no insolúvel labirinto da ignorância do destino reservado para mim, feito de medo e desespero.

Numa hora, me veio à cabeça que devia existir alguma causa desconhecida para a antipatia geral, e até para o ódio, que havia contra mim. (Na época, eu tinha a firme convicção de que todos, desde a vovó até o cocheiro Filipp, me odiavam e tinham prazer com meus sofrimentos.) "Não devo ser filho de minha mãe e de meu pai, não devo ser irmão de Volódia, mas um órfão infeliz, uma criança abandonada, adotada por caridade", eu dizia para mim mesmo, e essa ideia absurda não só me transmitia uma espécie de consolo triste como até parecia perfeitamente verossímil. Alegrava-me pensar que eu era infeliz não por minha culpa, mas porque era o meu destino, desde o nascimento, e que minha sorte era semelhante à do infeliz Karl Ivánitch.

"Mas para que esconder também esse segredo, quando eu mesmo já consegui desvendá-lo?", perguntei a mim mesmo. "Amanhã, vou falar para o papai: 'Pai! Não adiantou você esconder de mim o segredo do meu nascimento, eu sei tudo'. Ele vai dizer: 'O que fazer, meu caro, cedo ou tarde você acabaria sabendo… Você não é meu filho, mas eu o adotei e, se você for digno de meu amor, nunca irei abandoná-lo'. E então, direi para ele: 'Pai, apesar de eu não ter direito de chamá-lo por esse nome, agora eu o estou pronunciando pela última vez, sempre amei e sempre amarei você, nunca vou esquecer que você é meu benfeitor, mas não posso mais ficar na sua casa. Aqui, ninguém me ama, e Saint-Jérôme jurou me destruir. Ou ele ou eu, um de nós terá de ir embora da sua casa, porque odeio esse homem a tal ponto que não posso responder por mim e estou disposto a tudo. Vou matá-lo'. Vou falar bem assim: 'Pai! Vou matá-lo'. Papai vai começar a me suplicar, mas vou erguer a mão e dizer a ele: 'Não, meu caro, meu benfeitor, não podemos morar juntos, deixe-me ir'. Vou abraçá-lo e, sei lá por quê, lhe direi em francês: '*Oh, mon père, oh, mon bienfaiteur, donne mois pour la dernière fois ta bénédiction et que la volonté de Dieu soit faite*'.[39]

E, sentado em cima de um baú, na despensa escura, eu choro e soluço em meio a tais pensamentos. Mas de repente me lembro do castigo humilhante que me aguarda, a realidade se apresenta à luz dos fatos e os devaneios voam em várias direções.

Noutra hora, me imagino já em liberdade, fora de nossa casa. Entro para o regimento dos hussardos e parto para a guerra. De todos os lados, os inimigos me atacam, eu brando o sabre no ar e mato um deles; mais um golpe e mato outro, e um terceiro. Por fim, esgotado por um ferimento e pelo cansaço, caio por terra e grito: "Vitória!". O general se aproxima e pergunta: "Onde está ele, o nosso salvador?". Apontam para mim. Ele me abraça com força e grita, com lágrimas de alegria: "Vitória!". Eu me recupero e, com o braço apoiado num lenço preto que serve de tipoia, passeio pelo bulevar Tverskói. Eu sou um general! Então, o soberano me encontra e pergunta quem é esse jovem ferido. Respondem que é o famoso herói Nikolai. O soberano se aproxima de mim e diz: "Obrigado. Farei qualquer coisa que me pedir". Respeitosamente, eu me curvo e, apoiando-me no sabre, digo: "Fico feliz, grande soberano, de ter podido derramar meu sangue por minha pátria e gostaria de morrer por ela; mas, como o senhor é tão misericordioso que me permite fazer um pedido, pedirei uma coisa: permita que eu dê cabo do meu inimigo, o estrangeiro Saint-Jérôme. Quero dar cabo do meu inimigo Saint-Jérôme". E me ponho diante de Saint-Jérôme com ar ameaçador e lhe digo:

---

39 "Oh, meu pai, oh, meu benfeitor, dê-me pela última vez sua bênção e que seja feita a vontade de Deus." [N.A.]

"Você causou minha infelicidade, *à genoux!*".[40] Mas de repente me vem a ideia de que, a qualquer minuto, o Saint-Jérôme real pode entrar com um chicote, e eu me vejo de novo não como um general que salvou a pátria, mas como a criatura mais deplorável e digna de pena.

Noutra hora, ainda, me vem a ideia de Deus e, com audácia, pergunto por que Ele está me castigando? "Parece que não deixei de rezar de manhã e de noite, então por que estou sofrendo assim?" Sem dúvida, posso dizer que o primeiro passo das dúvidas religiosas que me inquietaram durante a adolescência foi dado naquela ocasião, não porque a infelicidade me induzisse à revolta e à descrença, mas porque a ideia da injustiça da Providência, que me veio à cabeça naquela situação de completo destempero e de vinte e quatro horas de isolamento, como uma semente ruim que cai na terra fofa depois da chuva, começou depressa a crescer e enraizar.

Noutra hora, eu imaginava que seguramente ia morrer e via com clareza a surpresa de Saint-Jérôme ao encontrar na despensa, em vez de mim, um corpo sem vida. Ao recordar as histórias de Natália Sávichna sobre as almas dos mortos que permanecem em suas casas durante quarenta dias, eu, em pensamento, continuo invisível, depois da morte, circulando por todos os cômodos da casa de vovó e ouço, escondido, as lágrimas sinceras de Liúbotchka, os lamentos da vovó e a conversa de papai com Avgust Antónitch. "Ele era um excelente menino", diz papai, com lágrimas nos olhos. "Sim", responde Saint-Jérôme, "mas muito levado." "O senhor devia respeitar os mortos", diz papai. "O senhor foi a causa de sua morte, o senhor o deixou assustado, ele não conseguiu suportar as humilhações que o senhor preparou para ele... Fora daqui, seu monstro!"

---

40 "De joelhos!" [N.A.]

E Saint-Jérôme cai de joelhos, chora e pede perdão. Depois de quarenta dias, minha alma voa para o céu; lá, vejo algo incrivelmente belo, branco, transparente, comprido e sinto que é minha mãe. Essa coisa branca me envolve e me faz carinho; mas sinto uma inquietação e parece que não a reconheço. "Se é mesmo você", digo, "apareça melhor para mim, para que eu possa abraçá-la." E a voz dela me responde: "Aqui, somos todos assim, eu não posso abraçar você melhor. Será que não está bem assim, para você?". "Não, para mim está ótimo, mas você não pode me fazer cócegas e eu não posso beijar suas mãos..." "Isso não é preciso, aqui é tão maravilhoso do jeito que é", diz ela, e eu sinto que é mesmo maravilhoso e eu e ela voamos juntos, cada vez mais alto. Nisso, tenho a sensação de que acordo e me vejo de novo sobre o baú, na despensa escura, com o rosto molhado de lágrimas, sem nenhum pensamento, repetindo as palavras: *voamos juntos, cada vez mais alto.* Por muito tempo, emprego todas as forças possíveis para compreender minha situação; mas minha visão mental só enxerga, na realidade, uma vastidão terrivelmente sombria e impenetrável. Tento, de novo, voltar aos devaneios prazerosos, felizes, interrompidos pela consciência da realidade; mas, para minha surpresa, assim que retomo a trilha dos devaneios anteriores, vejo que sua continuação é impossível e o mais surpreendente é que já não me trazem nenhum prazer.

16. Depois que mói, vem a farinha[41]

Passei a noite na despensa e ninguém veio me ver; só no dia seguinte, ou seja, no domingo, me levaram para o quartinho ao lado da sala de aula e me trancaram de novo. Comecei a ter a esperança de que meu castigo se limitaria a ficar trancado e, sob o efeito do sono doce e revigorante, do sol radioso, que cintilava nos desenhos que a geada formava no vidro das janelas, e do barulho costumeiro das ruas, meus pensamentos começaram a se acalmar. Mesmo assim, a solidão era muito opressiva: tinha vontade de me movimentar, de contar para alguém tudo o que se acumulava na minha alma, mas não havia à minha volta nenhum ser vivo. A situação era ainda mais desagradável porque, por mais que isso me fosse repulsivo, não podia deixar de ouvir Saint-Jérôme andando no seu quarto e assoviando melodias alegres, na maior tranquilidade. Eu estava absolutamente convencido de que ele não tinha vontade nenhuma de assoviar e só fazia aquilo para me atormentar.

Às duas horas, Saint-Jérôme e Volódia desceram para o térreo, Nikolai me trouxe o almoço e, quando tentei conversar com ele e dizer o que eu tinha feito e o que me esperava, ele disse:

— Eh, meu senhor! Não se aflija, depois que mói, vem a farinha.

Esse provérbio, que muitas vezes, dali em diante, fortaleceu meu espírito, também me acalmou um pouco, mas

---

41 Provérbio russo, que significa: "tudo passa, tudo se ajeita".

justamente a circunstância de não terem me trazido pão e água, mas sim um almoço completo, e até uma tortinha doce, me obrigou a refletir a fundo. Se não tivessem me servido a tortinha, significaria que meu castigo seria apenas a prisão, mas agora estava claro que eu ainda não tinha sido castigado, que eu apenas estava afastado dos outros, como uma pessoa nociva, e que o castigo ainda estava para vir. Na hora em que eu me achava imerso na busca de uma solução para o problema, uma chave girou na fechadura de minha masmorra e Saint-Jérôme, com rosto severo e oficial, entrou no quarto.

— Vamos falar com a vovó — disse, sem olhar para mim.

Eu quis limpar as mangas de meu casaco, que estavam sujas de giz, antes de sair da despensa, mas Saint-Jérôme me disse que aquilo era totalmente desnecessário, como se eu já me encontrasse numa situação moral tão deplorável que não valia mais a pena me preocupar com a aparência exterior.

Na hora em que Saint-Jérôme me levou através da sala, seguro pela mão, Kátienka, Liúbotchka e Volódia olharam para mim com a mesma expressão com que costumávamos olhar para os condenados aos trabalhos forçados que passavam na frente de nossas janelas, às segundas-feiras. Quando me aproximei da poltrona da vovó com a intenção de beijar sua mão, ela virou o rosto para o outro lado e escondeu a mão embaixo da mantilha.

— Sim, meu querido — disse ela, depois de um silêncio bastante demorado, durante o qual me observou dos pés à cabeça com um olhar tal que fiquei sem saber onde enfiar as mãos ou os olhos. — Estou vendo que o senhor tem muito apreço pelo meu amor e que me traz um verdadeiro consolo. Monsieur Saint-Jérôme, que a meu pedido — acrescentou, esticando cada palavra — assumiu a sua educação, não quer mais ficar em minha casa. Por quê? Por sua causa, meu querido. Eu esperava — prosseguiu, após um breve silêncio e num tom que demonstrava que seu discurso tinha sido preparado de antemão — que o senhor fosse grato pelos cuidados e serviços dele, que o senhor soubesse apreciar seus méritos, mas o senhor, um fedelho, um pirralho, resolveu erguer a mão contra ele. Muito bem! Ótimo! Também eu começo a pensar que o senhor não é capaz de compreender um tratamento nobre, que são necessários métodos diferentes, inferiores... Agora, peça perdão — acrescentou num tom severo e autoritário, apontando para Saint-Jérôme. — Está ouvindo?

Olhei na direção indicada pela mão da vovó e, ao ver a casaca de Saint-Jérôme, virei-me para o outro lado e não saí do lugar, enquanto começava, outra vez, a sentir um desfalecimento do coração.

— E então? O senhor não ouviu o que eu lhe disse?

Meu corpo inteiro tremeu, mas não saí do lugar.

— Koko! — disse vovó, na certa percebendo o sofrimento interior que eu experimentava. — Koko — disse, já com uma voz menos autoritária e mais carinhosa. — Esse é mesmo você?

— Vovó! Não vou pedir perdão para ele nem se... — respondi de repente, e me detive, sentindo que não ia conseguir conter as lágrimas que me pressionavam, caso falasse mais uma palavra sequer.

— Estou ordenando, estou pedindo a você. O que há?

— Eu... eu... não... não quero... não posso! — exclamei, e os soluços contidos, acumulados dentro do peito, de repente derrubaram a barragem que os detinha e transbordaram numa torrente avassaladora.

— *C'est ainsi que vous obéissez à votre seconde mère, c'est ainsi que vous reconnaissez ses bontés?*[42] — disse Saint-Jérôme, com voz trágica. — *À genoux!*

---

42 "É assim que o senhor obedece à sua segunda mãe, é assim que o senhor agradece sua bondade?" [N.A.]

— Meu Deus, se ela visse isso! — disse vovó, me dando as costas e enxugando as lágrimas que então apareceram. — Se ela visse... Melhor assim. Pois ela não suportaria esse desgosto, não suportaria.

E vovó chorou, com força cada vez maior. Chorei também, mas nem pensei em pedir perdão.

— *Tranquillisez-vous au nom du ciel, madame la comtesse*[43] — disse Saint-Jérôme.

Mas vovó já não o escutava, tinha coberto o rosto com as mãos e seus soluços logo se transformaram em espasmos e em histeria. Mimi e Gacha entraram correndo no quarto, com o rosto assustado, deram para ela cheirar uma espécie de bebida alcoólica e, de repente, por toda a casa, espalhou-se o som de correrias e murmúrios.

— Admire bem o que você causou — disse Saint-Jérôme, levando-me para o primeiro andar.

"Meu Deus, o que foi que eu fiz? Que criminoso horrível que eu sou!"

Assim que Saint-Jérôme me soltou e disse para eu ir para meu quarto, eu, sem me dar conta do que estava fazendo, desci correndo pela escadaria que dava na porta da rua.

Não lembro se queria fugir de casa para sempre ou me afogar; só sei que, com o rosto coberto pelas mãos para não ver ninguém, eu corri escada abaixo, sem parar.

— Aonde você vai? — perguntou-me, de repente, uma voz conhecida. — Eu também preciso falar com você, meu caro.

Eu queria passar correndo de uma vez, mas papai me segurou pelo braço e falou, em tom severo:

— Venha comigo, meu rapaz! Como você teve a audácia de mexer numa pasta no meu escritório? — disse, enquanto me

---

43 "Acalme-se, em nome dos céus, senhora condessa." [N. A.]

puxava atrás de si para a saleta. — Hein? Por que fica calado? Hein? — acrescentou, me puxando pela orelha.

— Desculpe — eu disse. — Eu mesmo não sei o que deu em mim.

— Ah, não sabe o que deu em você, não sabe, não sabe, não sabe, não sabe — repetia, puxando minha orelha a cada palavra repetida. — Ainda vai meter o nariz onde não deve, vai, vai?

Apesar de sentir uma dor fortíssima na orelha, não chorei e experimentei uma sensação moral agradável. Assim que papai soltou minha orelha, agarrei sua mão e, com lágrimas nos olhos, cobri-a de beijos.

— Bata mais em mim — falei, chorando —, bata com mais força, para doer mais, eu não presto para nada, sou nojento, sou um desgraçado!

— O que deu em você? — disse ele, empurrando-me de leve para trás.

— Não, eu não vou, de jeito nenhum — falei, me agarrando à sua casaca. — Todos me odeiam, sei disso, mas graças a Deus você vai me escutar, me defenda ou então me expulse de casa. Não posso morar com ele, *ele* faz de tudo para me humilhar de todas as formas, me manda ficar de joelhos diante dele, quer me chicotear. Não aguento isso, não sou pequeno, não vou suportar, vou morrer, vou me matar. *Ele* disse para vovó que eu não valho nada; agora, ela está doente, vai morrer por minha causa, eu... com... ele... pelo amor de Deus, me bata com o chicote... por... que... me... tor...turam?

As lágrimas me sufocavam, sentei no divã e, sem forças para falar qualquer coisa, baixei a cabeça sobre seus joelhos, soluçando tanto que tive a impressão de que eu ia morrer naquele minuto.

— Do que está falando, meu gorduchinho? — perguntou papai com compaixão, inclinando-se sobre mim.

— *Ele* é o meu tirano... carrasco... vou morrer... ninguém gosta de mim! — Mal conseguia pronunciar as palavras, e fui tomado por espasmos.

Papai me carregou nos braços e me levou para o quarto. Adormeci.

Quando acordei, já era muito tarde, havia uma vela acesa perto da minha cama e, sentados no quarto, estavam nosso médico de família, Mimi e Liúbotchka. Pelo rosto deles, dava para ver que temiam pela minha saúde. Porém, depois de doze horas de sono, eu me sentia tão bem e tão leve que poderia pular da cama na mesma hora, se não me fosse tão desagradável desmentir a convicção de todos eles de que eu estava muito doente.

17. Ódio

Sim, aquilo era um verdadeiro sentimento de ódio, não o ódio de que falam os romances e no qual não acredito, um ódio que parece encontrar prazer em fazer mal a alguém, mas sim aquele ódio que incute em nós uma aversão inexorável por uma pessoa que, no entanto, merece nosso respeito, o ódio que torna repulsivo, para nós, seu cabelo, seu pescoço, seu jeito de andar, o som de sua voz, todas as partes de seu corpo, todos os seus movimentos, ao mesmo tempo que uma espécie de força incompreensível nos atrai para essa pessoa e nos obriga a acompanhar suas mais ínfimas ações com uma atenção angustiada. Eu experimentava esse sentimento em relação a Saint-Jérôme.

Já fazia um ano e meio que Saint-Jérôme morava em nossa casa. Avaliando esse homem agora com frieza, acho que era um bom francês, porém um francês no mais alto grau. Não era tolo, era bastante culto e cumpria escrupulosamente suas obrigações conosco, mas no geral tinha traços característicos comuns a todos seus conterrâneos, e bastante contrários ao caráter russo: o egoísmo leviano, a vaidade, a petulância e uma autoconfiança ignorante. Tudo isso me desagradava muito. Está claro que vovó havia lhe explicado sua opinião sobre o castigo corporal e ele não ousava bater em nós; apesar disso, muitas vezes ameaçava com o chicote, sobretudo a mim, e pronunciava a palavra *fouetter*[44] (que soava mais ou menos "fouater")

44 Açoitar. [N.A.]

de maneira detestável e com uma entonação que parecia dizer que me açoitar seria, para ele, um prazer enorme.

Eu não temia nem um pouco a dor do castigo, nunca o havia experimentado, porém só a ideia de que Saint-Jérôme podia me bater me deixava num opressivo estado de abatimento, desespero e rancor.

Karl Ivánitch, às vezes, em momentos de irritação, nos castigava individualmente com a régua ou com os suspensórios; mas me recordo disso sem o menor desgosto. Na época de que estou falando (quando eu tinha catorze anos), se acontecesse de Karl Ivánitch me dar uma surra, eu suportaria com frieza sua violência. Eu amava Karl Ivánitch, me lembrava dele desde que eu me entendia por gente e estava acostumado a considerá-lo um membro da família; mas Saint--Jérôme era um homem orgulhoso, cheio de si, pelo qual eu não sentia nada, senão aquele respeito inconsciente que todos os *mais velhos* me inspiravam. Karl Ivánitch era um velho *tutor* engraçado, que eu amava de coração, mas que, apesar disso, eu situava abaixo de mim, na minha concepção infantil da escala social.

Saint-Jérôme, ao contrário, era um jovem instruído, bonito, elegante, que tentava se pôr em pé de igualdade com todo mundo. Karl Ivánitch ralhava e nos castigava sempre friamente, era bem visível que julgava aquilo uma obrigação desagradável, mas indispensável. Saint-Jérôme, ao contrário, adorava ostentar o papel de preceptor; quando nos castigava, era evidente que estava fazendo aquilo mais para satisfação própria do que pelo nosso bem. Ele se entusiasmava com seu poder. Suas expressões francesas pomposas, que pronunciava com forte ênfase na última sílaba, com *accent circonflexe*, eram para mim intoleravelmente repulsivas. Quando se zangava, Karl Ivánitch dizia: "comédia de marionetes, menino *levada*, mosquinha de champanhe". Saint-Jérôme me chamava de *mauvais sujet*, *vilain, garnement*[45] e palavras semelhantes, que ofendiam meu amor-próprio.

Karl Ivánitch nos mandava ficar de joelhos e de cara para a parede e o castigo consistia na dor física causada por aquela posição; Saint-Jérôme estufava o peito, fazia um gesto imponente com o braço e gritava, com voz trágica: "*À genoux, mauvais sujet!*", ordenava que ficássemos de joelhos, com o rosto virado para ele e pedíssemos perdão. O castigo consistia na humilhação.

Não me castigaram e ninguém sequer me lembrava o que havia acontecido comigo; mas eu não conseguia esquecer tudo o que havia passado: o desespero, a vergonha, o medo e o ódio daqueles dois dias. Apesar de, a partir daquele momento, Saint-Jérôme dar a impressão de que havia desistido de mim e embora quase não se interessasse por mim, eu não conseguia me habituar a olhar para ele com indiferença. Toda vez que calhava de nossos olhares se cruzarem, eu tinha a sensação de que no meu olhar se exprimia uma animosidade evidente demais e me apressava em adotar uma expressão de indiferença, mas então me parecia que ele entendia minha simulação, eu me ruborizava e virava a cara para o outro lado.

Em suma, para mim, era indescritivelmente penoso ter qualquer relação com ele.

---

45 Malfeitor, bandido, moleque. [N.A.]

18. O quarto das criadas

Eu me sentia cada vez mais isolado e meus principais prazeres eram os pensamentos e as observações solitárias. Sobre o objeto de minhas reflexões, falarei no capítulo seguinte; já o teatro de minhas observações era, sobretudo, o quarto das criadas, onde se passava um romance, para mim, extremamente divertido e tocante. A heroína do romance, nem é preciso dizer, era Macha. Estava apaixonada por Vassíli, que a havia conhecido quando ela ainda vivia em liberdade e que, na época, prometera casar com ela. O destino, que os havia separado cinco anos antes, de novo os unira na casa da vovó, mas erguera uma barreira para seu amor recíproco, na pessoa de Nikolai (o tio de Macha), que não queria nem ouvir falar de casamento entre a sobrinha e Vassíli, a quem chamava de homem *inconveniente* e *desregrado*.

Essa barreira fez com que Vassíli, antes bastante frio e desatencioso na forma de tratá-la, de repente se apaixonasse por Macha da maneira mais extremada, de que só é capaz um servo da categoria dos alfaiates, que anda de camisa cor-de-rosa e cabelo empomadado.

Apesar de as demonstrações de seu amor ser muito estranhas e incoerentes (por exemplo, ao encontrar Macha, ele sempre tentava lhe causar dor, ou a beliscava, ou lhe batia com a palma da mão, ou a apertava com tanta força que ela mal conseguia respirar), seu amor, de fato, era sincero, e a prova disso era que, desde o momento em que Nikolai negou categoricamente lhe dar a mão de sua sobrinha em casamento, Vassíli bebia para *afogar as mágoas*, passou a vagar pelas tavernas, fazer arruaças — em suma, se comportava tão mal que várias vezes foi submetido a um castigo vergonhoso na delegacia de polícia. Porém tais ações e suas consequências, pelo visto, representavam um mérito aos olhos de Macha e aumentavam mais ainda seu amor por ele. Quando Vassíli *ficava preso na delegacia*, Macha passava dias inteiros chorando, sem secar os olhos, e lamentava seu destino amargo para Gacha (que participava ativamente dos assuntos dos namorados infelizes) e, fazendo pouco-caso dos xingamentos e das surras do tio, Macha corria às escondidas para a delegacia de polícia, a fim de visitar e consolar seu amigo.

Não desdenhe, leitor, da sociedade na qual vou introduzi-lo. Se, na sua alma, as cordas do amor e da compaixão não se enfraqueceram, no quarto das criadas também vão soar notas que farão vibrar esses sentimentos. Seja ou não de seu agrado me seguir, vou me encaminhar para o patamar da escada, de onde posso ver tudo o que se passa no quarto das criadas. Lá está o leito de tijolos que faz parte da estufa, sobre o qual há um ferro de passar, uma boneca de papelão de nariz quebrado, uma tina e uma bacia para lavar as mãos; lá está a janela, onde pedacinhos de cera preta estão jogados em desordem, um novelo de seda, um pepino verde mordido e uma caixinha de bombons; lá está a grande mesa vermelha na qual, sobre um trabalho de costura inacabado, há um tijolo envolvido em chita, e atrás do tijolo está *ela*, com o vestido cor-de-rosa, de linho rústico, que eu adoro, e um lenço de cabeça azul, que atrai minha atenção de modo especial. *Ela* está costurando, de vez em quando para a fim de coçar a cabeça com a agulha ou ajeitar a vela, e eu, enquanto olho, penso: "Por que ela não nasceu nobre, com esses olhos azuis, essa enorme trança loura e o peito alto? Como ela ficaria bem, numa sala de visitas, sentada com uma touca de fitas cor-de-rosa e um vestido de seda cor de framboesa, não como o de Mimi, mas igual ao vestido que vi no bulevar Tverskói. Ela ficaria bordando no bastidor, enquanto eu a observaria pelo espelho e faria tudo o que ela quisesse, o que quer que fosse: pegaria um casaco para ela, lhe traria comida...".

E que cara de bêbado e que figura deplorável a daquele Vassíli, de casaco apertado, vestido por cima da imunda camisa cor-de-rosa, solta para fora da calça! A cada movimento do corpo, a cada inclinação das costas, eu tinha a impressão de que via sinais indubitáveis do castigo abominável de que ele fora vítima...

— O que foi, Vássia? De novo?... — disse Macha, sem erguer a cabeça para Vassíli, que acabara de entrar, enquanto enfiava a agulha na almofada.

— E como podia ser de outro jeito? Por acaso, alguma coisa boa pode vir *dele*? — respondeu Vassíli. — Se pelo menos ele decidisse de uma vez; desse jeito, eu vou me acabando à toa, e tudo por causa *dele*.

— Não quer tomar um chá? — perguntou Nadieja, outra criada.

— Agradeço humildemente. E por que é que ele me odeia, esse bandido do seu tio, por quê? É por causa das roupas boas que uso, por causa da minha força, por causa do meu jeito de andar. Chega. Ora essa! — concluiu Vassíli, e abanou a mão no ar.

— Tem de ser obediente — disse Macha, e cortou a linha com os dentes. — Mas o senhor não para de...

— É que eu não aguento mais, essa é a questão!

Nesse momento, no quarto da vovó, soou uma batida da porta e a voz queixosa de Gacha, que vinha chegando pela escada.

— Quem é que pode satisfazer, se nem ela mesma sabe o que quer... Vida maldita, que nem a de uma condenada aos trabalhos forçados! Só peço uma coisa, que Deus perdoe meus pecados — resmungava, gesticulando.

— Meus respeitos, Agáfia Mikháilovna — disse Vassíli, levantando-se e andando em sua direção.

— Ora, então está aqui! Pois não dou a mínima para os seus respeitos — respondeu, olhando para ele com ar terrível. — E para que você vem aqui? Por acaso o quarto das criadas é lugar para um homem?...

— Eu queria saber da saúde da senhora — respondeu Vassíli, com timidez.

— Não demora e eu vou bater as botas, esse é meu estado de saúde — exclamou Agáfia Mikháilovna, abrindo muito a boca e com muita raiva.

Vassíli riu.

— Não tem nada de que rir aqui; e, se estou dizendo para sair, trate de cair fora já! Olhe só, que nojento, e ainda quer casar, o sem-vergonha! Vamos, suma daqui, fora!

E Agáfia Mikháilovna, batendo com os pés no chão, passou para seu quarto e bateu a porta com tanta força que os vidros trepidaram nas janelas.

Atrás da divisória, ouviu-se ainda por muito tempo como ela continuava a praguejar contra tudo e contra todos e a imprecar contra a própria vida, enquanto atirava suas coisas e puxava as orelhas de seu adorado gatinho; por fim, a porta se abriu de supetão e por ela, atirado pelo rabo, saiu voando o gatinho, que miava de dar dó.

— Parece que é melhor deixar o chá para outra hora — disse Vassíli, num sussurro. — Para algum encontro mais agradável.

— Isso não é problema — disse Nadieja, piscando o olho. — Vou ver o samovar.

— Pois é, e eu preciso pôr um fim nessa história — continuou Vassíli, chegando perto de Macha, assim que Nadieja saiu. — Ou vou procurar de uma vez a condessa e dizer:

"É assim e assado", ou então… Largo tudo, fujo para o fim do mundo, por Deus.

— E eu, como é que vou ficar?…

— Só de você eu tenho pena, senão há m-u-uito tempo que a minha cabecinha estaria livre, palavra, juro por Deus.

— Por que é que você, Vássia, não traz suas camisas para eu lavar? — disse Macha, depois de um breve silêncio. — Olhe só como está preta — acrescentou, puxando a gola de sua camisa.

Nesse momento, lá embaixo, soou a sineta da vovó, e Gacha saiu do seu quarto.

— Mas o que é que você está tentando arrancar dela, seu enrolador? — disse, enquanto empurrava Vassíli para a porta, pois o rapaz tinha se levantado na mesma hora em que viu Gacha. — Levou a menina a essa situação e ainda fica atormentando. Até parece que você, seu desregrado, fica alegre de ver as lágrimas dela. Fora daqui! Não quero saber nem do seu cheiro. E você, o que foi que viu de bom nele? — continuou falando para Macha. — Será que ainda foi pouco a surra que levou hoje do seu tio por causa dele? Não, sempre com a mesma lenga-lenga: não vou casar com mais ninguém, só caso com o Vassíli Grúskov. Sua burra!

— É isso mesmo, não caso com ninguém, não amo ninguém, podem me bater até matar, só com ele — exclamou Macha, que de repente se desfez em lágrimas.

Por muito tempo, fiquei olhando para Macha, que, deitada em cima de um baú, enxugava as lágrimas com seu lenço de cabeça, enquanto eu tentava, de todos os meios, mudar minha opinião acerca de Vassíli, e procurava descobrir de que ponto de vista ele podia lhe parecer tão atraente. Porém, apesar de sentir uma sincera compaixão da tristeza de Macha, eu não conseguia de maneira nenhuma conceber de que forma uma criatura tão fascinante, como era Macha aos meus olhos, podia amar Vassíli.

"Quando eu for grande", racionei, de volta ao meu quarto, no primeiro andar, "a propriedade de Petróvskoie vai ficar para mim, então Vassíli e Macha serão meus servos. Vou ficar no escritório e fumar cachimbo. Macha vai para a cozinha com o ferro de passar. Digo: 'Chamem a Macha aqui'. Ela vai vir e não vai haver mais ninguém no escritório... De repente, entra Vassíli e, ao ver Macha, diz: 'Perdi minha cabeça!'. E Macha também começa a chorar; e eu digo: 'Vassíli! Sei que você a ama e que ela ama você, tome aqui mil rublos, case com ela e que Deus lhe dê a felicidade'. E vou sair para a saleta."

Em meio a uma quantidade incalculável de pensamentos e devaneios, que passam sem deixar nenhum vestígio na razão e na imaginação, há alguns, porém, que deixam um profundo sulco sensível; e assim, muitas vezes, mesmo já sem nos lembrarmos do cerne de um pensamento, recordamos, no entanto, que havia algo de bom na cabeça, sentimos um vestígio daquele pensamento e tentamos reconstituí-lo novamente. E o que deixou em minha alma esse tipo de vestígio profundo foi a ideia do sacrifício de meu sentimento em favor da felicidade de Macha, felicidade que ela só poderia encontrar no casamento com Vassíli.

19. Adolescência

É difícil acreditarem em mim, quando conto quais os temas de meus pensamentos prediletos durante a adolescência, porque eram incompatíveis com minha idade e posição. Mas, em minha opinião, a incompatibilidade entre a posição de uma pessoa e sua atividade moral é o sinal mais confiável da verdade.

Durante um ano, tempo em que levei uma vida moral solitária, concentrada em mim mesmo, todas as questões abstratas sobre o destino do homem, a vida futura, a alma imortal, já haviam se apresentado a mim; e minha fraca inteligência infantil, com todo o ardor da inexperiência, tentava decifrar tais questões, cuja mera formulação já constitui um estágio superior, acessível à inteligência do homem, mas cuja solução não lhe é dado alcançar.

Parece-me que a inteligência humana, em cada indivíduo determinado, percorre, em seu desenvolvimento, o mesmo caminho que já trilhou em todas as gerações; que as ideias que serviram de base para as diversas teorias filosóficas constituem partes inerentes à inteligência; mas todo homem, com maior ou menor clareza, já tinha consciência delas, antes de saber da existência de teorias filosóficas.

Tais ideias se apresentavam à minha mente com tamanha clareza e assombro que eu tentava até aplicá-las à vida, imaginando que eu era o *primeiro* a descobrir verdades tão grandiosas e tão úteis.

Certa vez, tive a ideia de que a felicidade não depende das condições exteriores, mas da nossa relação com elas, que uma pessoa acostumada a suportar sofrimentos não pode ser infeliz e, a fim de me habituar com os rigores do trabalho, apesar da dor terrível que sentia, eu segurava nos braços esticados os dicionários de Tatíschev durante cinco minutos, ou fugia para a despensa e chicoteava com uma corda minhas costas nuas, e com tanta força que não conseguia conter as lágrimas.

De outra vez, ao lembrar de repente que a morte nos espera a cada hora, a cada minuto, decidi — sem entender como as pessoas não tinham pensado nisso até então — que o homem não pode ser feliz, a não ser que aproveite o presente, sem pensar no futuro — e durante uns três dias, sob o efeito dessa ideia, abandonei os estudos e só tratei de ficar deitado na cama, me deliciando com a leitura de um romance qualquer e comendo bolinhos de mel, que comprei com o último dinheiro que tinha.

De outra vez, diante do quadro-negro, quando desenhava figuras com giz, de repente fui abalado pela seguinte ideia: por que a simetria é agradável aos olhos? O que é a simetria? É um sentimento inato, respondi para mim mesmo. Mas em que ela se baseia? Por acaso, há simetria em tudo na vida? Ao contrário, a vida é assim — e desenhei no quadro uma figura oval. Depois da vida, a alma passa à eternidade; a eternidade é assim — e, de um lado da figura oval, risquei um traço até a ponta do quadro-negro. Por que do outro lado não existe um traço igual? De fato, que eternidade pode ser essa, que só existe de um lado? Sem dúvida, nós já existíamos antes desta vida, embora tenhamos perdido a memória disso.

Esse raciocínio, que me pareceu extraordinariamente novo e claro, e cuja pertinência, agora, só consigo perceber com dificuldade, me agradou imensamente e, depois de pegar uma folha de papel, cismei de explicá-lo por escrito; mas de repente, dentro de minha cabeça, avolumou-se tamanho abismo de ideias que me vi forçado a ficar de pé e andar pela sala. Quando cheguei perto da janela, minha atenção foi atraída pelo cavalo da carroça do aguadeiro, que naquela hora o cocheiro estava atrelando, e todos meus pensamentos se concentraram na solução do problema: para que animal ou ser humano passará a alma daquele cavalo de aguadeiro quando morrer? Naquele momento, Volódia, que passava pela sala, sorriu ao notar que eu estava remoendo algum pensamento e bastou aquele sorriso para eu entender que tudo o que eu estava pensando era uma tremenda bobagem.

Contei esse caso, que por alguma razão ficou na minha memória, apenas para que o leitor entenda de que tipo eram as minhas reflexões na época. Porém, entre todas as tendências filosóficas, nenhuma me atraía tanto quanto o ceticismo, que certa vez me levou a um estado próximo da loucura. Imaginei que ninguém, nada, exceto eu, existia no mundo inteiro, que as coisas não eram coisas, mas imagens que só apareciam quando eu dava atenção a elas, e que, assim que eu parava de pensar nelas, tais imagens desapareciam imediatamente. Em suma, me uni a Schelling na convicção de que as coisas não existem, mas apenas minha relação com elas. Houve momentos em que, sob a influência dessa *ideia fixa*, fui levado a tal grau de desvario que, às vezes, voltava o olhar rapidamente para o lado oposto, na esperança de apanhar, de surpresa, o vazio (*néant*),[46] ali onde eu não estava.

Que insignificante e lamentável motor da ação moral é a inteligência humana!

Minha inteligência fraca não conseguia penetrar no impenetrável e, nessa tarefa, que estava acima de suas forças, fui

---

46 Em francês no original: "nada".

perdendo uma a uma essas convicções, em que, para ter uma vida feliz, eu nunca deveria ter me atrevido a tocar.

De todo esse árduo trabalho moral, não extraí nada, senão uma destreza do intelecto, que enfraqueceu em mim a força de vontade, além do hábito de fazer uma constante análise moral, que destruiu o frescor do sentimento e a clareza da razão.

As ideias abstratas se formam em consequência da capacidade humana de apreender, com a consciência, um estado de alma, num determinado momento, e transferi-lo para a memória. Minha propensão para os raciocínios abstratos desenvolveu em mim a consciência a tal ponto, e de forma tão artificial, que muitas vezes, ao começar a pensar na coisa mais banal do mundo, eu me via perdido no círculo vicioso da análise de meus pensamentos e já não pensava na questão que me ocupava, mas sim pensava que eu estava pensando. Quando eu me perguntava: No que estou pensando? Eu respondia: Estou pensando no que estou pensando. E agora, no que estou pensando? Penso que estou pensando no que estou pensando, e assim sucessivamente. A razão se perdia no raciocínio...

No entanto, as descobertas filosóficas que fiz lisonjearam extraordinariamente meu amor-próprio: muitas vezes, eu me imaginava como um grande homem que descobria verdades novas para o bem de toda a humanidade e, com a consciência orgulhosa de meu valor, contemplava o resto dos mortais; no entanto, por estranho que pareça, ao entrar em contato com aqueles mesmos mortais, eu me sentia intimidado diante de cada um deles e, quanto mais elevada a posição em que eu me colocava, na minha própria opinião, menos capaz eu era não só de demonstrar, diante dos outros, a consciência do meu valor, como de repelir o hábito de não sentir vergonha a cada palavra e movimento, por mais simples que fossem.

20. Volódia

Sim, quanto mais avanço na descrição dessa fase de minha vida, mais difícil e mais penoso é para mim. No meio das lembranças desse tempo, é muito raro que encontre minutos do sentimento sincero e caloroso que iluminava o início de minha vida, de modo tão claro e constante. Sem que eu me dê conta, me vem a vontade de atravessar mais depressa o deserto da adolescência e alcançar a época feliz em que, de novo, o sentimento verdadeiramente terno, nobre, da amizade iluminou com uma luz radiante o fim dessa idade e assinalou o início de uma etapa nova, cheia de encanto e poesia, a fase da juventude.

Não vou acompanhar, hora por hora, minhas recordações, mas lançar um rápido olhar nas mais importantes, desde o tempo a que minha narrativa chegou até o momento em que conheci uma pessoa extraordinária, que teve uma influência decisiva e benéfica sobre meu caráter e meu rumo.

Volódia, em poucos dias, vai ingressar na universidade, os professores já lhe dão aulas em separado e eu, com inveja e com um respeito inconsciente, escuto quando ele, batendo habilmente com o giz no quadro-negro, explana acerca das funções, dos senos, das coordenadas etc., que me parecem expressões de uma inteligência inalcançável. Mas então, num domingo depois do jantar, todos os professores e dois catedráticos se reúnem no quarto da vovó, em presença de papai e de alguns convidados, e fazem um ensaio do exame que ele fará na universidade. Volódia, para a enorme alegria da vovó, demonstra conhecimentos extraordinários. Também me fazem perguntas sobre algumas matérias, mas eu me saio bastante mal, e os catedráticos tentam visivelmente esconder de vovó minha ignorância, o que me deixa ainda mais confuso. De resto, prestam pouca atenção em mim: tenho só quinze anos, portanto ainda falta um ano para o exame. Volódia só desce para o jantar, passa dias inteiros e até algumas noites no primeiro andar, estudando, não porque seja obrigado, mas por vontade própria. É extraordinariamente ambicioso e não quer passar no exame de maneira mediana, mas com uma nota excelente.

Chega, afinal, o dia do primeiro exame. Volódia veste um fraque azul com botões de bronze, põe o relógio de ouro e calça as botas de verniz; diante da varanda, está o fáeton[47] do papai; Nikolai tira a capota, e Volódia e Saint-Jérôme vão para a universidade. As meninas, em especial Kátienka, com rostos alegres e entusiasmados, olham pela janela a figura garbosa de Volódia, que toma seu assento na carruagem. E papai diz: "Deus queira, Deus queira", enquanto vovó, que também se arrastou até a janela, com lágrimas nos olhos fica abençoando Volódia e sussurra alguma coisa, até o fáeton sumir na esquina.

Volódia retorna. Todos perguntam com impaciência: "E então? Foi bem? Quanto tirou?". Mas pelo seu rosto alegre era evidente que tinha ido bem. Volódia tirou cinco. No dia seguinte, com os mesmos votos de sucesso e o mesmo temor, o acompanham na partida e o recebem de volta com a mesma impaciência e alegria. Assim passaram nove dias. No décimo dia, vem o último exame, o mais difícil: religião; todos estão junto à janela e o esperam com grande impaciência. Já passaram duas horas e nada de Volódia voltar.

47 Carruagem sem toldo.

— Meu Deus! Até que enfim! São eles, são eles! — grita Liúbotchka, encostada no vidro.

E de fato, no fáeton, ao lado de Saint-Jérôme, vem Volódia, mas já não está de fraque azul e quepe cinzento, e sim de uniforme de estudante, com o colarinho azul-claro e bordado, um chapéu de três pontas e uma espada dourada na cintura.

— Quem dera ela ainda estivesse viva! — exclama vovó, ao ver Volódia de uniforme, e cai desmaiada.

Volódia, com o rosto radiante, entra correndo no vestíbulo, beija e abraça a mim, Liúbotchka, Mimi e Kátienka, que com isso fica ruborizada até as orelhas. Volódia não cabe em si de tanta alegria. E como está bonito naquele uniforme! Como fica bem o colarinho azul-claro com seu bigodinho preto, que mal começa a brotar! E que cintura fina, que porte alongado e que maneira nobre de caminhar! Nesse dia memorável, todos jantam no quarto da vovó, a alegria irradia de todos os rostos e, depois do jantar, na hora da torta, o mordomo, com uma fisionomia solene e majestosa, e ao mesmo tempo alegre, traz uma garrafa de champanhe enrolada num guardanapo. Pela primeira vez desde a morte de *maman*, vovó bebe champanhe: toma uma taça inteira, brinda a Volódia e de novo chora de alegria, olhando para ele. Volódia já sai sozinho em sua própria carruagem, recebe os conhecidos no seu quarto, fuma tabaco, vai aos bailes e, certa vez, vi até que ele bebeu duas garrafas de champanhe com seus conhecidos e que eles, a cada taça, brindavam à saúde de pessoas misteriosas, e discutiam sobre quem ficaria com *le fond de la bouteille*.[48] Entretanto, Volódia janta em casa normalmente e depois, como fazia antes, vai para a saleta e conversa com Kátienka sobre algo sempre misterioso; mas, até onde consigo ouvir — pois não participo de suas conversas —, só falam de heróis e heroínas dos romances

---

48 O fundo da garrafa. [N.A.]

que leram, sobre o ciúme e o amor; e eu não consigo de jeito nenhum entender o que podem ver de interessante em tais conversas e por que razão sorriem de modo tão sutil e discutem com tanto fervor.

No geral, noto que entre Kátienka e Volódia, além da amizade compreensível entre companheiros de infância, existem relações estranhas que os afastam de nós e que os unem de forma misteriosa.

21. Kátienka e Liúbotchka

Kátienka tem dezesseis anos. Ela cresceu: as formas angulosas, a timidez e a falta de jeito dos movimentos, próprias de uma menina no início da adolescência, deram lugar ao frescor harmonioso e à graça de uma flor que acaba de desabrochar; mas ela não mudou. Os mesmos olhos azul-claros e o olhar risonho, o mesmo narizinho reto, que forma quase uma linha única com a testa, as narinas vigorosas, a boquinha de sorriso radiante, as mesmas covinhas minúsculas nas bochechas rosadas e transparentes, as mesmas mãozinhas brancas... E, como antes, a expressão "menina limpinha" casa extremamente bem com ela. O que tem de novo é apenas a trança grossa e loura que, como fazem as adultas, leva sobre o peito jovem, cujo aspecto visivelmente a alegra e a envergonha.

Apesar de Liúbotchka ter sido criada e educada sempre junto com Kátienka, é uma menina completamente distinta, em todos os aspectos.

Liúbotchka é de baixa estatura e, por causa do raquitismo, ainda tem as pernas tortas e a cintura desengonçada. Em toda sua figura, o que tem de bonito são apenas os olhos, e seus olhos são de fato lindos — grandes, pretos, com uma expressão tão indefinivelmente agradável de altivez e de ingenuidade que é impossível não prestar atenção. Liúbotchka é simples e natural em tudo; já Kátienka dá a impressão de querer ser parecida com alguém. Liúbotchka olha sempre de frente e, às vezes, ao deter em alguém os enormes olhos pretos, fica tanto tempo sem desviá-los que as pessoas a repreendem, dizendo que aquilo é falta de educação; Kátienka, ao contrário, baixa as pestanas, pisca e garante que é míope, quando sei muito bem que enxerga perfeitamente. Liúbotchka não gosta de demonstrações de afeto na presença de estranhos e, quando alguém entre as visitas começa a beijá-la, faz beicinho e diz que não suporta *meiguices*; Kátienka, ao contrário, diante das visitas, sempre se mostra especialmente afetuosa com Mimi e adora caminhar pelo salão, de braço dado com alguma menina. Liúbotchka dá gargalhadas tremendas e às vezes, num ataque de riso, sacode os braços e corre pela sala; Kátienka, ao contrário, quando começa a rir, esconde a boca atrás de um lenço e das mãos. Liúbotchka fica sentada sempre em posição reta e anda de braços abaixados; Kátienka mantém a cabeça um pouco inclinada e caminha de braços cruzados. Liúbotchka sempre fica tremendamente alegre quando acontece de conversar com um homem adulto e diz que vai, a qualquer preço, casar com um hussardo; já Kátienka diz que todos os homens lhe dão nojo, que nunca vai casar, e se torna outra pessoa, como se temesse alguma coisa, quando um homem fala com ela. Liúbotchka sempre se irrita com Mimi, que lhe aperta o espartilho com tanta força que "não dá para respirar", e adora comer; Kátienka, ao contrário, muitas vezes enfia o dedo por baixo da beirada do vestido, para nos mostrar como está folgado, e come muito pouco. Liúbotchka adora desenhar cabeças; Kátienka só desenha flores e borboletas. Liúbotchka toca muito bem os concertos de Field e algumas sonatas de Beethoven; Kátienka toca variações e valsas, retarda o andamento, martela as teclas, aperta o pedal toda hora e, antes de começar a tocar, executa em *arpeggio* três acordes com sentimento.

Mas Kátienka, na época, a meu ver, era mais parecida com uma adulta, por isso me agradava muito mais.

22. Papai

Desde quando Volódia ingressou na universidade, papai se tornou especialmente alegre e vem jantar com vovó com mais frequência do que era habitual. No entanto, a causa de sua alegria, como eu soube por Nikolai, é que ultimamente tem ganhado muito mais no jogo. Acontece até de, à noite, antes de ir ao clube, ele vir nos ver, e então se senta diante do piano, nos reúne à sua volta e, batendo no chão com as botas macias (agora, ele não suporta saltos grossos e nunca usa botas assim), canta músicas ciganas. E nessas horas é preciso ver o entusiasmo ridículo de sua adorada Liúbotchka, que também o adora. Às vezes, ele vai à sala de aula e, com ar severo, escuta como digo as lições; mas, por algumas palavras com que tenta me corrigir, percebo que não conhece muito bem aquilo que estão me ensinando. Às vezes, às escondidas, ele pisca e nos faz sinais, quando vovó começa a resmungar e a zangar-se com todos, sem nenhum motivo. "Viram, sobrou até *para nós*, crianças", diz ele, depois. No geral, papai caiu um pouco no meu conceito, baixou daquela altura inalcançável em que a imaginação infantil o pusera. Com o mesmo sentimento sincero de amor e respeito, eu beijo sua mão grande e branca, mas já me permito pensar sobre ele, examinar seus atos e, sem querer, me vêm pensamentos sobre ele que me assustam. Nunca esquecerei um caso que me inspirou pensamentos desse tipo e que me causou muitos sofrimentos morais.

Certa vez, tarde da noite, de fraque preto e colete branco, ele entrou na sala de visitas para pegar Volódia e levá-lo a um baile, mas naquele momento Volódia estava em seu quarto, vestindo-se. Vovó, em seu quarto, esperava que Volódia fosse se apresentar a ela (vovó tinha o hábito de chamá-lo antes de todo baile, para lhe dar sua bênção, examiná-lo e dar conselhos). Na sala, iluminada apenas por um lampião, Mimi e Kátienka andavam para lá e para cá, enquanto Liúbotchka estava sentada diante do piano e tentava aprender de cor o segundo concerto de Field, peça predileta de *maman*.

Nunca, em ninguém, encontrei uma semelhança familiar tão grande quanto a que havia entre minha irmã e mamãe. Tal semelhança não residia no rosto, nem no porte, mas em algo impalpável: nas mãos, na maneira de andar, sobretudo na voz e em algumas expressões. Quando Liúbotchka se irritava e dizia: "Faz um século inteiro que não me deixam sair", as palavras "século inteiro", que *maman* também costumava dizer, eram pronunciadas do mesmo modo, dando a impressão de que soavam arrastadas: século inte-e-eiro; porém, o mais extraordinário era a semelhança na maneira de tocar piano e em todos os gestos ligados a isso — do mesmo modo que *maman*, ajeitava o vestido, virava as folhas da partitura, puxando pela ponta de cima, com a mão esquerda, e do mesmo modo batia irritada com o punho nas teclas, quando não conseguia tocar direito um trecho difícil, depois de tentar muitas vezes, e dizia: "Ah, meu Deus". Tinha a mesma impalpável delicadeza e distinção na forma de tocar, a linda maneira fieldiana de tocar, a que davam o belo nome de *jeu perlé*,[49] que nem todos os truques dos novos pianistas são capazes de apagar da memória.

Papai entrou na sala em passinhos miúdos e ligeiros e se aproximou de Liúbotchka, que parou de tocar quando o viu.

---

49 Toque perolado. [N. A.]

— Não, continue tocando, Liuba, toque — disse ele, e a fez sentar-se. — Você sabe como adoro ouvi-la tocar...

Liúbotchka continuou a tocar e papai, sentado e com a cabeça apoiada na mão, ficou muito tempo diante dela; depois, rapidamente, sacudiu o ombro, levantou-se e se pôs a andar pela sala. Ao passar pelo piano, ele sempre se detinha e, com atenção, olhava demoradamente para Liúbotchka. Pelos movimentos e pelo jeito de andar, notei que estava emocionado. Depois de percorrer a sala algumas vezes, papai parou atrás da banqueta de Liúbotchka, beijou sua cabeça morena e em seguida, virando-se depressa, retomou o passeio pela sala. Ao terminar a peça, quando Liúbotchka lhe dirigiu a pergunta: "Estava bom?", papai, em silêncio, segurou sua cabeça e começou a beijá-la, na testa e nos olhos, com tanta ternura como eu nunca tinha visto.

— Ah, meu Deus! Você está chorando! — disse Liúbotchka, de repente, soltando a correntinha do relógio de papai e pousando no rosto dele seus grandes olhos espantados. — Desculpe, papai querido, esqueci totalmente que essa era a *peça da mamãe*.

— Não, minha cara, toque mais vezes — disse ele, com voz trêmula de emoção. — Se soubesse como me faz bem chorar com você...

Beijou-a mais uma vez e, tentando dominar a perturbação interior, contraiu o ombro e saiu pela porta do corredor que levava ao quarto de Volódia.

— Voldemar! Ainda vai demorar? — gritou, parando no meio do corredor.

Naquele exato momento, passou por ele a camareira Macha, que, ao ver o patrão, baixou os olhos e quis desviar-se. Ele a deteve.

— Mas você está cada vez mais bonita — disse, inclinando-se para ela.

Macha se ruborizou e baixou a cabeça mais ainda.

— Com licença — sussurrou.

— Voldemar, como é, vai demorar? — repetiu papai, contraindo o ombro e tossindo ao me ver, enquanto Macha seguia em frente...

Eu amo o papai, mas a inteligência humana vive de forma independente do coração e, muitas vezes, abriga pensamentos que ofendem o sentimento e que são incompreensíveis e cruéis para ele. E são esses pensamentos que me vêm, apesar de eu tentar apagá-los...

23. Vovó

Vovó fica mais fraca a cada dia que passa; sua sineta, a voz rabugenta de Gacha e o barulho de portas batendo com força se fazem ouvir em seu quarto com frequência cada vez maior, e ela já não nos recebe no escritório, na poltrona voltaire, mas no quarto de dormir, na cama alta, com travesseiros guarnecidos de rendas. Ao cumprimentá-la, noto em sua mão um inchaço branco-amarelado e lustroso e, no quarto, há um cheiro pesado, que cinco anos antes eu tinha sentido no quarto de mamãe. O médico a visita três vezes por dia e já houve várias reuniões de uma junta médica. Mas sua atitude e o tratamento orgulhoso e cerimonioso com os criados e, sobretudo, com papai não mudaram em nada; estica as palavras exatamente da mesma forma, ergue as sobrancelhas e diz: "Meu querido".

Mas já faz alguns dias que não nos deixam entrar no quarto. Certa vez, de manhã na hora das aulas, Saint-Jérôme sugere que eu vá passear de trenó com Liúbotchka e Kátienka. Apesar de, ao sentar no trenó, eu notar que na frente das janelas da vovó a rua está forrada com palha e que algumas pessoas de casaca azul-marinho estão paradas junto ao nosso portão, não consigo de jeito nenhum entender por que nos mandaram passear num horário tão incomum. Nesse dia, durante todo o tempo do passeio, eu e Liúbotchka nos encontramos, por algum motivo, num estado de espírito especialmente alegre — em que o mais simples incidente, qualquer palavra e qualquer movimento faziam rir.

Agarrado ao tabuleiro, um vendedor ambulante atravessa a estrada correndo, e nós rimos. Sacudindo no ar a ponta das rédeas, um cocheiro esfarrapado vem a galope atrás de nós, alcança nosso trenó, e damos uma gargalhada. O chicote de Filipp agarra embaixo do patim do trenó; virando-se, ele diz: "Epa!", e nós morremos de rir. Com ar descontente, Mimi diz que só *tolos* riem sem motivo e Liúbotchka, toda vermelha, sob a pressão do riso contido, me olha de esguelha. Nossos olhares se encontram e explodimos em gargalhadas tão homéricas que os olhos se enchem de lágrimas e não temos condições de conter mais o ataque de riso que nos sufoca. Assim que nos acalmamos um pouco, dou uma olhada ligeira para Liúbotchka e digo uma palavrinha secreta, que sempre provoca o riso, e mais uma vez desatamos uma gargalhada.

Ao voltar na direção da casa, na hora em que abro a boca para fazer uma careta magnífica para Liúbotchka, meus olhos dão com a tampa preta de um caixão, encostada numa banda da porta da entrada de nossa casa, e minha boca fica paralisada, na mesma posição retorcida.

— *Votre grande-mère est morte!*[50] — diz Saint-Jérôme, que sai ao nosso encontro, com o rosto pálido.

O tempo todo em que o corpo de vovó permanece dentro de casa, tenho um forte sentimento de medo da morte, ou seja, o corpo de um morto me faz lembrar, de modo claro e desagradável, que um dia eu também vou morrer, sentimento que, por alguma razão, costumam confundir com tristeza. Não sinto pena por vovó e é difícil que alguém, sinceramente, sinta pena por ela. Apesar de nossa casa estar lotada de visitas de luto, ninguém lamenta sua morte, exceto uma pessoa, cuja amargura desenfreada me impressiona de modo inexprimível. Essa pessoa é a camareira Gacha. Ela vai para o sótão, tranca-se,

50 "Sua avó morreu!" [N.A.]

não para de chorar, roga pragas contra si, arranca os cabelos, não quer ouvir nenhum conselho e diz que, para ela, a morte é a única forma de consolo, depois do falecimento da patroa.

De novo, repito que, na questão dos sentimentos, a inverossimilhança é o sinal mais fiel de verdade.

Vovó já não existe mais, porém ainda vivem, em nossa casa, lembranças e variadas conversas sobre ela. Tais conversas se referem, sobretudo, ao testamento que ela fez antes de morrer e que ninguém conhece, exceto seu testamenteiro, o príncipe Ivan Ivánitch. Entre os servos domésticos de vovó, percebo alguma inquietação, muitas vezes escuto conversas sobre quem herdará estes servos ou aqueles e, confesso, não consigo deixar de pensar com alegria que vamos receber uma herança.

Depois de seis semanas, Nikolai, o eterno jornal que traz as notícias para nossa casa, me conta que vovó deixou toda a propriedade para Liúbotchka e que, até seu casamento, confiou sua tutela ao príncipe Ivan Ivánitch, e não ao papai.

24. Eu

Para meu ingresso na universidade, faltam só alguns meses. Estudo bastante. Não só não tenho medo enquanto espero os professores, como até sinto certo prazer com as aulas.

Fico alegre de responder com clareza e segurança às lições estudadas. Eu me preparo para a faculdade de matemática e, para dizer a verdade, fiz tal escolha unicamente porque as palavras "senos", "tangentes", "diferenciais", "integrais" etc. me agradam imensamente.

Sou muito mais baixo do que Volódia, tenho ombros largos e sou corpulento, estou feio como antes e, como antes, isso me atormenta. Tento me mostrar original. Só uma coisa me consola: é que papai, certa vez, disse que tenho uma *cara inteligente*, e acredito inteiramente nisso.

Saint-Jérôme está contente comigo, me elogia, e não só já não o odeio como parece-me até que eu o amo, quando às vezes ele diz que, *com meus talentos, com minha inteligência*, seria uma vergonha não fazer isso ou aquilo.

Minhas observações do quarto das criadas já cessaram faz muito tempo, me dá vergonha esconder-me atrás da porta, além disso a convicção do amor de Macha por Vassíli, confesso, me arrefeceu um pouco. O que me curou em definitivo daquela paixão infeliz foi o casamento de Vassíli, para o qual eu mesmo, a seu pedido, solicitei a autorização de papai.

Quando os recém-casados se aproximam de papai com uma bandeja de doces para lhe agradecer, Macha, que usa uma touca enfeitada com fitas azuis, também nos agradece, por isso e por aquilo, e beija a todos no ombro, um por um, e sinto apenas o perfume de rosas da pomada que ela passou no cabelo — não sinto a menor emoção.

No geral, começo a me curar aos poucos de meus defeitos juvenis, exceto, no entanto, o mais importante deles, que está fadado a me causar ainda muitos infortúnios na vida: a tendência para filosofices.

25. Os amigos de Volódia

Embora, na companhia dos amigos de Volódia, eu representasse um papel que ofendia meu amor-próprio, eu gostava de ficar no quarto de meu irmão, quando ele tinha visitas, e observar em silêncio tudo o que se passava ali. Quem visitava Volódia com mais frequência era o ajudante de campo Dúbkov e um estudante, o príncipe Nekhliúdov. Dúbkov era pequeno, moreno e musculoso, já deixara para trás a primeira mocidade, tinha as pernas um tanto curtinhas demais, porém não era feio e estava sempre alegre. Era uma dessas pessoas limitadas que são especialmente simpáticas justamente por causa de sua limitação, que não são capazes de ver as coisas de vários ângulos e que sempre se deixam levar pelo entusiasmo. As opiniões de tais pessoas são unilaterais e equivocadas, mas sempre sinceras e cativantes. Até seu egoísmo estreito, por alguma razão, parece desculpável e encantador. Além disso, para Volódia e para mim, Dúbkov tinha um duplo encanto: o porte militar e, sobretudo, a estatura elevada, que os jovens, por algum motivo, costumam confundir com o conceito de dignidade (*comme il faut*), algo extremamente valioso, naquele tempo. Aliás, Dúbkov era, de fato, o que chamam de *un homme comme il faut*. A única coisa que me desagradava era que Volódia, às vezes, parecia ter vergonha diante dele, por causa de minhas atitudes infantis e, sobretudo, de minha pouca idade.

Já Nekhliúdov era feio: os olhos cinzentos e pequenos, a testa baixa e saliente, os braços e as pernas de comprimento desproporcional, que não poderiam ser chamados de traços bonitos. O que tinha de bonito era apenas a estatura extraordinariamente elevada, a cor suave do rosto e os dentes magníficos. No entanto, esse rosto recebia dos olhos estreitos e brilhantes, também da expressão mutável do sorriso, ora severo, ora vagamente infantil, um caráter tão original e cheio de energia que era impossível não reparar nele.

Parecia muito acanhado, pois qualquer ninharia o obrigava a corar até as orelhas; porém sua timidez não se equiparava à minha. Quanto mais se ruborizava, mais seu rosto exprimia determinação. Como se ele ficasse indignado com a própria fraqueza.

Apesar de parecer muito amigo de Dúbkov e Volódia, era evidente que os três se juntaram por mero acaso. Suas tendências eram totalmente diversas: Volódia e Dúbkov pareciam temer qualquer coisa semelhante à reflexão séria e à sentimentalidade; Nekhliúdov, ao contrário, era um entusiasta no mais alto grau e, não raro, a despeito das zombarias, enveredava em reflexões sobre questões filosóficas e sentimentais. Volódia e Dúbkov adoravam conversar sobre os objetos de seu amor (e acontecia de se apaixonarem, de repente, por várias mulheres ao mesmo tempo, e ambos pelas mesmas mulheres); Nekhliúdov, ao contrário, sempre se indignava a sério quando faziam insinuações acerca de seu amor por certa *ruivinha*.

Muitas vezes, Volódia e Dúbkov se permitiam caçoar amigavelmente dos próprios parentes; Nekhliúdov, ao contrário, podia ficar fora de si, caso alguém insinuasse a menor inconveniência a respeito de sua tia, pela qual tinha uma idolatria exaltada. Volódia e Dúbkov saíam depois da janta para ir a algum lugar, sem Nekhliúdov, e o chamavam de *donzelinha*...[51]

---

51 Em russo, *krásnaia diévuchka* (menina vermelha), personagem de contos infantis populares.

O príncipe Nekhliúdov me impressionou desde o primeiro momento, tanto pelo modo de falar como pela atitude. Porém, apesar de ter encontrado em suas tendências muita coisa em comum comigo — ou, talvez, justamente por isso —, o sentimento que ele infundiu em mim, quando o vi pela primeira vez, estava longe de ser agradável.

Não gostei de seu olhar ligeiro, da voz firme, do aspecto orgulhoso e, acima de tudo, da absoluta indiferença que demonstrou por mim. Durante as conversas, muitas vezes, me vinha uma vontade terrível de contradizê-lo; para punir seu orgulho, tinha vontade de derrotá-lo numa discussão, mostrar que eu era inteligente, apesar de ele não querer me dar a menor atenção. A timidez me continha.

26. Reflexões

Volódia estava deitado com os pés em cima do sofá, o braço apoiado no cotovelo e a cabeça na mão, lendo um romance francês, quando eu entrei em seu quarto, como era meu costume depois das aulas da tarde. Ele ergueu a cabeça por um segundo, para me dar uma olhada rápida, e voltou à leitura — o movimento mais simples e mais natural do mundo e que, no entanto, me deixou ruborizado. Pareceu-me que em seu olhar se exprimia uma pergunta: por que eu tinha ido ali? E na ligeira inclinação da cabeça, o desejo de esconder de mim o significado de seu olhar. Essa tendência de atribuir um significado aos gestos mais simples constituía um traço característico meu naquela idade. Cheguei perto da mesa e peguei também um livro; porém, antes de começar a ler, me ocorreu que era meio engraçado o fato de não dizermos nada um para o outro, apesar de não termos nos visto o dia inteiro.

— E então, você vai ficar em casa hoje à noite?

— Não sei, por quê?

— Por nada — respondi e, notando que a conversa não engatava, peguei o livro e comecei a ler.

O estranho é que, quando estávamos a sós, eu e Volódia passávamos horas inteiras calados, porém bastava a presença de uma terceira pessoa, mesmo que em silêncio, para que se desenvolvessem entre nós dois as conversas mais interessantes e variadas. Sentíamos que nos conhecíamos bem demais.

E conhecer-se demais ou de menos, um ao outro, perturba igualmente a aproximação.

— Volódia está em casa? — soou a voz de Dúbkov, na entrada.

— Estou — respondeu Volódia, baixou a perna do sofá e colocou o livro sobre a mesa. Dúbkov e Nekhliúdov entraram no quarto, de sobretudo e chapéu.

— Então, vamos ao teatro, Volódia?

— Não, estou sem tempo — respondeu Volódia, e ficou vermelho.

— Ora, deixe disso! Vamos lá, por favor.

— Nem tenho ingresso.

— Na bilheteria tem quantos ingressos quiser.

— Espere aí, volto já — respondeu Volódia, em tom evasivo, e saiu do quarto, contraindo o ombro.

Eu sabia que Volódia queria muito ir ao teatro com Dúbkov; que estava recusando o convite só porque não tinha dinheiro e que havia saído para pedir cinco rublos emprestados ao mordomo, até receber a próxima mesada.

— Boa tarde, *diplomata*! — disse Dúbkov, enquanto me estendia a mão.

Os amigos de Volódia me chamavam de "diplomata" porque, certa vez, depois do almoço, na casa da minha falecida avó, ela conversou sobre nosso futuro e disse que Volódia seria militar e que tinha esperanças de me ver diplomata, de fraque preto e com o cabelo *à la coq*,[52] o que constituía, em seu modo de ver, uma condição indispensável para a carreira diplomática.

— Onde esse Volódia se meteu? — perguntou-me Nekhliúdov.

---

52 Como uma crista de galo.

— Não sei — respondi, ficando ruborizado ao pensar que eles, seguramente, adivinhavam por que razão Volódia tinha saído.

— Na certa, está sem dinheiro! Não é? Ah! *Diplomata!* — acrescentou, com um gesto afirmativo, entendendo meu sorriso. — Nós também não temos dinheiro. Você tem, Dúbkov?

— Vamos ver — disse Dúbkov, pegando a carteira, e apalpou cuidadosamente, com os dedinhos curtos, algumas moedas miúdas que estavam ali dentro. — Olhe só, uma de cinco copeques, uma de vinte e... ffffiu! — disse, fazendo com a mão um gesto cômico.

Nesse momento, Volódia entrou no quarto.

— E aí, vamos?

— Não.

— Como você é ridículo! — disse Nekhliúdov. — Por que não diz logo que não tem dinheiro? Pegue o meu ingresso, se quiser.

— Mas e você?

— Ele vai ficar no camarote das primas — disse Dúbkov.

— Não, eu não vou.

— Por quê?

— Porque, sabe, não gosto de ficar no camarote.

— Por quê?

— Não gosto, me sinto constrangido.

— De novo, a velha história! Não entendo por que se sente constrangido num lugar onde todos ficam alegres com a sua presença. É ridículo, *mon cher*.

— O que fazer, *si je suis timide*?[53] Tenho certeza de que você nunca ficou ruborizado em toda a sua vida, já eu fico assim toda hora, pelas menores bobagens! — disse, ruborizando-se no mesmo instante.

---

53 "Se sou tímido". [N.A.]

— *Savez-vous d'où vient votre timidité?... D'un excès d'amour-propre, mon cher*[54] — disse Dúbkov, em tom protetor.

— Não há nenhum *excès d'amour-propre*! — retrucou Nekhliúdov, tocado em cheio na ferida. — Ao contrário, sinto vergonha porque tenho muito pouco *amour-propre*; ao contrário, tenho sempre a impressão de que os outros me acham desagradável, maçante... Por isso...

— Vá se vestir, Volódia! — disse Dúbkov, agarrando-o pelo ombro e tirando seu casaco. — Ignat, venha vestir seu patrão!

— Por isso acontece sempre comigo... — prosseguiu Nekhliúdov.

Mas Dúbkov já não o ouvia:

— Trá-lá-lá ta-ra-ra-lá-lá — cantarolava alguma melodia.

— Você não vai escapar assim — disse Nekhliúdov. — Vou lhe provar que a timidez não vem do amor-próprio, de jeito nenhum.

— Prove indo ao teatro conosco.

— Já disse que não vou.

— Bem, então fique aqui e prove para o *diplomata*; quando voltarmos, ele vai nos explicar.

— E vou provar mesmo — retrucou Nekhliúdov, com uma birra infantil. — Mas voltem cedo.

Sentou-se ao meu lado e me perguntou:

— O que acha? Sou vaidoso?

Apesar de eu já ter opinião formada sobre o assunto, fiquei tão vermelho com aquela interpelação inesperada que não consegui responder logo.

— Acho que sim — falei, sentindo que a voz tremia e o rosto ficava vermelho diante da ideia de que tinha chegado a hora de mostrar a ele que eu era *inteligente*. — Acho que todas

---

54 Em francês no original: "Sabe de onde vem sua timidez?... De um excesso de amor-próprio, meu caro".

as pessoas são vaidosas e, não importa o que elas façam, agem sempre por amor-próprio.

— Então, para você, o que é o amor-próprio? — perguntou Nekhliúdov, sorrindo com certo desdém, me pareceu.

— O amor-próprio — respondi — é a convicção de que eu sou melhor e mais inteligente do que todos.

— E como é que todos podem ter essa convicção?

— Se isso é correto ou não, eu não sei. Só sei que ninguém, exceto eu, o confessa; estou convencido de que eu sou mais inteligente do que todo mundo e estou convencido de que vocês também estão convencidos disso.

— Não, quanto a mim, sou o primeiro a dizer que encontrei pessoas que admito serem mais inteligentes do que eu — disse Nekhliúdov.

— Não pode ser — retruquei com convicção.

— Será possível que você pense mesmo assim? — disse Nekhliúdov, olhando-me fixamente.

— É sério — respondi.

E então me veio uma ideia, que exprimi na mesma hora:

— Vou provar para você. Por que amamos a nós mesmos mais do que aos outros?... Porque nos julgamos melhores do que os outros, mais dignos de amor. Se achássemos que os outros são melhores do que nós, amaríamos a eles mais do que a nós, e isso não acontece nunca. Se acontecer, mesmo assim, tenho razão — acrescentei, com um involuntário sorriso de satisfação comigo mesmo.

Nekhliúdov ficou calado um minuto.

— Puxa, nunca imaginei que você fosse tão inteligente! — disse para mim, com um sorriso tão simpático e generoso que, de repente, tive a impressão de que eu estava extraordinariamente feliz.

O elogio tem um efeito tão poderoso não só no sentimento como na razão da pessoa que, sob sua influência agradável, tive a impressão de ficar muito mais inteligente e, um após o outro, com uma velocidade fora do comum, os pensamentos se acumularam dentro de minha cabeça. Sem perceber, passamos do amor-próprio para o amor e a conversa sobre esse tema parecia inesgotável. Embora nossos argumentos pudessem parecer totalmente disparatados para um ouvinte externo — de tão obscuros e unilaterais que eram —, tinham um sentido elevado para nós. Nossas almas estavam afinadas com tamanha harmonia, que o mais leve toque em qualquer corda de um encontrava eco na mesma corda do outro. Trazia-nos satisfação, justamente, essa reciprocidade dos sons das diversas cordas que fazíamos vibrar na conversa. Pareceu-nos que bastavam as palavras e o tempo para exprimirmos, um para o outro, os pensamentos que pediam para vir à tona.

27. Começo de uma amizade

A partir daí, entre mim e Dmítri Nekhliúdov se estabeleceu uma relação bastante estranha, mas extraordinariamente agradável. Na presença de outras pessoas, ele não me dava quase atenção nenhuma; mas, quando calhava de ficarmos a sós, nos acomodávamos num canto aconchegante e começávamos a debater, esquecíamos tudo e não percebíamos o tempo passar.

Conversávamos sobre a vida futura, as artes, o trabalho, o casamento e a educação das crianças, e nunca imaginávamos que tudo o que estávamos conversando eram tremendos absurdos. Isso nem passava pela nossa cabeça, porque os absurdos que dizíamos eram inteligentes e graciosos; e, na juventude, ainda valorizamos a inteligência, acreditamos nela. Na juventude, todas as forças da alma estão voltadas para o futuro e, sob o efeito de uma esperança baseada não na experiência do passado, mas na imaginária possibilidade da felicidade, esse futuro toma formas tão diversas, vivas e fascinantes que, nessa idade, só os sonhos cristalinos e compartilhados sobre a felicidade futura já constituem, em si, uma felicidade verdadeira. Nos debates metafísicos, que era um dos temas principais de nossas conversas, eu gostava daquele momento em que as ideias se sucedem umas às outras, cada vez mais depressa, e, tornando-se cada vez mais abstratas, chegam a tal grau de obscuridade que não enxergamos mais nenhuma possibilidade de exprimi-las — e, supondo que dizemos o que pensamos, acabamos falando algo muito diferente. Eu gostava daquele momento em que, nos elevando cada vez mais no reino do pensamento, de repente nos damos conta de toda a sua enormidade e reconhecemos que é impossível ir além.

Certa ocasião, na época do Carnaval,[55] Nekhliúdov andava tão envolvido com vários divertimentos que, apesar de vir à nossa casa algumas vezes por dia, não conversava comigo nunca e isso me deixou tão ofendido que, de novo, ele me pareceu orgulhoso e desagradável. Eu só esperava alguma oportunidade para lhe mostrar que não sentia o menor apreço por sua companhia nem tinha nenhuma relação especial com ele.

Depois do Carnaval, na primeira vez em que ele quis conversar de novo comigo, falei que eu tinha de preparar meus deveres da escola e fui para o primeiro andar; mas, quinze minutos depois, alguém abriu a porta da sala de aula e Nekhliúdov se aproximou.

— Estou atrapalhando? — disse ele.

— Não — respondi, embora quisesse dizer que, de fato, eu estava ocupado.

— Então por que foi que você saiu do quarto de Volódia? Afinal, já faz muito tempo que a gente não debate. Fiquei tão habituado que me dá a impressão de que está faltando alguma coisa.

Minha irritação passou num instante e Dmítri se tornou de novo, aos meus olhos, o mesmo homem bom e gentil.

— O senhor certamente sabe por que saí, não sabe? — perguntei.

— Talvez — respondeu, sentando-se perto de mim. — Mas, embora eu tenha um palpite, não sou capaz de dizer o motivo, porém o senhor pode dizer qual é.

---

55 Em russo, *máslenitsa* (derivada na palavra *maslo*, "manteiga", em razão do jejum de carne). Festa tradicional dos povos eslavos do leste, celebrada oito semanas antes da Páscoa. Corresponde ao Carnaval, na Igreja católica, mas começa na segunda-feira.

— Vou contar: saí porque estava zangado com o senhor... Zangado, não, mas estava chateado. É simples: o tempo todo, tenho medo de que o senhor me despreze por ser ainda muito jovem.

— Sabe por que eu e o senhor nos demos tão bem — disse ele, com um olhar bondoso e inteligente, em resposta à minha confissão — e por que eu gosto do senhor mais do que das pessoas que conheço melhor e com quem tenho mais coisas em comum? Acabei de descobrir. O senhor tem uma qualidade admirável e rara: a franqueza.

— Sim, sempre digo exatamente aquilo que tenho vergonha de admitir — confirmei. — Mas só digo para quem eu confio.

— Sim, mas para ter confiança em alguém, é preciso ter um forte laço de amizade com essa pessoa, e eu e o senhor ainda não somos amigos, Nicolas; lembre o que dissemos sobre a amizade: para que haja amigos verdadeiros, é preciso haver confiança mútua.

— Ter a confiança de que o senhor não vai contar para ninguém aquilo que eu lhe conto — falei. — E os pensamentos mais importantes e mais interessantes são justamente aqueles que não contamos uns para os outros, por nada deste mundo.

— E que pensamentos sujos! Pensamentos tão sórdidos que, se soubéssemos que seríamos obrigados a confessá-los, jamais teríamos a audácia de permitir que entrassem em nossa cabeça. Sabe qual foi a ideia que me veio, Nicolas? — acrescentou, levantando da cadeira e estendendo a mão com um sorriso. — Vamos fazer isto e o senhor verá como será proveitoso para nós dois: vamos dar nossa palavra de honra que confessaremos tudo um para o outro. Vamos nos conhecer e não teremos vergonha de nós mesmos; mas, a fim de não temer os estranhos, vamos dar nossa palavra de honra de que nenhum de nós *nunca* contará *nada para ninguém* sobre o outro. Façamos isso.

— Combinado — respondi.

E, de fato, *assim fizemos*. O resultado vou contar mais adiante.

Karr[56] disse que em qualquer relação afetiva há dois lados: um ama, o outro se deixa amar; um beija, o outro oferece a face. Isso é totalmente correto; e, em nossa amizade, eu beijava e Dmítri oferecia a face; mas ele também estava disposto a me beijar. Amávamos por igual, porque nos conhecíamos mutuamente e valorizávamos um ao outro, mas isso não impedia Dmítri de exercer influência sobre mim nem impedia que eu me submetesse a ele.

Está claro que, sob a influência de Nekhliúdov, não pude deixar de seguir sua orientação, cuja essência consistia na entusiástica idolatria do ideal da virtude e na crença na vocação do homem para se aperfeiçoar continuamente. Na época, corrigir toda a humanidade, aniquilar todos os vícios e todas as desgraças humanas parecia algo perfeitamente viável — parecia muito fácil e simples corrigir a si mesmo, adotar todas as virtudes e ser feliz...

Mas, na verdade, só Deus sabe se eram mesmo ridículos aqueles sonhos generosos de juventude e de quem é a culpa por eles não se tornarem realidade...

---

56 Alphonse Karr, escritor francês (1808-90).

Juventude

1. O que considero o início da juventude

Eu disse que minha amizade com Dmítri revelou, para mim, uma nova visão da vida, de seu propósito e de suas relações. A essência dessa visão consistia na crença de que a vocação do homem é a busca do aprimoramento moral e que tal aprimoramento é fácil, possível e eterno. Mas, até então, eu me deliciava apenas com a revelação das ideias novas decorrentes daquela crença e com a elaboração de planos radiosos de um futuro honesto e ativo; porém minha vida continuava a transcorrer da mesma forma confusa, mesquinha e ociosa.

As ideias virtuosas que analisávamos em minhas conversas com meu adorado amigo Dmítri, o *maravilhoso Mítia*, como às vezes eu o chamava, falando sozinho e em sussurros, ainda agradavam apenas à minha inteligência, mas não ao sentimento. No entanto, chegou o tempo em que esses pensamentos me vieram à cabeça com a força e o frescor de uma revelação moral tamanha que me assustei ao pensar em quanto tempo eu havia desperdiçado e, no mesmo instante, quis aplicar aquelas ideias à vida, com a firme intenção de nunca mais traí-las.

E é esse o tempo que considero o início da *juventude*.

Na ocasião, eu tinha quase dezessete anos. Continuava a ter aula com professores particulares, Saint-Jérôme cuidava de minha educação e eu, de má vontade e à força, me preparava para ingressar na universidade. Fora dos estudos, minhas ocupações eram as seguintes: conjecturas e devaneios solitários e incoerentes; exercícios de ginástica para me transformar no homem mais forte do mundo; perambulações, sem nenhuma finalidade ou ideia determinada, por todos os cômodos da casa, em especial pelo corredor do quarto das criadas; e olhar para mim mesmo no espelho, do qual, aliás, eu sempre me afastava com um penoso sentimento de desânimo e até de repulsa. Minha aparência, eu estava convencido, não só era feia, como eu não podia nem mesmo procurar conforto nos argumentos de consolo usuais em casos semelhantes. Eu não podia dizer que tinha um rosto expressivo, inteligente ou nobre. Nada havia de expressivo — as feições eram as mais rotineiras, rudes e feias; os olhos pequenos e cinzentos, sobretudo na hora em que eu me examinava diante do espelho, eram antes tolos do que inteligentes. De viril, minha aparência tinha menos ainda: apesar de não ser de baixa estatura e de ser muito forte para a idade, todos os traços de meu rosto eram suaves, frouxos, imprecisos. Mesmo de nobre, eu não tinha nada: ao contrário, meu rosto era igual ao de um simples mujique; os pés e as mãos, grandes também; e, na época, isso me parecia muito vergonhoso.

2. Primavera

No ano em que ingressei na universidade, a Semana Santa caiu mais tarde, em abril; assim, as provas foram marcadas para a *Fominá*[1] e, na Semana Santa, além de jejuar, tive de concluir os estudos para os exames.

Já fazia três dias que o tempo estava sereno, quente e claro, depois de ter caído uma neve úmida, aquilo que Karl Ivánitch, antigamente, chamava de "o filho chegou depois do pai". Nas ruas, não se viam vestígios da neve, a massa lamacenta dera lugar à calçada úmida e reluzente com pequenos regatos de água ligeiros. Dos telhados, já sob o sol, as últimas gotas derretiam e caíam; nas árvores do jardinzinho, os brotos inchavam; no quintal, a trilha estava seca; no caminho para a cocheira, que passava por um monte de estrume congelado e pela varanda, a grama musgosa irrompia verde entre as pedras. Era aquela fase especial da primavera que produz o efeito mais forte no espírito do homem: o sol claro brilha sobre tudo, mas não faz calor, os regatos e os charcos da neve derretida, o frescor aromático no ar e o céu de um azul brando, com nuvens compridas e transparentes. Não sei por quê, mas me parece que na cidade grande é ainda mais forte e mais sensível o efeito, sobre nossa alma, dessa primeira fase do início da primavera — vê-se menos, porém se pressente mais. Eu estava de pé junto à janela,

---

[1] *Fominá nediélia*: Semana de Tomé, na Igreja ortodoxa. Trata-se da semana seguinte à Páscoa.

em que o sol da manhã, através das esquadrias duplas,[2] lançava raios poeirentos no piso de minha sala de aula, maçante e insuportável para mim, enquanto eu resolvia no quadro-negro uma comprida equação algébrica. Numa mão, segurava o mole e áspero volume da *Álgebra* de Francoeur; na outra, um pedacinho de giz, com o qual já sujara as mãos, o rosto e os cotovelos de meu fraque. Nikolai, de avental, com as mangas arregaçadas, usava pinças para remover a massa de vidraceiro e tirava os pregos da janela, que dava para o jardinzinho. Seu trabalho e as batidas que ele dava me distraíam. Além disso, eu me encontrava num estado de ânimo péssimo, descontente. De um jeito ou de outro, para mim, tudo dava errado: cometi um erro no início do cálculo, por isso tive de recomeçar desde o princípio; deixei cair o giz duas vezes; sentia que o rosto e as mãos estavam manchados; o apagador tinha sumido; e as batidas que Nikolai dava pareciam abalar meus nervos dolorosamente. Eu tinha vontade de me zangar e praguejar; larguei o giz, a *Álgebra* e comecei a andar pela sala de aula. Mas me lembrei que era Quarta-Feira Santa, o dia em que eu devia me confessar, e que era preciso evitar tudo o que fosse ruim. De repente, mudei para um estado de ânimo especial, dócil, e me aproximei de Nikolai.

— Deixe-me ajudar, Nikolai — falei, tentando dar à voz a expressão mais dócil possível. E a ideia de que fazia uma boa ação, ajudando Nikolai, depois de conter minha raiva, reforçou em mim, mais ainda, aquele estado de ânimo dócil.

A massa de vidraceiro foi removida, os pregos foram retirados, mas, apesar de Nikolai puxar as travessas da janela com toda a força, a esquadria não saía do lugar.[3]

---

2 Usadas para barrar o frio. 3 Com a chegada da primavera, retirava-se a segunda esquadria da janela.

"Se a esquadria sair agora, quando eu puxar junto com ele", pensei, "significa que me livrei de um pecado e que não preciso estudar mais hoje." A esquadria cedeu para o lado e se desprendeu.

— Para onde vamos levar? — perguntei.

— Com sua licença, eu mesmo cuido disso — respondeu Nikolai, obviamente admirado e, ao que parecia, descontente com meu zelo. — Não pode misturar, elas ficam na despensa, eu numero todas elas.

— Vou marcar esta aqui — falei, levantando a esquadria.

Creio que se a despensa ficasse a duas verstas e a esquadria pesasse duas vezes mais, eu teria ficado muito satisfeito. Tinha vontade de me esgotar, ao fazer aquele favor para Nikolai. Quando voltei para a sala de aula, os tijolinhos e as pirâmides de sal[4] já estavam colocados no peitoril e Nikolai, com um espanador de penas, varria a areia e as moscas sonolentas para fora, pela janela aberta. O ar fresco e aromático já havia tomado a sala de aula. Pela janela, vinha o barulho da cidade e o gorjeio dos pardais no jardim.

Todos os objetos estavam claramente iluminados, a sala de aula se alegrou, a brisa leve da primavera balançava as folhas da minha *Álgebra* e o cabelo na cabeça de Nikolai. Cheguei perto da janela, sentei no parapeito, me inclinei para o jardinzinho e fiquei pensativo.

Uma espécie de sentimento novo, para mim, extraordinariamente forte e agradável, de repente penetrou em minha alma. A terra úmida, na qual, aqui e ali, irrompiam agulhas de grama verde-clara, com hastes amarelas, os pequenos regatos de neve derretida que reluziam no sol, carregando punhados de terra e lascas de madeira, os ramos de lilases avermelhados e com

---

4 Para evitar que os vidros se cobrissem de gelo, colocavam-se tijolinhos, sal e areia entre as esquadrias duplas.

botões intumescidos, que balançavam bem embaixo da janelinha, os pios agitados dos passarinhos que enxameavam naquele
arbusto, a cerca enegrecida e molhada pela neve derretida e, sobretudo, aquele ar úmido, perfumado e o sol radioso me falavam de modo claro e distinto sobre algo novo e belo, que, embora eu não consiga transmitir tal como ele se revelava para
mim, tentarei transmitir tal como eu o assimilava — tudo me
falava de beleza, de felicidade e de virtude, garantia que todas
elas eram possíveis para mim, que nenhuma pode existir sem
as outras, e até que a beleza, a felicidade e a virtude eram uma
coisa só. "Como pude deixar de entender isso, como fui tolo,
e como eu poderia ser bom e feliz, e poderei ser, no futuro!",
disse para mim mesmo. "Rápido, agora, neste instante, eu preciso me tornar outra pessoa e começar a viver de outro modo."
Apesar disso, no entanto, fiquei muito tempo sentado na janela,
devaneando e sem fazer nada. Já aconteceu a você de dormir de
dia, no verão, com o tempo nublado e chuvoso e, ao acordar, já
no pôr do sol, abrir os olhos e, no amplo quadrilátero da janela,
por baixo do estore de linho que o vento balança, batendo sua
vareta no parapeito, ver o lado de uma alameda de tílias, sombrio, lilás e molhado de chuva, e a trilha úmida de um jardim,
iluminada por raios claros e oblíquos, ouvir de repente a vida
alegre dos pássaros no jardim e ver os insetos que esvoaçam no
vão da janela, iluminada pelo sol, sentir o cheiro do ar depois
da chuva e pensar: "Eu devia ter vergonha de ficar dormindo
numa tarde como essa", e pular da cama às pressas para ir ao
jardim e se regozijar com a vida? Se já aconteceu, este é um
exemplo do forte sentimento que experimentei, naquela hora.

3. Sonhos

"Hoje, vou me confessar, me purgar de todos os pecados", pensei, "e nunca mais vou..." (Nesse ponto, me lembrei de todos os pecados que mais me atormentavam.) "Irei à igreja todos os domingos, sem falta, e em seguida ainda vou ficar lendo o Evangelho durante uma hora; além disso, da mesada que vou ganhar quando entrar na universidade, vou tirar dois rublos e meio (um décimo) e dar aos pobres, e vou fazer isso sem ninguém saber: não vou dar para os mendigos, vou escolher os pobres, um órfão ou uma velha que ninguém conheça.

"Vou ter um quarto só para mim (na certa, o de Saint-Jérôme), eu mesmo vou arrumar o quarto e conservá-lo admiravelmente limpo; não vou pedir a nenhum criado que faça as coisas para mim. Pois ele é igual a mim. Depois, irei a pé para a universidade, todos os dias (e se me derem uma caleche, vou vendê-la, e também darei o dinheiro para os pobres), e vou cumprir tudo com rigor (o que vinha a ser esse 'tudo', eu não era absolutamente capaz de dizer, na época, mas entendia e sentia de modo bem vivo que esse 'tudo' significava uma vida sensata, moral e irrepreensível). Vou organizar minhas lições e vou até estudar as matérias com antecedência, de modo que serei o melhor aluno no primeiro ano do curso e farei uma dissertação; no segundo, já vou saber tudo de antemão e assim poderão me passar direto para o terceiro. Então, aos dezoito anos, vou concluir o curso em primeiro lugar, vou ganhar duas medalhas de ouro, depois vou entrar no mestrado, no doutorado, e serei o melhor aluno da Rússia... Posso ser até o melhor aluno da Europa... Muito bem, e depois?", perguntei a mim mesmo, porém aqui me dei conta de que esses sonhos eram orgulho, pecado, aquilo que, nesse mesmo dia, à tarde, eu teria de revelar ao confessor, e voltei ao início de meu raciocínio. "A fim de preparar-me para as aulas, vou caminhar pelas colinas Vorobiov;[5] vou escolher um cantinho ao pé de uma árvore e estudar a lição; às vezes, levarei algo para comer: queijo ou um *pirójok*[6] da confeitaria Pedotti, ou qualquer coisa. Vou descansar e depois vou ler um bom livro, ou desenhar paisagens, ou tocar algum instrumento (tenho de aprender a tocar flauta). Depois, *ela* também vai passear nas colinas Vorobiov e, um dia, vai se aproximar de mim e perguntar quem sou. Vou olhar para ela com ar triste e responder que sou o filho único de um sacerdote e que só ali me sinto feliz, quando estou sozinho, totalmente solitário. Ela me dará a mão, dirá alguma coisa e sentará a meu lado. Assim, todos os dias, vamos nos ver naquele lugar, vamos ficar amigos e vou beijá-la... Não, isso não é bom. Ao contrário, de hoje em diante, não vou mais olhar para as mulheres. Nunca, nunca mais irei ao quarto das criadas, vou até me esforçar para nem passar perto; três anos depois, estarei emancipado e, não tenho dúvida, vou casar. Vou me movimentar o máximo possível, farei ginástica todos os dias e então, quando tiver vinte anos, serei mais forte do que Rappeau. No primeiro dia, vou segurar meio *pud* 'com o braço esticado' por cinco minutos; no dia seguinte, vinte e uma libras; no terceiro dia, vinte e duas libras, e assim por diante; por fim, vou segurar quatro *puds* em cada mão e então serei mais forte do que todos os criados. E quando alguém, de repente, cismar de me ofender ou se dirigir a *ela* com desrespeito, vou agarrá-lo assim, pelo peito, com um só braço, suspendê-lo uns dois *archin*

5 Região de Moscou. Significa "colinas do pardal". 6 Pãozinho assado e recheado.

do chão, e vou ficar só segurando, para ele sentir minha força, e depois vou soltá-lo; mas, na verdade, isso não é bom; não, não tem importância, pois não vou lhe fazer mal, vou só mostrar que eu..." E não me censurem por meus sonhos de juventude serem tão imaturos, iguais aos da infância e da adolescência. Estou convencido de que, se for meu destino sobreviver até uma idade avançada e se meu relato alcançar esse tempo, quando for um velho de setenta anos, terei sonhos tão incrivelmente imaturos como os de agora. Vou sonhar com uma linda Marie, que vai amar a mim, um velhinho desdentado, como amou Mazepa,[7] vou sonhar que meu filho idiota, de repente, por um acaso extraordinário, será ministro, ou que, de repente, vou ganhar milhões de rublos. Estou convencido de que não existe criatura humana nem qualquer idade isenta dessa benéfica e consoladora capacidade de sonhar. Porém, exceto pelo traço comum da impossibilidade de se realizarem, os sonhos de cada pessoa e de cada idade têm seu caráter específico. No período que considero o fim da adolescência e o início da juventude, a base de meus sonhos eram quatro sentimentos: o amor por *ela*, a mulher imaginária que eu sonhava sempre da mesma forma e que esperava encontrar a qualquer minuto, em algum lugar. Essa *ela* era um pouco Sónietchka, um pouco Macha, a esposa de Vassíli, naquela altura, quando lavava as roupas de cama na tina, e um pouquinho a mulher com pérolas no pescoço branco que eu vira no teatro, muito tempo antes, num camarote perto do nosso. O segundo sentimento era o amor do amor. Gostaria que todos me conhecessem e me amassem. Gostaria de anunciar meu nome, Nikolai Irtiéniev, e ver que todos ficavam impressionados com aquela notícia, me rodeavam e me agradeciam por algum motivo. O terceiro sentimento era a esperança de uma felicidade

---

7 Ivan Stiepánovitch Mazepa, líder dos cossacos na Ucrânia, entre os séculos XVII e XVIII. Personagem do poema "Poltava", de Púchkin.

extraordinária, soberba — tão intensa e tão completa que levaria à loucura. Eu estava convencido de que, muito em breve, por força de um incidente extraordinário, eu me transformaria de repente no homem mais rico e mais famoso do mundo, e de que eu me encontrava na expectativa angustiosa e incessante de algo feliz, que viria por um passe de mágica. O tempo todo, eu contava que aquilo estava à beira de começar, que eu ia alcançar tudo o que um homem pode desejar, e andava sempre afobado, para toda parte, supondo que, lá onde eu não estava, aquilo já *ia começar*. O quarto sentimento, o mais importante, era a repugnância de mim mesmo e o remorso, mas um remorso a tal ponto misturado com a esperança de felicidade, que não tinha, em si, nada de triste. Parecia-me tão fácil e natural me desprender de todo o passado, me renovar, esquecer tudo o que havia acontecido e começar minha vida de novo e por completo, em todas as suas relações, que o passado não me oprimia, não me tolhia. Eu até me deleitava com a repulsa ao passado e me esforçava para vê-lo de modo mais sombrio do que era, de fato. Quanto mais escuro era o círculo das recordações do passado, mais puro e radiante se tornava o momento presente e mais se destacavam as cores de arco-íris do futuro. Essa voz do remorso e do desejo fervoroso de perfeição foi também a nova e principal inspiração espiritual naquela fase de meu desenvolvimento e foi ela que assinalou o início de minha nova forma de encarar a mim mesmo, as pessoas e o mundo de Deus. A voz alegre e benfazeja que, tantas vezes, desde então, nas horas tristes em que a alma se sujeitava, em silêncio, ao poder vivo da mentira e da depravação, de repente se levantava corajosa contra toda falsidade, desmascarava com veemência o passado, apontava para o ponto luminoso do presente, obrigando a amá-lo, e prometia o bem e a felicidade no futuro — voz benfazeja e alegre! Será possível que, algum dia, ela deixará de soar?

4. Nosso círculo familiar

Naquela primavera, era raro papai ficar em casa. No entanto, quando isso acontecia, ele se mostrava extraordinariamente alegre, dedilhava no piano suas peças prediletas, lançava olhares graciosos e inventava brincadeiras sobre todos nós e também sobre Mimi, como, por exemplo, que um príncipe da Geórgia viu Mimi num passeio e se apaixonou a tal ponto que apresentou ao sínodo um pedido de divórcio; ou que eu ia ser nomeado assistente do embaixador em Viena — e nos transmitia essas notícias com o rosto mais sério do mundo; assustava Kátienka com aranhas, das quais ela morria de medo; era muito afetuoso com nossos amigos Dúbkov e Nekhliúdov e, o tempo todo, contava para nós e para as visitas seus planos para o ano seguinte. Apesar de seus planos mudarem quase todo dia e contradizerem uns aos outros, eram tão sedutores que não nos cansávamos de ouvi-los; e Liúbotchka, sem piscar, olhava fixamente para a boca do papai, a fim de não deixar escapar nenhuma palavra. Ora o plano consistia em nos deixar em Moscou para cursar a universidade, enquanto ele e Liúbotchka iriam passar dois anos na Itália; ora o plano era comprar uma propriedade na Crimeia, no litoral sul, e passar lá todos os verões; ora a ideia era mudar-se para Petersburgo com toda a família etc. Entretanto, além da alegria fora do comum, ultimamente havia ocorrido em papai outra mudança que muito me surpreendeu. Ele mandou fazer, para si, roupas no rigor da moda — um fraque verde-oliva, calças modernas com presilhas e uma *bekecha*[8] comprida, que caía muito bem nele, e muitas vezes papai exalava um perfume maravilhoso, na hora de sair, sobretudo quando ia à casa de certa dama, sobre a qual Mimi não dizia nada, além de um suspiro, enquanto fazia uma expressão em que se liam as palavras: "Pobres órfãos! Paixão funesta! Ainda bem que ela não está mais aqui" etc. Como papai não nos contava nada sobre seus negócios no jogo, foi por intermédio de Nikolai que eu soube que ele tinha se saído muito bem naquele inverno; ganhara uma quantia tremenda, depositara o dinheiro na casa de penhores e, na primavera, não quis mais jogar. Sem dúvida, era pelo medo de não resistir ao jogo que ele tanto desejava partir logo para o campo. Sem esperar sequer meu ingresso na universidade, papai chegou a tomar a decisão de viajar com as meninas, logo depois da Páscoa, para Petróvskoie, para onde eu e Volódia também iríamos mais tarde.

Durante todo aquele inverno, e até na primavera, Volódia e Dúbkov eram inseparáveis (já começavam a se esquivar de Dmítri com certa frieza). Seus prazeres principais, até onde eu podia deduzir das conversas que ouvia, consistiam invariavelmente em beber champanhe o tempo todo, passar de trenó ou de coche embaixo da janela de certa senhorita, pela qual ambos estavam apaixonados, ao que parecia, e dançar vis-à-vis, não mais em bailes infantis, mas em bailes de verdade. Esta última circunstância nos distanciava bastante, embora eu e Volódia gostássemos muito um do outro. Sentíamos haver uma diferença grande demais — entre um menino que tinha aulas particulares e um homem que dançava em bailes de adultos — para nos aventurarmos a comunicar, um ao outro, nossos pensamentos. Kátienka já estava totalmente crescida, lia muito mais romances e a ideia de que, em breve, iria casar já não me

---

8 Sobretudo pregueado na cintura.

parecia uma brincadeira; porém, apesar de Volódia também já estar crescido, os dois não se entendiam bem e até me parecia que se desprezavam mutuamente. No geral, quando Kátienka estava sozinha em casa, não fazia outra coisa que não ler romances e, na maior parte do tempo, ficava entediada; porém, quando estavam presentes outros homens, ela se tornava muito animada, amável, e inventava uns olhares que me deixavam sem conseguir compreender, de maneira nenhuma, o que ela queria exprimir. Só depois, ao ouvi-la dizer, numa conversa, que a única sedução permitida para as mocinhas de família é a dos olhares, fui capaz de explicar para mim mesmo os esgares estranhos e forçados em seus olhos, que, pelo visto, nada tinham de surpreendentes para os outros. Liúbotchka também já começava a usar vestidos quase compridos, de modo que quase não se viam as pernas tortas, porém ela continuava tão chorona quanto antes. Agora, Liúbotchka já sonhava em casar não com um hussardo, mas com um cantor ou um músico e, com esse fim, estudava música com afinco. Saint-Jérôme, que sabia que ia ficar em nossa casa só até o final de meus exames, procurava emprego na casa de certo conde e, desde então, encarava nossa casa com desprezo. Raramente ficava em casa, passou a fumar cigarros — o que era, então, algo muito chique — e assoviava melodiazinhas alegres o tempo todo, com um cartão diante da boca. A cada dia, Mimi ficava mais amarga e parecia que, desde o momento em que nós começamos a crescer, ela não esperava nada de bom de nenhum de nós.

Quando cheguei para almoçar, só encontrei à mesa Mimi, Kátienka, Liúbotchka e Saint-Jérôme; papai não estava em casa e Volódia se preparava para o exame, no quarto, com seus camaradas, e fez questão de que levassem seu almoço para lá. Em geral, ultimamente, quem ocupava a cabeceira da mesa era Mimi, que nenhum de nós respeitava, e o almoço perdeu muito de seu encanto. O almoço já não era como no tempo de mamãe ou de vovó, quando tinha uma espécie de cerimônia, reunindo toda a família numa hora determinada e dividindo o dia em duas metades. Nós já nos permitíamos chegar atrasados, no segundo prato, beber vinho em copos (o próprio Saint-Jérôme foi quem deu o exemplo), sentar na cadeira relaxadamente, sair da mesa sem ter comido tudo e tomar outras liberdades do mesmo tipo. Desde então, o almoço deixou de ser, como antes, uma divertida celebração familiar cotidiana. Era bem diferente em Petróvskoie, quando todos, às duas horas, lavados e bem-vestidos para o almoço, sentavam na sala de estar e, conversando alegremente, esperavam a hora marcada. Exatamente no momento em que o relógio rangia na saleta dos garçons, tomando impulso para bater as duas horas, entrava Foka, em passos silenciosos, com um guardanapo no braço e o rosto altivo e um pouco severo. "A refeição está servida!", declarava em voz alta e arrastada, e todos, com rostos alegres e satisfeitos, os mais velhos na frente, os mais jovens atrás, farfalhando as saias engomadas, chiando as botas e os sapatos, seguiam para a sala de jantar e, conversando em voz baixa, se distribuíam nos lugares já sabidos. Também era muito diferente em Moscou, tempos antes, quando todos, falando em voz baixa, ficavam de pé diante da mesa posta, na sala, à espera da vovó, a quem Gavrilo já tinha avisado que a comida estava servida — de repente, a porta se abre, ouve-se o rumor de um vestido, um arrastar de pés, e vovó, de touca, guarnecida com uma espécie de laço lilás fora do comum, meio torta, sorrindo ou olhando de esguelha com ar soturno (conforme seu estado de saúde), emerge de seus aposentos. Gavrilo se atira na direção da poltrona da vovó, ouve-se o barulho das cadeiras arrastadas e, sentindo uma espécie de calafrio correr pela espinha — o prenúncio do apetite —, pegamos um guardanapo engomado e úmido, comemos uma casca de pão e, com avidez impaciente e alegre, esfregando as mãos por baixo da mesa, lançamos um olhar para os fumegantes pratos de sopa que o mordomo serve, seguindo a ordem da idade e da estima de vovó.

Agora, eu já não experimentava nada, nem alegria nem emoção, ao chegar para o almoço.

A tagarelice de Mimi, de Saint-Jérôme e das meninas, ao falar sobre os sapatos horríveis do professor de russo, sobre os vestidos com babados das princesas Kornakova etc. — sua tagarelice, que antes despertava meu sincero desprezo, o qual, especialmente em relação a Liúbotchka e Kátienka, eu não tentava esconder, agora não me afastava de meu novo estado de ânimo virtuoso. Eu estava extraordinariamente dócil; sorria, escutava-as com um carinho especial, pedia respeitosamente que me dessem o *kvas* e acatava a correção que Saint-Jérôme me fazia de alguma expressão que eu tinha usado durante o almoço, explicando que era mais bonito dizer *je puis* do que *je peux*.[9] No entanto, é preciso confessar que me sentia um pouco incomodado por ninguém prestar atenção especial à minha docilidade e virtude. Depois do almoço, Liúbotchka me mostrou um papelzinho no qual ela havia escrito todos os seus pecados; achei aquilo muito bom, mas achei que seria ainda melhor inscrever todos os seus pecados na própria alma e que "tudo isso não é como devia ser".

— Por que não? — perguntou Liúbotchka.

— Bem, isso também está bom; você não me entenderia.

— E subi para meu quarto, depois de dizer a Saint-Jérôme que ia estudar, mas na verdade, antes da confissão, que seria dali a mais ou menos uma hora e meia, eu queria redigir um plano para toda a minha vida, com minhas obrigações e tarefas, explicar no papel o propósito de minha vida e as regras que, desde já, eu deveria sempre seguir, sem vacilar.

---

9 Em francês no original: "Eu posso".

5. As regras

Peguei uma folha de papel e, antes de mais nada, quis elaborar um plano com as obrigações e as tarefas para o ano seguinte. Era preciso traçar linhas no papel. Como não achei uma régua, usei para isso o dicionário de latim. No entanto, depois de correr a pena ao longo da borda do dicionário e afastá-lo para o lado, revelou-se que, em vez de linha, eu deixara no papel uma comprida poça de tinta — o dicionário não alcançava o papel inteiro e a linha ficou torta, na quina mole do livro. Peguei outro papel e, movendo aos poucos o dicionário para o lado, tracei as linhas como pude. Dividi minhas obrigações em três tipos: as obrigações comigo mesmo, com o próximo e com Deus, e comecei a escrever as primeiras, porém elas se revelaram tão numerosas e com tantos tipos e subtipos que era preciso, antes, redigir "As regras da vida" e só depois passar para o plano. Peguei seis folhas de papel, costurei com elas um caderno e escrevi no alto: "As regras da vida". Essas palavras foram escritas de forma tão torta e desigual que me demorei pensando: "Será que devo escrever de novo?". E me atormentei por muito tempo, olhando para as folhas amarfanhadas do plano e para o título monstruoso. Por que tudo é tão belo e claro dentro da minha alma e fica tão horroroso no papel e na vida, em geral, quando quero executar algo que penso?...

— O sacerdote confessor chegou, por favor, queira descer para ouvir as preces — veio me comunicar Nikolai.

Escondi o caderno embaixo da mesa, dei uma olhada no espelho, penteei o cabelo para cima, o que, segundo minha convicção, me dava um aspecto meditativo, e desci para a sala dos divãs, onde já havia uma mesa coberta por um pano, com um ícone e velas de cera acesas. Papai entrou pela outra porta, na mesma hora em que eu entrava. O confessor, um monge grisalho de rosto envelhecido e severo, abençoou papai. Em seguida, papai beijou a mão larga, curta e seca do sacerdote; fiz o mesmo.

— Chamem o Voldemar — disse papai. — Onde ele está? Não, pensando bem, ele está na universidade, jejuando.

— Ele está estudando com o príncipe — disse Kátienka, e lançou um olhar para Liúbotchka.

De repente, por alguma razão, Liúbotchka ficou vermelha, contraiu o rosto, fingindo alguma dor, e saiu da sala. Fui atrás. Ela parou na sala de estar e começou a escrever de novo no papelzinho com a lista dos pecados.

— O que foi, cometeu mais um pecado? — perguntei.

— Não, não é nada, bobagem — respondeu, ruborizando-se.

Nesse momento, no vestíbulo, ouviu-se a voz de Dmítri, que se despedia de Volódia.

— Está vendo só? Para você, tudo é tentação — disse Kátienka, entrando na sala e se dirigindo a Liúbotchka.

Eu não conseguia entender o que se passava com minha irmã: estava tão constrangida que as lágrimas brotaram em seus olhos e sua perturbação chegou a tal ponto que se transformou em irritação, consigo e com Kátienka, que visivelmente queria provocar Liúbotchka.

— Logo se vê que você é uma *estrangeira*! — Nada podia ser mais ofensivo para Kátienka do que ser chamada de "estrangeira", e foi com esse objetivo que Liúbotchka usou a palavra. — Bem na hora desse sacramento — prosseguiu, com voz muito séria —, você vem me provocar de propósito... Você devia entender... Isso não tem nada de engraçado...

— Sabe o que ela escreveu, Nikólienka? — perguntou Kátienka, ofendidíssima por ter sido chamada de "estrangeira". — Ela escreveu...

— Eu não esperava que você fosse tão maldosa — disse Liúbotchka, tomada pelo choro, e afastou-se de nós. — Numa hora dessas e de propósito, o tempo todo, ela me induz ao pecado. Eu não fico me metendo com seus sentimentos e suas aflições.

6. Confissão

Com esses pensamentos esparsos e outros semelhantes, voltei para a sala dos divãs quando todos estavam reunidos ali e o confessor, de pé, se preparava para ler a prece que antecede a confissão. Porém, assim que, no meio do silêncio geral, irrompeu a voz forte e impressionante do monge para ler a prece e, sobretudo, quando proferiu as palavras: "Revelem todas as suas faltas, sem vergonha, sem omissão e sem justificativa, e sua alma vai se purificar diante de Deus e, caso omitirem algo, cometerão um grande pecado", voltou a mim o sentimento de temor devoto que havia experimentado pela manhã, ao pensar no sacramento iminente. Até encontrei prazer na consciência daquele estado e me esforcei para que se prolongasse, barrando todos os pensamentos que queriam vir à minha cabeça e me obrigavam a temer alguma coisa.

O primeiro a se confessar foi papai. Ficou muito tempo no quarto da vovó e, durante todo esse tempo, aguardamos na sala dos divãs, calados ou conversando em sussurros sobre quem seria o próximo. Por fim, atrás da porta, ouviu-se de novo a voz do monge, que lia uma prece, e os passos de papai. A porta rangeu e ele entrou, tossindo e contraindo o ombro, como era seu costume, e sem olhar para nenhum de nós.

— Muito bem, agora vá você, Liuba, e trate de contar tudo. Afinal, você é a minha grande pecadora — disse papai, em tom alegre, e beliscou-a na bochecha.

Liúbotchka empalideceu, ruborizou-se, tirou o papelzinho do avental, escondeu-o de novo e, de cabeça baixa, como se encolhesse o pescoço, dando a impressão de que esperava um golpe vindo de cima, atravessou a porta. Não demorou muito tempo, mas, ao voltar, seus ombros sacudiam com os soluços.

Enfim, depois da bela Kátienka, que voltou sorrindo pela porta, chegou minha vez. Com o mesmo temor estúpido e o desejo de, premeditadamente e cada vez mais, insuflar esse temor dentro de mim, entrei no quarto mal iluminado. O confessor estava de pé diante do atril e, lentamente, virou o rosto para mim.

Fiquei não mais que quinze minutos no quarto da vovó, porém saí de lá feliz e, segundo minha crença na época, totalmente puro, um homem moralmente regenerado e novo. Embora todas as antigas condições de vida me causassem uma impressão desagradável — os mesmos cômodos, os mesmos móveis, a minha figura de sempre (eu gostaria que tudo o que era exterior mudasse, da mesma forma que, assim me parecia, eu havia mudado interiormente) —, apesar disso, permaneci naquele estado de ânimo alegre até a hora em que fui dormir.

Estava começando a dormir, repassando na imaginação todos os pecados dos quais havia me purificado, quando de repente me lembrei de um pecado vergonhoso, que tinha escondido na confissão. As palavras da prece que antecede a confissão voltaram à minha memória e não paravam de soar em meus ouvidos. Toda a minha tranquilidade, num instante, desapareceu. "Caso omitirem algo, cometerão um grande pecado...", ressoava sem parar em meu ouvido, e eu me via como um pecador tão terrível que não havia castigo suficiente para mim. Fiquei rolando muito tempo para um lado e para outro, repensando minha situação e esperava, a qualquer minuto, o castigo divino e até a morte fulminante — ideia que me deixava num horror indescritível. Mas, de repente, me veio uma ideia feliz: assim que o sol nascesse, eu iria a pé ou de coche ao mosteiro para procurar o confessor e me confessar de novo — e então me acalmei.

7. Viagem ao mosteiro

À noite, acordei algumas vezes com medo de dormir demais e perder a hora; assim, antes das seis, eu já estava de pé. Nas janelas, mal clareava. Ao lado da cama, pus a roupa e as botas, que estavam amarrotadas e sujas, porque Nikolai ainda não tivera tempo de vir arrumar o quarto e, sem rezar nem me lavar, saí para a rua sozinho, pela primeira vez na vida.

No outro lado da rua, atrás do telhado verde de uma casa grande, a aurora nebulosa, gélida, tingia-se de vermelho. A forte geada matinal da primavera havia congelado a lama e os pequenos regatos, o gelo espetava por baixo dos pés e pinicava o rosto e as mãos. Em nossa ruazinha, não havia ainda nenhum coche de aluguel — e era justamente com os cocheiros de praça que eu contava para ir ao mosteiro e voltar bem depressa. Só algumas carroças se arrastavam pela rua Arbat e dois pedreiros passavam pela calçada, conversando. Depois que andei uns mil passos, começaram a aparecer pessoas: mulheres que caminhavam com cestos para o mercado; aguadeiros que iam pegar água; um vendedor de pastéis surgiu de uma esquina; uma padaria abriu as portas e, nos portões da rua Arbat, apareceu um cocheiro de praça, um velhinho que cochilava, balançando-se no seu coche descascado, de molas pequenas e de forro azul remendado. Devia estar morto de sono, pois me pediu só vinte copeques para ir ao mosteiro e voltar; mas depois, de repente, despertou de fato e, quando eu quis subir no coche, chicoteou seu cavalinho com as pontas das rédeas e tentou simplesmente se livrar de mim. "Tenho de dar comida para o cavalo! Não posso, patrão."

A muito custo o convenci a parar, propus pagar quarenta copeques. Ele deteve o cavalo, observou-me com atenção e disse: "Suba, patrão". Confesso que tive um pouco de medo de que ele me levasse para um beco e me roubasse. Agarrei-me na gola de seu capote andrajoso, deixando um pouco à mostra seu pescoço deploravelmente enrugado, acima das costas arqueadas, e subi de pernas abertas no banco azul, torto e bamboleante, então partimos sacolejando pela rua Vozdvijenka abaixo. No caminho, tive ocasião de perceber que o encosto do assento do coche estava coberto por um pedaço de pano esverdeado, igual ao do capote do cocheiro; por algum motivo, essa circunstância me tranquilizou e eu já não tive mais receio de que o cocheiro me levasse para um beco para me roubar.

O sol já estava bastante alto e as cúpulas das igrejas começaram a brilhar, douradas, enquanto seguíamos para o mosteiro. Nas sombras, a geada persistia, porém, ao longo de todo o caminho, escorriam pequenos regatos barrentos e rápidos, e o cavalo chapinhava na lama do gelo derretido. Ao atravessar a cerca de grades do mosteiro, perguntei à primeira pessoa que vi como eu podia achar o confessor.

— A cela dele é aquela — respondeu um monge que passava, detendo-se um minuto e apontando para um casebre com um pequeno alpendre.

— Agradeço ao senhor, humildemente — falei.

Mas o que poderiam pensar de mim os monges que saíam da igreja, uns atrás dos outros, e me olhavam? Eu não era nem adulto nem criança, meu rosto não estava lavado, os cabelos não estavam penteados, a roupa não estava escovada, as botas não estavam limpas, e ainda tinham lama. Em que categoria de gente os monges me classificariam, em pensamento, ao me verem daquele jeito? E olhavam para mim com atenção. No entanto, fui assim mesmo ao lugar indicado pelo jovem monge.

Um velhinho de roupa preta, de sobrancelhas espessas e grisalhas, veio a meu encontro no caminho estreito que levava às celas e me perguntou o que eu desejava.

Por um minuto, eu quis dizer "nada", fugir correndo para o coche e voltar para casa; no entanto, apesar das sobrancelhas arrepiadas, o rosto do velho inspirava confiança. Respondi que precisava ver o confessor e disse seu nome.

— Venha comigo, pequeno senhor, vou levá-lo até lá — disse ele, e deu meia-volta, pelo visto adivinhando minha situação. — O padre está nas matinas, daqui a pouco ele vai atender.

Abriu a porta, atravessou o vestíbulo e a antessala limpíssima, passando sobre um capacho de fibra muito limpo, e me levou até a cela.

— Aqui está, espere um pouco — disse-me com expressão bondosa e tranquilizadora, e saiu.

O quartinho onde eu me encontrava era muito reduzido e extremamente limpo e arrumado. Toda a mobília se resumia a uma mesinha coberta com um pano engomado, entre duas pequenas janelas de duas bandas, em cujo parapeito havia dois vasos de gerânios, uma prateleirazinha com ícones e com uma lamparina pendurada diante deles, uma poltrona e duas cadeiras. No canto, pendurado na parede, havia um relógio com o mostrador ornamentado com flores e pesos de cobre suspensos em correntinhas; na parede divisória, unida ao teto por ripas de madeira pintadas de cal (certamente, atrás da divisória ficava a cama), havia duas batinas penduradas em pregos.

As janelas davam para uma parede branca, a dois *archin* de distância. Entre elas e a parede, havia um pequeno arbusto de lilases. Nenhum som externo alcançava o quarto e por isso, naquele silêncio, as batidas ritmadas e agradáveis do pêndulo pareciam um barulho forte. Assim que fiquei sozinho naquele canto sossegado, todos os meus pensamentos anteriores e minhas lembranças, de repente, sumiram de minha cabeça, como se nunca tivessem estado ali, e mergulhei por inteiro numa espécie de devaneio indescritivelmente agradável. A batina de nanquim amarelada e com o forro puído, os livros surrados com encadernação de couro preto e com fechos de cobre, o verde turvo das plantas, com a terra meticulosamente regada e as folhas molhadas e, acima de tudo, o som intermitente e ritmado do pêndulo me falavam claramente de uma vida nova, desconhecida para mim, até então, uma vida de solidão, de prece, de felicidade calma, serena...

"Passam os meses, passam os anos", pensei, "e ele está sempre só, sempre calmo, sente sempre que a consciência está limpa diante de Deus e que suas preces são ouvidas." Fiquei mais ou menos meia hora sentado na cadeira, tentando não me mexer nem respirar alto, para não perturbar a harmonia dos sons que me diziam tanta coisa. E o pêndulo não parava de bater do mesmo jeito — para a direita, mais alto; para esquerda, mais baixo.

8. Segunda confissão

Os passos do confessor me tiraram daquele devaneio.

— Bom dia — disse ele, ajeitando com a mão os cabelos grisalhos. — O que o senhor deseja?

Pedi a bênção e, com prazer especial, beijei sua mão miúda e amarelada.

Quando expliquei meu pedido, ele não disse nada, aproximou-se dos ícones e deu início à confissão.

Quando a confissão terminou e eu, depois de vencer a vergonha, já havia lhe contado tudo o que tinha na alma, ele aproximou a mão de minha cabeça e, com a voz sonora e serena, declarou: "Que a bênção do Pai celestial desça sobre ti, meu filho, e que Ele proteja sempre sua fé, humildade e resignação. Amém".

Senti-me plenamente feliz, lágrimas de felicidade irromperam em minha garganta; beijei uma prega de sua batina de lã muito fina e levantei a cabeça. O rosto do monge estava absolutamente calmo.

Eu sentia que me deliciava com um sentimento de ternura e, temendo que algo o dissipasse, me despedi às pressas do confessor, saí pela cerca de grades sem olhar para os lados a fim de não me distrair e sentei de novo no banco do coche remendado e sacolejante. Mas os solavancos da carruagem e o colorido dos objetos, que passavam em lampejos diante de meus olhos, logo dissiparam aquele sentimento; e eu já estava imaginando que agora, com certeza, o confessor pensava que nunca tinha visto outro jovem como eu, de alma tão bela, e que nunca mais veria, pois não deveria existir no mundo nada parecido. Eu estava convencido disso; e essa convicção insuflou em mim um sentimento de felicidade de um tipo que exigia que eu o comunicasse a outra pessoa.

Senti uma vontade tremenda de falar com alguém; porém, como não havia ninguém à mão, a não ser o cocheiro, me dirigi a ele:

— E aí, demorei muito? — perguntei.

— Mais ou menos, já passou da hora de dar comida ao cavalo... Sabe, eu trabalho no turno da noite — respondeu o cocheiro velhinho, que agora, com o solzinho matinal, estava visivelmente mais animado do que antes.

— Tive a impressão de que fiquei lá só um minutinho — falei. — Sabe para que fui ao mosteiro? — acrescentei, trocando de lugar e sentando num vão que havia no coche e que ficava mais perto do cocheiro velhinho.

— E isso é lá da minha conta? O passageiro diz aonde quer ir e a gente leva — respondeu.

— Mesmo assim, o que você acha que eu fui fazer? — continuei perguntando.

— Bom, na certa vai ter de enterrar alguém, foi comprar um túmulo — disse ele.

— Não, irmão. Não sabe mesmo para que eu fui lá?

— Não posso saber, patrão — repetiu.

A voz do cocheiro me pareceu tão bondosa que, para sua edificação, resolvi contar o motivo de minha ida e até o sentimento que eu experimentava.

— Quer que eu conte? Pois bem, veja só...

E contei tudo e descrevi todos os meus belos sentimentos. Agora, chego a me ruborizar ao recordar isso.

— É, patrão — disse o cocheiro, desconfiado.

E ficou muito tempo calado, sem se mexer, apenas ajeitava, de vez em quando, a aba do capote, que toda hora escapava de debaixo de sua perna, de calça listrada, que sacolejava por causa dos solavancos da bota grande, apoiada no estribo. Eu já imaginava que ele estava pensando de mim o mesmo que o confessor — ou seja, que não existia no mundo outro jovem tão belo como eu. Mas, de repente, ele se voltou para mim:

— Quer dizer, patrão, que foi lá tratar de um negócio de senhores.

— Como? — perguntei.

— Era um negócio de senhores — repetiu, resmungando com a boca desdentada.

"Não, ele não me entendeu", pensei, mas já não falei mais nada com ele, até chegar em casa.

Embora o que havia perdurado em mim, por todo o caminho, não fosse mais o mesmo sentimento de ternura e devoção, mas sim a satisfação por ter experimentado aquele sentimento — e a despeito do povo que coloria as ruas, por toda parte, no fulgor radiante da manhã —, assim que cheguei em casa, aquele sentimento desapareceu por completo. Eu não tinha os quarenta copeques para pagar o cocheiro. O mordomo Gavrilo, a quem eu já devia dinheiro, não queria mais me emprestar nada. O cocheiro viu que atravessei o pátio correndo duas vezes, atrás de dinheiro, na certa adivinhou por que eu corria tanto para lá e para cá, por isso desceu do coche e, apesar de me parecer tão bondoso, começou a falar alto, com o óbvio desejo de me ferir, dizendo que havia no mundo uns sem-vergonha que não pagavam os cocheiros.

Em casa, todos ainda estavam dormindo, de modo que, exceto os criados, eu não tinha a quem pedir quarenta copeques emprestados. Por fim, Vassíli, depois que lhe dei minha palavra de honra mais sagrada, na qual (vi pelo seu rosto) ele não acreditou nem um pouco, pagou ao cocheiro por mim, e o fez, na verdade, porque me amava e se lembrava do favor que eu lhe prestara. E assim aquele sentimento se dissipou que nem fumaça. Quando comecei a trocar de roupa para ir à igreja, a fim de comungar com todos os demais, e vi que minha roupa nova ainda não tinha ficado pronta e que eu não poderia vesti-la, cometi um monte de pecados. Depois de vestir outra roupa, fui para a comunhão num estado de ânimo estranho, com os pensamentos em atropelo e uma absoluta descrença em minhas belas inclinações.

9. Como me preparei para a prova

Na Quinta-Feira Santa, papai, minha irmã, Mimi e Kátienka partiram para o campo e assim, em todo o casarão da vovó, só restamos eu, Volódia e Saint-Jérôme. O estado de ânimo em que eu me encontrava no dia da confissão e da visita ao mosteiro tinha passado completamente e, em mim, só restara uma lembrança vaga, embora agradável, que as novas impressões da vida livre começavam a abafar, cada vez mais.

O caderno com o título "As regras da vida" também tinha sido escondido no meio dos cadernos de estudo. Embora a ideia de estabelecer, para mim, regras para todas as circunstâncias da vida e de sempre me orientar por elas me agradasse — além de me parecer extraordinariamente simples e, ao mesmo tempo, grandiosa —, e, embora eu tivesse, de fato, a intenção de aplicá-las à vida, mais uma vez parece que esqueci que era preciso fazer aquilo sem demora e sempre deixava para depois. No entanto, me consolava o fato de que toda ideia que me vinha à cabeça, agora, se encaixava imediatamente em alguma das subcategorias de minhas regras e obrigações: nas regras em relação ao próximo, ou a mim mesmo, ou a Deus. "Mais adiante, vou incluir isso, e também muitas e muitas outras ideias que virão, sobre esse assunto", eu dizia comigo. Agora, eu me pergunto muitas vezes: Quando fui melhor e mais justo: quando acreditava no poder absoluto da inteligência humana ou agora, quando, depois de perder o ímpeto de evoluir, duvido da força e da importância da inteligência humana? E não consigo me dar uma resposta positiva.

A consciência da liberdade e aquele sentimento primaveril da expectativa de algo, sobre o qual já falei, me deixavam a tal ponto agitado que eu não conseguia me controlar, de jeito nenhum, e me preparava pessimamente para os exames. Acontecia de eu estar na sala de aula, de manhã, sabendo que era preciso estudar, porque no dia seguinte farei prova de uma matéria na qual ainda há duas questões inteiras que eu nem li, mas de repente um aroma primaveril sopra através da janela — e é como se fosse absolutamente necessário lembrar algo naquele instante, as mãos se movimentam por vontade própria e buscam um livro, também por vontade própria os pés começam a se mover e a andar para lá e para cá, e dentro da cabeça é como se alguém tivesse apertado uma mola e acionado um mecanismo, dentro da cabeça começam a disparar sonhos variados, coloridos e alegres, de maneira tão fácil e natural, e com tamanha rapidez, que só dá tempo de captar um lampejo. E passa uma hora, duas horas, sem a gente notar. Ou então estou sentado na frente de um livro e faço o que posso para concentrar toda a atenção na leitura, mas de repente, no corredor, soam passos de mulher e o barulho de um vestido — e tudo se esvai dentro da cabeça, não existe nenhuma possibilidade de ficar parado, apesar de saber muito bem que, exceto Gacha, a velha camareira da vovó, ninguém mais pode passar pelo corredor. "E se de repente for *ela*?", vem à cabeça. "E se tudo fosse começar agora, e eu deixasse o momento escapar?" E pulo para o corredor, vejo que é apenas Gacha; porém, depois disso, fico muito tempo sem conseguir dominar minha cabeça. A mola disparou e, de novo, tudo é uma tremenda barafunda. Ou então, à noite, estou sozinho em meu quarto, com uma vela de sebo acesa; de repente, por um segundo, eu me desvio do livro para cortar a parte queimada do pavio da vela ou para me ajeitar melhor na cadeira, e vejo que em toda parte, nas portas, na rua, está escuro, e ouço que em casa, em todo canto, faz silêncio — de novo, é impossível não parar e escutar o silêncio, não olhar para as trevas da porta aberta para o quarto escuro, e não ficar muito tempo imóvel, ou então é impossível não descer e percorrer todos os cômodos vazios. Muitas vezes, também à noite, eu me demorava sentado na sala, sem ninguém perceber, escutando as notas de "Rouxinol", que Gacha tocava no piano só com dois dedos, sentada sozinha diante de uma vela de sebo, no salão. E, já à luz do luar, eu não via jeito de não levantar da cama, me recostava na janela que dava para o jardinzinho e, olhando para o telhado iluminado da casa de Chápochnikov, para o esguio campanário da nossa paróquia e para a sombra noturna da cerca e do arbusto, que se estirava por cima da trilha do jardim, eu não conseguia deixar de me demorar ali por tanto tempo que depois só acordava, e ainda assim a muito custo, às dez da manhã.

Portanto, não fossem os professores, que continuavam a vir para me dar aulas particulares, não fosse Saint-Jérôme, que de vez em quando, sem querer, atiçava meu amor-próprio, e, acima de tudo, não fosse meu desejo de me mostrar como um jovem talentoso, aos olhos de meu amigo Nekhliúdov — ou seja, obter notas excelentes nos exames, o que na opinião dele era muito importante —, não fosse tudo isso, a primavera e a liberdade acabariam me fazendo esquecer até aquilo que eu já sabia e seria absolutamente impossível eu ser aprovado nos exames.

10. A prova de história

No dia 16 de abril, sob a proteção de Saint-Jérôme, entrei pela primeira vez no grande salão da universidade. Fomos até lá em nosso fáeton muito elegante. Pela primeira vez na vida, eu estava de fraque e toda a minha roupa, até as meias e as peças de linho, era nova e da melhor qualidade. Quando, na entrada, o porteiro tirou meu sobretudo e eu surgi diante dele em toda a beleza de meus trajes, senti até certa vergonha por estar tão deslumbrante. No entanto, assim que avancei pelo assoalho lustroso do salão cheio de gente e vi centenas de jovens em uniforme de ginasianos e de fraque, alguns dos quais olharam para mim com indiferença, e, na ponta mais afastada, os professores catedráticos, que andavam livremente em redor das mesas ou estavam sentados em poltronas grandes, nesse mesmo instante me desiludi da esperança de chamar a atenção geral para mim e meu rosto, que em casa, e até no vestíbulo, exprimia uma espécie de remorso por eu apresentar, contra minha vontade, um aspecto tão aristocrático e solene, adquiriu uma expressão de fortíssima timidez e de certa melancolia. Cheguei a cair no extremo oposto e me alegrei imensamente ao ver, no banco mais próximo, um senhor vestido sem asseio e da maneira mais imprópria, que ainda não era velho, mas tinha o cabelo quase todo grisalho e que, separado dos demais, estava sentado no banco de trás. Fui logo sentar a seu lado, me pus a observar os candidatos e comecei a tirar minhas conclusões sobre eles. Havia ali muitas feições e figuras diferentes, porém, no meu modo de ver, na época, todos eles podiam ser facilmente divididos em três tipos.

Havia aqueles que, como eu, vieram para os exames acompanhados dos preceptores ou dos pais e, entre eles, estavam o Ívin caçula, acompanhado do meu conhecido Frost, e Ílienka Grap, acompanhado de seu pai idoso. Todos desse tipo tinham penugens no queixo e a camisa à mostra, mantinham-se sentados com ar humilde, sem abrir os livros e os cadernos que trouxeram consigo e, com visível timidez, olhavam para os professores e para as mesas de prova. O segundo tipo de candidatos era o dos jovens em uniforme de ginasianos, muitos dos quais já faziam a barba. Em grande parte, já se conheciam, conversavam em voz alta, chamavam os professores pelo nome e patronímico, preparavam as questões ali mesmo, compartilhavam os cadernos, andavam entre os bancos, trouxeram tortas e sanduíches do vestíbulo e até comiam ali, apenas baixando um pouco a cabeça até a altura do banco. E, por último, os candidatos do terceiro tipo, que aliás eram poucos, bem mais velhos, de fraque, mas em grande parte vestiam sobrecasaca e não deixavam a camisa à mostra. Portavam-se com absoluta seriedade, sentavam-se isolados e tinham um aspecto muito soturno. Aquele que havia me consolado, por estar, seguramente, mais malvestido do que eu, pertencia a este último tipo. Com os braços apoiados nos cotovelos, a cabeça apoiada nas mãos e os dedos ressaltando entre os cabelos semigrisalhos, ele lia um livro e, só por um instante, me lançou um olhar nada cordial com seus olhos brilhantes, franziu as sobrancelhas com ar sombrio e ainda ergueu para meu lado um cotovelo lustroso, para que eu não pudesse chegar mais perto dele. Os ginasianos, ao contrário, eram demasiado sociáveis e me davam um pouco de medo. Um deles meteu um livro em minha mão e disse: "Leve para aquele ali"; outro, chegando até mim, disse: "Deixe-me passar por aqui, amigo";

um terceiro, ao passar por cima de um banco, se apoiou no meu ombro, como se fosse o espaldar de uma cadeira. Tudo aquilo me parecia selvagem e desagradável; eu me julgava imensamente superior àqueles ginasianos e acreditava que eles não deviam se permitir tamanha familiaridade comigo. Por fim, começaram a chamar os candidatos pelo sobrenome; os ginasianos se adiantavam sem medo e, na maioria das vezes, respondiam bem e voltavam alegres; os da nossa categoria ficavam muito mais intimidados e, pelo visto, respondiam pior. Entre os mais velhos, alguns respondiam esplendidamente, outros, muito mal. Quando chamaram Semiónov, o meu vizinho de cabelos grisalhos e olhos brilhantes, ele me deu um empurrão grosseiro, passou por cima de minhas pernas e foi na direção da mesa. A julgar pelas feições do professor, ele respondeu de forma magnífica e destemida. Quando voltou a seu lugar, sem esperar para saber que nota tinham lhe dado, pegou seus cadernos e foi embora tranquilamente. Eu já havia me sobressaltado várias vezes ao som da voz que chamava os sobrenomes, mas ainda não tinha chegado minha vez, na ordem alfabética, apesar de já terem chamado alguns sobrenomes começados com K. "Ikónin e Tiéniev", gritou alguém, de repente, no canto dos professores. Um gelo percorreu minha espinha e entrou pelos cabelos.

— Quem foi que chamaram? Quem é Bartiéniev? — falaram à minha volta.

— Ikónin, vá lá, chamaram você; mas quem é Bartiéniev, ou Mordiéniev, eu não sei, apresente-se lá — disse um ginasiano grande e rosado, que estava atrás de mim.

— É o senhor — disse Saint-Jérôme.

— Meu sobrenome é Irtiéniev — falei para o ginasiano rosado. — Será que foi Irtiéniev que chamaram?

— Foi, sim; o que está esperando? Vai logo... Que sujeito metido! — acrescentou em voz baixa, mas num tom em que, quando eu saía da área dos bancos, ainda pude ouvir suas palavras.

Na minha frente, ia Ikónin, um jovem alto, de uns vinte e cinco anos, pertencente ao terceiro tipo, o dos velhos. Vestia um fraque apertado, verde-oliva, gravata azul de cetim, sobre a qual repousavam, na parte de trás, uns fios compridos de cabelo alourado, cuidadosamente penteado à la mujique. Notei sua aparência ainda nos bancos. Era bom conversador e não era feio; me impressionaram, em especial, seus estranhos cabelos avermelhados, que ele deixava soltos no pescoço, e mais ainda seu estranho hábito de desabotoar o colete toda hora, para coçar o peito por baixo da camisa.

Três professores estavam sentados atrás da mesa, para a qual me dirigi, junto com Ikónin; nenhum deles respondeu ao cumprimento que fizemos, inclinando a cabeça. Um professor jovem manuseava as fichas das questões como se fossem cartas de baralho; outro professor, com uma medalha em forma de estrela no fraque, olhava para o ginasiano, que falava muito depressa alguma coisa sobre Carlos Magno, acrescentando "enfim" a cada palavra; e o terceiro, um velhinho de óculos, de cabeça baixa, nos mirava através das lentes e apontava para as fichas. Eu tinha a impressão de que seu olhar estava dirigido ao mesmo tempo para mim e para Ikónin, e que havia algo em nós que não lhe agradava (talvez os cabelos ruivos de Ikónin), porque, olhando de novo para nós dois ao mesmo tempo, ele fez um gesto impaciente com a cabeça para que pegássemos as fichas depressa. Fiquei irritado e ofendido, em primeiro lugar, por ninguém ter respondido a nosso cumprimento; em segundo lugar, por terem, visivelmente, me unido a Ikónin sob o mesmo conceito de *examinandos*, e por já estarem predispostos contra mim, por causa dos cabelos ruivos de Ikónin; sem timidez, peguei uma ficha e me preparei para dar a resposta; mas o professor apontou os olhos para Ikónin. Li minha ficha:

eu sabia a matéria e, tranquilamente, enquanto esperava minha vez, observei o que se passava diante de mim. Ikónin não se intimidou nem um pouco e, até com demasiada ousadia, moveu-se meio de lado para pegar sua ficha, sacudiu os cabelos e leu com desenvoltura o que estava escrito. Fez menção de abrir a boca, assim me pareceu, com o propósito de começar a responder, quando de repente o professor de medalha no peito, que acabara de dispensar o ginasiano com um elogio, cravou os olhos nele. Ikónin deu a impressão de ter lembrado alguma coisa e se deteve. O silêncio geral se estendeu por uns dois minutos.

— E então? — disse o professor de óculos.

Ikónin abriu a boca e, mais uma vez, ficou mudo.

— Bem, o senhor não é o único. Fará a gentileza de responder ou não? — disse o professor jovem, mas Ikónin nem voltou os olhos para ele. Mirava com atenção a ficha com a questão e não pronunciou nenhuma palavra.

O professor de óculos olhou para ele através dos óculos, por cima dos óculos e até sem os óculos, pois, durante esse intervalo, teve tempo de tirar os óculos, limpar as lentes com esmero e pôr de novo os óculos sobre o nariz. Ikónin não pronunciou nenhuma palavra. De repente, um sorriso acendeu em seu rosto, ele sacudiu os cabelos, pôs-se de novo de lado, debruçou-se na direção da mesa, colocou a ficha sobre ela, lançou um olhar para todos os professores, um de cada vez, depois para mim, deu meia-volta e, em passadas enérgicas, balançando os braços, retornou para os bancos. Os professores se entreolharam.

— Rapaz adorável! — disse o professor jovem. — E não é bolsista!

Cheguei mais perto da mesa, porém os professores continuavam a conversar entre si, quase em sussurros, como se nenhum deles sequer suspeitasse de minha presença. Eu tinha, no momento, a firme convicção de que os três professores estavam extraordinariamente preocupados comigo, perguntando-se se eu ia mesmo fazer a prova, se eu ia me sair bem, e que, apenas para manter as aparências, estavam fingindo que aquilo lhes era de todo indiferente e que não reparavam em mim.

Quando o professor de óculos se voltou para mim com indiferença, me convidando a responder à pergunta, então, ao fitá-lo nos olhos, senti um pouco de vergonha por ele, por sua dissimulação diante de mim, e hesitei um pouco no início da resposta; mas depois foi ficando cada vez mais fácil e, como a questão era de história russa, que eu sabia muito bem, concluí de modo brilhante e me empolguei tanto que, para mostrar aos professores que eu não era como Ikónin e que não podiam me misturar com ele, me ofereci para tirar mais uma ficha; mas o professor de cabeça baixa disse: "Já está bom, senhor". E anotou algo no boletim. Quando voltei para os bancos, logo soube, pelos ginasianos — os quais, Deus sabe como, tinham informações sobre tudo —, que eu havia tirado nota cinco.

11. A prova de matemática

Nas provas seguintes, além de Grap, que eu julgava indigno de minha amizade, e de Ívin, que por algum motivo me evitava, eu já contava com muitos conhecidos novos. Alguns já me cumprimentavam. Ikónin até se alegrou ao me ver e me informou que ia fazer outra prova de história, que o professor de história o perseguia desde o ano anterior — quando, pelo visto, também o havia *perturbado*. Semiónov, candidato para a mesma faculdade que eu, a de matemática, até o fim dos exames, no entanto, evitou todos os candidatos, manteve-se sentado em silêncio, os braços apoiados nos cotovelos, a cabeça nas mãos, os dedos enfiados entre os cabelos grisalhos, e se saiu muito bem nas provas. Ficou em segundo lugar: o primeiro foi um ginasiano do Primeiro Ginásio. Era um moreno alto e magricela, completamente pálido, com uma faixa de pano preto amarrada na bochecha e a testa coberta de espinhas. Tinha as mãos magras, vermelhas, com dedos incrivelmente compridos e as unhas tão roídas que as pontas dos dedos pareciam enroladas em linhas finas. Tudo isso me parecia maravilhoso, exatamente como deveria ser *o ginasiano que tirou o primeiro lugar*. Falava com todos da mesma forma e até eu travei amizade com ele, entretanto, assim me pareceu, em seu jeito de andar, nos movimentos dos lábios e dos olhos pretos, percebia-se algo fora do comum, *magnético*.

Na prova de matemática, cheguei mais cedo do que o habitual. Sabia bem a matéria, mas havia duas questões de álgebra que eu tinha escondido do professor e que eu desconhecia por completo. Pelo que me lembro, agora, eram as seguintes: a análise combinatória e o binômio de Newton. Sentei no banco de trás e passei os olhos nas duas matérias que eu não sabia; porém, a falta de hábito de estudar num lugar barulhento e a escassez de tempo, como eu supunha ser o caso, me impediam de assimilar o que estava lendo.

— Olhe, ali está ele, venha cá, Nekhliúdov — ouvi, atrás de mim, a conhecida voz de Volódia.

Virei-me e vi meu irmão e Dmítri, que, de casacos desabotoados, balançando os braços, vieram na minha direção, entre os bancos. Logo apareceram os alunos do segundo ano, que na universidade se sentiam em casa. Só o aspecto de seus casacos desabotoados já exprimia desprezo por nós, a turma que desejava ingressar na universidade, e nos infundia inveja e respeito. Eu me senti absolutamente lisonjeado de pensar que todos em volta podiam ver que eu era amigo de dois estudantes do segundo ano, e logo me levantei e fui ao encontro deles.

Volódia não conseguiu se conter e não pôde deixar de exprimir seu sentimento de superioridade.

— Ah, seu pobre coitado! — disse ele. — E aí, ainda não fez a prova?

— Não.

— O que está lendo? Não vai dizer que não se preparou direito.

— Pois é, são só duas questões. Não entendo isto aqui.

— O quê? Isto aqui? — perguntou Volódia, e começou a me explicar o binômio de Newton, mas tão depressa e de forma tão confusa que, ao ler em meus olhos certa desconfiança acerca de seus conhecimentos, olhou de relance para Dmítri e, na certa, lendo a mesma coisa também nos olhos dele, ficou vermelho, mas continuou mesmo assim a falar algo que eu não entendia.

— Não, espere, Volódia, deixe que eu ensino para ele, se der tempo — disse Dmítri, olhou de relance para o canto dos professores e sentou-se a meu lado.

Logo notei que meu amigo se encontrava naquele estado de ânimo dócil e satisfeito consigo mesmo, em que sempre ficava quando estava contente e que eu apreciava muito. Como sabia matemática muito bem e falava com clareza, ele explicou a questão de modo tão perfeito que até hoje eu me lembro. Porém, assim que terminou, Saint-Jérôme falou, num sussurro incisivo: "*À vous, Nicolas!*".[10] E saí dos bancos logo atrás de Ikónin, sem ter tempo de estudar a outra questão que eu não sabia. Cheguei perto da mesa, à qual estavam sentados dois professores e onde havia um ginasiano de pé, diante do quadro-negro. O ginasiano, agitado, resolvia alguma fórmula, batia com o giz no quadro e escrevia sem parar, apesar de o professor já ter dito "Chega" e já ter mandado que nós dois pegássemos as fichas das questões. "E se eu tirar a análise combinatória?", pensei, quando peguei uma ficha, com dedos trêmulos, num montinho mole de pedaços de papel. Ikónin, com o mesmo gesto atrevido da prova anterior, balançando o corpo todo para o lado e sem escolher, pegou a ficha de cima, deu uma olhada na questão e fechou a cara, irritado.

— Sempre caem esses diabos para mim! — resmungou.

Olhei minha ficha.

Ah, horror! Era a análise combinatória!

— O senhor tirou qual? — perguntou Ikónin.

Mostrei para ele.

— Isso eu sei — disse ele.

— Quer trocar?

---

10 Em francês no original: "Sua vez, Nicolas!".

— Não, tanto faz, sinto que não estou mesmo num bom dia — Ikónin mal teve tempo de sussurrar, quando o professor nos chamou ao quadro.

"Pronto, tudo está perdido!", pensei. "Em vez da nota excelente que pensei tirar, vou me cobrir de vergonha para sempre, pior do que Ikónin." Mas, de repente, diante dos olhos do professor, Ikónin virou-se para mim, tirou a ficha da minha mão e me deu a sua. Olhei para a ficha. Era o binômio de Newton.

O professor era um homem ainda jovem, de expressão simpática e inteligente, sobretudo por causa da parte inferior da testa, muito proeminente.

— O que é isso, senhores, trocaram as fichas? — perguntou.

— Não, não é nada, ele só me deixou ver sua ficha, senhor professor — teve a ideia de dizer Ikónin, e de novo as palavras "senhor professor" foram as últimas que ele pronunciou naquele lugar; mais uma vez, ao passar por mim no caminho de volta, ele olhou de relance para os professores, para mim, sorriu e encolheu os ombros, com uma expressão que dizia: "Não foi nada, irmão!". (Mais tarde, eu soube que Ikónin estava tentando ser aprovado nos exames pelo terceiro ano seguido.)

Respondi com perfeição a questão que eu tinha acabado de estudar. O professor até me disse que estava melhor do que se podia exigir, e me deram nota cinco.

12. A prova de latim

Tudo correu muito bem, até a prova de latim. O ginasiano com a bochecha enfaixada foi o primeiro. Semiónov, o segundo; e eu, o terceiro. Comecei até a me sentir orgulhoso e pensar a sério que, apesar de minha pouca idade, eu não era ali uma pessoa como as outras.

Desde a primeira prova, todos falavam com temor sobre o professor de latim, que parecia ser uma espécie de animal feroz, capaz de se deleitar com a aniquilação dos jovens, sobretudo os que não eram bolsistas, e que só falava em latim ou em grego. Saint-Jérôme, que era meu professor de latim, me encorajava e, como eu traduzia Cícero e um pouco de Horácio sem usar o dicionário e conhecia muito bem a gramática de Zumpt, me parecia que eu não estava menos preparado do que os outros, porém o resultado foi diferente. Durante a manhã inteira, só se ouvia falar do fiasco dos que foram examinados antes de mim: um tirou zero; outro, um; outro, ainda, foi severamente repreendido e por pouco não foi expulso etc. etc. Só Semiónov e o ginasiano que estava em primeiro lugar, como sempre, responderam corretamente, com tranquilidade, e voltaram para seus lugares depois de ambos tirarem nota cinco. Eu já previa uma desgraça quando chamaram a mim e a Ikónin para uma mesinha, à qual estava sentado um professor tenebroso, absolutamente sozinho. O professor tenebroso era miúdo, magro, amarelo, de cabelo comprido e oleoso e fisionomia profundamente pensativa.

Deu para Ikónin o livro dos discursos de Cícero e obrigou-o a traduzir.

Para minha enorme surpresa, Ikónin não apenas leu tudo como também traduziu algumas linhas com a ajuda do professor, que ia soprando para ele as palavras certas. Sentindo minha vantagem diante de um concorrente tão fraco, não pude deixar de sorrir, até com certo desdém, quando a prova passou para a análise das frases e Ikónin, como antes, mergulhou num silêncio obviamente intransponível. Com aquele sorriso inteligente e um pouco irônico, eu queria agradar ao professor, mas o resultado foi o oposto.

— O senhor, sem dúvida, sabe mais do que isso, já que está sorrindo — disse-me o professor, num russo errado. — Vejamos. Então, responda.

Mais tarde, vim a saber que o professor de latim protegia Ikónin, o qual até morava na casa dele. Sem titubear, respondi na mesma hora a questão de análise sintática formulada para Ikónin, mas o professor fez cara de descontente e virou-se para o lado.

— Muito bem, senhor, chegou sua vez, vamos ver se o senhor sabe mesmo — disse ele, ainda sem olhar para mim, e começou a explicar para Ikónin o que ele havia perguntado. — Pode ir — acrescentou; e vi que deu quatro para Ikónin no boletim.

"Bem", pensei, "ele não é nem de longe tão rigoroso como disseram." Depois que Ikónin foi embora, durante exatos cinco minutos, que me pareceram cinco horas, o professor ficou arrumando os livros, as fichas, assoou o nariz, ajeitou a poltrona, acomodou-se relaxadamente, olhou para a sala, para os lados e para tudo, só não olhava para mim. Toda aquela dissimulação, entretanto, pareceu-lhe insuficiente; ele abriu um livro e fingiu ler, como se eu simplesmente não existisse. Cheguei mais perto e tossi.

— Ah, sim! Ainda falta o senhor, não é? Bem, traduza aqui uma coisa — disse e me entregou um livro. — Não, esse não, é melhor este aqui. — Folheou um livro de Horácio e abriu-o para mim num trecho que, me pareceu, ninguém jamais seria capaz de traduzir.

— Isso eu não estudei — respondi.

— E o senhor quer responder só aquilo que decorou?... Essa é boa! Não, traduza isso aí mesmo.

De algum jeito, comecei a depreender o sentido, no entanto, a cada olhar interrogativo que eu lhe dirigia, o professor balançava a cabeça, suspirava e só respondia "não". Por fim, fechou o livro de modo tão brusco e nervoso que apertou o próprio dedo entre as folhas; retirou-o dali, irritado, e me deu uma ficha de gramática, recostou-se bem para trás na poltrona e se pôs calado, com o aspecto mais sinistro do mundo. Eu tentava responder, mas a expressão de seu rosto tolhia minha língua e tudo que eu dizia me parecia errado.

— Não, está errado, não é nada disso — disse ele de repente, com seu sotaque repulsivo, mudou de posição bruscamente, fincou os cotovelos na mesa e se pôs a brincar com o anel de ouro, que trazia muito frouxo num dedo magro da mão esquerda. — Desse jeito, senhores, não é possível preparar-se para ingressar numa instituição de ensino superior; todos os senhores só querem vestir um uniforme de colarinho azul. Estudam muito por alto e acham que podem ser estudantes. Não, senhores, é preciso estudar a matéria a fundo! — Etc. etc.

Durante todo o tempo desse discurso, proferido numa linguagem estropiada, eu olhava com uma atenção obtusa para seus olhos baixos. De início, atormentou-me a decepção de não ficar em terceiro lugar; depois, o medo de nem conseguir ser aprovado no exame; e, por fim, somou-se a isso a sensação da consciência de uma injustiça, do orgulho ferido e da humilhação imerecida; além disso, o desprezo pelo professor por ele não ser, em minha opinião, uma pessoa *comme il faut* — o que descobri quando olhei para suas unhas curtas, grossas e redondas — atiçava ainda mais, dentro de mim, todos aqueles sentimentos e os tornava virulentos. Depois de olhar para mim e perceber meus lábios trêmulos e meus olhos cheios de lágrimas, ele interpretou, na certa, minha emoção como um apelo para melhorar minha nota e, como se estivesse com pena de mim, disse (na frente de outro professor, que havia se aproximado naquele momento):

— Está bem, vou lhe dar a nota para passar — isso queria dizer a nota dois —, embora o senhor não a mereça, mas faço isso apenas em respeito à sua pouca idade e na esperança de que o senhor, na universidade, não seja mais tão leviano.

Sua última frase, dita diante de um professor alheio ao exame, que olhou para mim como se também dissesse: "Isso mesmo, está vendo, meu jovem?", me deixou totalmente desconcertado. Houve um minuto em que meus olhos ficaram velados por um nevoeiro: o terrível professor, em sua mesa, me pareceu estar sentado em algum lugar muito distante e, com uma horrível clareza unilateral, me veio à cabeça uma ideia selvagem: "E se eu...? O que ia acontecer?". Mas, por alguma razão, não fiz aquilo e, ao contrário, de forma automática, especialmente respeitosa, me curvei num cumprimento para os dois professores e, sorrindo de leve, na certa com o mesmo sorriso de Ikónin, me afastei da mesa.

Tal injustiça produziu em mim, naquele momento, um efeito tão forte que, se eu fosse livre em meus atos, nem continuaria a fazer as provas. Perdi toda a ambição (já não podia mais pensar em ficar em terceiro lugar) e fiz as provas restantes sem o menor empenho e até sem emoção nenhuma. No entanto, minha média geral foi quatro e pouco, só que isso já não tinha o menor interesse para mim; decidi no íntimo — e demonstrava isso com toda a clareza — que era extremamente tolo, e até *mauvais genre*,[II] tentar ficar em primeiro lugar, que era apenas necessário não ser ruim demais nem bom demais, como Volódia. Eu tinha a intenção de obedecer a essa regra na universidade, dali em diante, embora nesse ponto, e pela primeira vez, eu divergisse da opinião de meu amigo.

Agora, eu só pensava no uniforme, no chapéu de três pontas, na carruagem particular, no quarto exclusivo e, acima de tudo, na minha própria liberdade.

II De mau gosto. [N.A.]

13. Sou adulto

Aliás, aqueles pensamentos também tinham seu encanto.

No dia 8 de maio, ao voltar da última prova, a de religião, encontrei em casa o aprendiz do alfaiate Rozánov, que eu já conhecia e que já havia trazido para eu provar, numa vez anterior, um uniforme e uma sobrecasaca só alinhavados, de lã preta e brilhosa, e ele havia marcado as medidas com giz na lapela; mas agora trazia a roupa toda pronta, com botões dourados e reluzentes, embrulhados em papeizinhos.

Depois de vestir a roupa e achar que estava excelente, apesar de Saint-Jérôme afirmar que as costas da sobrecasaca ficavam pregueadas, desci com um sorriso orgulhoso — que brotou em meu rosto de forma totalmente alheia à minha vontade — e fui para o quarto de Volódia, como se não notasse os olhares dos criados, que, do vestíbulo e do corredor, estavam voltados avidamente para mim. Gavrilo, o mordomo, me alcançou no salão, me cumprimentou pelo ingresso na universidade, me entregou quatro cédulas branquinhas,[12] por ordem de papai, e disse que, também por ordem de papai, a partir daquele dia, o cocheiro Kuzmá, a caleche e o cavalo baio Krassávtchik[13] estariam ao meu inteiro dispor. Fiquei tão alegre com aquela felicidade quase inesperada que não consegui, de jeito nenhum, simular indiferença diante de Gavrilo e, um pouco desconcertado e sem fôlego, falei a primeira coisa que me veio à cabeça

12 Notas de 25 rublos. 13 Em russo, "Belezura".

— parece que foi: "Krassávtchik é um trotador excelente". Ao ver as cabeças que despontavam nas portas do vestíbulo e do corredor, incapaz de me conter, saí trotando pela sala, em minha sobrecasaca nova, com botões dourados e reluzentes. Na hora em que entrei no quarto de Volódia, ouvi atrás de mim a voz de Dúbkov e Nekhliúdov, que tinham vindo me cumprimentar e convidar para almoçar em algum lugar e beber champanhe, para comemorar meu ingresso na universidade. Dmítri me disse que, embora não gostasse de beber champanhe, nesse dia iria conosco para beber comigo e passar a me tratar por "você"; Dúbkov disse que, por alguma razão, eu estava parecendo um coronel; Volódia não me cumprimentou e, muito seco, limitou-se a dizer que agora já podíamos partir para o campo, dali a dois dias. Parecia que, apesar de estar contente com meu ingresso na universidade, desagradava-lhe um pouco o fato de agora eu ser adulto, como ele. Saint-Jérôme, que também veio nos ver, disse, em tom muito pomposo, que sua missão estava encerrada, que ele não sabia se a havia cumprido bem ou mal, mas que tinha feito tudo o que estava a seu alcance e que, no dia seguinte, ia se mudar para a casa do tal conde. Em resposta a tudo que me diziam, sentia que, contra a minha vontade, desabrochava em meu rosto um sorriso doce, feliz, um pouco vaidoso e tolo, e notei que aquele sorriso chegava até a contagiar todos que falavam comigo.

Portanto, agora eu não tenho mais preceptor, sou dono de minha própria caleche, meu nome está inscrito na lista dos estudantes, tenho uma espada no cinto, as sentinelas às vezes podem me prestar continência... Sou adulto, parece que sou feliz.

Resolvemos almoçar no Iar, às cinco horas; porém, como Volódia foi à casa de Dúbkov e Dmítri também, como de costume, havia sumido, dizendo que tinha de tratar de um assunto antes do almoço, e não se sabia seu paradeiro, eu pude empregar como quis aquelas duas horas livres. Andei muito tempo pelos cômodos da casa e me olhei em todos os espelhos, ora de sobrecasaca abotoada, ora toda desabotoada, ora abotoada só no botão de cima, e tudo me parecia excelente. Depois, por maior que fosse minha vergonha por demonstrar uma alegria grande demais, não me contive, fui à cocheira e ao galpão das carruagens, observei Krassávtchik, Kuzmá e a caleche, depois voltei novamente e fiquei caminhando pelos cômodos da casa, olhando para o espelho, calculando o dinheiro que tinha no bolso e sempre com o mesmo sorriso de felicidade. No entanto, passou-se menos de uma hora e já senti certo tédio ou melancolia por ninguém me ver naquela condição deslumbrante, e me veio um desejo de movimento e de atividade. Por conta disso, mandei atrelar a caleche e decidi que o melhor era ir a Kuzniétski Most[14] para fazer compras.

Lembrei que Volódia, quando entrou na faculdade, comprou algumas litografias de cavalos de Victor Adam, tabaco e cachimbos, e me pareceu imprescindível fazer o mesmo.

Com olhares voltados para mim de todos os lados, com o brilho radiante do sol em meus botões, no distintivo do chapéu e na espada, cheguei a Kuzniétski Most e estacionei diante da loja de quadros Daziaro. Olhando para todos os lados, entrei na loja. Não queria comprar cavalos de Victor Adam, para que não pudessem me acusar de estar imitando Volódia; porém, envergonhado do incômodo que eu causava ao vendedor prestativo, me apressei para fazer minha escolha o mais depressa que pude, peguei uma pintura a guache de uma cabeça de mulher que estava sobre um expositor e paguei por ela vinte rublos. No entanto, depois de pagar vinte rublos na loja, senti vergonha por incomodar, com tamanha ninharia, dois vendedores lindamente vestidos e, além disso, me pareceu que eles

14 Rua no centro de Moscou.

olhavam para mim de um modo desdenhoso demais. No intuito de lhes mostrar com quem estavam lidando, detive minha atenção num objeto de prata que estava debaixo do vidro do expositor e, depois de saber que se tratava de um *porte-crayon*[15] e que custava dezoito rublos, pedi para embrulhar a peça em papel e, depois de pagar o preço e também ser informado de que era possível encontrar bons cachimbos turcos e bom fumo numa tabacaria vizinha, curvei-me com cortesia para me despedir dos dois vendedores e saí para a rua, com o quadro embaixo do braço. Na loja vizinha, em cujo letreiro havia o desenho de um negro fumando charuto, acabei comprando, levado também pelo desejo de não imitar ninguém, não o tabaco de Júkov e sim o tabaco do Sultão, um cachimbo de Istambul e dois cachimbos turcos feitos de madeira de tília e de pau-rosa. Quando saí da loja e me dirigi à caleche, vi Semiónov, que caminhava pela calçada em passos ligeiros, de sobrecasaca comum e de cabeça baixa. Fiquei aborrecido por ele não me reconhecer. Falei em voz bem alta para o cocheiro: "Toca para a frente!", e, já sentado na caleche, alcancei Semiónov.

— Bom dia — falei.

— Meus respeitos — respondeu, sem parar de andar.

— O que houve que o senhor está sem uniforme? — perguntei.

Semiónov parou, estreitou as pálpebras e, pondo à mostra os dentes brancos, como se lhe causasse dor olhar para o sol, mas na verdade para demonstrar sua indiferença em relação à minha caleche e ao meu uniforme, fitou-me em silêncio e seguiu adiante.

De Kuzniétski Most, fui a uma confeitaria na rua Tverskaia e, embora quisesse fingir que o que me interessava principalmente na confeitaria eram os jornais, não consegui me conter e comecei a comer um doce atrás do outro. Apesar de

---

15 Porta-lápis. [N.A.]

me sentir envergonhado diante de um senhor que me observava curioso por trás de um jornal, devorei numa velocidade extraordinária uns oito doces, de todos os tipos que havia na confeitaria.

Ao chegar em casa, senti um pouco de azia; porém, sem dar nenhuma atenção a isso, tratei de examinar as compras e, entre elas, o quadro me desagradou tanto que eu não só não o mandei emoldurar nem o pendurei na parede do quarto — como Volódia tinha feito — como até o escondi com todo cuidado atrás da cômoda, onde ninguém poderia vê-lo. O *porte-crayon*, visto agora em casa, também não me agradou; coloquei-o sobre a mesa, consolando-me, no entanto, com a ideia de que se tratava de um objeto de prata, valioso e muito útil para um estudante. Já os apetrechos de fumante, resolvi experimentá-los e servir-me deles imediatamente.

Retirei o lacre do pacote de um quarto de libra de fumo, enchi meticulosamente o cachimbo de Istambul com o tabaco do Sultão, vermelho e amarelo, picado bem miúdo, coloquei sobre ele uma mecha acesa, segurei o cachimbo entre os dedos médio e anular (postura da mão que me agradava muito) e comecei a inalar fumaça.

O cheiro do tabaco era muito agradável, mas deixava um amargor na boca e encurtava a respiração. Mesmo assim, a contragosto, eu tragava demoradamente, tentava soprar anéis de fumaça e voltava a tragar. O quarto logo se encheu de nuvens de fumaça azulada, o cachimbo começou a emitir uns chiados, o tabaco em brasa se pôs a palpitar, senti um amargor na boca e a cabeça começou a girar de leve. Eu já tinha vontade de parar, queria apenas me ver no espelho com o cachimbo, quando, para minha surpresa, minhas pernas começaram a cambalear; o quarto rodou e, ao olhar de relance para o espelho, do qual me aproximei com dificuldade, vi que meu rosto estava pálido como um lenço. Mal tive tempo de afundar no sofá quando senti tamanha náusea e tamanha fraqueza que imaginei que o cachimbo produzia um efeito mortal para mim e tive a impressão de que estava morrendo. Assustei-me de verdade e já queria chamar os criados para me ajudar e para que mandassem alguém trazer um médico.

Entretanto, o medo durou pouco. Logo entendi do que se tratava e, debilitado e com uma terrível dor de cabeça, fiquei muito tempo deitado no sofá, olhando com uma atenção obtusa para o emblema da Bostonjoglo[16] desenhado no pacote, para o cachimbo jogado no chão, para os restos do tabaco e dos doces da confeitaria e, com decepção, pensei tristemente: "Vai ver eu ainda não sou totalmente adulto, se nem consigo fumar como os outros e, está claro, não é meu destino segurar o cachimbo entre os dedos médio e anular, como fazem os outros, e inalar e soltar a fumaça entre os bigodes louros".

Quando veio me buscar, pouco antes das cinco horas, Dmítri me encontrou nessa condição desagradável. No entanto, depois de beber um copo d'água, quase me refiz de todo e já estava pronto para acompanhá-lo.

— Mas que vontade foi essa de fumar? — disse ele, olhando para os vestígios do fumo. — Tudo isso é uma bobagem, um desperdício de dinheiro. Jurei para mim mesmo que não ia mais fumar... Agora vamos andar depressa, ainda temos de pegar o Dúbkov.

16 Marca de tabaco na Rússia da época.

14. O que Volódia e Dúbkov estavam fazendo

Assim que Dmítri entrou no meu quarto, pelo rosto, pelo jeito de andar e pelo seu gesto peculiar em momentos de mau humor, em que balançava a cabeça para os lados e piscava os olhos com uma careta, como se quisesse ajeitar a gravata, entendi que ele se encontrava naquele humor friamente obstinado em que ficava quando estava insatisfeito consigo e que sempre tinha o efeito de esfriar meu afeto por ele. Ultimamente, eu já começara a observar e questionar o caráter de meu amigo, mas nossa amizade não se modificou em nada por causa disso: ela continuava tão jovem e forte que, de qualquer ângulo que eu olhasse para Dmítri, não podia deixar de ver sua perfeição. Havia nele duas pessoas distintas, que para mim eram ambas excelentes. Uma, que eu amava com ardor, era bondosa, afetuosa, humilde, alegre e consciente dessas qualidades amáveis. Quando Dmítri se encontrava nesse estado de ânimo, toda a sua aparência, o som da voz, todos os movimentos pareciam dizer: "Sou humilde e virtuoso, me alegra ser humilde e virtuoso, e todos vocês podem ver isso". A outra — que só agora eu começava a conhecer e diante de cuja imponência eu me curvava submisso — era uma pessoa fria, severa consigo e com os outros, orgulhosa, religiosa à beira do fanatismo e de uma integridade moral pedante. Naquele momento, Dmítri era essa segunda pessoa.

Com a franqueza que constituía a condição necessária de nossas relações, eu lhe disse, quando sentamos na caleche, que me sentia triste e aflito por vê-lo num estado de ânimo que me era penoso e desagradável, num dia tão feliz para mim.

— Sem dúvida, algo deixou o senhor aborrecido: por que não me conta? — perguntei.

— Nikólienka! — respondeu, sem pressa, inclinando a cabeça nervosamente para o lado e piscando os olhos. — Se dei minha palavra de honra que não ia esconder nada do senhor, não há motivo para suspeitar de dissimulação. É impossível estar sempre no mesmo humor e, se algo me deixou aborrecido, eu mesmo não consigo me dar conta do que possa ser.

"Que caráter admiravelmente franco, honesto", pensei, e não puxei mais conversa com ele.

Seguimos em silêncio até a casa de Dúbkov. O apartamento de Dúbkov era excepcionalmente bonito, ou assim me pareceu. Em toda parte, havia tapetes, quadros, cortinas, papéis de parede coloridos, retratos, poltronas reclinadas, poltronas voltaire e, nas paredes, estavam penduradas espingardas, pistolas, bolsas de tabaco e cabeças de animais feitas de papelão. Ao ver aquele gabinete, entendi quem Volódia havia imitado para decorar o próprio quarto. Surpreendemos Dúbkov e Volódia jogando cartas. Um senhor que eu não conhecia (na certa, alguém sem importância, a julgar por sua posição modesta) estava sentado junto à mesa e observava o jogo com muita atenção. O próprio Dúbkov estava de roupão de seda e sapatos macios. Volódia, sem sobrecasaca, encontrava-se sentado no sofá, de frente para ele e, a julgar pelo rosto vermelho e pelo olhar esquivo e descontente que nos dirigiu, desviando das cartas sua atenção por um segundo, estava concentradíssimo no jogo. Ao me ver, ruborizou-se ainda mais.

— Bem, é sua vez de dar as cartas — disse ele para Dúbkov. Entendi que não lhe agradou o fato de eu descobrir que ele jogava cartas. Porém, em sua expressão, não se notava constrangimento, ela parecia me dizer: "Sim, eu jogo, e você só está surpreso porque ainda é jovem. Isso não só não é ruim como é até algo necessário em nossa idade". Senti e compreendi aquilo imediatamente.

Dúbkov, no entanto, não deu as cartas, levantou-se, apertou nossas mãos, sentou-se e nos ofereceu cachimbos, que recusamos.

— Pois então o nosso diplomata é o herói da festa — disse Dúbkov. — Puxa, está tremendamente parecido com um coronel.

— Hum! — resmunguei, sentindo de novo desabrochar no rosto o mesmo tolo sorriso de satisfação.

Eu respeitava Dúbkov como só um menino de dezesseis anos respeita um ajudante de ordens de vinte e sete anos, que todos os adultos diziam ser um jovem extraordinariamente correto, que dançava muito bem, falava francês e que, desprezando no fundo minha pouca idade, tentava nitidamente esconder isso de mim.

Apesar de meu grande respeito, durante todo o tempo em que nos relacionamos, Deus sabe por quê, era constrangedor e difícil, para mim, encará-lo. E mais tarde notei que é difícil, para mim, encarar três tipos de pessoas: as que são muito piores do que eu, as que são muito melhores do que eu e aquelas com quem acontece de nem eu nem elas nos atrevermos a dizer, mutuamente, coisas que ambos sabemos. Dúbkov talvez fosse melhor do que eu, ou talvez fosse pior, mas já não havia dúvida de que ele mentia muito, sem admiti-lo, e eu percebia essa sua fraqueza e, está claro, não me atrevia a falar sobre isso com ele.

— Vamos jogar mais uma — disse Volódia, contraindo o ombro, como papai fazia, e embaralhando as cartas.

— Puxa, que sujeito teimoso! — disse Dúbkov. — Depois jogamos. Pensando bem, está certo, mais uma, vamos lá.

Enquanto jogavam, eu observava suas mãos. A de Volódia era grande e bonita; esticava o polegar e curvava os outros dedos, quando segurava as cartas, de um jeito tão parecido com a mão de papai que, a certa altura, tive até a impressão de que Volódia dava aquele formato à mão de propósito para parecer um adulto; porém, ao olhar seu rosto, via-se logo que ele não estava pensando em nada, a não ser no jogo. As mãos de Dúbkov, ao contrário, eram pequenas, rechonchudas, curvadas para dentro, extraordinariamente hábeis e de dedos moles; exatamente o tipo de mão em que se põem anéis, o tipo de mão que pertence a pessoas com queda para trabalhos manuais e que apreciam possuir coisas bonitas.

Na certa, Volódia perdeu o jogo, porque o senhor junto à mesa, depois que olhou suas cartas, comentou que Vladímir Petróvitch estava com um azar terrível, e Dúbkov pegou uma caderneta, anotou algo, mostrou a anotação para Volódia e perguntou:

— É isso?

— É! — respondeu Volódia, depois de lançar para a caderneta um olhar que simulava distração. — Agora, vamos.

Volódia levou Dúbkov, e Dmítri me levou no seu fáeton.

— O que estavam jogando? — perguntei para Dmítri.

— *Piquet*. Um jogo idiota, como todo jogo, em geral, é uma coisa idiota.

— E apostam muito dinheiro?

— Não muito, mesmo assim é ruim.

— Mas o senhor não joga?

— Não, dei minha palavra que não ia jogar. Mas o Dúbkov não consegue ficar sem vencer alguém no jogo.

— Mas isso não é correto, da parte dele — falei. — Certamente, Volódia joga pior do que ele, não é?

— É claro que não é correto, mas não há nisso nada de especialmente ruim. Dúbkov gosta de jogar e sabe jogar, mas mesmo assim é uma pessoa excelente.

— Mas eu não estava absolutamente pensando... — disse eu.

— E não se pode mesmo pensar nada de ruim sobre ele, porque é uma pessoa maravilhosa. Eu gosto muito dele e vou sempre gostar, apesar de sua fraqueza.

Por alguma razão, me pareceu que, justamente por Dmítri ter defendido Dúbkov com demasiado ardor, ele já não o amava nem respeitava, porém não o admitia, por teimosia e para que ninguém pudesse acusá-lo de inconstância. Dmítri era uma dessas pessoas que amam os amigos por toda a vida, não tanto porque tais amigos continuem sempre amáveis com elas, mas sim porque, uma vez que deram seu afeto a uma pessoa, ainda que por força de um equívoco, consideram desonesto abandonar essa afeição.

15. Recebo os parabéns

Dúbkov e Volódia sabiam o nome de todo mundo no Iar e, do porteiro até o proprietário, todos demonstravam grande respeito por eles. Logo nos conduziram a um aposento especial e nos serviram um almoço impressionante, escolhido por Dúbkov no cardápio francês. Uma garrafa de champanhe bem gelada, para a qual eu tentava olhar com toda a indiferença possível, já estava servida. O almoço transcorreu de modo muito agradável e alegre, apesar de Dúbkov, como era seu hábito, contar os casos mais estranhos como se fossem verídicos — entre eles, a história de sua avó, que havia matado, com um mosquetão, três assaltantes que a atacaram (nesse ponto, fiquei ruborizado, baixei os olhos e me virei para o lado) — e apesar de Volódia demonstrar evidente temor por mim toda vez que eu começava a falar alguma coisa (o que era totalmente desnecessário, porque, até onde me lembro, eu não dizia nada especialmente vergonhoso). Quando serviram o champanhe, todos me congratularam e bebi de braços dados com Dúbkov e Dmítri, tratando-os por "você", e trocamos beijos. Como eu não sabia a quem pertencia aquela garrafa de champanhe (o custo seria dividido, como me explicaram depois) e eu queria servir meus amigos com meu dinheiro, o qual eu não parava de apalpar dentro do bolso, peguei discretamente uma nota de dez rublos, chamei um garçom, dei o dinheiro a ele e, num sussurro, mas de modo que todos ouviram, pois olharam para mim em silêncio, disse-lhe que trouxesse, por gentileza, mais meia garrafinha de champanhe. Volódia ficou tão ruborizado, pôs-se tão agitado e olhou para mim e para todos com ar tão assustado que tive a sensação de que eu havia cometido um erro, porém trouxeram a meia garrafinha e a bebemos até o fim, com grande prazer. Tudo parecia correr com muita alegria. Dúbkov mentia sem parar e Volódia também narrava casos tão divertidos e tão bem contados como eu jamais esperaria dele, e rimos muito. O caráter de seu humor, ou seja, de Volódia e Dúbkov, consistia na imitação e no exagero da conhecida anedota: "Quer dizer que o senhor já esteve no exterior?", dizia um. "Não, não estive", respondia outro. "Mas meu irmão toca violino." Nesse tipo de comicidade absurda, eles alcançavam tal primor que arremetavam essa mesma anedota assim: "E meu irmão também nunca tocou violino". A cada pergunta, eles se davam mutuamente respostas desse tipo e, às vezes, até sem nenhuma pergunta, tentavam apenas unir duas coisas totalmente incompatíveis e falavam esse absurdo com a cara mais séria do mundo — e o resultado era muito divertido. Comecei a entender como aquilo funcionava e quis contar também algo engraçado, mas todos me olharam desconfiados ou tentaram não olhar para mim, enquanto eu estava falando, e minha anedota não deu certo. Dúbkov disse: "Mentir demais atrapalha, diplomata". Mas eu me sentia tão bem por causa do champanhe e da companhia dos adultos que aquele comentário apenas me arranhou de leve. Só Dmítri, apesar de ter bebido tanto como nós, continuava na sua atitude austera e séria, que refreava um pouco a alegria geral.

— Muito bem, escutem, senhores — disse Dúbkov. — Depois do almoço, temos de pôr o diplomata nos trilhos. Vamos à casa da titia, que tal? E lá cuidaremos dele.

— Então, o Nekhliúdov não irá — disse Volódia.

— Que beato insuportável! Você é mesmo um beato insuportável! — disse Dúbkov para ele. — Venha conosco, vai ver que a titia é uma dama excelente.

— Não só não irei como não vou deixar que ele vá com vocês — respondeu Dmítri, ruborizando-se.

— Quem? O diplomata? Mas você não quer ir, diplomata? Veja, ele ficou todo animado quando falamos da titia.

— Não, isso eu não vou permitir — prosseguiu Dmítri, levantando-se e começando a andar pela sala, sem olhar para mim. — Não recomendo a ele e não desejo que vá. Já não é mais um garoto agora e, se quiser, pode ir sozinho, sem vocês. Mas você, Dúbkov, deveria ter vergonha; o que você faz de ruim, quer que os outros também façam.

— O que há de ruim — disse Dúbkov, piscando o olho para Volódia — em convidar todos vocês para tomar chá na casa da titia? Puxa, se não lhe agrada irmos juntos, tudo bem, eu vou só com o Volódia. Você vai, Volódia?

— Hum-hum! — respondeu Volódia, afirmativamente. — Vamos dar um pulo lá, depois voltamos à minha casa e continuamos a jogar *piquet*.

— O que você quer? Quer ir com eles ou não? — perguntou Dmítri, aproximando-se de mim.

— Não — respondi, mexendo-me no sofá, a fim de abrir espaço para ele sentar a meu lado, o que fez em seguida. — Eu mesmo não quero e, se você me desaconselha, aí é que não vou de jeito nenhum.

Em seguida, acrescentei:

— Não, não estou dizendo a verdade quando digo que não tenho vontade de ir com eles; mas me sinto feliz de não ir.

— E faz muito bem — disse ele. — Viva à sua maneira, o mais importante é não dançar conforme a música dos outros.

Essa pequena discussão não só não estragou nossa diversão como a reforçou ainda mais. De repente, Dmítri entrou naquele estado de ânimo humilde que eu tanto apreciava. Como observei mais tarde, várias vezes, aquilo denunciava o efeito em Dmítri da consciência de uma boa ação. Agora, estava satisfeito consigo por ter me protegido. Alegrou-se extraordinariamente, pediu mais uma garrafa de champanhe (algo contrário às suas normas), convidou à nossa sala um senhor desconhecido, o fez beber, cantou "Gaudeamos igitur",[17] pediu que todos o acompanhassem e sugeriu que fôssemos passear em Sokólniki,[18] a que Dúbkov retrucou que seria demasiado sentimental.

— Hoje, vamos nos divertir — disse Dmítri, sorrindo. — Em homenagem ao ingresso dele na universidade, pela primeira vez na vida eu vou me embriagar, que assim seja.

Aquela alegria ficava um tanto estranha em Dmítri. Ele parecia um preceptor ou um pai bondoso que está satisfeito com os filhos, festeja e quer que eles se divirtam e, ao mesmo tempo, deseja mostrar que é possível divertir-se de maneira honesta e decente; entretanto, aquela alegria inesperada produziu, pelo visto, um efeito contagiante em mim e nos outros, ainda mais porque cada um de nós já havia bebido quase meia garrafa de champanhe.

Nesse estado de ânimo agradável, fui ao salão principal para fumar um cigarro que Dúbkov me dera.

Quando me pus de pé, notei que minha cabeça rodava um pouco, as pernas se mexiam sozinhas e os braços só ficavam na posição normal quando eu concentrava neles meu pensamento. Caso contrário, as pernas desviavam para os lados, os braços inventavam gestos ao acaso. Prestei toda a atenção nos braços e nas pernas: ordenei às mãos que subissem, abotoassem a sobrecasaca, alisassem os cabelos (com isso, os cotovelos se projetaram a uma altura medonha); ordenei às pernas que andassem até a porta, o que elas cumpriram, mas os pés

---

17 Em latim no original: "Alegremo-nos, portanto". Canção de estudantes que remonta à Idade Média. **18** Parque Sokólniki (parque dos falcoeiros), região bucólica de Moscou.

batiam forte demais no chão, ou pisavam muito de leve, sobretudo o pé esquerdo, que teimava em andar apoiado na ponta. Uma voz gritou para mim: "Aonde está indo? Vão trazer uma vela". Adivinhei que a voz pertencia a Volódia e tive prazer com a ideia de que havia conseguido adivinhar; mas, em resposta a ele, eu apenas sorri de leve e segui em frente.

16. A briga

No salão principal, diante de uma mesinha, comendo alguma coisa, estava sentado um senhor baixo, parrudo, em trajes civis, de bigode ruivo. A seu lado, havia um homem alto e sem bigode. Conversavam em francês. O olhar deles me incomodava, mesmo assim decidi acender o cigarro na chama da vela que estava diante deles. Olhando para os lados a fim de não cruzar os olhos com os dois senhores, me aproximei da mesa e comecei a acender o cigarro. Quando a ponta do cigarro ficou em brasa, não me contive e olhei de relance para o homem que estava comendo. Seus olhos cinzentos estavam voltados para mim, de maneira fixa e hostil. Na hora em que eu quis me virar, seus bigodes começaram a se remexer e ele declarou, em francês:

— Não gosto que fumem enquanto estou comendo, prezado senhor.

Balbuciei algo incompreensível.

— Sim, senhor, eu não gosto — prosseguiu o senhor de bigode, em tom severo, e olhou de relance para o senhor sem bigode, como se o convidasse para admirar a lição que estava prestes a me dar. — Não gosto, prezado senhor, e também não gosto desses mal-educados que acham por bem vir fumar embaixo do meu nariz, não, desses eu não gosto.

E compreendi na mesma hora que aquele senhor estava me repreendendo, porém me pareceu, no primeiro instante, que eu lhe devia muitas desculpas.

— Não pensei que isso o incomodasse — respondi.

— Ah, o senhor não pensou que fosse mal-educado, mas eu pensei — começou a gritar o senhor.

— Que direito o senhor tem de gritar? — perguntei, sentindo que ele me ofendia, e comecei a me irritar.

— Meu direito consiste no fato de eu nunca permitir que ninguém me falte com o respeito e sempre dar uma boa lição a rapazolas abusados como o senhor. Qual seu nome de família, prezado senhor? E onde mora?

Fiquei exasperado, meus lábios tremiam, a respiração estava ofegante. Mesmo assim, talvez por ter bebido champanhe demais, eu sentia que lhe devia desculpas e não falei nada de rude para aquele senhor; ao contrário, da maneira mais humilde, meus lábios pronunciaram o nome de minha família e nosso endereço.

— Meu sobrenome é Kolpikov, prezado senhor, e doravante seja mais respeitoso. Voltaremos a nos encontrar (*vous aurez de mes nouvelles*) — concluiu, assim, a nossa conversa, que se passara toda em francês.

Respondi apenas: "Com muito prazer", tentando emprestar à voz a maior firmeza possível. Dei meia-volta e, ainda com o cigarro, que nesse meio-tempo já se apagara, voltei para nossa sala.

Não contei nada do que se passara comigo nem a meu irmão nem aos amigos, ainda mais porque eles estavam envolvidos numa discussão inflamada, e então me sentei sozinho num canto e refleti sobre o estranho incidente. As palavras "o senhor é um mal-educado, prezado senhor" (*un mal élevé, monsieur*) ressoavam de tal modo em meus ouvidos que me deixavam cada vez mais indignado. A embriaguez já havia passado por completo. Quando refleti sobre meu comportamento naquela situação, de repente me veio a ideia terrível de que tinha agido como um covarde. "Que direito tinha ele de me atacar?

Por que não me disse simplesmente que aquilo o incomodava? Será que ele é que me devia desculpas? Quando me chamou de mal-educado, por que não retruquei: mal-educado, prezado senhor, é quem se permite agir de modo grosseiro? Ou por que eu simplesmente não gritei para ele: 'Cale a boca!'? Teria sido ótimo; por que não o desafiei para um duelo? Não! Mas, não, eu não fiz nada disso, engoli a ofensa, como um covarde-zinho qualquer." "O senhor é um mal-educado, prezado se-nhor!" ressoava de modo irritante, e sem parar, em meus ou-vidos. "Não, isso não pode ficar assim", pensei e me pus de pé com o firme propósito de ir de novo ao encontro daquele se-nhor e lhe dizer algo terrível, talvez até bater com um casti-çal na sua cabeça, se necessário. Com enorme prazer, eu so-nhava com esta última ideia, mas não foi sem um forte temor que entrei de novo na sala principal. Felizmente, o sr. Kolpi-kov já não estava lá, só o criado permanecia na sala principal, tirando a mesa. Pensei em contar ao criado o que tinha acon-tecido e explicar que eu não fizera nada de errado, mas por al-gum motivo pensei melhor e, no estado de ânimo mais som-brio, voltei para nossa sala.

— O que houve com o nosso diplomata? — disse Dúbkov. — Sem dúvida, agora deve estar decidindo o destino da Europa.

— Ah, me deixe em paz — falei, aborrecido, e voltei as cos-tas para ele.

Em seguida, me pus a andar pela sala e, por algum mo-tivo, comecei a pensar que Dúbkov não era, absolutamente, uma boa pessoa. "Por que faz essas eternas brincadeiras e me chama sempre de 'diplomata'? Não há nisso nada de amável. Só quer saber de ganhar de Volódia no jogo e ir para a casa dessa tal de titia... Não há nele nada de agradável. Tudo o que diz é mentira ou é alguma vulgaridade, e vive querendo zom-bar dos outros. Parece-me que não passa de um tolo, além de ser uma pessoa ruim." Passei uns cinco minutos em tais reflexões, sentindo, por algum motivo, uma crescente hostilidade em relação a Dúbkov. Ele, por sua vez, não prestava a menor atenção em mim, o que aumentava ainda mais minha raiva. Irritei-me até com Volódia e com Dmítri, por conversarem com ele.

— Sabem de uma coisa, senhores? Temos de despejar água em cima do diplomata — disse Dúbkov, de repente, olhando para mim com um sorriso que me pareceu malicioso e até traiçoeiro. — Porque ele está mal! Puxa, ele está mal mesmo!

— Tem de jogar água é no senhor, é o senhor que está mal — retruquei, sorrindo com maldade e já sem lembrar que ele me tratava por "você".

Essa reação surpreendeu Dúbkov, sem dúvida, mas ele me deu as costas com indiferença e continuou a conversar com Volódia e Dmítri.

Cheguei a tentar me unir à conversa deles; no entanto, senti que não era absolutamente capaz de fingir, e me recolhi de novo ao meu canto, onde fiquei até a hora de ir embora.

Quando pagamos a conta e começamos a vestir os agasalhos, Dúbkov se voltou para Dmítri:

— Muito bem, e para onde vão Orestes e Pílades?[19] Certamente para casa, conversar sobre o *amor*. Já para nós a história é diferente: vamos visitar a doce titia. É bem melhor do que a amizade azeda de vocês.

— Como se atreve a zombar de nós? — exclamei de repente; cheguei bem perto dele, brandindo as mãos. — Como o senhor se atreve a zombar de sentimentos que não compreende? Não vou permitir que faça isso. Cale-se! — gritei e me calei eu mesmo, sem saber mais o que dizer e sufocando de emoção.

---

19 Personagens da mitologia grega, símbolos da amizade.

De início, Dúbkov ficou surpreso; depois, quis sorrir e tomar aquilo como uma brincadeira, mas, enfim, para meu espanto, intimidou-se e baixou os olhos.

— Não estou, de maneira nenhuma, zombando do senhor e de seus sentimentos, é só meu jeito de falar — disse, de modo evasivo.

— É isso mesmo! — comecei a gritar, mas na mesma hora senti vergonha de mim e pena de Dúbkov, cujo rosto vermelho e constrangido exprimia um sofrimento sincero.

— O que deu em você? — exclamaram Volódia e Dmítri ao mesmo tempo. — Ninguém quis ofendê-lo.

— Não, ele quis me ofender, sim.

— Que senhor mais exaltado é o seu irmão — disse Dúbkov na hora em que saiu pela porta, de modo que ele já não poderia ouvir o que eu ia dizer.

Talvez eu ainda fosse me arrojar atrás dele, alcançá-lo e lhe dizer mais alguma grosseria, porém, naquele momento, o mesmo criado que presenciara meu incidente com Kolpikov me entregou o casaco e, com isso, logo me acalmei; no entanto, diante de Dmítri, fingi estar irritado apenas na medida necessária para que minha calma repentina não lhe parecesse muito estranha. No dia seguinte, eu e Dúbkov nos encontramos no quarto de Volódia, não fizemos nenhuma alusão a essa história, mas continuamos a nos tratar de "senhor" e se tornou mais difícil ainda nos encararmos nos olhos.

A lembrança da discussão com Kolpikov, que, de resto, nem no dia seguinte nem depois me deu *ses nouvelles*,[20] continuou para mim, durante muitos anos, horrível, viva e dolorosa. Ainda cinco anos depois, eu me contraía e gritava, toda vez que lembrava aquela ofensa não reparada e, em compensação, me consolava recordando, satisfeito, como eu agira

20 Notícias suas. [N.A.]

corajosamente no incidente com Dúbkov. Só muito tempo depois comecei a encarar a questão de forma completamente distinta: passei a lembrar a discussão com Kolpikov com um prazer cômico e a lamentar a afronta imerecida que fiz ao *bom rapaz* Dúbkov.

Quando, no mesmo dia, ao anoitecer, contei para Dmítri minha aventura com Kolpikov, cuja aparência descrevi em minúcias, ele se mostrou extremamente admirado.

— Sim, é ele mesmo! — disse. — Imagine só, esse Kolpikov é um verdadeiro canalha, um trapaceiro e, acima de tudo, um covarde, expulso do regimento por seus camaradas, porque levou uma bofetada e não quis bater-se em duelo. De onde ele tirou essa coragem toda? — acrescentou com um sorriso bondoso, olhando para mim. — Mas ele não disse mais nada além de "mal-educado"?

— Não — respondi, ficando ruborizado.

— É ruim, mas também não é nada de mais! — consolou-me Dmítri.

Só muito tempo depois, refletindo já com calma sobre essa circunstância, formulei a hipótese bastante plausível de que Kolpikov sentiu que podia me atacar para, depois de muitos anos, na presença do moreno sem bigodes, vingar-se em mim da bofetada que havia recebido, exatamente como eu me vinguei no inocente Dúbkov da acusação, feita por Kolpikov, de que eu era "mal-educado".

17. Preparo-me para fazer visitas

Quando acordei no dia seguinte, meu primeiro pensamento foi sobre o incidente com Kolpikov, e novamente soltei uns grunhidos, corri pelo quarto, mas não havia o que fazer; de resto, era meu último dia em Moscou e, por ordem de papai, era preciso fazer as visitas que ele mesmo havia anotado numa folha de papel. A preocupação de papai conosco era menos voltada para a moral e a educação do que para as relações mundanas. Na folha de papel, estava escrito, com sua letra rápida e tremida: 1) príncipe Ivan Ivánovitch, *obrigatória*; 2) os Ívin, *obrigatória*; 3) príncipe Mikháilo; 4) princesa Nekhliúdova e, se der tempo, Valákhina. Também, é claro, o tutor, o diretor e os professores.

Dmítri me desaconselhou fazer as últimas visitas, dizendo que não só eram desnecessárias como seriam até inconvenientes, porém, quanto às outras, era preciso fazê-las naquele mesmo dia. Entre elas, me assustavam em especial as duas primeiras, que vinham com a indicação *obrigatória*. O príncipe Ivan Ivánitch era um general do Exército, velho, ricaço e sozinho; portanto, eu, um estudante de dezesseis anos, devia ter relações diretas com ele, relações que, eu pressentia, não podiam ser lisonjeiras para mim. Os Ívin também eram ricaços e seu pai era um importante general do serviço civil,[21] que só

---

21 Os postos dos funcionários públicos correspondiam aos da hierarquia das Forças Armadas na época.

nos visitou uma única vez, quando vovó estava viva. Já depois da morte da vovó, notei que o Ívin caçula nos evitava e parecia tomar ares de superioridade. O mais velho, como eu soube por boatos, já terminara o curso de direito e estava trabalhando em Petersburgo; o segundo, Serguei, que no passado eu adorava, também estava em Petersburgo e era um cadete grande e gordo, no Corpo de Pajens.[22]

Na juventude, eu não só não gostava de ter relações com pessoas que se considerassem superiores a mim como tais relações representavam uma tortura insuportável, por causa do medo constante de uma afronta e da tensão de todas as minhas energias mentais concentradas para mostrar àquelas pessoas minha independência. No entanto, como não ia cumprir a última ordem de papai, era preciso compensar a falta cumprindo as primeiras. Fiquei andando pelo quarto, olhando para as roupas jogadas sobre as cadeiras, a espada e o chapéu, e já estava me preparando para sair quando o velho Grap chegou para me dar os parabéns e trouxe consigo Ílienka. Grap pai era um alemão russificado, insuportavelmente bajulador e meloso, além de se embriagar com demasiada frequência; em geral, vinha à nossa casa para pedir alguma coisa e papai, às vezes, ficava com ele no escritório, porém Grap nunca almoçou à mesa conosco. Sua subserviência e seu jeito de pedinte estavam de tal modo misturados com uma espécie de bondade aparente e com sua constância em nossa casa que todos consideravam que era um grande mérito, da parte dele, sua propalada afeição por todos nós; entretanto, por algum motivo, eu não gostava de Grap e, quando ele falava, eu sempre sentia vergonha por ele.

Fiquei muito aborrecido com a chegada de tais visitas e não tentei disfarçar meu descontentamento. Eu estava tão

---

22 Importante instituição de ensino militar para adolescentes, filhos da nobreza.

acostumado a olhar para Ílienka com desdém, e ele estava tão acostumado a considerar que tínhamos esse direito, que achei um pouco desagradável o fato de ele ser um estudante igual a mim. Tive a impressão de que ele também sentia certa vergonha diante de mim, por causa dessa igualdade. Cumprimentei-o com frieza e, sem convidá-los para sentar, porque tive vergonha de fazê-lo, pensando que poderiam sentar-se mesmo sem meu convite, mandei atrelar a caleche. Ílienka era um rapaz bondoso, honesto e nada tolo, porém era o que se chama de *rapaz de miolo mole*; toda hora, sem nenhum motivo aparente, seu humor mudava de forma drástica — ora chorava, ora ria, ora se ofendia por qualquer bobagem; e agora, ao que parecia, ele se encontrava neste último estado de ânimo. Não falava nada, olhava para o pai e para mim com ar malévolo e, só quando alguém se dirigia a ele, sorria do seu jeito submisso e forçado, o mesmo sorriso sob o qual Ílienka já estava habituado a esconder todos os seus sentimentos e, em especial, o sentimento de vergonha do próprio pai, que ele não podia deixar de experimentar, em nossa presença.

— Pois muito bem, Nikolai Petróvitch — disse-me o velho, andando atrás de mim pelo quarto, enquanto eu me vestia e enquanto ele revirava devagar e respeitosamente, entre os dedos gordos, uma tabaqueira de prata que minha avó lhe dera de presente. — Assim que meu filho me contou que o senhor tinha sido aprovado no exame com notas altíssimas, aliás sua inteligência é conhecida de todos, vim correndo lhe dar os parabéns, meu caro; pois eu o carreguei nos ombros e Deus é testemunha de que amo todos vocês como se fossem parentes, e o meu Ílienka pediu muito para vir falar com o senhor. Ele também está habituado aos senhores.

Nessa altura, Ílienka estava sentado e mudo, junto à janela. Parecia examinar meu chapéu de três pontas e resmungava algo muito baixinho, de forma quase imperceptível, com ar irritado.

— Pois é, eu gostaria de perguntar ao senhor, Nikolai Petró-vitch — prosseguiu o velho —, se o meu Iliucha se saiu bem nas provas. Ele disse que vai estudar junto com o senhor; portanto, não o abandone, zele por ele, lhe dê conselhos.

— Puxa, mas ele obteve notas excelentes — respondi e olhei para Ílienka, que, sentindo meu olhar sobre si, ruborizou-se e parou de mover os dentes.

— E ele não poderia passar com o senhor este diazinho de hoje? — perguntou o velho com um sorriso muito acanhado, como se tivesse muito medo de mim e, para onde quer que eu me movesse, ele se mantinha sempre a uma distância tão curta que, nem por um segundo, eu deixava de sentir o cheiro de bebida e de tabaco, de que estava sempre impregnado.

Fiquei aborrecido por ele me deixar numa situação tão falsa com relação a seu filho e também por desviar minha atenção da tarefa que, naquele momento, era da máxima importância para mim: vestir-me; e, acima de tudo, aquele bafo de bebida me perseguia e me enervava a tal ponto que lhe respondi, muito friamente, que não podia ficar com Ílienka, porque ia estar fora de casa o dia inteiro.

— Mas o senhor não queria visitar a irmã, paizinho? — disse Ílienka, sorrindo e sem olhar para mim. — De resto, eu também tenho assuntos para tratar.

Fiquei ainda mais aborrecido e envergonhado e, para me redimir de minha recusa de alguma forma, me apressei em comunicar que eu não ia ficar em casa porque tinha de ir à casa do *príncipe* Ivan Ivánitch, à casa da *princesa* Kornakova, à casa de Ívin, aquele mesmo que tinha uma posição tão importante, e que, certamente, ia almoçar na casa da *princesa* Nekhliúdova. Pareceu-me que, ao saber que eu ia à casa de pessoas tão importantes, eles já não poderiam cobrar mais nada de mim. Quando se preparavam para sair, convidei Ílienka para me visitar em outra ocasião; mas Ílienka apenas resmungou alguma coisa e sorriu do seu jeito forçado. Era evidente que nunca mais poria os pés em minha casa.

Depois que saíram, fui fazer minhas visitas. Volódia, a quem eu pedira, desde a manhã bem cedo, que me acompanhasse para eu não me sentir tão sem graça, sozinho, recusou meu convite sob o pretexto de que seria piegas demais dois *irmãozinhos* andarem juntos na mesma *calechezinha*.

18. As Valákhina

Assim, fui sozinho. A primeira visita, por causa da distância menor, foi à casa de Valákhina, em Sívtsev Vrájek.[23] Fazia três anos que eu não via Sónietchka e meu amor tinha passado havia muito tempo, mas em minha alma restava ainda uma lembrança viva e comovente daquele amor infantil. Durante aqueles três anos, acontecia de eu me lembrar de Sónietchka com tanta força e nitidez que eu derramava lágrimas e me sentia apaixonado outra vez, mas isso durava só alguns minutos e demorava muito tempo para se repetir.

Eu sabia que Sónietchka e sua mãe tinham estado no exterior, onde permaneceram uns dois anos e onde, pelo que diziam, uma diligência em que viajavam capotara e os vidros cortaram o rosto de Sónietchka, o que a teria deixado muito feia. No caminho para sua casa, eu recordava de modo bem vivo a antiga Sónietchka e pensava em como a encontraria agora. Em razão dos dois anos passados no exterior, por algum motivo, eu a imaginava extraordinariamente alta, com uma linda cintura, séria e altiva, porém atraente de uma forma incomum. Minha imaginação se recusava a retratá-la com rosto desfigurado por cicatrizes; ao contrário, como tinha ouvido falar, não sei onde, de um amante apaixonado que continuara fiel à sua amada, embora desfigurada pela varíola, eu me forçava a pensar que estava apaixonado por Sónietchka,

23 Pequena rua na região central de Moscou.

para ter o mérito de continuar fiel, apesar das cicatrizes. De todo modo, ao me aproximar da casa de Valákhina, eu não estava apaixonado; contudo, ao remexer antigas lembranças de amor, acabei ficando muito disposto a me apaixonar e até desejava bastante que isso acontecesse, ainda mais porque fazia muito tempo que eu sentia vergonha, ao ver que todos os meus amigos estavam enamorados e que eu tinha ficado para trás em relação a eles.

As Valákhina moravam numa casinha de madeira, pequena e limpa, cuja entrada era pelo pátio. Depois que toquei a campainha — algo ainda muito raro em Moscou, naquela época —, um menino miúdo e de roupas limpas abriu a porta para mim. Ele não sabia, ou não quis me dizer, se as senhoras estavam em casa e, depois de me deixar sozinho no vestíbulo escuro, escapuliu para um corredor ainda mais escuro.

Fiquei muito tempo sozinho naquele cômodo escuro, onde, além da entrada e do corredor, havia outra porta fechada, e fiquei um pouco surpreso com o aspecto sombrio da casa, supondo vagamente que assim deviam ser as casas das pessoas que tinham morado no exterior. Depois de uns cinco minutos, o mesmo menino abriu a porta da sala por dentro e me conduziu para uma sala de visitas arrumada com capricho, mas sem luxo, na qual, logo depois de mim, entrou Sónietchka.

Tinha dezessete anos. Era de estatura muito baixa, muito magra e o rosto tinha cor amarelada e doentia. Não se via nenhuma cicatriz no rosto, mas os encantadores olhos proeminentes e o sorriso radioso, alegre e simpático eram os mesmos que eu conhecera e amara na infância. Nem de longe eu esperava vê-la assim e por isso não consegui expressar de pronto, para ela, o sentimento que havia preparado no caminho. Ela me deu a mão à maneira inglesa, o que na época era algo tão raro quanto a campainha, apertou minha mão com franqueza e sentou-se a meu lado no sofá.

— Ah, como estou feliz de ver o senhor, querido Nicolas — disse, fitando meu rosto com uma expressão de contentamento tão sincera que, nas palavras "querido Nicolas", notei um tom de amizade, e não um tom defensivo.

Para minha surpresa, depois da viagem ao exterior, ela estava ainda mais simples, mais meiga e mais afetuosa do que antes. Notei duas pequenas cicatrizes perto do nariz e na sobrancelha, mas os olhos e o sorriso maravilhosos eram absolutamente fiéis às minhas lembranças e brilhavam como antes.

— Como o senhor mudou! — disse ela. — Está um adulto feito. Bem, e eu, o que o senhor acha?

— Ah, eu não a reconheceria — respondi, embora estivesse pensando, naquele exato instante, que a reconheceria sempre. Sentia-me de novo naquele estado de ânimo despreocupadamente alegre em que, cinco anos antes, eu dançara com ela o *Grossvater* no baile da vovó.

— O que acha, fiquei muito feia? — perguntou, balançando a cabecinha.

— Não, de maneira nenhuma! Cresceu um pouco, ficou um pouco mais velha — comecei a responder, afobado. — Mas, ao contrário... e até...

— Bem, tanto faz. Você se lembra de nossas danças, de nossas brincadeiras, de Saint-Jérôme, de madame Dorat? — Eu não me lembrava de nenhuma madame Dorat; pelo visto, ela se empolgava com as recordações de infância e as confundia. — Ah, foi um tempo maravilhoso — continuou, e o mesmo sorriso que eu trazia na lembrança, ou até mais bonito, e os mesmos olhos reluziram na minha frente.

Enquanto ela falava, tive tempo para refletir na situação em que me encontrava naquele momento e decidi, em meu íntimo, que estava apaixonado. Assim que decidi isso, no mesmo segundo, meu estado de ânimo feliz e despreocupado desapareceu, uma espécie de névoa encobriu tudo o que estava na minha frente, até seus olhos e seu sorriso, e senti uma vergonha não sabia de quê, fiquei vermelho e perdi a capacidade de falar.

— Agora, os tempos são outros — continuou, deu um suspiro e levantou as sobrancelhas. — Tudo ficou muito pior, e nós também ficamos piores, não é verdade, Nicolas?

Não consegui responder e olhava para ela em silêncio.

— Onde estão todos, os Ívin, os Kornakov daquele tempo? Lembra? — continuou, olhando com certa curiosidade meu rosto ruborizado e assustado. — Que tempo maravilhoso!

Mesmo assim, não consegui responder.

Bem a tempo, fui salvo dessa situação penosa pela entrada da velha Valákhina. Levantei-me, curvei-me num cumprimento e recuperei a capacidade de falar; em compensação, com a chegada da mãe, uma estranha mudança se deu em Sónietchka. Toda a sua alegria e cordialidade desapareceram de repente, até o sorriso se tornou diferente e, de súbito, exceto pela estatura, ela se transformou naquela jovem dama recém-chegada do exterior que eu havia imaginado encontrar. Ao que parecia, tal mudança não tinha nenhuma razão, pois a mãe sorria para ela com a mesma simpatia e, em todos os gestos, exprimia a mesma brandura do passado. Valákhina sentou-se numa poltrona grande e apontou, para mim, um assento a seu lado. Disse algo em inglês para a filha e Sónietchka saiu imediatamente, o que me deixou ainda mais aliviado. Valákhina indagou sobre minha família, meus irmãos, meu pai, depois me contou seu desgosto — a perda do marido — e, por fim, sentindo que não tinha mais nada o que me dizer, me fitou em silêncio, como se dissesse: "Se o senhor se puser de pé, agora, curvar-se em despedida e for embora, fará muito bem, meu caro", porém me ocorreu, então, uma circunstância estranha. Sónietchka tinha voltado à sala com uma costura e sentara-se no canto oposto, de modo que eu sentia seu olhar sobre mim.

Na hora em que Valákhina falou da perda do marido, ainda me lembrei, mais uma vez, de que estava apaixonado e pensei que a mãe provavelmente já havia adivinhado isso, e de novo sofri um ataque de timidez tão forte que me senti incapaz de movimentar qualquer parte do corpo de maneira natural. Sabia que para fazer aquilo, para me pôr de pé e ir embora, eu teria de pensar onde ia colocar o pé, o que ia fazer com a cabeça e com a mão; em suma, me senti quase como na véspera, quando bebera meia garrafa de champanhe. Pressentia que não seria capaz de resolver tudo aquilo e, portanto, *não podia* me levantar, e de fato *não pude* me levantar. Valákhina, com certeza, ficou admirada e observava meu rosto vermelho como um pano e minha absoluta imobilidade; mas decidi que era melhor ficar sentado naquela situação idiota do que correr o risco de me levantar e sair de maneira ridícula. Assim, continuei sentado muito tempo, à espera de que algum incidente inesperado me tirasse daquela situação. Tal incidente se apresentou na pessoa de um jovem insignificante que, com ar de ser uma pessoa de casa, entrou na sala e me cumprimentou, curvando-se respeitosamente. Valákhina levantou-se, desculpando-se, disse que precisava conversar com seu *homme d'affaires*[24] e me lançou um olhar com expressão de perplexidade, que dizia: "Se o senhor quiser continuar sentado aí a vida toda, fique à vontade". Depois de fazer, de algum modo, um esforço tremendo, levantei-me, porém já não estava em condições de me curvar e, ao sair, acompanhado pelos olhares de compaixão da mãe e da filha, enganchei o pé numa cadeira que não estava, de maneira nenhuma, em meu caminho — mas enganchei o pé assim mesmo, porque toda a minha atenção estava concentrada em não tropeçar no tapete, que estava embaixo de meus pés. Ao ar livre, no entanto — me sacudindo e rosnando tão

24 Administrador.

alto que até Kuzmá me perguntou várias vezes: "O que o senhor deseja?" —, aquela sensação se dispersou e, com bastante calma, comecei a refletir sobre meu amor por Sónietchka e sobre suas relações com a mãe, que me pareciam estranhas. Mais tarde, quando contei ao papai minhas observações e minha impressão de que Valákhina e a filha não se davam bem, ele disse:

— Sim, ela a atormenta, a pobrezinha, com sua terrível mesquinharia; e é estranho — acrescentou, com uma emoção mais forte do que poderia ter por uma simples parenta. — Que mulher encantadora, meiga e maravilhosa ela era! Não consigo entender por que mudou tanto. Por acaso, você não viu, na casa dela, uma espécie de secretário? E que novidade é essa de uma dama russa ter um secretário? — disse, afastando-se de mim, irritado.

— Vi, sim — respondi.

— E, então, pelo menos é bonito?

— Não, não tem nada de bonito.

— Não dá para entender — disse papai e contraiu o ombro, irritado, e tossiu.

"Pronto, estou apaixonado", eu pensava, enquanto seguia em frente, em minha caleche.

19. Os Kornakov

Em meu caminho, a segunda casa a ser visitada era a dos Kornakov. Eles moravam no primeiro andar de um casarão na rua Arbat. A escada era extraordinariamente vistosa e bem cuidada, mas sem luxo. Em toda parte, havia passadeiras presas no chão por varetas de cobre muito polidas, mas não havia flores nem espelhos. O saguão, cujo assoalho muito lustroso atravessei para chegar à sala de visitas, também era austero, frio e bem-arrumado, tudo reluzia e dava impressão de solidez, embora não fosse nada novo; porém não se via, em parte nenhuma, ornamentos nem quadros nem cortinas. Algumas das princesinhas estavam na sala de visitas. Estavam sentadas com tanto apuro e com tal ar de indolência que logo se notava: elas não ficavam sentadas assim quando não havia visitas em casa.

— *Maman* vai vir daqui a pouco — disse-me a mais velha, e sentou-se mais perto de mim.

Durante quinze minutos, essa princesa me entreteve com uma conversa absolutamente espontânea e conduzida com tanta habilidade que não paramos de falar nem um segundo. Mas logo ficou evidente demais que ela estava me entretendo e, por isso, me desagradou. Entre outras coisas, contou-me que seu irmão Stiepan — que elas chamavam de Étienne, e que uns dois anos antes tinha se matriculado na escola de cadetes — já havia sido promovido a oficial. Quando falou do irmão e, sobretudo, quando contou que ele tinha entrado para os hussardos contra a vontade de *maman*, ela fez uma cara assustada e todas as princesinhas mais jovens, que estavam sentadas em silêncio, também fizeram uma cara assustada; quando ela falou do falecimento de vovó, fez uma cara de tristeza, e todas as princesinhas fizeram o mesmo; quando lembrou que eu tinha batido em Saint-Jérôme e fora expulso do recinto, ela riu e mostrou os dentes ruins, e todas as princesinhas riram e mostraram os dentes ruins.

A princesa entrou: a mesma mulher pequena, seca, de olhos esquivos, com o mesmo costume de olhar para os outros, quando estava falando com alguém. Segurou minha mão e ergueu a sua até meus lábios para que eu a beijasse, o que eu não teria feito de maneira nenhuma, pois não supunha necessário.

— Como estou contente de ver o senhor — exclamou, com sua eloquência de costume, voltando o olhar para as filhas. — Ah, como ele se parece com sua *maman*. Não é verdade, Lise?

Lise disse que era verdade, embora eu soubesse com certeza que não havia, em mim, a menor semelhança com mamãe.

— Mas veja como o senhor já está um adulto! Meu Étienne também, o senhor se lembra dele, afinal é seu primo em segundo grau... Não, não é em segundo grau, como é mesmo, Lise? Minha mãe era Varvara Dmítrievna, filha de Dmítri Nikoláitch, e a avó do senhor era Natália Nikoláievna.

— Nesse caso, são primos em terceiro grau, *maman* — disse a princesinha mais velha.

— Ah, você está misturando tudo — gritou a mãe, irritada com ela. — Não são primos em segundo grau, mas *issus de germains*.[25] Esse é o parentesco entre o senhor e o meu Etiénnotchka. Sabia que ele já é oficial? A única coisa ruim é que tem liberdade demais. Vocês, jovens, ainda precisam de

---

25 Filhos de primos.

alguém que os leve pela mão, é isso mesmo!... O senhor não se irrite comigo, a velha tia, por lhe dizer uma verdade; mantive Étienne sob controle rigoroso e acho que tem de ser assim.

E prosseguiu:

— Pois é, o nosso parentesco, então, é este. O príncipe Ivan Ivánitch é meu tio e também era tio de sua mãe. Portanto, eu e sua *maman* éramos primas em primeiro grau, ou melhor, em segundo grau, sim, é isso. Bem, mas me diga: o senhor já esteve na casa do príncipe Ivan, meu amigo?

Respondi que ainda não, mas que iria visitá-lo naquele mesmo dia.

— Ah, como é possível? — exclamou. — Era a primeira visita que o senhor devia ter feito. Afinal, o senhor sabe que o príncipe Ivan é como um pai para todos vocês. Ele não tem filhos, portanto seus herdeiros são apenas vocês e meus filhos. O senhor deve respeitá-lo pela idade, pela posição social e por tudo. Sei que vocês, jovens de hoje em dia, já não ligam para o parentesco e não amam os velhos; mas, preste atenção ao que estou dizendo, eu, sua velha tia, porque amo o senhor, e amava sua *maman*, e sua avó também, eu amava muito, muito, e também respeitava. Não pode, o senhor tem de visitá-lo, e vá mesmo, sem falta, sem falta.

Respondi que iria sem falta e, como aquela visita, a meu ver, já havia se prolongado por tempo suficiente, me pus de pé e fiz menção de ir embora, mas ela me deteve.

— Não, espere um minutinho. Onde está seu pai, Lise? Chame-o aqui; vai ficar muito contente de ver o senhor — prosseguiu, voltando-se para mim.

Uns dois minutos depois, de fato, entrou o príncipe Mikháilo. Era um senhor baixo, corpulento, vestido de forma totalmente desleixada, com a barba por fazer e uma expressão de tamanha indiferença no rosto que podia passar até por um idiota. Não ficou nem um pouco alegre de me ver, pelo menos não exprimiu isso. Mas a princesa, a quem ele, em minha opinião, temia muito, lhe disse:

— Não é verdade que o Voldemar — sem dúvida, ela havia esquecido meu nome — está parecido com sua *maman*?

E fez tal gesto com os olhos que o príncipe, sem dúvida, tendo adivinhado o que ela queria, aproximou-se de mim e, com a fisionomia mais apática do mundo, e até descontente, me ofereceu sua bochecha com a barba por fazer para eu beijar.

— Mas você ainda não está vestido e precisa sair — começou a dizer a princesa, logo depois, num tom zangado, que pelo visto era sua maneira habitual de falar com todos em casa. — Quer que todos fiquem aborrecidos com você, quer que se indisponham de novo contra você?

— Já vou, já vou, mãezinha — disse o príncipe Mikháilo, e saiu.

Cumprimentei-o e saí também.

Pela primeira vez, ouvi alguém dizer que éramos herdeiros do príncipe Ivan Ivánitch e aquela notícia me contaminou de forma desagradável.

20. Os Ívin

Pensar naquela visita iminente e inevitável tornou-se, para mim, ainda mais penoso. Porém, em meu trajeto, antes da casa do príncipe, era preciso passar pela casa dos Ívin. Eles moravam no bulevar Tverskói, num casarão enorme e bonito. Não foi sem medo que entrei na varanda da frente, onde um porteiro estava postado, com um bastão em punho.

Perguntei se havia alguém em casa.

— Com quem o senhor deseja falar? O filho do general está em casa — disse-me o porteiro.

— E o general? — perguntei, tomando coragem.

— É preciso anunciar. Como o senhor se chama? — disse o porteiro e tocou a campainha.

Uns pés de lacaio, em polainas, apareceram na escada. Sem que eu mesmo soubesse o motivo, fiquei tão intimidado que disse ao lacaio que não avisasse ao general e que, antes, eu ia falar com o filho. Enquanto subia aquela escadaria enorme, tive a impressão de que havia ficado incrivelmente pequeno (e não em sentido figurado, mas no sentido próprio da palavra). Já havia experimentado o mesmo sentimento quando minha caleche se aproximava da ampla varanda: pareceu-me que a caleche, o cavalo e o cocheiro se tornaram pequenos. Quando entrei no quarto, o filho do general estava deitado num sofá e dormia, com um livro aberto à sua frente. Seu preceptor, o sr. Frost, que continuava residindo na casa, entrou no quarto atrás de mim, com seus passos destemidos, e acordou seu pupilo. Ívin não exprimiu nenhuma alegria especial quando me reconheceu e notei que, ao conversar comigo, olhava para minhas sobrancelhas. Apesar de se mostrar muito educado, tive a impressão de que me tratava da mesma forma que a princesinha e de que não tinha nenhuma simpatia especial por mim, nenhuma necessidade de manter contato comigo, pois certamente contava com um círculo de relações próprio e particular. Entendi tudo isso, principalmente porque ele olhava para minhas sobrancelhas. Em suma, por mais desagradável que seja para mim admiti-lo, sua atitude comigo era quase igual à minha com Ílienka. Comecei a entrar num estado de irritação, percebia cada olhar esquivo de Ívin e, toda vez que seus olhos cruzavam com os de Frost, era como se perguntasse: "Para que ele veio à nossa casa?".

Depois de conversar comigo um pouco, Ívin disse que o pai e a mãe estavam em casa e perguntou se eu não queria acompanhá-lo e ir ao encontro deles.

— Espere só um instante para eu trocar de roupa — acrescentou, saindo para outro quarto, apesar de já estar muito bem-vestido, ali em seu quarto, com uma sobrecasaca nova e um colete branco.

Alguns minutos depois, voltou de uniforme, abotoado até em cima, e descemos juntos. Os cômodos suntuosos pelos quais passamos eram incrivelmente grandes, altos e, ao que parecia, decorados com luxo, tinham cor de mármore e de ouro, eram envoltos em musselina e espelhados. Ívina entrou na saleta contígua à sala de visitas, ao mesmo tempo que nós, por outra porta. Ela me recebeu de modo muito amistoso e familiar, me fez sentar à sua frente e perguntou, com interesse, a respeito de toda a nossa família.

Ívina, que eu tinha visto antes só umas duas vezes, e de passagem, e que agora eu observava com atenção, me agradou muito. Era de estatura elevada, magra, muito branca e parecia sempre melancólica e esgotada. Seu sorriso era triste, mas extraordinariamente bondoso; tinha os olhos grandes, cansados e um pouco vesgos, o que lhe dava uma expressão ainda mais triste e atraente. Não se sentava curvada, mas todo o seu corpo parecia tombado, todos os seus movimentos eram para baixo. Tinha a fala mole, mas o som da voz e sua dicção, com a pronúncia fechada do *r* e do *l*, eram muito agradáveis. Ela não estava se limitando a me entreter: era visível que minhas respostas sobre meus parentes despertavam seu interesse, como se, ao me ouvir, lembrasse com tristeza de tempos melhores. O filho se retirou para algum canto, ela permaneceu uns dois minutos calada, olhando para mim, e de repente desatou a chorar. Eu estava sentado na sua frente e não conseguia pensar em nada que pudesse dizer ou fazer. Ela continuou a chorar, sem olhar para mim. De início, tive pena dela, depois pensei: "Será que devo consolá-la? E como vou fazer isso?". Acabei ficando aborrecido por ela ter me colocado numa situação tão embaraçosa. "Será que meu aspecto é de dar tanta pena, assim?", pensei. "Ou será que está fazendo isso de propósito, para descobrir como vou reagir, num caso desses?"

"Agora, não convém ir embora... seria como se eu fugisse de suas lágrimas", continuei pensando. Ajeitei-me na cadeira, como que para lembrá-la de minha presença.

— Ah, como sou tola! — disse, lançando um olhar para mim e tentando sorrir. — Há certos dias em que choro sem nenhum motivo.

Começou a procurar um lenço a seu lado, no sofá, e de repente desatou a chorar mais forte ainda.

— Ah, meu Deus! Que ridículo, não paro de chorar. Eu amava tanto a sua mãe, éramos tão amigas... éramos... e...

Encontrou o lenço, cobriu o rosto com ele e continuou a chorar. De novo, minha situação embaraçosa se repetiu e se prolongou por bastante tempo. Eu estava aborrecido e senti, também, mais pena ainda. Suas lágrimas me pareciam sinceras e eu não parava de pensar que ela estava chorando não só por minha mãe, mas também por ela mesma não estar bem agora e porque no passado, em outro tempo, a vida era imensamente melhor. Não sei como aquilo ia terminar, se o jovem Ívin não tivesse entrado e dito que o velho Ívin estava perguntando por ela. Ívina levantou-se e fez menção de ir, quando o próprio Ívin entrou. Era um senhor pequeno, forte, grisalho, de sobrancelhas pretas e espessas, cabeça totalmente grisalha, cabelo muito curto e expressão da boca extraordinariamente severa e dura.

Levantei-me e curvei-me para cumprimentá-lo, mas Ívin, que trazia três condecorações em forma de estrela no fraque verde, não só não respondeu a meu cumprimento como quase nem olhou para mim, de tal modo que, de repente, tive a sensação de que eu não era uma pessoa, mas sim um objeto qualquer, que não merecia atenção — uma poltrona ou uma janela, ou, se fosse uma pessoa, seria alguém que não se diferencia em nada de uma poltrona ou uma janela.

— Mas a senhora ainda não escreveu para a condessa, minha querida — disse para a esposa em francês, com expressão apática, mas firme, no rosto.

— Adeus, monsieur Irteneff — disse-me Ívina, e de repente inclinou a cabeça para mim com ar orgulhoso e, como o filho, olhou para minhas sobrancelhas.

Curvei-me mais uma vez numa saudação, para ela e para o marido, e, mais uma vez, meu cumprimento produziu no velho Ívin o mesmo efeito de uma janela que se abrisse ou fechasse. O Ívin estudante, no entanto, me conduziu até a porta e, no caminho, contou que ia se transferir para a universidade de Petersburgo, porque seu pai recebera um cargo na capital (e mencionou um cargo muito importante).

"Bem, que o papai faça como quiser", balbuciei para mim mesmo, ao subir na caleche. "Mas eu nunca mais vou pôr os pés aqui. Aquela chorona não para de derramar lágrimas e me olha como se eu fosse um infeliz; e o Ívin, esse porco, nem me cumprimenta... Ainda vou mostrar para ele uma coisa..." O que eu queria lhe mostrar, eu não tinha a menor ideia do que pudesse ser, mas foi isso que me veio à cabeça.

Mais tarde, muitas vezes tive de suportar as reprimendas do papai, que dizia que era preciso *cultivar* aquela relação e que eu não podia exigir que um homem numa posição como a de Ívin desse atenção a um menino como eu. Mas mantive minha decisão por muito tempo.

21. O príncipe Ivan Ivánovitch

— Bem, agora é a última visita, na rua Nikítskaia — falei para Kuzmá, e seguimos para a casa do príncipe Ivan Ivánitch.

Em geral, depois de passar por algumas experiências de visitas, eu ganhava certa confiança em mim mesmo e, agora, estava me dirigindo à casa do príncipe com o espírito bastante tranquilo, quando de repente me lembrei das palavras da princesa Kornakova, que tinha dito que eu era um herdeiro; além disso, vi duas carruagens estacionadas diante da varanda e senti a mesma timidez de antes.

Tive a impressão de que o velho porteiro que abriu a porta para mim, o lacaio que tirou meu casaco, as três damas e os dois senhores que encontrei na sala de visitas e, acima de tudo, o próprio príncipe Ivan Ivánitch, que, de sobrecasaca civil, estava sentado no sofá — tive a impressão de que todos olhavam para mim como se olhassem para um herdeiro e, por isso, olhavam com hostilidade. O príncipe se mostrou muito carinhoso comigo, beijou-me — ou seja, resvalou em minha bochecha, por um segundo, os lábios secos e frios —, indagou sobre minhas atividades, planos, gracejou comigo, perguntou se eu ainda escrevia versos, como aqueles que tinha escrito no aniversário da vovó, e disse para eu almoçar em sua casa. Porém, quanto mais carinhoso se mostrava, mais me parecia que ele desejava me cobrir de atenções apenas para não deixar transparecer como lhe era desagradável a ideia de que eu era seu herdeiro. Por causa dos dentes postiços, de que sua boca era repleta, depois de falar alguma coisa, tinha o hábito de erguer o lábio superior na direção do nariz e emitir o som ligeiro de quem funga, como se quisesse puxar o lábio para dentro das narinas; agora, quando fazia isso, eu tinha sempre a impressão de que ele estava dizendo para si: "Menininho, menininho, já sei, nem precisa me dizer: é o herdeiro, é o herdeiro" etc.

Quando éramos crianças, chamávamos o príncipe Ivan Ivánitch de vovô, mas agora, na condição de herdeiro, minha língua não se mexia para chamá-lo de "vovô", no entanto dizer "vossa alteza", como fazia um dos senhores presentes, me parecia humilhante e assim, durante todo o tempo que durou a conversa, me empenhei em não o chamar de coisa nenhuma. No entanto, o que mais me deixava confuso era a velha princesa solteira, que também era herdeira do príncipe e morava na casa dele. Durante todo o tempo do almoço, em que fiquei ao lado da princesa, supunha que ela não falava comigo porque me detestava, por eu ser tão herdeiro do príncipe quanto ela, e eu também supunha que o príncipe não prestava atenção ao nosso lado da mesa porque nós — eu e a princesa — éramos, a seus olhos, herdeiros igualmente repulsivos.

— Pois é, você nem vai acreditar como foi desagradável, para mim — disse eu para Dmítri naquela mesma noite, com a intenção de me gabar do meu sentimento de repugnância diante da ideia de ser um herdeiro (esse sentimento me parecia muito bonito) —, como foi desagradável, para mim, passar duas horas inteiras, hoje, na casa do príncipe. É um homem excelente e foi muito afetuoso comigo — disse, desejoso de insinuar a meu amigo, entre outras coisas, que tudo que eu estava dizendo não era devido ao fato de eu me sentir humilhado diante do príncipe. — Mas — prossegui — a ideia de que pudessem me ver da mesma forma como veem a princesa, que mora na casa dele e se rebaixa diante dele, é uma ideia horrível. Ele é um velho fantástico, extremamente bondoso e delicado com todos, mas dá pena ver como *maltrata* aquela princesa. Aquele dinheiro abominável estraga todas as relações! Sabe, acho que seria muito melhor explicar-me francamente ao príncipe, dizer-lhe que tenho respeito por ele como pessoa, mas que não penso em sua herança; e pedir que não deixe nada para mim e que só irei visitá-lo com essa condição.

Dmítri não riu quando eu lhe falei assim; ao contrário, pensou um pouco e, após alguns minutos de silêncio, me disse:

— Sabe de uma coisa? Você não tem razão. Ou você não deve supor, de maneira nenhuma, que podem pensar sobre você da mesma forma como pensam a respeito dessa tal princesinha de que você falou, ou, se supuser de fato isso, então suponha mais ainda, ou seja, suponha que sabe o que podem pensar sobre você, mas que esses pensamentos são tão alheios a você que os despreza e que não é possível fazer nada com base neles. Suponha que eles supõem que você supõe que... Não, em suma — emendou, sentindo que se emaranhara no próprio raciocínio —, é muito melhor não supor nada disso.

Meu amigo tinha toda a razão; só muito, muito mais tarde, com a experiência de vida, me convenci de como é nocivo pensar, e mais nocivo ainda falar, uma porção de coisas que parecem muito nobres e que devem ficar sempre escondidas de todos, dentro do coração de cada um — também me convenci de que palavras nobres raramente andam juntas com atos nobres. Eu me convenci de que basta declarar uma boa intenção para que seja difícil, e em geral seja até impossível, cumprir essa boa intenção. Mas como conter as manifestações dos presunçosos arroubos de nobreza da juventude? Só muito tempo depois nos lembramos deles e os lamentamos, como uma flor que, sem nos conter, arrancamos antes de desabrochar e, mais tarde, vemos no chão, murcha e pisada.

Eu, que tinha acabado de dizer para meu amigo Dmítri que o dinheiro estragava as relações, logo no dia seguinte, de manhã, na hora em que íamos partir para o campo, quando vi que eu tinha gastado todo o meu dinheiro com quadros e cachimbos de Istambul, pedi a ele, emprestados para a viagem, os vinte e cinco rublos que tinha me oferecido e que depois demorei muito tempo para pagar.

22. Uma conversa sincera com meu amigo

Esta nossa conversa se passou dentro do fáeton, a caminho de Kúntsevo.[26] Dmítri me desaconselhou a visitar sua mãe de manhã e passou em casa para me pegar depois do almoço, a fim de ficarmos a tarde inteira e até pernoitarmos na datcha onde morava sua família. Só quando saímos da cidade e o colorido sujo das ruas e o barulho ensurdecedor e insuportável da carruagem rolando no calçamento deram lugar à paisagem vasta do campo e ao chiado suave das rodas na estrada de terra, e quando o ar perfumado da primavera e a amplidão me envolveram de todos os lados, só então me recuperei um pouco das impressões novas e diferentes e da consciência da liberdade que, nos dois dias anteriores, haviam me deixado totalmente confuso. Dmítri estava comunicativo e humilde, não ficava mexendo a cabeça para ajeitar a gravata, não piscava os olhos nervosamente e não contraía as pálpebras; eu estava satisfeito com os sentimentos nobres de que havia falado com ele — supondo que, por isso, ele me perdoara completamente por minha história vergonhosa com Kolpikov, não me desprezava por causa daquilo —, e entabulamos uma conversa amistosa sobre muitas coisas íntimas que, em condições comuns, nem os amigos dizem um para o outro. Dmítri me falou sobre sua família, que eu ainda não conhecia, sobre a mãe, a tia, a irmã e aquela que Volódia e Dúbkov consideravam a paixão de meu

26 Região rural a oeste de Moscou.

amigo e que chamavam de "a ruivinha". Sobre a mãe, falou de modo elogioso, mas um tanto frio e solene, como se quisesse se prevenir para qualquer objeção nesse tema; sobre a tia, exprimiu-se com entusiasmo, porém com certa condescendência; sobre a irmã, falou muito pouco e como se tivesse vergonha de conversar comigo sobre ela; mas sobre a ruivinha, que na verdade se chamava Liubov Serguêievna e era uma jovem solteira, um pouco mais velha, que morava na casa dos Nekhliúdov em razão de certas relações familiares, Dmítri me falou com animação.

— Sim, é uma jovem admirável — disse, ruborizando de vergonha, mas fitando-me nos olhos sem nenhum medo. — Já não é tão jovem, até já está um pouco velha e não tem nada de bonita, mas afinal, que bobagem, que absurdo, é amar a beleza! Não consigo entender tamanha tolice — falou como se tivesse acabado de descobrir uma verdade nova e extraordinária —, mas que alma, que coração e que princípios... Estou convencido de que ninguém vai encontrar uma jovem igual no mundo hoje em dia. — Não sei de quem Dmítri pegou o costume de dizer que, no mundo atual, tudo que seja bom é algo raro, mas ele adorava repetir essa expressão, e aquilo, de certo modo, parecia combinar bem com ele. — Apenas receio — prosseguiu com calma, depois de aniquilar por completo, com seus raciocínios, as pessoas que faziam a grande tolice de amar a beleza —, receio que você não a compreenda e não a conheça direito em pouco tempo: é humilde e até reservada, não gosta de mostrar suas qualidades belas e admiráveis. Veja a mamãe, por exemplo, uma mulher maravilhosa e inteligente, você vai ver, ela conhece Liubov Serguêievna já faz alguns anos e não consegue nem quer entendê-la. Eu, ontem mesmo... Vou contar por que eu estava de mau humor, quando você me perguntou. Anteontem, Liubov Serguêievna queria que eu fosse com ela à casa de Ivan Iákovlevitch... Certamente, você já ouviu falar de Ivan Iákovlevitch, que parece louco, mas, na verdade, é um homem extraordinário. Liubov Serguêievna é bastante religiosa, tenho de lhe dizer, e compreende perfeitamente o Ivan Iákovlevitch. Vai muitas vezes à casa dele, conversa com ele e lhe dá dinheiro para os pobres, dinheiro que ela mesma ganhou com seu trabalho. É uma mulher admirável, você vai ver. Eu mesmo fui com ela à casa de Ivan Iákovlevitch e sou muito grato a ela por ter visto esse homem notável. Mas a mamãe não quer entender, nisso ela só enxerga superstição. Ontem, pela primeira vez na vida, eu e mamãe tivemos uma discussão, e bastante séria — encerrou, fazendo um movimento nervoso com o pescoço, como se estivesse lembrando o sentimento que havia experimentado na discussão.

— Então, o que você acha? Quero dizer, quando imagina que vão... Ou o senhor e ela não falam sobre o futuro, sobre como vai terminar o amor ou a amizade de vocês? — perguntei, para desviar Dmítri da lembrança desagradável.

— Está perguntando se penso em me casar com ela? — indagou, ruborizando-se outra vez, mas virou-se e me fitou nos olhos, sem medo.

"Ora, na verdade, não há nisso nada de mais", pensei, para me acalmar, "somos dois amigos *adultos*, estamos num fáeton e conversamos sobre nossa vida futura. Qualquer pessoa que agora nos visse ou nos ouvisse, sem ser notada, teria até prazer."

— Por que não? — prosseguiu, depois que respondi que sim. — Pois meu objetivo, como o de qualquer pessoa razoável, é ser feliz e bom, na medida do possível; e quanto a ela, caso assim deseje, quando eu for totalmente independente, viverei com ela mais feliz e melhor do que com a maior beldade do mundo.

Envolvidos pela conversa, nem notamos que já estávamos perto de Kúntsevo — também não notamos que o céu ficara nublado e que estava se armando uma chuva. O sol já ia baixo, à direita, acima das árvores do jardim de Kúntsevo, e metade do círculo brilhante e vermelho estava coberta por uma nuvem cinzenta, com uma leve transparência; da outra metade, escapavam raios chamejantes e entrecortados, que iluminavam de modo claro e cristalino as antigas árvores do jardim, que reluziam imóveis com suas copas verdes e espessas, contra o fundo formado pela parte ainda clara do céu azul. O brilho e a luz dessa ponta do céu ressaltavam, com um vivo contraste, a nuvem lilás e pesada que se estendia à nossa frente, acima do bosque de bétulas jovens, visível no horizonte.

Um pouco à direita, atrás dos arbustos e das árvores, já se viam os telhados coloridos das casinhas rurais e, entre elas, algumas refletiam os raios radiantes do sol, outras assumiam a feição tristonha do outro lado do céu. À esquerda, embaixo, o lago imóvel brilhava azulado, rodeado por salgueiros verde-claros que se refletiam sombriamente na sua superfície opaca, que parecia convexa. Atrás do lago, à meia encosta, estendia-se um campo de pousio enegrecido e a linha reta e verde-clara da divisa que o delimitava se perdia na distância, até se fundir com o horizonte tempestuoso e cor de chumbo. De ambos os lados da estrada lisa na qual o fáeton balançava cadenciadamente, o centeio verdejava viçoso e pontiagudo, e aqui e ali já começavam a brotar espigas. O ar estava absolutamente parado e havia um aroma de frescor; o verdor das árvores, das folhas e do centeio estava imóvel, extraordinariamente puro e claro. Parecia que cada folha, cada haste de capim vivia sua vida própria, particular, plena e feliz. Perto da estrada, notei uma trilha escura, que serpenteava no meio do centeio verde-escuro, que já crescera mais de um quarto de sua altura e, por alguma razão, essa trilha me trouxe à memória a lembrança viva de minha aldeia e, junto com essa lembrança, por força de uma estranha associação de ideias, me veio a lembrança extraordinariamente viva de Sónietchka e de que eu estava apaixonado por ela.

Apesar de toda a minha amizade por Dmítri e do prazer que sua sinceridade me proporcionava, eu não tinha vontade de saber mais nada sobre seus sentimentos e intenções em relação a Liubov Serguêievna, mas sentia uma vontade premente de falar do meu amor por Sónietchka, que me parecia um amor de categoria imensamente superior. No entanto, por alguma razão, eu não conseguia tomar coragem de lhe contar diretamente minhas fantasias sobre como seria bom, quando eu estivesse casado com Sónietchka, morando no campo, com filhos pequenos que, engatinhando, iam me chamar de papai, e que alegria eu ia sentir quando ele e sua esposa, Liubov Serguêievna, chegassem à minha casa, em roupas de viagem... No entanto, em lugar de tudo isso, apontando para o sol que se punha, falei: "Dmítri, olhe que beleza!".

Dmítri não disse nada, visivelmente insatisfeito, porque, à sua confissão, que sem dúvida lhe custara muito esforço, eu respondera chamando sua atenção para a natureza, algo que, em geral, lhe era indiferente. A natureza produzia nele um efeito bem diverso daquele que produzia em mim: afetava-o menos pela beleza do que pelo interesse; ele a amava antes com a razão do que com o sentimento.

— Estou muito feliz — disse eu, em seguida, sem dar atenção ao fato de que ele estava visivelmente ocupado com os próprios pensamentos e de todo indiferente ao que eu pudesse lhe dizer. — Escute, um dia, lembra, lhe falei sobre uma senhorita pela qual me apaixonei quando era criança; pois eu a vi hoje — prossegui com entusiasmo —, e agora, decididamente, estou apaixonado...

E, apesar da expressão de indiferença que continuava em seu rosto, falei do meu amor e de todos os planos da futura felicidade conjugal. O estranho é que, assim que expus em detalhes toda a força de meu sentimento, no mesmo instante, senti que esse sentimento começava a diminuir.

O chuvisco nos alcançou quando já fazíamos a curva para entrar na alameda das bétulas que levava à datcha. Mas nem chegou a nos molhar. Eu só soube que estava chovendo porque algumas gotas caíram no meu nariz e na mão e porque leves batidas soaram nas folhas novas e viscosas das bétulas, que, imóveis, com os galhos ondulados e pendentes, pareciam receber as gotas puras e cristalinas com prazer, expresso no forte perfume que espalhavam por toda a alameda. Descemos da carruagem e saímos correndo, a fim de cruzar o jardim e alcançar a casa mais depressa. Porém, justo na entrada da casa, topamos com quatro damas, duas delas com trabalhos de costura nas mãos, uma com um livro e a outra, que veio em passos ligeiros pelo outro lado, com um cachorrinho. Dmítri logo me apresentou a mãe, a irmã, a tia e Liubov Serguêievna. Ficaram paradas por um momento, mas a chuva começou a cair com mais força.

— Vamos para a varanda de cima, e lá você faz as apresentações de novo — disse a dama que julguei ser a mãe de Dmítri, e subimos a escada juntos.

23. Os Nekhliúdov

No primeiro instante, de todo aquele grupo, quem mais me impressionou foi Liubov Serguêievna, que, levando nos braços um cãozinho *bichon* bolonhês e calçando sapatos grossos de tricô, subiu a escada atrás de todos, deteve-se duas vezes para me observar com atenção e, logo depois, beijou o cãozinho. Era bem feia: ruiva, magra, de baixa estatura, um pouco torta. O que enfeava ainda mais seu rosto sem beleza era o penteado estranho, dividido do lado (um desses penteados inventados por mulheres que têm pouco cabelo). Por mais que eu tentasse, para agradar a meu amigo, não conseguia encontrar nela nenhum traço belo. Mesmo os olhos castanhos, apesar de expressarem bondade, eram demasiado pequenos e turvos e, positivamente, não eram bonitos; até as mãos, esse traço tão relevante, apesar de pequenas e de não terem um formato feio, eram vermelhas e rudes.

Quando entrei na varanda atrás delas — à exceção de Várienka, irmã de Dmítri, que se limitou a me olhar atenta, com seus grandes olhos cinza-escuros —, todas me disseram algumas palavras, antes de retomarem, uma a uma, seu trabalho, enquanto Várienka começou a ler em voz alta o livro que havia mantido sobre os joelhos, marcando a página com o dedo.

A princesa Mária Ivánovna era alta, esbelta, de mais ou menos quarenta anos. Podia-se pensar que era mais velha, a julgar pelos cachos semigrisalhos que escapavam sem disfarce por baixo da touca; no entanto, pelo rosto fresco, extraordinariamente meigo e quase sem rugas, sobretudo pelo brilho vivaz e alegre dos olhos grandes, parecia bem mais jovem. Os olhos eram castanhos, muito abertos; os lábios, finos demais, um pouco severos; o nariz, bastante correto, um pouco virado para a esquerda; as mãos, grandes, quase masculinas, sem anéis, com belos dedos alongados. Usava um vestido azul-escuro, fechado, que apertava com força sua cintura fina e ainda jovem, da qual ela obviamente se orgulhava. Estava sentada com as costas extremamente retas e costurava um vestido. Quando entrei na varanda, ela segurou minha mão, puxou-me para si como se quisesse me observar mais de perto e, depois de me lançar um olhar tão frio e franco quanto o do filho, disse que ela me conhecia havia muito tempo, pelos relatos de Dmítri, e que, a fim de nos conhecermos melhor, eu estava convidado a ficar em sua casa o dia inteiro.

— Faça tudo o que desejar, não se constranja por nossa causa, pois também não vamos nos constranger por causa do senhor. Passeie, leia, escute ou durma, se isso lhe der mais alegria — acrescentou.

Sófia Ivánovna era uma solteirona, irmã caçula da princesa, porém parecia mais velha. Tinha o tipo de compleição farta que só se encontra em solteironas de baixa estatura, bastante gordas e que usam espartilho. Parecia que toda a sua saúde tinha subido para a parte de cima do corpo, e com tanta força que, a cada minuto, ameaçava sufocá-la. Os bracinhos curtos e gordos não conseguiam se unir abaixo da linha proeminente do corpete, e ela nem mesmo era capaz de avistar a base apertadíssima do corpete.

Apesar de a princesa Mária Ivánovna ter cabelos e olhos escuros e de Sófia Ivánovna ser loura e ter olhos grandes, vivazes e, ao mesmo tempo (o que é bem raro), serenos e azuis, havia entre as irmãs uma grande semelhança de família; a mesma expressão, o mesmo nariz, os mesmos lábios; apenas o nariz e os lábios de Sófia eram um pouquinho mais grossos e virados para a direita, quando sorria, ao passo que, na princesa, viravam para a esquerda. Sófia Ivánovna, a julgar pela roupa e pelo penteado, ainda queria se passar por jovem e não deixaria à mostra cachos grisalhos, caso os tivesse. Seu olhar e o modo de me tratar me pareceram, no primeiro minuto, muito orgulhosos e me deixaram constrangido; ao passo que, com a princesa, ao contrário, eu me sentia desembaraçado. Talvez aquela gordura e certa semelhança com o retrato de Catarina, a Grande, que me causou forte impressão, conferissem a ela um aspecto orgulhoso, a meus olhos; porém, fiquei de todo intimidado quando ela, me olhando fixamente, disse: "Os amigos de nossos amigos são nossos amigos". Só me acalmei e, de súbito, mudei de opinião sobre ela por completo quando, depois de pronunciar essas palavras, ficou em silêncio, abriu a boca e suspirou fundo. Talvez por causa da gordura, tinha o hábito de dar suspiros profundos, abrindo um pouco a boca, e de revirar de leve os olhos grandes e azuis, depois de pronunciar algumas palavras. Nesse hábito, por alguma razão, exprimia-se uma bondade tão meiga que, em seguida ao suspiro, perdi todo medo que sentia, e ela até me pareceu muito agradável. Os olhos eram encantadores, a voz era sonora e atraente, e até as linhas muito arredondadas do corpo, naquela fase de minha juventude, me pareceram não ser privadas de beleza.

Liubov Serguêievna, como amiga de meu amigo (eu supus), deveria me dizer agora algo muito amigável e sincero, e ela até ficou me olhando em silêncio por bastante tempo, como se estivesse indecisa — talvez fosse amigável demais o que pensou em me dizer; porém, interrompeu aquele silêncio apenas para me perguntar em que faculdade eu ia estudar. Depois, olhou mais uma vez para mim fixamente e, por muito tempo, sem dúvida, ficou hesitante: devia dizer ou não aquelas palavras sinceras e amigáveis? E eu, ao perceber a dúvida, implorei, com a expressão de meu rosto, que ela me contasse tudo, porém só me disse: "Dizem que hoje em dia, na universidade, já estudam pouco as ciências". E chamou sua cadelinha Suzetka.

Liubov Serguêievna, durante toda aquela tarde, falou frases desse tipo, que, na maior parte, não se encaixavam nem no assunto da conversa nem umas nas outras; mas eu acreditava de tal modo em Dmítri e ele, a tarde toda, olhava tão solícito, ora para mim, ora para ela, com uma expressão que perguntava "E então?", que eu, como acontece muitas vezes, embora no fundo já estivesse convencido de que não havia nada de especial em Liubov Serguêievna, ainda estava muitíssimo longe de exprimir esse pensamento até para mim mesmo.

Por fim, a última pessoa daquela família, Várienka, era uma menina muito gorda, de dezesseis anos.

De bonito nela só havia os olhos grandes e cinza-escuros, com uma expressão que unia alegria e atenção serena, extremamente parecidos com os olhos da tia, a trança loura e muito grande e as mãos extraordinariamente meigas e belas.

— Creio que para o senhor, monsieur Nicolas, é maçante escutar a leitura já no meio — disse-me Sófia Ivánovna, com seu suspiro bondoso, enquanto virava partes do vestido que costurava.

Naquele momento, a leitura se interrompeu, porque Dmítri saiu e foi a algum lugar.

— Ou será que o senhor já leu *Rob Roy*?

Na época, só porque usava uniforme de estudante universitário, eu achava que tinha a obrigação de responder a todas as perguntas, mesmo às mais banais, de maneira muito *inteligente e original*, ao conversar com pessoas que eu conhecia pouco, e considerava uma enorme vergonha dar respostas curtas e claras, como: sim, não, é maçante, é divertido etc. Depois de olhar de relance para minhas calças novas, no rigor da moda, e para os botões reluzentes da sobrecasaca, respondi que não tinha lido *Rob Roy*, mas que tinha muito interesse de escutar a leitura, porque preferia começar a ler os livros no meio e não no início.

— É duas vezes mais interessante: adivinhamos o que já aconteceu e o que vai acontecer — acrescentei, sorrindo com satisfação.

A princesa riu de maneira que pareceu forçada (mais adiante, percebi que ela não tinha outro riso).

— Puxa, isso deve ser mesmo verdade — disse ela. — E o senhor vai ficar aqui muito tempo, Nicolas? Não se importa que eu me dirija ao senhor sem o monsieur? Quando vai partir?

— Não sei, talvez amanhã, mas talvez fiquemos ainda bastante tempo — respondi, não sei por quê, apesar de que devíamos, com toda a certeza, ir embora no dia seguinte.

— Gostaria que o senhor ficasse, pelo senhor e pelo meu Dmítri — afirmou a princesa, olhando para algum ponto distante. — Na sua idade, a amizade é algo precioso.

Senti que todos olhavam para mim e esperavam o que eu ia dizer, embora Várienka fingisse olhar para a costura da tia; senti que estavam me submetendo a certo tipo de exame e que era preciso mostrar-me do ângulo mais favorável possível.

— Sim, para mim — respondi —, a amizade de Dmítri é útil, mas não sou capaz de ser útil para ele: Dmítri é mil vezes melhor do que eu. — Dmítri não pôde ouvir o que eu dizia, do contrário eu teria medo de que ele percebesse a falta de sinceridade em minhas palavras.

A princesa riu, de novo, seu riso forçado.

— Ora, se déssemos ouvido ao que diz Dmítri — disse ela —, então *c'est vous qui êtes un petit monstre de perfection.*[27]

---

27 "O senhor é que é um monstrinho de perfeição". [N.A.]

"*Monstre de perfection*, isso é excelente, tenho de me lembrar", pensei.

— Mas, de resto, nisso o Dmítri é um mestre, não no caso do senhor — prosseguiu a princesa, baixando a voz (o que me pareceu extremamente agradável) e apontando com os olhos para Liubov Serguêievna. — Na pobre *tiazinha* — assim chamavam Liubov Serguêievna, entre elas —, que conheço há vinte anos, junto com sua Suzetka, ele descobriu tais primores de perfeição como eu jamais havia suspeitado... Vária, mande que me tragam um copo de água — acrescentou, de novo lançou um olhar para um ponto distante, na certa achando que ainda era cedo ou, talvez, que não havia nenhuma necessidade de me introduzir nas relações familiares. — Não, é melhor que ele desça. Não está fazendo nada, e você continue a ler. Vá, meu amigo, siga reto pela porta, dê quinze passos, pare e fale em voz alta: "Piotr, traga um copo de água com gelo para Mária Ivánovna" — disse ela e, de novo, riu de leve seu riso forçado.

"Na certa, ela quer falar de mim", pensei, enquanto saía. "Na certa, quer falar sobre o que observou, dizer que sou um jovem muitíssimo inteligente." E mal tive tempo de percorrer os quinze passos, quando a gorda e ofegante Sófia Ivánovna me alcançou, em passos, todavia, rápidos e leves.

— *Merci, mon cher* — disse ela. — Eu mesma vou lá, deixe que eu peço.

24. O amor[28]

Sófia Ivánovna, como depois me dei conta, era uma dessas raras mulheres já não tão jovens que nasceram para a vida em família, mas às quais o destino negou tal sorte e que, por isso mesmo, resolvem derramar sobre alguns eleitos toda a reserva de amor que por tanto tempo ficou guardada para os filhos e o marido, e cresceu e se fortaleceu dentro do coração. Em mulheres solteiras desse tipo, essa reserva se mostra tão inesgotável que, apesar de os eleitos serem muitos, ainda sobra muito amor, que elas derramam em todos à sua volta, em todas as pessoas, boas e más, que por acaso cruzem seu caminho.

Há três tipos de amor:

1) o amor belo,

2) o amor abnegado e

3) o amor ativo.

Não estou falando do amor de um rapaz por uma moça e vice-versa, temo esses sentimentalismos e tive tanta má sorte na vida que nunca vi nesse tipo de amor nenhuma centelha de verdade, apenas mentira, na qual a sensualidade, as relações conjugais, o dinheiro, o desejo de prender-se ou de libertar-se se emaranhavam de tal modo com o próprio sentimento que era impossível entender o que quer que fosse. Estou falando do amor pelo ser humano que, dependendo da maior ou menor força da alma, se concentra em uma pessoa, em algumas

---

28 Em russo, *liubov*.

pessoas ou se derrama em muitas; falo do amor à mãe, ao pai, ao irmão, aos filhos, ao companheiro, à amiga, ao compatriota, do amor ao ser humano.

O *amor belo* consiste no amor pela beleza do próprio sentimento e de sua expressão. Para as pessoas que amam assim, o objeto amado só é amável na medida em que desperta aquele sentimento agradável cuja expressão e consciência lhes dão prazer. As pessoas que amam com o amor belo têm muito pouca preocupação com a reciprocidade, pois a encaram como uma circunstância que não tem nenhuma influência na beleza e no prazer do sentimento. Elas trocam muitas vezes o objeto de seu amor, pois seu propósito principal é apenas que o sentimento agradável de amor seja despertado constantemente. A fim de reter dentro de si esse sentimento agradável, falam sobre seu amor com as expressões mais refinadas, tanto para o próprio objeto amado como para todas as pessoas, mesmo quando elas nada têm a ver com esse amor. Em nosso país, as pessoas da classe alta que amam com o *amor belo* não apenas conversam com todos sobre seu amor como falam dele, obrigatoriamente, em francês. É ridículo e estranho dizer isso, mas estou convencido de que houve e há, ainda hoje, muitíssimas pessoas da alta sociedade, em especial mulheres, cujo amor pelos amigos, marido, filhos se extinguiria, de uma hora para outra, se fossem proibidas de falar em francês.

O segundo tipo de amor — *amor abnegado* — consiste no amor pelo processo de sacrificar-se pelo objeto amado, sem jamais se perguntar se tal sacrifício é pior ou melhor para o objeto amado. "Não há aborrecimento que eu não seja capaz de suportar, para mostrar a todos, e a *ele* ou a *ela*, minha dedicação." Essa é a fórmula desse tipo de amor. Pessoas que amam assim jamais acreditam na reciprocidade (porque é mais meritório sacrificar-me por quem não me compreende) e sempre são doentias, o que também aumenta o mérito do sacrifício;

na maioria, são constantes, porque lhes seria penoso perder o mérito dos sacrifícios que fazem pelo objeto amado; estão sempre prontas a morrer para mostrar a *ele* ou a *ela* toda a sua dedicação, mas desprezam as pequenas demonstrações diárias de amor, em que são desnecessários grandes arroubos de sacrifício. Para todas essas pessoas, não importa se você comeu bem, dormiu bem, está alegre, com saúde ou não: elas nada fazem para que você obtenha tais confortos, ainda que isso esteja ao alcance delas; no entanto, colocar-se na frente de uma bala, atirar-se na água, no fogo, definhar de amor — para isso, estão sempre prontas, e basta se oferecer a ocasião. Além do mais, as pessoas com tendência para o amor abnegado têm sempre orgulho de seu amor, são exigentes, ciumentas, desconfiadas e, por estranho que pareça, desejam perigos para o objeto amado, a fim de poder salvá-lo, desejam infortúnios, a fim de lhe dar consolo, e até defeitos, a fim de corrigi-los.

Você mora no campo com a esposa, que o ama com abnegação. Você é saudável, tranquilo, faz um trabalho de que gosta; a esposa amorosa é tão frágil que não consegue cuidar das tarefas domésticas, que ficam por conta dos criados, nem consegue cuidar dos filhos, que ficam por conta das babás, nem mesmo é capaz de se ocupar de coisas de que até gostaria de fazer, porque ela não ama nada senão você. *Visivelmente*, está enferma; no entanto, como não quer afligir você, não admite falar sobre isso; *visivelmente*, está entediada, mas, por você, está disposta a passar a vida inteira entediada; *visivelmente*, fica arrasada, por você se ocupar de modo tão concentrado em seus afazeres (sejam quais forem: caçadas, livros, os negócios da propriedade, o emprego); ela vê que tais ocupações estão arruinando você, mas ela cala e suporta. Entretanto, você adoece — sua esposa amorosa esquece a própria doença e, apesar dos pedidos que você faz para não se atormentar em vão, passa todo tempo sentada ao lado de sua cama e você, a cada segundo, sente sobre si seu olhar de comiseração, que diz: "Pronto, bem que avisei, mas não me importo, mesmo assim não vou abandonar você". De manhã, você está um pouco melhor, vai para outro quarto. Não está aquecido, não foi arrumado; a sopa, que é a única coisa você pode comer, não foi pedida ao cozinheiro, não mandaram ninguém buscar o remédio; porém, exausta com a vigília noturna, sua esposa amorosa olha para você com a mesma expressão de compaixão, anda na ponta dos pés e, com um sussurro, dá aos criados ordens obscuras e extraordinárias. Você quer ler — a esposa amorosa lhe diz, com um suspiro, que sabe que você não lhe obedece, que vai se zangar com ela, mas já está acostumada, porém é melhor que você não leia; você quer andar pelo quarto — também é melhor não fazer isso; você quer conversar com um amigo que chegou — é melhor não conversar. De noite, você tem febre de novo, quer dormir, mas a esposa amorosa, magra, pálida, que suspira de vez em quando, na penumbra da luz de cabeceira, está sentada na poltrona à sua frente e, com o menor movimento, o menor barulho, provoca em você um sentimento de irritação e impaciência. Você tem um criado, com quem mora há vinte anos, com o qual está acostumado e que trabalha para você com satisfação e eficiência, porque dormiu durante o dia e recebe um salário em troca de seus serviços, mas a esposa não permite que ele venha servi-lo. Faz tudo sozinha, com seus dedos fracos e sem experiência, e você não pode deixar de observar, com um rancor contido, enquanto seus dedos brancos tentam em vão desarrolhar um frasco, apagam uma vela, vertem o remédio ou apalpam seu corpo nervosamente. Se você for um homem impaciente, exaltado, e pedir que ela saia, vai escutar, com seu ouvido irritado, doentio, como ela respira, submissa, atrás da porta, chora e sussurra algum absurdo para seu criado. Por fim, se você não morreu, sua esposa amorosa, que ficou vinte noites sem dormir durante sua enfermidade (o que ela lhe repete sem parar), adoece, definha, sofre e se torna ainda menos capaz de cumprir qualquer tarefa e, quando você se encontra em condições normais, ela exprime seu amor abnegado apenas por meio de uma melancolia dócil, que, sem querer, transmite a você e a todos à sua volta.

O terceiro tipo — o *amor ativo* — consiste no esforço de satisfazer todas as necessidades, todos os desejos, caprichos e até vícios da criatura amada. As pessoas que amam desse modo sempre amam por toda a vida, porque, quanto mais amam, mais conhecem o objeto amado e mais fácil se torna amar, ou seja, satisfazer seus desejos. O amor de tais pessoas raramente se exprime por meio de palavras e, caso isso aconteça, não se exprime com confiança e beleza, mas com vergonha e constrangimento, porque elas sempre receiam que estejam amando de maneira insuficiente. Tais pessoas amam até os vícios da criatura amada, porque esses vícios lhes dão a possibilidade de satisfazer desejos novos. Elas buscam a reciprocidade, de bom grado chegam a enganar a si mesmas, acreditam na reciprocidade e ficam felizes se a obtêm; porém amam mesmo no caso contrário, e não só desejam a felicidade para o objeto amado como tentam proporcioná-la o tempo todo, por todos os meios morais e materiais, grandes e pequenos, que se encontram a seu alcance.

E era esse amor ativo que, a cada palavra e movimento, brilhava nos olhos de Sófia Ivánovna, era esse o amor que tinha pelo sobrinho, pela sobrinha, pela irmã, por Liubov Serguêievna e até por mim, já que Dmítri me amava.

Só muito tempo depois, eu soube apreciar inteiramente Sófia Ivánovna, mas também então me passou pela cabeça uma pergunta: por que Dmítri, que se esforçava tanto para entender o amor de modo muito diferente do que era costume entre os jovens, e que tinha sempre diante dos olhos a meiga e amorosa Sófia Ivánovna, de repente se enamorou com tanta paixão pela incompreensível Liubov Serguêievna e, quanto à tia, no máximo admitia ter boas qualidades? Ao que parece, é justo o ditado: "Ninguém é profeta em sua terra". De duas, uma: ou, de fato, em todas as pessoas há mais mal do que bem, ou as pessoas são mais suscetíveis ao mal do que ao bem. Havia pouco tempo que ele conhecia Liubov Serguêievna; no entanto, o amor da tia, ele o experimentava desde que nascera.

25. Conheço pessoas

Quando voltei para a varanda, não estavam falando sobre mim, como eu tinha imaginado; e Várienka não estava lendo, mas sim, com o livro já deixado de lado, travava uma discussão ardorosa com Dmítri, que dava passadas medidas para um lado e para outro, ajeitava a gravata com movimentos do pescoço e estreitava as pálpebras. O tema da discussão parecia ser Ivan Iákovlevitch e a superstição; porém, a discussão era candente demais para que seu significado implícito não fosse outro, mais próximo de toda a família. A princesa e Liubov Serguêievna se mantinham caladas, escutando tudo; era visível que, em certos momentos, desejavam intervir na discussão, mas se continham e permitiam que os outros dois falassem por elas — Várienka, por uma; Dmítri, pela outra. Quando entrei, Várienka me lançou um olhar com uma expressão de tamanha indiferença que ficou evidente que estava envolvida a fundo na discussão e que, para ela, não importava em nada que eu escutasse ou não o que ela estava dizendo. A mesma expressão tinha o olhar da princesa, que, era evidente, tomava o partido de Várienka. Porém, diante de mim, Dmítri começou a discutir com mais ardor ainda e Liubov Serguêievna pareceu ficar muito assustada com minha chegada e disse, sem se dirigir a ninguém em particular:

— É verdade o que dizem os mais velhos: *si jeunesse savait, si vieillesse pouvait.*[29]

---

29 Em francês no original: "Se a juventude soubesse, se a velhice pudesse".

Mas esse provérbio não fez cessar a discussão, apenas me trouxe a ideia de que o lado de Liubov Serguêievna e de meu amigo era o errado. Embora eu sentisse certa vergonha de presenciar uma pequena discórdia familiar, mesmo assim foi agradável ver as verdadeiras relações daquela família, que se puseram à mostra em consequência da discussão, e sentir que minha presença não os impedia de se manifestarem.

Muitas vezes acontece de vermos uma família, durante anos, por trás da mesma falsa cortina de decoro, enquanto as relações verdadeiras entre seus membros permanecem um segredo para nós (percebi até que, quanto mais impenetrável e bela é essa cortina, mais rudes são as relações verdadeiras, escondidas de nós). No entanto, certo dia, de modo totalmente inesperado, irrompe no círculo dessa família uma questão, que às vezes parece insignificante — sobre uma seda rendada ou sobre uma visita que se tem de fazer com a carruagem do marido —, e, sem nenhum motivo aparente, a discussão se torna cada vez mais acerba, atrás da cortina já não há espaço para deliberar as questões e, de repente, para horror das próprias pessoas que discutem e para surpresa dos presentes, todas as relações verdadeiras e rudes sobem à tona e a cortina, que já não encobre nada, pende inútil entre as partes em disputa e apenas nos faz lembrar o longo tempo que fomos por ela iludidos. Não raro, dói menos bater com toda a força a cabeça num portal do que apenas tocar de leve um ponto machucado e dolorido. E em quase todas as famílias existe um ponto machucado e dolorido. Na família dos Nekhliúdov, o ponto machucado era o estranho amor de Dmítri por Liubov Serguêievna, que provocava na irmã e na mãe um sentimento, senão de inveja, de parentesco ultrajado. Por isso a discussão sobre Iákovlevitch e a superstição tinha, para todos eles, um significado tão grave.

— Você sempre se esforça para enxergar naquilo que os outros ridicularizam e que todos desprezam — disse Várienka, com sua voz retumbante, e pronunciando com esmero cada letra —, justamente nisso tudo, você se esforça para encontrar algo extraordinariamente bom.

— Em primeiro lugar, só uma pessoa *muitíssimo leviana* seria capaz de falar de desprezo em relação a um homem tão eminente como Ivan Iákovlevitch — respondeu Dmítri, balançando a cabeça de modo convulsivo para o lado oposto ao da irmã — e, em segundo lugar, ao contrário, *você* é que tenta, de propósito, não enxergar o bem que está na frente dos próprios olhos.

Tendo voltado para nós, Sófia Ivánovna olhou algumas vezes assustada, ora para o sobrinho, ora para a sobrinha, ora para mim e, duas ou três vezes, abriu a boca e suspirou fundo, como se dissesse algo em pensamento.

— Vária, por favor, leia logo — disse ela, entregando-lhe o livro e dando palmadinhas carinhosas na sua mão. — Estou ansiosa para saber se ele a encontrou de novo. — Ao que parece, no romance, não havia nenhuma palavra sobre alguém que encontrava outra pessoa. — E você, Mítia, seria melhor envolver o rosto num cachecol, meu caro, está fresco e você pode ter dor de dente outra vez — disse para o sobrinho, apesar do olhar descontente que ele lhe dirigiu, talvez por ela ter cortado o fio lógico de seus argumentos. A leitura prosseguiu.

A pequena discussão não prejudicou em nada a serenidade familiar e a concórdia sensata que aquele grupo feminino respirava.

O grupo, cujo caráter e orientação provinham certamente da princesa Mária Ivánovna, tinha para mim um caráter totalmente novo e atraente, uma espécie de lógica e, ao mesmo tempo, simplicidade e elegância. Para mim, esse caráter se exprimia na beleza, pureza e solidez dos objetos — a sineta, a encadernação do livro, a poltrona, a mesa — e também na postura reta da princesa, escorada no espartilho, bem como nos cachos grisalhos do cabelo, deixados à mostra; exprimia-se na maneira de se referir a mim apenas como *Nicolas* e *ele*, já na primeira vez em que nos vimos, e em seus afazeres, na leitura, na costura e nas mãos das damas, de uma brancura fora do comum. (Todas elas tinham nas mãos um traço familiar comum, que consistia em ter a parte carnosa das palmas, desde a borda, de coloração escarlate, separada por uma linha reta e incisiva da brancura incomum que tomava a face superior da mão.) Porém, mais que tudo, esse caráter se exprimia na maneira que tinham, todas as três, de falar de modo excelente o russo e o francês, pronunciando cada letra com primor, encerrando cada palavra e sentença com uma exatidão pedante. Tudo isso e em especial o fato de, naquele meio, me tratarem de maneira simples e séria, como a um adulto, transmitindo suas opiniões e ouvindo as minhas — algo a que eu estava tão pouco habituado que, apesar dos botões reluzentes e dos punhos azuis, eu temia o tempo todo que, de repente, me dissessem: "Por acaso o senhor acha que estamos aqui falando a sério com o senhor? Ora, vá estudar!" —, tudo isso teve o efeito de, naquele ambiente, eu não sentir a menor timidez. Eu me levantava, trocava de lugar e falava sem medo com todos, exceto com Várienka, com quem ainda me parecia inconveniente falar, pois, por alguma razão, na primeira vez em que nos víamos, isso era algo proibido.

Durante a leitura, enquanto ouvia sua voz agradável e ressonante, eu olhava ora para ela, ora para o caminho de areia junto ao canteiro de flores, onde se formavam manchas escuras e redondas de chuva, ora para as tílias, em cujas folhas continuavam a bater pingos de chuva esparsos, que vinham da nuvem branca e de bordas azuis que havia nos alcançado na estrada, ora de novo para Várienka, ora para os últimos raios rubros do sol poente, que iluminava as velhas bétulas densas, molhadas de chuva, e de novo para Várienka — eu pensava que, no geral, ela não era nada feia, como me parecera de início.

"Mas que pena que já estou apaixonado", pensei, "e que Várienka não é Sónietchka; como seria bom, de repente, me tornar membro dessa família: de repente, eu teria ao mesmo tempo mãe, tia e esposa." Enquanto pensava nisso, olhava fixamente para Várienka, que lia, e pensava que a estava hipnotizando e que ela devia olhar para mim. Várienka ergueu a cabeça, lançou-me um olhar e, depois que nossos olhos se encontraram, virou-se para outro lado.

— E essa chuvinha que não quer parar — disse ela.

E, de repente, tive uma sensação estranha: lembrei que tudo aquilo que estava acontecendo comigo era a exata repetição de algo que já havia ocorrido certa vez: que, então, da mesma forma, também caía uma chuvinha, o sol se punha atrás das bétulas, e eu olhava para *ela*, e ela lia, e eu a hipnotizei, e ela olhou para mim, e até mesmo lembrei que exatamente aquilo já havia ocorrido antes.

"Será que ela... é *ela*?", pensei. "Será que está *começando*?" Mas logo decidi que ela não era *ela* e que ainda não estava começando. "Em primeiro lugar, não é bonita", pensei, "é só uma jovem comum, eu a conheci do modo mais rotineiro, ao passo que *aquela* será extraordinária, irei conhecê-la em algum lugar fora do comum; além do mais, só gosto tanto dessa família porque ainda não vi nada", raciocinei. "E pessoas assim, certamente, existem sempre, em toda parte, e ainda vou conhecer muita gente em minha vida."

26. Mostro-me do ângulo mais favorável

Na hora do chá, a leitura foi interrompida e as damas se envolveram numa conversa sobre pessoas e circunstâncias que eu ignorava, apenas para me dar a entender, assim me pareceu, a despeito de sua recepção afetuosa, a diferença que havia entre mim e elas, por conta da idade e da posição social. Já nas conversas comuns, das quais eu podia participar, a fim de me redimir de meu silêncio anterior, eu me esforçava para mostrar minha inteligência e originalidade extraordinárias, o que julgava, acima de tudo, ser minha obrigação, por causa do meu uniforme de universitário. Quando teve início uma conversa sobre as datchas, de repente contei que Ivan Ivánitch possuía, nos arredores de Moscou, uma datcha tão formidável que vinham pessoas de Londres e Paris para vê-la, e que lá havia uma grade que custara trezentos e oitenta mil rublos, que o príncipe Ivan Ivánitch era meu parente próximo, que, naquele mesmo dia, eu havia almoçado em sua casa, que ele me dissera que fazia questão que eu passasse o verão inteiro com ele em sua datcha, mas recusei, porque conhecia bem aquele lugar, já estivera lá algumas vezes e, para mim, todas aquelas grades e pontes eram insignificantes, porque não conseguia suportar o luxo, sobretudo no campo, e que, no campo, eu gostava de viver inteiramente como se vive no campo... Depois de dizer essa mentira tremenda e complicada, fiquei sem graça e vermelho, de tal modo que todos certamente perceberam que eu estava mentindo. Várienka, que, nesse meio-tempo, havia me servido uma xícara de chá, e Sófia Ivánovna, que me observara enquanto eu falava, viraram-se uma para a outra, deixando-me de lado, e começaram a conversar sobre um amigo, com uma expressão no rosto que, mais tarde, muitas vezes encontrei em pessoas boas, quando alguém muito jovem começa a mentir de forma evidente diante de seus olhos, e que significa: "Pois é, sabemos que ele está mentindo e por que está fazendo isso, o pobrezinho?...".

Eu disse aquilo — que o príncipe Ivan Ivánitch tinha uma datcha — porque não achei pretexto melhor para mencionar o parentesco entre mim e o príncipe Ivan Ivánitch, também porque tinha almoçado com ele, em sua casa, no mesmo dia; mas por que falei da grade e disse que custava trezentos e oitenta mil rublos, por que falei que o visitava muitas vezes em sua datcha — quando eu nunca o havia visitado lá, nem poderia, pois o príncipe Ivan Ivánitch só ficava em Moscou ou em Nápoles, o que, aliás, os Nekhliúdov sabiam muito bem —, por que falei tudo isso, não sou absolutamente capaz de responder. Nem na infância nem na adolescência nem depois, numa idade mais madura, percebi em mim o vício da mentira; ao contrário, eu era franco e honesto até demais; porém, naquela primeira fase da juventude, muitas vezes, sem nenhuma causa visível, me vinha o estranho desejo de mentir da maneira mais atrevida. Digo "maneira atrevida", porque mentia em coisas em que era muito fácil me desmascarar. Parece-me que o desejo vaidoso de me mostrar como uma pessoa totalmente diversa da que eu era, somado à esperança irrealizável de mentir sem ser descoberto, era a causa principal dessa tendência estranha.

Após o chá, como o chuvisco havia passado e o tempo no crepúsculo estava tranquilo e claro, a princesa sugeriu um passeio na parte baixa do jardim, para admirar seu recanto predileto. Em obediência à minha regra de ser sempre original e considerando que pessoas inteligentes, como eu e a princesa, devíamos nos colocar acima das cortesias banais, respondi que não suportava passear sem alguma finalidade e que, se fosse para passear, preferia ir absolutamente sozinho. Não me dei conta absolutamente de que aquilo não passava de grosseria, mas na época me parecia que, assim como nada era mais vergonhoso do que elogios vulgares, também nada era mais adorável e original do que certa dose de franqueza rude. No entanto, muito satisfeito com minha resposta, fui passear com todo o grupo.

O local predileto da princesa ficava muito abaixo, na parte mais remota do jardim, uma pontezinha que passava por cima de um brejo estreito. A vista dali era um tanto limitada, porém muito inspiradora e graciosa. Estamos tão acostumados a confundir a arte com a natureza que, muitas vezes, fenômenos da natureza que nunca vimos em pinturas nos parecem artificiais, como se a natureza não fosse natural, e vice-versa: tais fenômenos, repetidos muitas vezes nas pinturas, nos parecem triviais, ao passo que certas paisagens que vemos na realidade, impregnadas em demasia por um pensamento e por um sentimento, parecem afetadas. Era esse tipo a paisagem que se via do local predileto da princesa. Consistia em um laguinho com capim alto nas margens e, logo atrás, a encosta íngreme de um morro coberta de árvores enormes e antigas e também de arbustos que, muitas vezes, misturavam suas várias tonalidades de verde, e, inclinada sobre o laguinho, no pé do morro, uma bétula antiga que se agarrava na margem encharcada do lago com uma parte de suas raízes grossas, ao mesmo tempo que apoiava seu topo num choupo alto e esguio, pendendo os galhos ondulados acima da superfície lisa do lago, na qual se refletiam aquelas ramagens pendentes e o verdor em volta.

— Que encanto! — disse a princesa, balançando a cabeça, sem se dirigir a ninguém em especial.

— Sim, é uma maravilha, apenas me parece terrivelmente parecido com uma decoração — falei, no intuito de mostrar que, em tudo, eu tinha uma opinião própria.

Como se não tivesse ouvido meu comentário, a princesa continuou a admirar a vista e, se dirigindo à irmã e a Liubov Serguêievna, apontou um detalhe: um ramo pendente e curvo e seu reflexo, que lhe agradou em especial. Sófia Ivánovna disse que tudo aquilo era lindo e que a irmã passava horas ali, mas era visível que dizia tudo aquilo apenas para satisfazer a princesa. Já observei que as pessoas dotadas da capacidade do amor ativo raramente se impressionam com a beleza da natureza. Liubov Serguêievna também se mostrou maravilhada e perguntou, entre outras coisas: "Em que aquela bétula está segura? Será que vai se aguentar assim muito tempo?". E olhava toda hora para sua Suzetka, que, abanando o rabo peludo, corria pela pontezinha, para um lado e para outro, com as perninhas tortas e com um ar tão alvoroçado como se fosse a primeira vez que não estava dentro de casa. Dmítri expôs para a mãe uma argumentação muito lógica para mostrar que uma paisagem não pode, de maneira nenhuma, ser encantadora se tiver o horizonte limitado. Várienka não disse nada. Quando voltei o olhar para ela, estava de perfil, apoiada no parapeito da ponte, e olhava para a frente. Sem dúvida, algo a preocupava bastante e até a deixava emocionada, pois era visível que seus pensamentos andavam longe, que ela não estava preocupada consigo e pouco se importava se alguém a estava olhando. Na expressão dos olhos grandes, havia tamanha atenção concentrada, tanta clareza e serenidade de pensamento, em sua atitude havia tanto desembaraço e até imponência, apesar de sua baixa estatura, que de novo me bateu a sensação de que eu me lembrava dela e de novo me perguntei: "Será que está começando?". E de novo me respondi que já estava apaixonado por Sónietchka e que Várienka era apenas uma jovem comum, irmã do meu amigo. Porém, ela me agradava naquele momento e, por isso mesmo, senti o vago desejo de fazer ou falar algo um pouco desagradável para ela.

— Sabe de uma coisa, Dmítri — falei para meu amigo, chegando perto de Várienka para que ela pudesse ouvir o que eu ia dizer. — Acho que, mesmo se não houvesse os mosquitos, este lugar não teria nada de bom; mas agora, desse jeito — acrescentei, depois de dar um tapa na testa e, de fato, esmagar um mosquito —, é simplesmente horrível.

— Pelo visto, o senhor não ama a natureza, não é? — disse Várienka, sem virar a cabeça para mim.

— Acho que é uma ocupação ociosa, fútil — respondi, muito satisfeito por ter dito algo um pouco desagradável a ela, além de ser original. Várienka ergueu as sobrancelhas bem de leve, por um segundo, com uma expressão de pena, e continuou a olhar para a frente, com a mesma calma.

Fiquei aborrecido com ela, mas, apesar disso, o parapeito da pontezinha, encardido e com a pintura desbotada, no qual ela estava apoiada, o reflexo no lago escuro do ramo arqueado da bétula torta, que parecia querer unir-se aos ramos suspensos acima dele, o cheiro do pântano, a sensação do mosquito esmagado na testa, o olhar atento de Várienka e sua atitude imponente voltaram muitas vezes ao meu pensamento, depois disso, de maneira totalmente inesperada.

27. Dmítri

Quando voltamos para casa depois do passeio, Várienka não quis cantar, como costumava fazer à noitinha, e eu estava tão confiante em mim mesmo que debitei aquilo na minha conta, imaginando que o motivo era o que eu dissera na pontezinha. Os Nekhliúdov não jantavam e se recolhiam cedo, mas naquele dia, exatamente como Sófia Ivánovna previra, os dentes de Dmítri começaram a doer, então eu e ele fomos para o quarto ainda mais cedo que o habitual. Supondo que eu tinha feito tudo o que de mim exigiam o colarinho azul e os botões reluzentes, e que havia agradado muito a todos, me encontrava no estado de espírito mais agradável e satisfeito que existe; já Dmítri, ao contrário, por causa da discussão e da dor de dentes, estava calado e soturno. Sentou-se à mesa, pegou seus cadernos — um diário e um caderno em que tinha o hábito de, toda noite, anotar seus estudos futuros e passados — e, enquanto apertava e tocava a bochecha toda hora com a mão, leu e escreveu durante muito tempo.

— Ah, me deixe em paz — gritou para a criada de quarto que Sófia Ivánovna mandara para perguntar como estavam seus dentes e se ele não queria que preparassem uma compressa quente. Em seguida, depois de me dizer que logo arrumariam a cama para mim e que ele ia voltar num instante, Dmítri foi ao encontro de Liubov Serguêievna.

"Que pena que Várienka não seja bonita e que, no todo, não seja Sónietchka", pensei, ao ficar sozinho no quarto. "Como

seria bom poder voltar, depois de concluir a universidade, e pedir sua mão em casamento. Eu diria: 'Princesa, já não sou jovem, não posso amar com paixão, mas posso amar a senhora com constância, como uma irmã querida. A senhora, eu já respeito', eu diria, então, à mãe dela. 'E a senhora, Sófia Ivánovna, acredite que a prezo muitíssimo. Portanto, Várienka, responda de forma simples e direta: quer ser minha esposa?' Ela dirá: 'Sim'. E me dará sua mão, eu vou apertá-la e direi: 'Meu amor não está nas palavras, mas nos atos'. E então, foi o que me veio à cabeça, se de repente Dmítri se apaixonar por Liúbotchka — pois Liúbotchka está apaixonada por ele — e quiser se casar com ela? Nesse caso, um de nós não poderia se casar.[30] Isso seria ótimo. Então, aqui está o que eu faria: notaria isso imediatamente, não diria nada, procuraria Dmítri e diria: 'É em vão que estamos escondendo isso um do outro, meu amigo: você sabe que meu amor por sua irmã só vai terminar junto com minha vida; porém já sei de tudo, você me privou da melhor esperança, fez de mim um infeliz; mas sabe como Nikolai Irtiéniev se vinga pela infelicidade de toda a sua vida? Tome aqui minha irmã', e lhe daria a mão de Liúbotchka. Ele diria: 'Não, de maneira nenhuma!'. E eu diria: 'Príncipe Nekhliúdov! É inútil querer ser mais generoso do que Nikolai Irtiéniev. Não existe homem no mundo mais generoso do que ele'. Eu me curvaria numa reverência e iria embora. Dmítri e Liúbotchka, em lágrimas, correriam atrás de mim, implorariam que eu aceitasse seu sacrifício. E eu poderia concordar, poderia ser muito, muito feliz, se ao menos estivesse apaixonado por Várienka..."
Esses devaneios eram tão agradáveis que tive muita vontade de comunicá-los a meu amigo, mas, apesar de nossa promessa de sinceridade recíproca, por algum motivo eu sentia não haver possibilidade material de contar aquilo.

---

30 Cunhados não podem casar, segundo a Igreja ortodoxa.

Depois de falar com Liubov Serguêievna, Dmítri voltou com umas gotas que ela lhe dera para a dor de dentes, estava ainda mais angustiado e, por isso, ainda mais soturno. Minha cama ainda não tinha sido arrumada e um menino, o criado de Dmítri, veio lhe perguntar onde eu ia dormir.

— Vá para o diabo! — berrou Dmítri e bateu com o pé no chão. — Vaska! Vaska! Vaska! — começou a gritar, assim que o menino saiu, e a cada grito erguia mais a voz. — Vaska! Arrume minha cama no chão.

— Não, é melhor que eu durma no chão — disse eu.

— Bem, tanto faz, faça a cama onde quiser — prosseguiu Dmítri, no mesmo tom irritado. — Vaska! Por que não arruma logo essa cama?

Mas Vaska, pelo visto, não estava entendendo o que exigiam dele e não se mexia.

— Ora, o que há com você? Faça a cama, faça a cama! Vaska! Vaska! — desatou a gritar Dmítri, tomado, de repente, por uma espécie de acesso de raiva.

Mas Vaska continuava sem entender e, assustado, não se mexia.

— Será que você prometeu me matar... de tanta raiva?

E Dmítri, com um pulo, levantou-se da cadeira, correu para cima do criado e, com toda a força, deu vários socos na cabeça de Vaska, que fugiu do quarto correndo. Parado na porta, Dmítri virou-se e olhou para mim, e a expressão de fúria e crueldade que um segundo antes estava em seu rosto deu lugar a uma expressão infantil tão humilde, envergonhada e amável que senti pena dele e, por mais vontade que eu tivesse de desviar os olhos, não fui capaz de fazer isso. Dmítri não me disse nada, ficou andando pelo quarto em silêncio durante muito tempo, de vez em quando lançava um olhar para mim, sempre com a mesma expressão de quem pede desculpas, depois pegou um caderno na gaveta da mesa, escreveu algo, tirou o casaco, dobrou-o com esmero, aproximou-se do canto onde havia um ícone pendurado na parede, cruzou sobre o peito as grandes mãos brancas e começou a rezar. Ficou tanto tempo rezando que Vaska teve tempo de trazer um colchonete e estendê-lo no chão, como lhe expliquei, em sussurros. Troquei de roupa e deitei na cama, arrumada no chão, enquanto Dmítri continuava ainda a rezar. Olhando para as costas ligeiramente curvadas de Dmítri e para a sola dos pés, que se expunham diante de mim com certa humildade, quando ele se prostrava e baixava a cabeça até o chão, amei Dmítri com ainda mais força do que antes e pensava o tempo todo: "Devo contar a ele ou não o que imaginei sobre nossas irmãs?". Encerrada a prece, Dmítri deitou-se na cama a meu lado e, apoiando-se no cotovelo, olhou para mim em silêncio, por muito tempo, com um olhar carinhoso e envergonhado. Era visível que aquilo o afligia, porém parecia querer se castigar. Sorri olhando para ele. Dmítri também sorriu.

— Por que não me diz que me comportei de maneira sórdida? — perguntou. — Não era isso que estava pensando agora?

— Sim — respondi, embora estivesse pensando em outra coisa, mas, de fato, me pareceu que estava pensando naquilo. — Sim, é muito ruim, eu nem esperava isso de você — respondi, sentindo naquele instante uma satisfação especial em tratá-lo por *você*. — Mas e os seus dentes? — acrescentei.

— Passou. Ah, Nikólienka, meu amigo! — exclamou Dmítri de modo tão carinhoso que parecia haver lágrimas em seus olhos brilhantes. — Sei e sinto que sou horrível e Deus está vendo como desejo e peço a Ele que me torne melhor; mas o que posso fazer se tenho um caráter tão lamentável e odioso? O que posso fazer? Eu me esforço para me conter, me corrigir, mas é impossível fazer isso de uma hora para outra, é impossível fazer isso sozinho. É preciso que alguém me apoie, me ajude. Veja a Liubov Serguêievna: ela me entende e me ajudou muito. Pelas minhas anotações, sei que melhorei bastante em um ano. Ah, Nikólienka, meu caro! — prosseguiu, com uma ternura diferente e incomum, e num tom de voz já mais calmo, depois daquela confissão. — Como é importante a influência de uma mulher como ela! Meu Deus, como será bom quando eu for independente e tiver uma amiga assim! Com ela, sou outro homem, em todos os aspectos.

E, em seguida, Dmítri começou a me expor seus planos de casamento, de vida rural e de um esforço constante de autoaprimoramento.

— Vou morar no campo, você irá me visitar, talvez, e vai casar com Sónietchka — disse ele. — Nossos filhos vão brincar juntos. Ora, tudo isso parece ridículo e tolo, mas pode acontecer afinal.

— Claro! É bem possível — respondi, sorrindo e pensando, então, que seria melhor ainda se eu casasse com a irmã dele.

— E sabe o que mais? — disse-me, depois um breve silêncio. — Veja bem, você apenas imagina que está apaixonado por Sónietchka, só que, pelo que eu vejo, isso é bobagem, você ainda ignora o que é o sentimento verdadeiro.

Não retruquei, porque estava quase de acordo com ele. Ficamos em silêncio por um tempo.

— Sem dúvida, você percebeu que hoje eu estava, de novo, com um humor horrível e discuti com Vária de forma detestável. Depois me senti muito mal, sobretudo porque isso aconteceu na sua frente. Embora ela pense muita coisa errada, é uma jovem maravilhosa, muito boa, em pouco tempo você vai saber como ela é.

Sua guinada no rumo da conversa, que passou da afirmação de que eu não estava apaixonado para os elogios à irmã, alegrou-me imensamente e me deixou ruborizado, mesmo assim eu nada lhe disse sobre sua irmã e continuamos a falar de outros assuntos.

Tagarelamos desse modo até os galos cantarem pela segunda vez e a alvorada pálida já espiava através da janela, quando Dmítri passou para sua cama e apagou a vela.

— Bem, agora vamos dormir — disse ele.

— Vamos — respondi. — Só mais uma coisa.

— O quê?

— Não é ótimo viver neste mundo?

— É ótimo viver neste mundo — respondeu com tal voz que, no escuro, me pareceu ver a expressão dos olhos alegres e afetuosos e do sorriso infantil.

28. No campo

No dia seguinte, eu e Volódia partimos para o campo numa diligência. Na estrada, enquanto revolvia na cabeça várias lembranças de Moscou, me lembrei de Sónietchka Valákhina, mas só à tarde, quando já havíamos deixado para trás cinco estações de posta. "Mas é estranho", pensei, "que eu esteja apaixonado e tenha me esquecido disso completamente. Preciso pensar nela." E me pus a pensar nela como pensamos quando estamos na estrada — de modo incoerente, mas vivo —, e pensei tanto que, depois de chegar à aldeia, por alguma razão, durante dois dias, julguei necessário me mostrar tristonho e pensativo diante de todos na casa, sobretudo diante de Kátienka, que eu considerava uma grande entendida em assuntos desse tipo e a quem insinuei, de leve, o estado em que meu coração se encontrava. Porém, apesar de todo esforço de simulação diante dos outros e de mim mesmo, apesar da adoção intencional de todos os sintomas que eu notara em pessoas apaixonadas, só durante os dois dias seguintes à nossa chegada — e ainda assim não o tempo todo, mas principalmente à noite — eu lembrei que estava apaixonado e, por fim, tão logo entrei na nova rotina da vida e dos afazeres do campo, esqueci completamente meu amor por Sónietchka.

Chegamos a Petróvskoie tarde da noite e dormi tão fundo que não vi a casa nem a alameda de bétulas nem as pessoas que ali moravam, que já estavam todas dormindo havia muito tempo. O velho Foka, curvado, descalço, com uma espécie de casaquinho acolchoado, que pertencia à esposa, com uma vela na mão, abriu o ferrolho da porta para nós. Ao nos ver, estremeceu de alegria, nos beijou nos ombros, tirou afobado seu agasalho de feltro e começou a se vestir. Ainda meio adormecido, atravessei a entrada e a escadinha, mas, na antessala, a fechadura da porta, o trinco, o assoalho de tábuas empenadas, a arca, o castiçal velho e sujo de cera derretida, como nos velhos tempos, as sombras lançadas pela vela de sebo, torta e fria, que tinham acabado de acender, a janela sempre empoeirada e com as esquadrias duplas que nunca eram removidas, atrás da qual, pelo que eu lembrava, havia um pé de sorveira — tudo aquilo era tão conhecido, tão cheio de lembranças e combinava tão harmoniosamente, como se tudo fosse unido por um só pensamento, que de repente senti em mim o afago daquela casa velha e querida. Não pude deixar de me fazer a pergunta: Como pudemos, eu e a casa, ficar tanto tempo longe um do outro? E, afobado, corri para ver se todos os cômodos estavam iguais ao que eram. Tudo estava igual, só que tudo tinha ficado menor, mais baixo, enquanto eu parecia ter ficado mais alto, mais pesado e mais embrutecido; porém, mesmo do jeito como eu estava, a casa me recebeu com alegria em seus abraços, e cada tábua do assoalho, cada janela, cada degrau da escada, cada barulho despertavam em mim obscuras imagens, sensações, acontecimentos de um passado feliz e irrecuperável. Fomos para nosso antigo dormitório: todos os terrores da infância estavam escondidos, de novo, nos mesmos cantos e portais escuros; passamos pela sala de visitas — o mesmo amor materno, suave, carinhoso, estava espalhado em todos os objetos da sala; passamos pelo salão — a alegria infantil, ruidosa, despreocupada, parecia perdurar naquele salão, à espera apenas de que alguém a fizesse reviver. Na saleta do sofá, aonde Foka nos levou e onde fez nossas camas, parecia que tudo — o espelho, os biombos, o velho ícone de madeira, cada ranhura da parede, forrada de papel branco —, tudo falava de sofrimento, de morte, daquilo que nunca mais vai existir.

Deitamos e Foka, depois de desejar boa-noite, nos deixou.

— Mas não foi aqui que *maman* morreu? — disse Volódia.

Não respondi e fingi que estava dormindo. Se dissesse algo, começaria a chorar. Quando acordei no dia seguinte, de manhã, papai, ainda em roupas de dormir, com botinhas de Torjok[31] e de roupão, com um charuto entre os dentes, estava sentado na cama ao lado de Volódia e os dois conversavam e riam. Levantou-se de um salto, com uma alegre contração do ombro, chegou perto de mim, me deu um tapinha nas costas com sua mão grande, voltou para mim a bochecha e apertou-a de encontro aos meus lábios.

— Ora, excelente, muito obrigado, diplomata — disse ele, do seu jeito especialmente carinhoso e brincalhão, enquanto olhava para mim com os olhos miúdos e brilhantes. — Volódia disse que você se saiu muito bem nas provas, bravo, que maravilha. Você, quando resolve não fazer bobagem, também é um rapaz formidável. Obrigado, amiguinho. Agora, vamos viver aqui às mil maravilhas e no inverno talvez nos mudemos para Petersburgo; só lamento que a temporada de caça tenha terminado, senão eu iria com vocês para nos divertirmos; bem, você sabe caçar com espingarda, Voldemar? Há muita caça miúda por aí, talvez eu mesmo vá com você, um dia desses. Então, no inverno, se Deus quiser, vamos mudar para Petersburgo, vocês vão conhecer pessoas, fazer relações; agora, minhas crianças, vocês estão grandes, vejam bem o que acabei de dizer para o Voldemar: agora, vocês já sabem andar por conta própria e minha tarefa já foi cumprida, podem seguir sozinhos e, se quiserem me pedir conselhos, peçam, agora não sou mais seu tutor, mas sim um amigo, pelo menos, eu desejo ser amigo, camarada e conselheiro, quando puder, e mais nada. O que isso lhe parece, segundo a sua filosofia, Koko? Hein? Bom ou ruim? Ahn?

---

31 Cidade russa na região de Tvier, famosa por seu artesanato.

Respondi que era ótimo, é claro, e de fato era o que eu achava. Papai, nesse dia, tinha uma expressão especialmente encantadora, alegre, feliz, e aquelas novas relações comigo, como iguais, como camaradas, me fizeram amar papai ainda mais.

— Certo, mas diga lá, você foi à casa de todos os parentes? Dos Ívin? Viu o velho? O que foi que ele lhe disse? — continuou me perguntando. — Foi à casa do príncipe Ivan Ivánitch?

E ficamos tanto tempo conversando, sem trocar de roupa, que o sol já começava a sair da janela da sala e Iákov (que permanecia exatamente o mesmo velho de antes e continuava a remexer os dedos atrás das costas e a dizer *além do mais*) entrou na nossa sala e avisou ao papai que a carruagem estava pronta.

— Aonde você vai? — perguntei ao papai.

— Ah, já ia esquecendo — respondeu, com uma contração irritada de ombros e uma tosse. — Prometi ir hoje à casa dos Epifánov. Lembra-se da Epifánova, *la belle Flamande*? Antigamente, ela visitava a *maman* de vocês. São pessoas excelentes. — E papai saiu da sala, encolhendo os ombros constrangido, assim me pareceu.

Durante nossa conversa, Liúbotchka já viera algumas vezes até a porta, sempre perguntando: "Posso entrar?". Mas papai sempre gritava, através da porta fechada:

— É absolutamente impossível, porque não estamos vestidos.

— E o que isso tem de mais? Já não vi você de roupão?

— Você não pode ver seus irmãos sem *não posso dizer o nome* — gritou para ela. — Depois, um por um, eles vão bater na sua porta. Está satisfeita? Não adianta bater. Afinal, para eles, falar até mesmo com você nesses trajes *négligés* é indecente.

— Ah, como vocês são insuportáveis! Pelo menos, então, venham logo para a sala de visitas, Mimi quer muito ver vocês — gritou Liúbotchka, atrás da porta.

Assim que papai saiu, vesti rapidamente a sobrecasaca de universitário e fui para a sala de visitas; já Volódia, ao contrário, não se apressou, ficou muito tempo no primeiro andar, conversando com Iákov sobre os locais onde havia narcejas e galinholas. Como eu já disse, o que ele mais temia no mundo eram as manifestações de afeto com o irmãozinho, o paizinho ou as irmãzinhas, como ele se exprimia; e, a fim de evitar qualquer expressão de sentimento, caía no extremo oposto — uma frieza que, não raro, ofendia dolorosamente as pessoas, incapazes de entender sua causa. Na antessala, topei com papai que, em passos miúdos, ligeiros, se dirigia para a carruagem. Usava uma sobrecasaca nova, no rigor da moda, feita em Moscou, e dele vinha um cheiro de perfume. Ao me ver, acenou alegremente com a cabeça, como se dissesse: "Que tal, não estou ótimo?". E de novo me impressionou a expressão de felicidade em seus olhos, que eu notara logo de manhã.

A sala de visitas continuava o mesmo cômodo claro, alto, com um piano inglês amarelado e janelas grandes e abertas, nas quais as árvores verdes e os caminhos amarelos e avermelhados do jardim espiavam com alegria. Quando me aproximei de Kátienka, depois de ter beijado Mimi e Liúbotchka, me veio de repente a ideia de que já seria indecente beijá-la e fiquei parado, vermelho e mudo. Kátienka, nem um pouco constrangida, me estendeu a mão branquinha e me deu os parabéns pelo ingresso na universidade. Quando Volódia entrou na sala de visitas, aconteceu o mesmo com ele ao ver Kátienka. Na realidade, depois de termos crescido juntos e nos vermos todos os dias durante todo aquele tempo, era difícil resolver, agora, após a primeira separação, como devíamos nos cumprimentar. Kátienka ficou ruborizada muito mais do que nós; Volódia não se perturbou nem um pouco, cumprimentou-a com uma leve reverência, virou-se para Liúbotchka, com quem conversou um pouquinho só, sem dizer nada importante, e saiu para passear sozinho.

29. As relações entre nós e as meninas

Volódia tinha um modo tão estranho de encarar as meninas: ele podia se interessar em saber se estavam bem alimentadas, se dormiam o bastante, se se vestiam de modo conveniente, se cometiam erros ao falar francês — isso poderia deixá-lo envergonhado diante de estranhos. Porém não admitia a ideia de que elas pudessem pensar ou sentir algo humano e admitia menos ainda a possibilidade de conversar com elas sobre o que quer que fosse. Quando acontecia de as meninas fazerem alguma pergunta séria para Volódia (algo que, aliás, elas mesmas já tentavam evitar), caso lhe perguntassem sua opinião sobre certo romance ou sobre seus estudos na universidade, Volódia lhes fazia uma cara feia e saía calado, ou então respondia com alguma expressão em francês deturpado: *comme si tri joli* etc. Ou fazia uma cara séria, intencionalmente tola, dizia palavras sem nenhum sentido e sem relação com a pergunta, e de repente, com os olhos turvos, pronunciava as palavras: "pãozinho", ou "se foram", ou "repolho", ou algo do tipo. Quando acontecia de eu repetir para ele algo que Liúbotchka ou Kátienka tinham me dito, Volódia sempre me dizia:

— Hum! Quer dizer que continua a conversar com elas? Puxa, pelo que vejo, você está muito mal.

Era preciso vê-lo e ouvi-lo nesses momentos, para ter ideia do profundo e inabalável desprezo que se exprimia em suas palavras. Já havia dois anos que Volódia era maior de idade; não parava de se apaixonar por todas as mulheres bonitas que via pela frente; no entanto, apesar de se encontrar todos os dias com Kátienka, que usava vestido comprido também havia dois anos e que a cada dia ficava mais bonita, não passava pela cabeça de Volódia a possibilidade de se apaixonar por ela. Não sei se isso acontecia porque as lembranças prosaicas da infância — a régua, o lençol, os caprichos — ainda estavam muito frescas na memória, ou em razão do desprezo que as pessoas muito jovens sentem por tudo que é de casa e da família, ou por causa da fraqueza geral do ser humano que, quando encontra o bem e a beleza logo no início de sua caminhada, se afasta, dizendo para si: "Ah! Ainda vou ver muitas coisas na vida" — o fato é que Volódia, até então, não via Kátienka como uma mulher.

Durante todo o verão, era evidente que Volódia andava muito aborrecido; seu enfado provinha do desprezo por nós, que, como eu disse, ele não tentava esconder. A fisionomia constante em seu rosto dizia: "Droga! Que chatice, nem tenho com quem conversar!". Antigamente, de manhã, ou ele ia sozinho caçar com uma espingarda, ou lia um livro em seu quarto, sem trocar de roupa até a hora do almoço. Se papai não estivesse em casa, ele chegava a levar o livro para a mesa do almoço, continuava a ler e não conversava com nenhum de nós, o que nos dava a sensação de sermos um pouco culpados diante dele. À noite, ele também ficava deitado, com as pernas sobre o sofá, na sala de visitas, dormia com a cabeça apoiada no braço dobrado, ou mentia com a cara mais séria do mundo, dizendo os maiores disparates, às vezes não muito decentes, o que deixava Mimi enfurecida e com manchas de rubor no rosto, enquanto nós morríamos de rir; mas nunca e com ninguém de nossa família, exceto com papai e raramente comigo, ele se dignava a falar a sério. Sem me dar conta de nada, eu imitava meu irmão na maneira de encarar as meninas, apesar de não ter medo das manifestações de afeto, como ele, e apesar de meu desprezo pelas meninas estar muito longe de ser forte e profundo como o dele. Naquele verão, por causa do tédio, tentei até algumas vezes me aproximar de Liúbotchka e Kátienka e conversar, mas sempre encontrava nelas tamanha ausência da capacidade de pensamento lógico e tamanho desconhecimento das coisas mais simples e rotineiras — como, por exemplo, o que é o dinheiro, o que se estuda na universidade, o que é a guerra etc. — e também tamanha indiferença pela explicação de todas essas coisas, que tais tentativas só serviram para confirmar, em mim, a opinião desfavorável sobre elas.

Lembro-me que, certa vez, à noite, Liúbotchka repetia cem vezes ao piano a mesma passagem insuportavelmente maçante. Volódia estava deitado na sala de visitas, cochilava no sofá e, de vez em quando, com uma ironia maldosa, sem se dirigir a ninguém em particular, resmungava: "Ai, que marteladas... a musicista... *Bitkhoven!*[32] (Esse nome, ele o pronunciava com forte ironia.) Com bravura... mais uma vez... isso mesmo" etc. Eu e Kátienka estávamos sentados à mesa de chá e não lembro como ela conduziu a conversa para seu assunto predileto: o amor. Eu me encontrava num estado de espírito propício para filosofar e, com arrogância, comecei a definir o amor como o desejo de obter do outro aquilo que não temos etc. Porém Kátienka me respondeu que, ao contrário, já não há amor se uma jovem pensa em casar com um homem rico e que, em sua opinião, a posição social é o que há de mais vazio e que o amor verdadeiro é só aquele capaz de suportar a separação (desse modo, entendi, ela fazia alusão a seu amor por Dúbkov). Volódia, que certamente ouvia nossa conversa, de repente levantou o tronco, apoiado no cotovelo, e gritou em tom interrogativo:

— *Kátienka! Dos russos?*

— Sempre esses disparates! — disse Kátienka.

---

32 *Bit*, em russo, significa "bater". Alusão ao nome de Beethoven.

— *No pote de pimenta?* — prosseguiu Volódia, enfatizando todas as vogais. E não pude deixar de pensar que Volódia tinha toda razão.

A par das capacidades comuns de inteligência, sensibilidade, sentimento artístico, mais ou menos desenvolvidas nas pessoas, existe uma capacidade particular, mais ou menos desenvolvida em esferas diversas da sociedade e, sobretudo, nas famílias, que chamarei de *entendimento*. A essência dessa capacidade consiste num sentimento convencionado de medida e numa visão convencionada e unilateral das coisas. Duas pessoas da mesma esfera ou da mesma família, dotadas dessa capacidade, sempre admitem a expressão do sentimento até o mesmo ponto, além do qual ambas já enxergam apenas as palavras; no mesmo instante, ambas percebem onde termina o elogio e começa a ironia, onde termina o entusiasmo e começa o fingimento — algo que, para pessoas com outro entendimento, pode parecer muito distinto. Para pessoas que têm o mesmo entendimento, todo objeto surge igual diante de seus olhos, sobretudo seu lado ridículo ou belo ou sórdido. Para facilitar esse entendimento único entre pessoas da mesma esfera ou família, elas estabelecem uma língua própria, locuções próprias e até palavras que definem matizes de conceitos que, para os outros, não existem. Em nossa família, entre papai e nós, os irmãos, esse entendimento era desenvolvido em altíssimo grau. Dúbkov também entrou na nossa esfera e *entendia*, mas Dmítri, apesar de ser muito mais inteligente do que ele, nisso era um bronco. No entanto, ninguém levou essa capacidade a um nível tão refinado como eu e Volódia, que nos formamos em condições idênticas. Até papai já tinha se distanciado de nós, havia muito tempo, e muitas coisas que para nós eram tão claras quanto dois vezes dois, para ele eram incompreensíveis. Por exemplo, entre mim e Volódia se estabeleceram, Deus sabe como, as seguintes palavras, com seus respectivos significados: *uvas-passas* significava um desejo vaidoso de mostrar que se tinha dinheiro; *pinha* (era preciso unir os dedos e enfatizar de modo especial os dois *ch*)[33] significava algo fresco, saudável, gracioso, mas não elegante; um substantivo flexionado no plural significava uma paixão injustificável por esse objeto etc. etc. Além disso, porém, o significado dependia, acima de tudo, da expressão facial e do sentido geral da conversa, de tal modo que qualquer expressão nova para um matiz novo que um de nós inventasse logo seria compreendida pelo outro de maneira exata, apenas por meio de uma alusão. As meninas não tinham nosso entendimento e essa era a causa principal de nosso distanciamento moral e do desprezo que sentíamos por elas.

Talvez elas tivessem seu próprio *entendimento*, mas ele divergia do nosso a tal ponto que, onde víamos palavras, elas enxergavam um sentimento, nossa ironia era, para elas, a verdade etc. Mas, na época, eu não compreendia que elas não tinham culpa dessa relação e que a ausência de entendimento não as impedia de serem meninas bonitas e inteligentes, e eu as desprezava. Além do mais, depois que enfiei na cabeça a ideia da sinceridade e levei ao extremo a aplicação dessa ideia em mim mesmo, eu acusava de dissimulação e fingimento a natureza tranquila e crédula de Liúbotchka, que não via nenhuma necessidade de escavar e analisar todos os seus pensamentos e inclinações íntimas. Por exemplo, o fato de Liúbotchka benzer o papai toda noite, o fato de ela e Kátienka chorarem na capela, quando assistiam à missa em memória da mamãe, o fato de Kátienka suspirar e revirar os olhos quando tocava piano — tudo isso me parecia de uma falsidade extraordinária e eu me indagava: quando foi que elas aprenderam a fingir como adultos e como isso não lhes causa vergonha?

---

33 Em russo, a palavra é *chichka*.

30. Meus estudos

Apesar disso, naquele verão, me aproximei de nossas mocinhas mais do que em outros anos, porque surgiu em mim a paixão pela música. Na primavera, um vizinho veio se apresentar na nossa propriedade, um jovem que, tão logo entrou na sala, não parou de olhar para o piano e, sem ninguém notar, foi aproximando dele a cadeira, enquanto conversava, ao acaso, com Mimi e Kátienka. Depois de falar sobre o tempo e as amenidades da vida no campo, ele conduziu habilmente a conversa para um afinador, a música, o piano e, por fim, explicou que tocava e, dali a pouco, tocou três valsas, enquanto Liúbotchka, Mimi e Kátienka, de pé em volta do piano, olhavam para ele. Esse rapaz não voltou mais à nossa casa, mas gostei muito de sua execução, de sua postura ao piano, do jeito de sacudir o cabelo e, sobretudo, da maneira de alcançar as oitavas com a mão esquerda, esticando rapidamente o dedo mindinho e o polegar na amplitude de uma oitava, para depois, devagar, encolher os dedos e, de novo, esticá-los rapidamente. Esse gesto gracioso, a pose displicente, o modo de sacudir o cabelo e a atenção que nossas damas demonstravam por seu talento me deram a ideia de tocar piano. Por causa dessa ideia, convenci-me de que tinha talento e paixão pela música, e comecei a estudar. Nesse aspecto, fiz como milhões de pessoas do sexo masculino e, sobretudo, feminino, que estudam sem um bom professor, sem verdadeira vocação e sem a menor noção do que a arte pode oferecer e de como é necessário dedicar-se para que ela proporcione alguma coisa. Para mim, a música, ou melhor, tocar piano, era uma forma de atrair as moças por meio de meus sentimentos. Com a ajuda de Kátienka, aprendi a ler partituras e, depois de forçar um pouco meus dedos grossos, aliás, empreguei uns dois meses nesse esforço, exercitando o rebelde dedo anelar sobre o joelho, durante o almoço, e sobre o travesseiro, quando estava na cama, logo comecei a tocar *peças*, e tocava, está claro, com alma, *avec âme*, com o que Kátienka concordava, embora sem nenhum ritmo. A escolha das peças era previsível — valsas, galopes, romanças (*arrangés*)[34] etc. —, todas de compositores amáveis, que qualquer pessoa com um pouco de gosto sadio selecionaria para você e faria uma pequena pilha, entre um monte de coisas lindas, numa loja de partituras, e diria: "Isto é o que não se deve tocar, porque nunca se escreveu, em papel de partitura, nada tão ruim, de gosto pior e mais despropositado", e que, certamente por causa disso mesmo, encontramos em cima do piano de todas as senhoritas russas. É verdade que em nossa casa havia também a *Sonate Pathétique* e a *Sonata em dó menor*, de Beethoven, que Liúbotchka tocava em memória da *maman*, além de outras peças bonitas, que seu professor moscovita lhe dera, mas havia também composições daquele mesmo professor, marchas e galopes ridículos, que Liúbotchka também tocava. Eu e Kátienka não gostávamos de peças sérias, acima de todas preferíamos *Le Fou*[35] e *Rouxinol*, que Kátienka tocava de tal modo que nem dava para ver seus dedos e que eu já começava a tocar bem alto e sem interrupção. Adotei os gestos do rapaz e muitas vezes lamentava que nenhum estranho visse como eu tocava. Porém logo Liszt e Kalkbrenner se revelaram acima de minhas forças e vi que era impossível alcançar Kátienka. Por isso, imaginando que a música clássica era mais

---

34 Adaptadas. **35** *O louco*. [N.A.]

fácil, e também em parte para ser original, de repente decidi que gostava da música erudita alemã, comecei a entrar em êxtase quando Liúbotchka tocava a *Sonate Pathétique*, apesar de, para dizer a verdade, eu estar completamente farto daquela sonata havia muito tempo, e passei eu mesmo a tocar Beethoven, e a pronunciar *Beeethoven*. No meio de toda essa confusão e fingimento, da maneira como hoje me lembro, havia em mim, no entanto, uma espécie de talento, porque muitas vezes a música me causava uma forte impressão, que me levava às lágrimas, e, quanto às músicas de que eu gostava, conseguia tirar sozinho, no piano, sem partitura; portanto, se na época alguém tivesse me ensinado a ver a música como um objetivo, como um prazer em si mesmo, em vez de um meio para atrair as moças com a rapidez e a sensibilidade de minha execução, talvez eu tivesse me tornado, de fato, um músico de valor.

A leitura de romances franceses, que Volódia trouxera em grande quantidade, foi outra de minhas ocupações naquele verão. Era a época em que começavam a aparecer os *Monte Cristo* e vários de "mistério" e eu me esquecia da vida enquanto lia romances de Sue, Dumas e Paul de Kock. Os acontecimentos e os personagens mais artificiais eram, para mim, como que uma parte da vida, a própria realidade, e eu não só não me atrevia a desconfiar de que o autor mentia, como o autor mesmo nem sequer existia para mim, e do livro impresso surgiam na minha frente, por conta própria, pessoas e acontecimentos reais. Se em nenhum lugar eu encontrava pessoas semelhantes àquelas sobre as quais eu lia, mesmo assim nem por um segundo eu duvidava que elas ainda *iriam aparecer*.

Eu identificava em mim todas as paixões descritas em cada romance e certa semelhança com todos os personagens, heróis e vilões, assim como um hipocondríaco, quando lê um livro de medicina, encontra em si os sintomas de todas as enfermidades possíveis. Naqueles romances, eu também gostava das ideias astutas, dos sentimentos exaltados, dos acontecimentos sobrenaturais e dos personagens puros: o bom era totalmente bom; o mau era totalmente mau — exatamente como eu imaginava as pessoas, na primeira mocidade; e ainda me agradava muitíssimo mais o fato de que tudo aquilo estava em francês e que eu podia guardar na memória aquelas palavras nobres, ditas por heróis nobres, e usá-las, no caso de surgir alguma questão nobre. Com a ajuda dos romances, quantas frases diferentes inventei em francês, para dizer para Kolpikov, caso o encontrasse algum dia, e para *ela*, quando afinal eu a encontrasse e revelasse meu amor! Para eles, eu preparava frases tamanhas que cairiam mortos quando me ouvissem. Com base nos romances, eu havia até elaborado novos ideais de valores éticos, que eu desejava alcançar. Em minhas ações e em minha conduta, eu queria, em primeiro lugar, ser *noble* (digo *noble* e não nobre, porque a palavra francesa tem um sentido diferente, algo que os alemães entenderam, ao adotar a palavra *nobel*, sem confundi-la com a palavra *ehrlich*);[36] em segundo lugar, ser *apaixonado*; e, por último, algo para o qual eu já estava inclinado desde antes: eu queria ser, o mais possível, *comme il faut*. Até na aparência e nos hábitos, eu tentava ser semelhante aos heróis que tinham algum daqueles valores. Lembro que, entre as centenas de romances que li naquele verão, havia um cujo herói era extremamente apaixonado e tinha sobrancelhas espessas. Senti tamanha vontade de ter a aparência dele (no aspecto moral, sentia que já era exatamente igual) que, examinando minhas sobrancelhas no espelho, inventei de raspá-las um pouco, para que crescessem mais espessas; porém, quando comecei a cortar, aconteceu de aparar mais um lado do que outro — foi necessário igualar e acabou que, para meu horror, me vi no espelho sem sobrancelha nenhuma e, portanto, muito

---

36 *Nobel* significa "nobre"; *ehrlich* significa "honrado, honesto".

feio. Contudo, eu me consolava com a esperança de que logo estaria com sobrancelhas grossas como as do homem apaixonado e só me inquietava a questão do que eu ia dizer para as pessoas de casa, quando me vissem sem sobrancelhas. Peguei pólvora no quarto de Volódia, esfreguei nas sobrancelhas e taquei fogo. Embora a pólvora não tenha explodido, fiquei bastante parecido com alguém que houvesse se queimado; ninguém soube do meu truque e, de fato, quando eu já havia me esquecido do homem apaixonado, minhas sobrancelhas cresceram muito mais grossas.

31. *Comme il faut*

Ao longo deste relato, muitas vezes já mencionei o conceito correspondente a essa fórmula francesa e agora sinto a necessidade de dedicar um capítulo inteiro a esse conceito, que em minha vida foi um dos mais nocivos e errôneos, inculcados em mim pela educação e pela sociedade.

A espécie humana pode ser dividida em muitos segmentos — ricos e pobres, bons e maus, militares e civis, inteligentes e tolos etc. etc., mas cada pessoa tem sempre sua classificação principal favorita, segundo a qual, de modo inconsciente, enquadra todas as demais. Minha classificação principal e favorita, na época sobre a qual estou escrevendo, era a de pessoas *comme il faut* e de pessoas *comme il ne faut pas*.[37] A segunda fração se subdividia, ainda, em pessoas propriamente não *comme il faut* e gente simples. As pessoas *comme il faut*, eu respeitava e julgava dignas de ter relações diversas comigo, em pé de igualdade; as do segundo grupo, eu fingia que desprezava, mas no fundo as invejava, nutria por elas uma espécie de sentimento de personalidade ferida; as do terceiro, para mim não existiam — eu as desprezava por completo.

O meu *comme il faut* consistia, acima de tudo e em primeiro lugar, em saber falar francês com perfeição, em especial na pronúncia. Uma pessoa que falasse mal o francês despertava em mim, de imediato, um sentimento de ódio. "Para

37 Respeitáveis e não respeitáveis. [N.A.]

que você quer falar como nós, se não é capaz?", eu lhe perguntava mentalmente, com um escárnio virulento. A segunda condição *comme il faut* eram as unhas — compridas, bem cuidadas e limpas; a terceira era a destreza em fazer reverências, dançar e conversar; a quarta, e muito importante, era a indiferença por tudo e a constante expressão de certo tédio elegante e desdenhoso. Além disso, eu observava certos traços gerais pelos quais, mesmo sem falar com uma pessoa, eu decidia a que classe ela pertencia. Além da arrumação do quarto, da assinatura, da caligrafia, da carruagem, o mais importante desses traços eram os pés. A conformidade das botas com as calças imediatamente decidia, a meus olhos, a posição da pessoa. Botas sem salto e de bico fino e calças de boca estreita, sem presilhas, indicavam uma pessoa *simples*; botas de bico estreito e arredondado, com salto, e calças estreitas na parte inferior, com presilhas por baixo dos pés, ou largas e com presilhas, caindo sobre o bico das botas como uma franja, indicavam um homem *mauvais genre*[38] etc.

O estranho é que logo eu, que tinha uma flagrante incapacidade para ser *comme il faut*, sentisse uma atração tão grande por esse conceito. Talvez ele tenha se desenvolvido em mim com tanto vigor justamente porque me custava um esforço enorme alcançar esse *comme il faut*. É horrível lembrar quanto tempo inestimável desperdicei da melhor fase de minha vida, aos dezesseis anos, a fim de alcançar essa qualidade. Para todos que eu imitava — Volódia, Dúbkov e grande parte de meus conhecidos —, tudo aquilo parecia vir com muita facilidade. Eu olhava para eles com inveja e, em segredo, exercitava o francês, a técnica de fazer reverências sem olhar para a pessoa que eu cumprimentava, a conversação, a dança, o desenvolvimento de uma postura de tédio e de indiferença a tudo, o cuidado com as unhas, cuja cutícula eu cortava com uma tesourinha

38 De mau gosto. [N.A.]

— e, mesmo assim, eu tinha a sensação de que ainda era necessário muito trabalho para alcançar o objetivo. Quanto ao quarto, à escrivaninha, à carruagem — nada disso eu conseguia arrumar *comme il faut*, embora me esforçasse, apesar da aversão às atividades práticas e a me ocupar com esse tipo de coisa. Nos outros, parecia que tudo aquilo vinha sem nenhum esforço, como se não pudesse ser diferente. Lembro que, certa vez, após ter me empenhado arduamente, e em vão, nos cuidados com as unhas, perguntei para Dúbkov, que tinha unhas admiravelmente bonitas, se elas já eram assim havia muito tempo e como ele conseguia aquilo. Dúbkov respondeu: "Desde que me lembro por gente, nunca fiz nada para que fossem assim, nem entendo como as unhas poderiam ser diferentes num homem digno". Essa resposta me deixou profundamente amargurado. Na época, ainda ignorava que um dos principais requisitos do *comme il faut* era a dissimulação com respeito aos trabalhos necessários para alcançar o *comme il faut*.

Para mim, o *comme il faut* era não só um mérito importante, uma bela qualidade, uma realização que eu almejava alcançar como era também uma condição indispensável à vida, sem a qual não poderia haver felicidade, glória nem nada de bom na sociedade. Eu não respeitaria nem mesmo um artista famoso, um sábio, um benfeitor da humanidade, se eles não fossem *comme il faut*. Um homem *comme il faut* se situava acima deles e fora de qualquer comparação; ele permitia que outros pintassem quadros, compusessem partituras, escrevessem livros, praticassem o bem — e até os elogiava por isso: afinal, por que não elogiar o bem, em qualquer pessoa em que o bem exista? —, mas não podia se colocar no mesmo plano que eles; ele era *comme il faut*, e os outros não. E basta. Parece-me até que, se tivesse um irmão, mãe ou pai que não fosse *comme il faut*, eu diria que isso não chegava a ser uma desgraça, mas que entre mim e eles não poderia haver nada de comum.

No entanto, nem o desperdício do tempo precioso consumido no trabalho incessante para cumprir todos os requisitos do *comme il faut*, tão difíceis para mim e que excluíam qualquer ocupação séria, nem o ódio e o desprezo por nove décimos da espécie humana, nem a ausência de atenção a tudo que fosse belo, mas que se realizasse fora da esfera do *comme il faut* — nem mesmo tudo isso, por ruim que fosse, chegou a ser o estrago mais grave que esse conceito me causou. O estrago mais grave foi a convicção de que o *comme il faut* era uma posição independente na sociedade, que um homem não precisava se esforçar para ser funcionário público, carroceiro, soldado ou sábio, quando ele era *comme il faut*; que, uma vez alcançada essa posição, ele já cumpriu sua vocação e até se situava acima da maior parte das pessoas.

Numa determinada fase da juventude, após muitos erros e entusiasmos, todas as pessoas costumam experimentar a necessidade de participação ativa na vida social, escolhe algum ramo de trabalho e se dedica a ele; mas, com o homem *comme il faut*, isso raramente acontece. Conheci e conheço inúmeras pessoas velhas, orgulhosas, seguras de si, de juízo aguçado, que, caso lhes perguntassem no outro mundo: "Quem é você? O que você fez na terra?", não teria condições de responder outra coisa que não fosse: *Je fus un homme très comme il faut.*[39]

Era esse o destino que me aguardava.

---

39 "Fui um homem muito distinto." [N.A.]

32. Juventude

A despeito da barafunda de pensamentos que povoavam minha cabeça, naquele verão eu era jovem, inocente, livre e, por isso, fui quase feliz.

Às vezes, e não era raro, acordava cedo. (Dormia na sacada, ao ar livre, e os raios oblíquos e claros do sol da manhã me despertavam.) Vestia-me rapidamente, metia uma toalha embaixo do braço, também um romance francês, e ia tomar banho no rio, à sombra do bosque ribeirinho que havia a meia versta de casa. Lá, eu me deitava à sombra, na grama, e lia. De vez em quando desviava os olhos do livro, a fim de olhar para a superfície lilás e sombreada do rio, que começava a se encrespar com o vento da manhã; olhava para o campo de cevada que já estava amarelando na outra margem, para a luz vermelha dos raios matinais que, cada vez mais baixos, coloriam os troncos brancos das bétulas, que, escondendo-se umas atrás das outras, fugiam de mim, rumo à parte remota da mata nativa, e me deliciava com a consciência de ter, dentro de mim, a mesma força de vida jovem que a natureza respirava em toda parte à minha volta. Quando as nuvens cinzentas da manhã apareciam no céu e eu ficava com frio depois do banho, muitas vezes saía caminhando pelos campos e bosques, fora das trilhas, enquanto sentia nos pés, com prazer, as botas encharcadas pelo orvalho. Nessas horas, eu sonhava vivamente com os heróis do último romance que tinha lido e me imaginava ora o capitão de um navio, ora um ministro, ora um homem incrivelmente forte, ora alguém apaixonado e, com certa impaciência, olhava à minha volta o tempo todo, à espera de encontrar, de repente, em algum canto, numa clareira ou atrás de uma árvore, *ela*. Nesses passeios, quando cruzava com um camponês e uma camponesa que trabalhavam, apesar de, para mim, o *povo simples* não existir, sempre experimentava um forte constrangimento inconsciente e me esforçava para que não me vissem. Quando já estava fazendo calor, mas nossas damas ainda não tinham ido tomar o chá, eu simplesmente caminhava para a horta ou para o pomar e comia todas as hortaliças e frutas que estivessem maduras. E essa atividade me proporcionava uma das satisfações mais importantes. Às vezes, bem no meio das macieiras, eu subia num pé de framboesa alto e denso. Acima da cabeça, o céu claro e ardente; em redor, o verdor pálido e espinhoso dos ramos do pé de framboesa, que se misturavam com ervas daninhas. A urtiga verde-escura, com sua ponta fina e em flor, se esticava esbelta para o alto; uma bardana, de folhas densas e flores estranhamente lilases e pontudas, tinha crescido mais que o pé de framboesa, chegava acima de minha cabeça e, em alguns lugares, junto com a urtiga, alcançava os ramos arqueados e verde-claros das velhas macieiras, em cujo topo, expostas ao sol quente, amadureciam maçãs reluzentes, redondas como nozes e ainda verdes. Embaixo, um jovem arbusto de framboesa, quase seco, sem folhas, torto, se esticava na direção do sol; o capim verde e pontudo e uma bardana jovem, que irrompia através das folhas do ano anterior, umedecidas pelo orvalho, verdejavam viçosos na sombra permanente, como se nem soubessem que o sol claro brincava no alto, nas folhas da macieira.

Dentro desse bosque cerrado, estava sempre úmido, havia sempre o cheiro de sombras densas e permanentes, de teias de aranha, de maçãs caídas, que já enegreciam, abandonadas na terra podre, havia o cheiro de framboesa, às vezes também do percevejo silvestre, que engolimos sem saber junto com uma fruta, o que nos obriga a comer logo outra, em seguida. Quando avanço, assusto os pardais, que sempre povoam aquele fundo da mata, ouço seu gorjeio afoito e as batidas de suas asas miúdas e velozes contra os ramos, ouço, num ponto qualquer, o zumbido de abelhas gordas e, em algum lugar, por uma trilha, ouço os passos do jardineiro, o tolo Akim, e seu eterno resmungo em voz baixa. Penso: "Não! Nem ele nem ninguém no mundo deve me encontrar aqui...". Com ambas as mãos, à esquerda e à direita, vou colhendo das hastes cônicas e brancas os frutos suculentos e, com prazer, devoro um depois do outro. As pernas, mesmo acima dos joelhos, se molharam através da roupa; dentro da cabeça, um absurdo medonho (repito mil vezes seguidas, mentalmente: *e-e-e po-o-or vi-i-inte e-e-e po-o-or se-e-ete*), os braços e as pernas, através das roupas, foram queimados pela urtiga, a cabeça já começou a assar com os raios retos do sol, que romperam através da mata densa, já faz tempo que não sinto vontade de comer, fico sentado no mato, observo, escuto, reflito e, mecanicamente, colho e devoro as melhores maçãs.

Em geral, eu ia para a sala de estar quando já passava das dez horas, na maioria das vezes, depois do chá, quando as damas já estavam sentadas, cuidando de seus trabalhos. Perto da primeira janela, com uma cortina de enrolar feita de linho não branqueado, abaixada por causa da claridade, mas cheia de furos, por onde passa a luz radiante do sol, que projeta em tudo o que bate umas bolinhas tão ardentes e brilhantes que os olhos chegam a doer só de olhar, está um bastidor de bordar, em cujo linho branco passeiam moscas em silêncio. Atrás do bastidor, está Mimi, que balança a cabeça sem parar, irritadamente, e se mexe, muda de uma posição para outra, a fim de se esquivar do sol, que de repente irrompe por algum canto e, com uma faixa ardente, a atinge ora aqui, ora ali, no rosto ou na mão. Através das outras três janelas, projetam-se quadriláteros claros e inteiros, formados pela sombra das esquadrias; num deles, sobre o piso não pintado da sala de visitas, Milka está deitada, como é seu antigo costume, e, de orelhas empinadas, espreita as moscas que passam pelo quadrilátero de luz. Kátienka tricota ou lê, sentada no sofá, e afugenta as moscas com impaciência, abanando as mãozinhas brancas, que parecem transparentes na luz clara, ou balança a cabeça para expulsar uma mosca que se enfiou entre os densos cabelos dourados. Liúbotchka ou anda para lá e para cá, na sala, com as mãos cruzadas nas costas, à espera de que todos saiam para o jardim, ou toca no piano alguma peça que conheço de cor, nota por nota, há muito tempo. Eu me sento em qualquer lugar, escuto a música ou a leitura e espero a hora em que eu mesmo poderei sentar-me ao piano.

Depois do almoço, às vezes consinto em passear a cavalo com as meninas (eu achava que passear a pé era incompatível com minha idade e com minha posição na sociedade). E nossos passeios, em que eu as levo a ravinas e a lugares inusitados, são muito agradáveis. Às vezes, passamos por algumas aventuras, nas quais demonstro ser corajoso, e as damas elogiam meu modo de montar e minha audácia e me consideram seu protetor. À tardinha, quando não recebemos visitas, após o chá, que tomamos na varanda sombreada do primeiro andar, e depois de um passeio com papai pelas instalações da propriedade, me acomodo no meu antigo lugar, a poltrona Voltaire, e, enquanto ouço a música de Kátienka ou Liúbotchka, leio e ao mesmo tempo sonho, como antigamente. Às vezes, sozinho na sala, enquanto Liúbotchka toca alguma música antiga, abaixo o livro sem me dar conta e, através da porta aberta da sacada, lanço um olhar para os ramos ondulados e pendentes das bétulas altas, nas quais a sombra noturna já começa a descer, e para o céu limpo, em que, quando olho com atenção, de repente aparece como que uma manchinha amarelada e poeirenta, e de novo desaparece, e enquanto ouço as notas da música que vêm da sala, o rangido do portão, as vozes das camponesas e o som do rebanho que volta para a aldeia, de repente me vem uma lembrança muito viva de Natália Sávichna, de *maman*, de Karl Ivánitch, e por um minuto fico triste. Mas minha alma, nesse momento, está tão repleta de vida e esperança que essa recordação apenas resvala em mim como uma asa e voa para longe.

Depois do jantar e, às vezes, após um passeio noturno com alguém pelo jardim — eu tinha medo de andar sozinho pelas alamedas escuras —, eu me retirava sozinho para dormir no chão da sacada, o que me proporcionava uma grande satisfação, apesar dos milhões de mosquitos noturnos que me devoravam. Com lua cheia, muitas vezes eu passava a noite inteira sentado em meu colchonete, observando a luz e as sombras, escutando os ruídos no silêncio, sonhando com várias coisas, sobretudo com uma felicidade poética, sensual, que na época me parecia a felicidade suprema na vida, e lamentando que até então era algo que só me fora concedido imaginar. Às vezes, assim que todos se retiravam e as luzes eram levadas da sala para os quartos do primeiro andar, onde se ouviam vozes de mulheres e o barulho de janelas que se abriam e se fechavam, eu ia para a sacada e andava por ela, escutando sofregamente todos os sons da casa adormecida. Enquanto existia a mais ínfima e gratuita esperança de alcançar a felicidade que eu sonhava, ainda que incompleta, eu não conseguia construir com calma, para mim mesmo, essa felicidade imaginária.

A cada som de pés descalços, de tosse e suspiro, a cada trepidar de janela ou rumor de vestido, ergo-me da cama num sobressalto, escuto e observo furtivamente e, sem nenhum motivo visível, fico perturbado. Entretanto, as luzes se apagam nos quartos de cima, o som de passos e vozes dá lugar a roncos, o vigia noturno começa a dar marteladas na sua plaquinha de ferro, o jardim se torna mais sombrio e depois mais claro, tão logo desaparecem as faixas de luz vermelha que desciam da janela sobre ele, o último lampião da despensa é levado para o vestíbulo, traçando uma faixa de luz no jardim orvalhado e, através da janela, vejo a figura curvada de Foka, que de casaquinho, com uma vela na mão, dirige-se para sua cama. Muitas vezes, eu encontrava um prazer grande e emocionante em andar furtivamente pelo capim molhado, na sombra escura da casa, me aproximar da janela do vestíbulo e, prendendo a respiração, escutar o ronco do jovem criado, os resmungos de Foka, que achava que ninguém estava ouvindo, e o som de sua voz de velho, que rezava por muito, muito tempo. Enfim, ele apagava a última vela, a janela batia, eu ficava completamente só e, enquanto olhava temeroso para os lados — para ver se em algum lugar, perto de um canteiro ou perto de minha cama, havia uma mulher vestida de branco —, eu fugia correndo para a sacada. E então, afinal, me deitava na minha cama, o rosto voltado para o jardim e, me cobrindo o máximo possível para me proteger dos mosquitos e morcegos, olhava para fora, escutava os sons da noite e sonhava com o amor e a felicidade.

Tudo, então, ganhava um significado novo para mim: o aspecto das velhas bétulas, que de um lado reluziam ao luar, com seus ramos ondulados e, de outro, escureciam e turvavam, com suas sombras negras, os arbustos e o caminho, e o brilho do lago, sereno, majestoso, que aumentava gradualmente, como um som, e o brilho da lua nas gotas de orvalho sobre as flores diante da sacada, que também lançavam suas sombras graciosas atravessadas sobre os canteiros cinzentos que beiravam o caminho, e o som da codorna atrás do lago, e a voz de um homem na estrada, e o rangido suave, quase inaudível, de duas velhas bétulas que roçavam uma na outra, e o zumbido de um mosquito acima da orelha, coberta pela manta, e a queda de uma maçã sobre as folhas secas, derrubada pelo vento, e os saltos das rãs, que às vezes alcançavam a escadinha da varanda e, com seu dorso esverdeado, brilhavam ao luar de um jeito misterioso — tudo isso ganhava, para mim, um significado estranho — o significado de uma beleza grande demais e de uma espécie de felicidade infinita. E então aparecia *ela*, com uma trança preta e comprida, o peito alto, sempre triste e linda, de braços desnudos, com abraços sensuais. Ela me amava, eu sacrificava a vida toda por um minuto de seu amor. Mas a lua subia cada vez mais no céu, reluzia cada vez mais forte, o brilho majestoso do lago, que aumentava gradualmente como um som, tornava-se cada vez mais claro, as sombras se tornavam cada vez mais negras, a luz, cada vez mais transparente, e, enquanto observava e escutava tudo isso, algo me dizia que também *ela*, de braços desnudos e abraços fogosos, ainda estava muito longe de ser toda a felicidade, que também o amor por ela estava muito longe de ser todo o bem; e, quanto mais eu olhava para a lua alta e cheia, mais a beleza verdadeira e o bem verdadeiro me pareciam mais altos, mais puros e mais próximos Dele, a fonte de toda beleza e de todo bem, e as lágrimas de uma espécie de alegria insatisfeita, mas comovida, surgiam em meus olhos.

Eu estava sempre sozinho e me parecia que a natureza misteriosa e magnífica, a luz do círculo da lua, que atraía para si, por algum motivo, imóvel num ponto alto e indeterminado do céu azul-claro e, ao mesmo tempo, presente em toda parte, parecendo preencher toda a vastidão sem limites, e eu, um verme insignificante, já profanado por todas as pobres e mesquinhas paixões humanas, mas com toda a potência da força ilimitada da imaginação e do amor — sempre me parecia, nesses momentos, que a natureza, a lua e eu éramos uma só e a mesma coisa.

33. Vizinhos

No primeiro dia após nossa chegada, fiquei muito admirado por papai ter chamado nossos vizinhos, os Epifánov, de pessoas honradas, e mais admirado ainda por papai ir à casa deles. Desde muito tempo, havia entre nós e os Epifánov um litígio por causa de algumas terras. Quando criança, ouvi muitas vezes como papai se irritava por causa daquele litígio, praguejava contra os Epifánov e procurava diversas pessoas para, a meu ver, defender-se deles, ouvia como Iákov os chamava de nossos inimigos e *gente preta*,[40] e lembro como *maman* pedia que, em sua casa e em sua presença, nem falassem daquelas pessoas.

Com base nesses dados, elaborei na infância um conceito tão rígido e claro de que os Epifánov eram nossos *inimigos*, prontos para massacrar ou estrangular não só o papai como seu filho, caso caísse em suas mãos, e de que eles, no sentido literal, eram *gente preta*, que, quando vi, no ano em que mamãe morreu, Avdótia Vassílievna Epifánova, *la belle Flamande*, cuidando da mamãe, foi difícil para mim conseguir acreditar que ela era da família da *gente preta*, e mesmo assim mantive o mais baixo conceito acerca da família. Embora naquele verão nós os encontrássemos muitas vezes, eu continuava estranhamente a alimentar um forte preconceito contra a família toda. Na realidade, eis aqui quem eram os Epifánov: a família era formada pela mãe, viúva de cinquenta anos, uma velhinha alegre

---

40 Ou gente morena (*tchiórni liúdi*), forma de se referir aos servos.

e jovial, a bela filha Avdótia Vassílievna e o filho, gago, Piotr Vassílievitch, solteiro, tenente da reserva, um caráter absolutamente sério.

Anna Dmítrievna Epifánova viveu separada do marido durante vinte anos, até ele morrer; de vez em quando, ia a Petersburgo, onde tinha parentes, mas passava a maior parte do tempo em sua aldeia, Mitíschi, que ficava a três verstas da nossa. Nos arredores, falavam tamanhos horrores sobre sua maneira de viver, que, em comparação com ela, Messalina seria uma criança inocente. Por isso mamãe também pedia que, em sua casa, nem sequer mencionassem o nome de Epifánova; porém, falando sem nenhuma ironia, é impossível acreditar sequer na décima parte dos boatos que correm entre vizinhos no campo, pois são os mais maledicentes que existem. Entretanto, na época em que conheci Anna Dmítrievna, embora ela tivesse em sua casa o secretário Mitiucha, oriundo dos servos, sempre de cabelo empomadado e frisado, de sobrecasaca à maneira circassiana, que ficava postado atrás da cadeira de Anna Dmítrievna na hora do almoço e, embora muitas vezes, falando em francês, ela convidasse as visitas a admirar os belos olhos e a bela boca de Mitiucha, não havia nisso nada semelhante àquilo que os boatos continuavam a propalar. De fato, parece que, dez anos antes, justamente na ocasião em que Anna Dmítrievna chamou seu respeitável filho Piótrukha de volta do serviço militar, ela havia mudado completamente sua maneira de viver. A propriedade de Anna Dmítrievna era pequena, com cerca de cem almas ao todo, mas as despesas, no tempo de sua vida alegre, eram elevadas, tanto assim que uns dez anos antes, como era de esperar, a propriedade, já hipotecada e penhorada, acabou executada judicialmente e veio a ordem de vendê-la em leilão. Naquelas circunstâncias drásticas, supondo que a tutela, o inventário da propriedade, a chegada do oficial de Justiça e outros aborrecimentos semelhantes provinham menos do não pagamento dos juros do que do fato de ser mulher, Anna Dmítrievna escreveu para o filho, no regimento, pedindo que viesse salvar a mãe daquele apuro. Apesar de estar se saindo tão bem no Exército que esperava, em breve, poder viver por conta própria, Piotr Vassílievitch abandonou tudo, pediu baixa e, como filho respeitoso que considerava sua primeira obrigação consolar a velhice da mãe (o que escrevia para ela nas cartas, com toda sinceridade), partiu para o campo.

A despeito do rosto feio, do jeito atrapalhado e da gagueira, Piotr Vassílievitch era um homem de princípios extremamente rígidos e de um senso prático fora do comum. De algum modo, por meio de pequenos empréstimos, transações, apelos e promessas, conseguiu preservar a propriedade. Transformado em senhor da terra, Piotr Vassílievitch vestiu a velha túnica do pai, que estava guardada no depósito, livrou-se das carruagens e dos cavalos, deixou claro que visitantes não eram bem-vindos em Mitíschi, mas escavou valas de irrigação, ampliou as terras aráveis, diminuiu as terras dos camponeses, derrubou suas florestas e vendeu a madeira como um homem de negócios — e deu um jeito nas finanças. Piotr Vassílievitch fez uma promessa e a manteve: até que todas as dívidas fossem pagas, não usaria outra roupa que não a túnica paterna e um paletó de lona que ele mesmo costurou, e só andava de carroça, usando cavalos de camponeses. Tentava infundir essa imagem de vida estoica em toda a família, na medida em que lhe permitia o respeito servil à mãe, que ele julgava ser seu dever. Na sala, gaguejando, ele se portava com servilismo diante da mãe, atendia a todos os seus desejos, praguejava contra os criados, caso não fizessem o que Anna Dmítrievna ordenava; porém, em seu gabinete e no escritório, repreendia com severidade caso servissem à mesa um pato sem que ele tivesse ordenado, ou caso mandassem um mujique a uma propriedade vizinha, a pedido de Anna Dmítrievna, para saber da saúde de alguém, ou caso mandassem mocinhas camponesas colher framboesas no bosque, em vez de arrancar ervas daninhas na horta.

Ao fim de uns quatro anos, todas as dívidas foram pagas, Piotr Vassílievitch passou um tempo em Moscou e voltou de lá com roupas novas e uma carruagem. Contudo, apesar da situação florescente dos negócios, manteve a mesma atitude estoica, da qual parecia se orgulhar, de modo soturno, diante dos familiares e dos estranhos e, não raro, gaguejando, dizia que "quem quiser me ver como sou de verdade, terá o prazer de me ver vestido no meu casacão de pele de carneiro e comer minha sopa de repolho e minha kacha. Que é o que eu mesmo como", acrescentava. Em cada palavra e gesto, exprimia-se o orgulho, respaldado na consciência de que havia se sacrificado pela mãe e resgatado a propriedade, mas se exprimia também o desprezo pelos demais, por não terem realizado nada semelhante.

Mãe e filha tinham personalidades muito distintas e diferiam entre si de muitas formas. A mãe era uma das mulheres mais simpáticas e alegres em sociedade, sempre e inabalavelmente cordial. Tudo o que era amável e alegre a deixava sinceramente feliz. Mesmo a capacidade de se deleitar com a visão de jovens se divertindo — traço que só se encontra nas pessoas velhas mais generosas —, ela a possuía em grau muito elevado. A filha, Avdótia Vassílievna, ao contrário, tinha uma personalidade séria, ou melhor, o temperamento distraído, indiferente e gratuitamente presunçoso que costumam ter as mulheres solteiras de grande beleza. Mas, quando queria se mostrar alegre, sua alegria ganhava um aspecto um tanto estranho — zombava de si mesma, da pessoa com quem estava falando ou de todos, o que seguramente não era sua intenção. Muitas vezes eu ficava surpreso e me perguntava o que ela queria dizer com frases como: "Sim, eu sou tremendamente bonita"; "Não me admira que todos se apaixonem por mim" etc. Anna Dmítrievna estava sempre ocupada; tinha paixão pela arrumação da casa pequena e do jardim, por flores, por canários e por bibelôs. Seus aposentos e seu jardim eram pequenos e sem luxo, porém tudo era arrumado com tanto esmero e limpeza e tudo transmitia a tal ponto a atmosfera geral de alegria ligeira expressa por uma bonita valsa ou polca, que a palavra "brinquedinho", muitas vezes empregada pelas visitas como forma de elogio, combinava perfeitamente com o jardim e com os aposentos dela. A própria Anna Dmítrievna era um brinquedinho — miúda, magrinha, o rosto de cor fresca, mãozinhas pequenas e bonitas, sempre alegre e bem-vestida. Apenas as veias lilases e escuras em suas mãozinhas, um pouco proeminentes demais, perturbavam aquele aspecto geral. Já Avdótia Vassílievna, ao contrário, quase nunca fazia nada e não só não gostava de se ocupar com bibelôs ou flores como se ocupava muito pouco até consigo mesma e sempre saía às pressas para se vestir quando chegavam visitas. Porém, ao voltar arrumada para a sala, estava extraordinariamente bonita, exceto pela expressão fria e monótona dos olhos e do sorriso, comum em todos os rostos muito bonitos. Seu rosto rigorosamente correto e belo e sua figura esbelta pareciam nos dizer o tempo todo: "Permito que olhe para mim, se isso lhe agrada".

Porém, apesar da personalidade viva da mãe e do aspecto indiferente e distraído da filha, algo nos dizia que a primeira nunca — nem antes, nem agora — tinha amado coisa alguma, senão o que fosse bonito e alegre, e que Avdótia Vassílievna era uma dessas pessoas que, se um dia se apaixonam, sacrificam a vida inteira por quem amam.

34. O casamento de meu pai

Papai tinha quarenta e oito anos quando se casou, em segundas núpcias, com Avdótia Vassílievna Epifánovna.

Imagino que papai, quando chegou ao campo, na primavera, com as meninas, se encontrava no peculiar estado de espírito ansiosamente feliz e sociável em que costumam ficar os jogadores que param de jogar, depois de terem ganhado muito. Ele sentia que ainda restava dentro de si uma boa reserva de sorte e que, caso não quisesse mais consumi-la nas cartas, poderia empregá-la para alcançar o sucesso na vida em geral. Além do mais, era primavera, inesperadamente ele tinha ganhado muito dinheiro, estava totalmente só e entediado. Quando conversava com Iákov sobre negócios e lembrava o interminável litígio com os Epifánov e a bela Avdótia Vassílievna, que havia muito que ele não via, imagino que tenha dito para Iákov: "Sabe, Iákov Kharlámitch, em vez de perder tempo com esse litígio, acho que seria melhor abrir mão dessa terra logo de uma vez, hein? O que acha?".

Imagino como Iákov deve ter movido os dedos negativamente atrás das costas, ao ouvir a pergunta, e que deve ter observado que "*além do mais*, nossa causa é justa, Piotr Aleksándritch".

No entanto, papai mandou atrelar a caleche, vestiu sua túnica verde-oliva no rigor da moda, penteou o resto de seus cabelos, encharcou o lenço com perfumes e, no estado de espírito mais alegre do mundo, inspirado pela convicção de que se portava como um grande fidalgo e, sobretudo, pela esperança de ver uma mulher bonita, seguiu para a casa dos vizinhos.

Só sei que, em sua primeira visita, papai não encontrou Piotr Vassílievitch, pois estava nos campos, e que passou uma ou duas horas com as damas. Imagino como ele se derramou em amabilidades, como as fascinou, batendo no chão com a bota macia, falando com leves chiados, lançando olhares mortiços. Imagino também como a velhinha animada se encheu de afeição por ele e como a filha bela e fria deve ter se alegrado.

Quando uma menina da criadagem correu ofegante para avisar a Piotr Vassílievitch que o velho Irtiéniev em pessoa havia chegado, imagino como ele respondeu irritado: "Ora essa, para que ele veio?", e como, por conta disso, foi para casa da maneira mais vagarosa possível, talvez tenha até voltado ao gabinete, tenha vestido de propósito seu paletó mais sujo e mandado avisar ao cozinheiro que não se atrevesse a acrescentar nada ao almoço, mesmo que as senhoras ordenassem.

Depois, vi papai muitas vezes com os Epifánov, por isso tenho uma imagem muito clara do primeiro encontro. Apesar de papai ter proposto pôr fim àquele litígio de forma pacífica, imagino como Piotr Vassílievitch se mostrava soturno e aborrecido, por ter sacrificado sua carreira pela mãe, ao passo que papai não tinha feito nada semelhante, imagino como nada o deixava impressionado e como papai, dando a impressão de que não percebia aquele ar soturno, se mostrava bem-humorado, alegre e o tratava como um piadista admirável, algo que às vezes deixava Piotr Vassílievitch ofendido, mas a que, outras vezes, mesmo a contragosto, ele acabava se rendendo. Papai, com sua tendência de fazer brincadeiras com tudo, por alguma razão chamava Piotr Vassilievitch de coronel e, apesar de Epifánov, certa vez, em minha presença, gaguejando mais do que o habitual e vermelho de irritação, ter observado que não era c-c-c-coronel, mas sim t-t-t-tenente, cinco minutos depois, papai o chamou de novo de coronel.[41]

Liúbotchka me contou que, antes de eu e Volódia termos chegado à fazenda, todos os dias eles se encontravam com os Epifánov e era extremamente divertido. Papai, com sua habilidade para organizar tudo de modo original, alegre e, ao mesmo tempo, simples e elegante, promovia caçadas, pescarias, fogos de artifício, a que os Epifánov compareciam. E seria ainda mais divertido, não fosse pelo insuportável Piotr Vassílievtch, que se mostrava emburrado, ficava gaguejando e estragava tudo, disse Liúbotchka.

Desde a nossa vinda para o campo, os Epifánov só estiveram em nossa casa duas vezes e nós fomos, todos juntos, à casa deles uma vez. Porém, depois do Dia de São Pedro, dia do santo onomástico de papai, em que eles e uma multidão de convidados vieram à nossa casa, nossas relações com os Epifánov, por alguma razão, cessaram por completo e papai passou a ir sozinho à casa deles.

No breve tempo em que vi papai com Dúnetchka,[42] como sua mãe a chamava, eis o que consegui observar: papai se encontrava sempre no mesmo estado de espírito feliz que havia me impressionado no dia de nossa chegada. Estava tão alegre, jovial, cheio de vida e feliz que os raios daquela felicidade se espalhavam sobre todos à sua volta, que, querendo ou não, acabavam contagiados pelo mesmo estado de espírito. Ele não se afastava um passo sequer de Avdótia Vassílievna quando ela estava presente, o tempo todo lhe fazia elogios tão adocicados que me dava vergonha estar com ele, ou, olhando para ela em silêncio, contraía o ombro e tossia de modo apaixonado e cheio de si, mas às vezes, sorrindo, falava com ela até em sussurros; porém, fazia tudo isso com aquela expressão de "ora,

---

41 Em russo, as duas palavras começam com os mesmos dois fonemas: *polkóvnik* e *porútchik*. **42** Diminutivo de Dúnia, hipocorístico de Avdótia.

isto é brincadeira", que lhe era peculiar, mesmo nos assuntos mais sérios.

Parecia que Avdótia havia assimilado de papai sua expressão de felicidade, que naquela ocasião brilhava em seus grandes olhos azuis quase o tempo todo, exceto nos minutos em que, de repente, baixava sobre ela uma timidez tão grande que eu, que conhecia bem aquele sentimento, tinha pena e sofria de vê-la assim. Em tais momentos, era visível que ela temia qualquer olhar e movimento, lhe parecia que todos olhavam para ela, só pensavam nela e achavam que tudo nela era inconveniente. Assustada, olhava para todos à sua volta, o rubor afluía e refluía de seu rosto sem cessar, ela começava a falar alto e com atrevimento, em geral alguma bobagem, sentia isso, sentia que todos, e papai também, escutavam, e ficava ainda mais ruborizada. Porém, nessas situações, papai nem se dava conta das bobagens de Avdótia, continuava a olhar para ela da mesma forma apaixonada, com uma emoção alegre, e tossia de leve. Eu notava que, embora os ataques de timidez acometessem Avdótia Vassílievna sem nenhum motivo, às vezes eles ocorriam logo depois que alguém, na presença de papai, fazia menção a alguma mulher jovem e bonita. As frequentes mudanças da melancolia para aquele tipo de alegria estranha e constrangida de que já falei, a repetição das palavras e expressões prediletas de papai, a continuação com outras pessoas de conversas que ela havia iniciado com papai — tudo isso, se o protagonista não fosse meu pai e se eu fosse mais velho, teria me levado a entender as relações entre papai e Avdótia Vassílievna, mas eu não desconfiava de nada, na época, e continuei sem desconfiar, mesmo quando papai, na minha frente, recebeu uma carta de Piotr Vassílievitch, que o deixou muito perturbado, e parou de visitar os Epifánov até o fim de agosto.

No fim de agosto, papai voltou a visitar os vizinhos e, um dia antes de partirmos (eu e Volódia) para Moscou, nos comunicou que ia se casar com Avdótia Vassílievna Epifánova.

35. Como recebemos a notícia

Na véspera do anúncio oficial, todos em casa já sabiam da situação e a julgavam de formas diferentes. Mimi passou o dia inteiro sem sair do quarto e chorava. Kátienka ficou a seu lado e só saiu para o almoço, com uma expressão ofendida no rosto, nitidamente copiada da mãe; Liúbotchka, ao contrário, ficou muito alegre e durante o almoço disse que sabia um segredo maravilhoso, que no entanto não contaria para ninguém.

— Não tem nada de maravilhoso no seu segredo — retrucou Volódia, que não compartilhava sua satisfação. — Se você fosse capaz de pensar em qualquer coisa a sério, entenderia que isso, ao contrário, é muito ruim.

Liúbotchka, admirada, olhou para ele atentamente e calou-se.

Depois do almoço, Volódia quis me tomar pelo braço, porém, assustado, achando que aquilo podia ser algo semelhante aos carinhos sentimentais, apenas tocou no meu cotovelo e acenou com a cabeça na direção do salão.

— Sabe de que segredo a Liúbotchka está falando? — perguntou, quando teve certeza de que estávamos sozinhos.

Raramente eu conversava a sós com Volódia sobre assuntos sérios, portanto, quando isso acontecia, experimentávamos uma espécie de constrangimento mútuo e, em nossos olhos, como dizia Volódia, uns meninos começavam a pular; mas agora, em resposta ao embaraço que meu olhar exprimia, ele continuou a me fitar nos olhos de modo fixo e sério, com uma expressão que dizia: "Aqui, não há motivo para constrangimentos, afinal somos irmãos e devemos discutir entre nós as questões importantes da família". Eu o compreendi e ele prosseguiu:

— *Papa* vai se casar com a Epifánova, sabia?

Fiz que sim com a cabeça, porque já tinha ouvido falar do assunto.

— Pois bem, isso é muito ruim — prosseguiu Volódia.

— Mas por quê?

— Por quê? — retrucou, irritado. — Vai ser muito agradável ter aquele tio gago, o tenente, e todos aqueles parentes. Além do mais, agora ela parece boa e tudo, mas quem sabe como vai ser depois? Para nós, está claro, não faz diferença, mas Liúbotchka em breve vai começar a frequentar a sociedade. Com uma *belle-mère*[43] como essa, não será nada agradável, ela até fala mal o francês, e que maneiras pode ensinar para Liúbotchka? É uma *poissarde*[44] e mais nada; vamos admitir que seja boa pessoa, mesmo assim é uma *poissarde* — concluiu Volódia, obviamente muito satisfeito com aquele epíteto.

Por mais que eu estranhasse ouvir Volódia julgar a escolha de *papa* com tanta tranquilidade, me pareceu que ele tinha razão.

— Então por que o *papa* vai se casar? — perguntei.

— É uma história obscura, só Deus sabe. Sei apenas que Piotr Vassílitch o convenceu a se casar, exigiu o que *papa* não queria, depois ele começou a ter umas fantasias, uma espécie de cavalheirismo... É uma história obscura. Só agora estou começando a compreender nosso pai — prosseguiu Volódia (o fato de chamá-lo de "pai", e não de *papa*, me feriu profundamente) —, que ele é um homem maravilhoso, bom e

---

43 Madrasta. [N.A.] **44** Peixeira, mulher vulgar. O texto original russifica a palavra francesa e acrescenta a terminação do diminutivo.

inteligente, mas um tanto leviano e frívolo... É surpreendente! Não consegue ver uma mulher e manter o sangue-frio. Sabia que não houve nenhuma mulher que ele tenha conhecido sem ficar apaixonado? Além do mais, você sabe, também há a Mimi.

— O que quer dizer?

— Veja bem: há pouco tempo, eu soube que ele foi apaixonado pela Mimi, quando ela era jovem, escreveu poemas para ela e houve algo entre os dois. Até hoje Mimi sofre. — E Volódia riu.

— Não pode ser! — exclamei, admirado.

— Porém, o mais importante — prosseguiu Volódia, de novo sério e começando, de repente, a falar em francês — é como todos os nossos parentes vão apreciar esse casamento! E, sem dúvida, terão filhos.

Fiquei tão impressionado com o bom senso e a previdência de Volódia que nem soube o que responder.

Naquele momento, Liúbotchka se juntou a nós.

— Então vocês já sabem? — perguntou com o rosto alegre.

— Já — respondeu Volódia. — Só me espanto com uma coisa, Liúbotchka: como você, que afinal já não usa fraldas, pode ficar alegre com o fato de *papa* se casar com esse lixo?

De repente, Liúbotchka fez uma cara séria e pensou um pouco.

— Volódia! Lixo por quê? Como se atreve a falar assim de Avdótia Vassílievna? Se *papa* vai se casar com ela, quer dizer que nada tem de lixo.

— Está certo, não é lixo, é só uma maneira de dizer, mesmo assim...

— Não tem nada de "mesmo assim" — cortou Liúbotchka, exaltando-se. — Não chamei de lixo aquela mocinha pela qual você se apaixonou; como pode falar assim de *papa* e de uma mulher maravilhosa? Sei que é o irmão mais velho, mas não fale assim comigo, não admito que fale assim.

— Mas por que não se pode argumentar sobre...

— Não se pode argumentar nada — cortou Liúbotchka, outra vez. — Não se pode argumentar nada sobre um pai como o nosso. Mimi, sim, pode argumentar, mas não você, o irmão mais velho.

— Não, você ainda não compreende nada — disse Volódia, com desdém. — Veja se consegue entender. Será que é bom que uma Epifánova qualquer, uma Dúnetchka, tome o lugar da falecida *maman* para você?

Liúbotchka ficou calada por um momento e, de repente, surgiram lágrimas em seus olhos.

— Eu sabia que você é orgulhoso, mas não pensava que fosse tão cruel — disse ela, e nos deixou.

— *Dentro do pão*[45] — disse Volódia, fazendo uma cara ironicamente séria, com olhos turvos. — É nisso que dá querer argumentar com elas — prosseguiu, como se censurasse a si mesmo por ter se distraído e se rebaixado a ponto de admitir travar uma conversa com Liúbotchka.

No dia seguinte, o tempo estava ruim e, quando entrei na sala de estar, nem papai nem as damas ainda tinham vindo tomar chá. À noite, caíra uma garoa fria de outono, corriam pelo céu os restos da nuvem que fizera chover de madrugada e, através dela, de modo opaco, o sol, já bem alto, transparecia como um círculo claro. Soprava um vento gelado e úmido. A porta para o jardim estava aberta, poças da chuva noturna começavam a secar no chão da varanda, enegrecido pela umidade. A porta aberta, empurrada pelo vento, balançava nas dobradiças de ferro, os caminhos do jardim estavam úmidos e lamacentos; as bétulas velhas, com os ramos desfolhados e brancos, os arbustos e o capim, a urtiga, a groselheira, o sabugueiro, com o lado pálido das folhas virado para cima, sacudiam-se e pareciam querer desprender-se das raízes; folhas amarelas

---

45 Linguagem cifrada entre os irmãos, explicada no capítulo 29.

e redondas voavam da alameda de tílias, revolvendo-se e perseguindo-se umas às outras e, encharcadas, pousavam na trilha enlameada e na campina molhada e verde-escura, que estava recomeçando a brotar depois da ceifa. Meus pensamentos estavam ocupados com o futuro casamento de papai, do ponto de vista de que Volódia o encarava. O futuro da irmã, o nosso e o do próprio papai não me parecia nada bom. Perturbava-me a ideia de que uma mulher de fora, estranha e, sobretudo, *jovem*, sem ter nenhum direito a isso, de repente, em muitos aspectos, tomasse o lugar... de quem? Uma dama jovem qualquer ia tomar o lugar da falecida mãezinha! Fiquei triste e papai, cada vez mais, me parecia ser o culpado. Nesse momento, ouvi as vozes dele e de Volódia, que conversavam na sala dos criados. Eu não queria ver papai naquele momento e me afastei da porta; mas Liúbotchka veio atrás de mim e disse que *papa* estava me chamando.

Ele se encontrava na sala de visitas, a mão apoiada no piano, e olhava na minha direção com impaciência e, ao mesmo tempo, com ar solene. Em seu rosto, já não havia a expressão de juventude e felicidade que eu notava durante todo aquele tempo. Estava abatido. Volódia, com um cachimbo na mão, andava pela sala. Cheguei perto de papai e o cumprimentei.

— Bem, meus amigos — disse ele, com ar decidido, erguendo a cabeça e com a dicção rápida em que falamos coisas obviamente desagradáveis, mas que já não podem mais ser questionadas. — Vocês sabem, quero crer, que vou casar com Avdótia Vassílievna. — Calou-se por um momento. — Nunca pretendi casar, depois da *maman* de vocês, mas... — Deteve-se um minuto. — Mas... mas, pelo visto, é o destino. Dúnetchka é uma moça bondosa, meiga e já não muito jovem; espero que vocês gostem muito dela, meus filhos, pois ela já ama vocês de coração, ela é boa. Agora — disse, dirigindo-se a mim e a Volódia, e pareceu falar mais depressa para que não tivéssemos tempo de interromper —, está na hora de vocês partirem e, quanto a mim, ficarei aqui até o Ano-Novo e então irei a Moscou — de novo, hesitou — já casado, e levarei Liúbotchka.

Ver o papai com aspecto constrangido e culpado diante de nós me fez sofrer, cheguei mais perto dele, porém Volódia, sem parar de fumar, e de cabeça baixa, não parava de andar pela sala.

— Pois é, meus amigos, vejam só o que o seu velho foi inventar — concluiu *papa*, ruborizando-se, tossindo e estendendo as mãos para mim e para Volódia.

Tinha lágrimas nos olhos, quando falou, e a mão que estendeu para Volódia, que naquela altura estava do outro lado da sala, eu notei, tremia um pouco. A visão da mão trêmula me chocou dolorosamente e me veio um pensamento estranho, que me abalou mais ainda: me veio o pensamento de que *papa* servira no Exército na campanha de 1812[46] e era tido como um oficial corajoso. Segurei sua mão cheia de veias e beijei-a. Ele apertou minha mão com força e, de repente, com um soluço de lágrimas, tomou entre as mãos a cabecinha morena de Liúbotchka e começou a beijá-la nos olhos. Volódia fingiu que deixara cair o cachimbo e, abaixado, discretamente, enxugou os olhos com o punho e, tentando passar despercebido, retirou-se da sala.

---

46 Ano em que Napoleão invadiu a Rússia e foi derrotado.

36. Universidade

O casamento foi marcado para dali a duas semanas; mas nossas aulas estavam prestes a começar, assim eu e Volódia partimos para Moscou no início de setembro. Os Nekhliúdov também tinham voltado do campo. Dmítri, que, como eu, quando nos despedimos, prometera escrever e, é claro, também como eu, não havia escrito nem uma vez, logo veio à minha casa e resolvemos que, no dia seguinte, ele me acompanharia à universidade em meu primeiro dia de aula.

Era um dia claro e ensolarado.

Assim que entrei no auditório, tive a sensação de que minha individualidade desaparecia na multidão de rostos jovens e alegres que se derramava por todas as portas e corredores, sob a luz clara do sol que penetrava pelas janelas grandes. A sensação da consciência de ser um membro daquela enorme comunidade era muito agradável. Porém, entre todos aqueles rostos, poucos eram conhecidos meus e, mesmo com esses, o reconhecimento se limitava a um aceno de cabeça e às palavras: "Bom dia, Irtiéniev!". Entretanto, à minha volta, trocavam-se apertos de mãos, esbarrões e palavras de amizade e choviam sorrisos, cortesias e gracejos de todos os lados. Em toda parte, eu sentia o vínculo que unia toda aquela comunidade jovem e, com tristeza, sentia que aquele vínculo, de certo modo, me deixava de fora. No entanto, não passou de uma impressão momentânea. Em consequência dessa impressão, e da irritação que me causou, descobri até bem depressa que, ao contrário, era ótimo eu não pertencer àquela comunidade, que eu deveria ter meu próprio círculo de pessoas dignas, e me sentei na terceira fila, onde estavam o conde B., o barão Z., o príncipe R., Ívin e outros senhores da mesma espécie, entre os quais eu conhecia Ívin e o conde B. Porém, mesmo esses senhores olhavam para mim de um modo que me dava a sensação de não pertencer absolutamente à sua comunidade. Eu me pus a observar tudo à minha volta. Semiónov, de cabelos grisalhos e desgrenhados, dentes brancos e sobrecasaca desabotoada, estava sentado não distante de mim e, com os cotovelos apoiados na mesa, roía uma pena. O ginasiano aprovado em primeiro lugar estava sentado na primeira fila, sempre com a bochecha enrolada numa gravata preta, e brincava com o botãozinho de prata do relógio, dentro do colete de cetim. Ikónin, que afinal conseguira ingressar na universidade, estava sentado na fileira de cima, de calça azul com debrum, que descia até cobrir toda a bota, gargalhava e gritava que estava no Parnaso. Ílienka, que para minha surpresa me cumprimentou não só com frieza, mas com desprezo, como se quisesse me lembrar que, ali, éramos exatamente iguais, sentou-se na minha frente e, depois de pôr as pernas magras sobre o banco, de modo particularmente desinibido (por minha causa, assim me pareceu), ficou conversando com outro estudante e raramente olhava para mim. A meu lado, o grupo de Ívin conversava em francês. Aqueles senhores me pareciam tremendamente tolos. Tudo o que eu ouvia da conversa deles me parecia não apenas absurdo, mas errado, simplesmente aquilo não era francês (*ce n'est pas Français*, eu me dizia em pensamento), e as poses, as palavras e os gestos de Semiónov, Ílienka e dos outros não me pareciam nobres, dignos, não eram *comme il faut*.

Eu não pertencia a nenhum grupo e, sentindo-me sozinho e incapaz de uma aproximação, me enfureci. Um estudante no banco à minha frente roía as unhas, que já estavam no sabugo vermelho, e isso me pareceu tão repulsivo que até sentei um pouco mais afastado dele. No fundo, pelo que me lembro, esse primeiro dia de aula foi muito triste.

Quando o professor chegou e todos, com um pequeno rebuliço, se calaram, lembro que disparei para o professor meu olhar satírico e me impressionou o fato de ele começar a aula com uma frase de abertura que, em minha opinião, não fazia nenhum sentido. Eu queria que a aula, do início ao fim, fosse tão inteligente que não seria possível subtrair nem acrescentar nenhuma palavra. Decepcionado com aquilo, logo abaixo do título "Primeira aula", que eu havia escrito no caderno lindamente encapado que eu trouxera, desenhei dezoito perfis, unidos num círculo com a forma de uma flor, e só de vez em quando eu movia a mão sobre o caderno para que o professor (que, eu estava convencido, tinha muito interesse em mim) pensasse que eu estava fazendo anotações. Foi nessa mesma aula que decidi que não era necessário anotar tudo o que qualquer professor dissesse, e que fazer isso seria até uma tolice, e segui essa regra até o fim do curso.

Nas aulas seguintes, já não senti uma solidão tão forte, conheci muitos alunos, apertávamos as mãos, conversávamos; no entanto, apesar disso, entre mim e os colegas não se formava uma proximidade autêntica e muitas vezes ainda me acontecia de estar triste, no fundo, e fingir. Ao grupo de Ívin e dos aristocratas, como todos os chamavam, eu não conseguia me unir, pelo que lembro hoje, porque eu era muito arredio e bruto com eles e só os cumprimentava quando eles me cumprimentavam — e, pelo visto, eles tinham muito pouca necessidade da minha amizade. E acontecia o mesmo com a maioria, só que por um motivo bem diferente. Assim que eu percebia que um colega começava a me mostrar alguma simpatia, eu logo avisava que eu almoçava na casa do príncipe Ivan Ivánitch e que possuía uma carruagem própria. Dizia tudo isso só para me mostrar de um ângulo mais favorável e para que o colega me estimasse ainda mais; porém, ao contrário, após ser informado de que eu era parente do príncipe Ivan Ivánitch e possuía uma carruagem, para minha surpresa, de repente, o colega quase sempre se tornava orgulhoso e frio comigo.

Entre nós, havia um estudante bolsista chamado Óperov, jovem humilde, muito capaz e compenetrado, que, para cumprimentar, sempre estendia a mão como se fosse um pedaço de pau, não fechava os dedos nem fazia nenhum movimento, por isso alguns colegas brincalhões às vezes davam a mão em cumprimento daquele mesmo jeito e chamavam isso de "aperto de mão de tabuleta". Quase sempre me sentava ao lado dele e muitas vezes conversávamos. Eu gostava de Óperov especialmente pelas opiniões livres que expressava sobre os professores. Definia de modo muito claro e preciso os méritos e os deméritos do ensino de cada professor e às vezes até zombava deles, o que, dito em sua voz baixa, que saía de sua boquinha minúscula, produzia em mim um efeito especialmente estranho e assombroso. Apesar disso, no entanto, ele anotava escrupulosamente, em sua letra pequenina, todas as aulas, sem exceção. Já começávamos a nos aproximar, decidimos estudar juntos e seus olhinhos miúdos, cinzentos e míopes já começavam a se voltar para mim com satisfação, quando eu chegava para me sentar em meu lugar, a seu lado. Porém, certa vez, durante uma conversa, achei necessário lhe explicar que minha mãezinha, ao morrer, pedira que papai não nos matriculasse em nenhuma instituição de ensino público e que eu começava a me convencer de que todos os alunos bolsistas daquelas instituições podiam até ser muito cultos, mas para mim eles... não serviam, *ce ne sont pas des gens comme il faut*,[47] falei, hesitante e sentindo que, por alguma razão, eu tinha

---

47 Não são gente digna. [N.A.]

ficado vermelho. Óperov não me disse nada, mas nas aulas seguintes não me cumprimentou antes dos outros, não me deu seu aperto de mão de tabuleta, não puxou conversa e, quando eu me sentava em meu lugar, ele, com a cabeça virada para o lado e muito abaixada, à altura apenas de um dedo dos cadernos, fingia que estava lendo. Fiquei surpreso com o esfriamento gratuito de Óperov. Mas, *pour un jeune homme de bonne maison*,[48] eu achava inconveniente buscar as boas graças de um estudante bolsista chamado Óperov e deixei-o em paz — embora, confesso, sua frieza tenha me entristecido. Certa vez, cheguei antes dele e, como era aula do professor preferido pelos alunos, à qual compareciam mesmo os estudantes que não costumavam assistir a todas as aulas e, por isso, todos os lugares estavam ocupados, sentei no lugar de Óperov, coloquei meus cadernos na mesinha e saí. Quando voltei para o auditório, vi que meus cadernos tinham sido transferidos para a fileira de trás e Óperov estava sentado em seu lugar. Eu lhe disse que tinha deixado meus cadernos ali.

— Não sei de nada — respondeu, sem olhar para mim, e de repente ficou vermelho.

— Estou lhe dizendo que deixei meus cadernos aqui — falei, começando a me exaltar de propósito, pensando em assustá-lo com minha coragem. — Todos viram — acrescentei, olhando para os estudantes em redor; porém, embora muitos olhassem com curiosidade, ninguém disse nada.

— Aqui, não há lugares marcados, quem chegar primeiro pode sentar — disse Óperov, ajeitando-se irritado em seu assento e, por um segundo, me lançou um olhar indignado.

— Isso mostra que o senhor não tem educação — retruquei.

Parece que Óperov balbuciou algo, creio até que balbuciou: "E você é um pirralho idiota", mas não ouvi bem. De resto, de

---

48 Para um jovem de boa família. [N.A.]

que adiantaria ter ouvido? Brigar como uns *mamants*[49] quaisquer e mais nada? (Eu adorava essa palavra, *mamant*, e ela me servia de resposta e solução para muitas questões complicadas.) Talvez eu ainda fosse dizer mais alguma coisa, porém, naquele momento, a porta bateu e o professor de fraque azul-marinho fez uma saudação cerimoniosa e andou ligeiro para a cátedra.

No entanto, antes das provas, quando senti necessidade de cadernos com as aulas, Óperov, lembrando-se de sua promessa, me ofereceu os seus cadernos e me convidou para estudarmos juntos.

---

49 Campônios. [N.A.]

37. Questões afetivas

Naquele inverno, andei muito envolvido em questões afetivas. Apaixonei-me três vezes. Uma vez, me apaixonei por uma dama muito gorda que costumava montar na pista de equitação de Freitag, onde eu a vi; por isso, toda terça e sexta-feira — os dias em que ela frequentava a pista de equitação —, eu ia lá para vê-la, porém tinha muito medo de que ela me visse. Assim, sempre me mantinha tão afastado, fugia tão rapidamente dos lugares por onde ela devia passar e, quando ela olhava na minha direção, eu me virava para o outro lado com tamanho ar de descaso que nem conseguia observar direito seu rosto e até hoje não sei se era mesmo bonita ou não.

Dúbkov, que conhecia aquela dama, certa vez me encontrou na pista de equitação, quando eu estava escondido atrás dos lacaios e dos casacos de pele que eles seguravam, e, como Dmítri lhe havia avisado daquela minha paixão, Dúbkov me deixou tão apavorado ao propor me apresentar àquela amazona que fugi do hipódromo a toda pressa e, só de pensar que ele ia falar com ela a meu respeito, não tive mais coragem de voltar à pista de equitação, nem mesmo de chegar ao local onde ficavam os lacaios, tamanho o medo que tinha de encontrá-la.

Quando me apaixonava por mulheres desconhecidas e, em especial, casadas, me batia uma timidez mil vezes mais forte do que aquela que experimentava com Sónietchka. O que mais temia no mundo era que o objeto de minha paixão soubesse de meu amor e até de minha existência. Parecia-me que, caso soubesse de meu sentimento, ela veria nisso uma afronta tão grande que jamais poderia me perdoar. E, de fato, se aquela amazona soubesse em detalhes que, enquanto a observava por trás dos lacaios, eu imaginava raptá-la, levá-la para o campo para vivermos juntos e se soubesse também o que eu imaginava fazer com ela, talvez ficasse muito ofendida, e com razão. Mas eu não era capaz de entender com clareza que, ao me conhecer, ela não poderia se dar conta de imediato de todos os meus pensamentos a seu respeito e que, portanto, nada havia de vergonhoso em simplesmente ser apresentado a ela.

Apaixonei-me de novo por Sónietchka quando a vi com minha irmã. Já fazia muito tempo que meu segundo amor por ela havia passado, mas me apaixonei pela terceira vez, porque Liúbotchka me deu um caderninho de poemas copiados por Sónietchka, no qual "O demônio" de Liérmontov tinha muitas passagens melancólicas e amorosas sublinhadas em tinta vermelha e enfeitadas com florzinhas. Ao lembrar como Volódia, no ano anterior, beijava o porta-moedas de sua amada, experimentei fazer o mesmo e, de fato, quando fiquei sozinho em meu quarto, me pus a devanear, olhando para uma florzinha, e levei-a aos lábios, senti uma emoção agradável e chorosa e me apaixonei de novo, ou assim supus, durante alguns dias.

E, enfim, me apaixonei pela terceira vez naquele inverno pela mesma senhorita pela qual Volódia já estava apaixonado e que costumava vir à nossa casa. Essa moça, pelo que me lembro hoje, nada tinha de bonita, propriamente, e sem dúvida nada tinha da beleza que em geral me agradava. Era filha de uma famosa dama moscovita, inteligente e culta, era pequena, magrinha, com louros e compridos cachos ingleses e um perfil cristalino. Todos diziam que essa senhorita era ainda mais inteligente e culta do que a mãe; mas eu nada podia avaliar a respeito, porque, sentindo uma espécie de temor servil diante da ideia de sua inteligência e cultura, só uma vez falei com ela, e mesmo assim com um pavor obscuro. Mas o entusiasmo de Volódia, que nunca se acanhava ao exprimir seu júbilo diante dos presentes, contagiou-me com tamanha força que me apaixonei perdidamente por aquela senhorita. Sentindo que Volódia não gostaria nem um pouco de saber que dois irmãos estavam apaixonados pela mesma jovem,[50] não lhe falei de meu amor. Mas quanto a mim, ao contrário, o que mais me deliciava naquele sentimento era a ideia de que nosso amor era tão puro que, apesar de seu objeto ser a mesma e única criatura encantadora, continuávamos amigos e, caso houvesse necessidade, estávamos prontos a nos sacrificar um pelo outro. Contudo, no que diz respeito à disposição de se sacrificar, Volódia parecia não compartilhar de todo minha opinião, pois estava apaixonado com tanto fervor que queria esbofetear e desafiar para um duelo um diplomata de verdade que, pelo que diziam, devia se casar com ela. A mim, talvez me agradasse tanto sacrificar meus sentimentos, porque isso não me custaria muito esforço, pois só conversei com aquela senhorita uma única vez, de modo pretensioso, sobre as virtudes da música erudita, e meu amor, por mais que eu tentasse alimentá-lo, passou depois de uma semana.

---

50 Alusão a um clichê de histórias românticas populares.

38. A alta sociedade

Naquele inverno, quando ingressei na universidade, os prazeres da vida mundana, aos quais, a exemplo de meu irmão mais velho, eu sonhava me entregar, me desapontaram por completo. Volódia dançava muito, papai também ia aos bailes com sua jovem esposa; mas a mim talvez considerassem ainda demasiado jovem ou inapto para tais prazeres e ninguém me apresentava às casas onde davam bailes. Apesar da promessa de franqueza com Dmítri, não contei a ele nem a ninguém que eu tinha muita vontade de ir aos bailes, que eu ficava irritado por se esquecerem de mim e, pelo visto, me tomarem por uma espécie de filósofo, o que, em consequência, eu acabava fingindo ser, de fato.

Porém, naquele inverno, houve uma festa na casa da princesa Kornakova. Ela mesma nos convidou a todos, inclusive a mim, e pela primeira vez eu devia ir a um baile. Antes de sair, Volódia veio ao meu quarto para ver como eu ia me vestir. Aquele gesto de sua parte me surpreendeu e desconcertou bastante. Parecia-me que o desejo de estar bem-vestido era algo totalmente vergonhoso e que era preciso disfarçá-lo; já ele, ao contrário, considerava esse desejo tão natural e necessário que disse, com absoluta sinceridade, ter medo de que eu passasse vergonha. Mandou-me calçar, a todo custo, as botas de verniz, foi tomado de horror quando eu quis vestir as luvas de camurça, arrumou meu relógio de um jeito diferente e me levou a um cabeleireiro na ponte Kazniétski. Frisaram meus cabelos. Volódia se afastou e me observou de longe.

— Pronto, agora está bom, mas será que não é possível alisar esses tufos eriçados? — disse ele, dirigindo-se ao cabeleireiro.

No entanto, por mais que monsieur Charles besuntasse meus tufos com uma espécie de essência viscosa, eles voltavam a empinar quando eu punha o chapéu e minha figura frisada me parecia, no geral, imensamente pior do que antes. Minha única salvação era fingir pouco-caso. Só assim minha aparência fazia algum sentido.

Tive a impressão de que Volódia era da mesma opinião, porque me pediu para desmanchar o frisado e, quando aquilo foi feito e mesmo assim continuei feio, ele parou de olhar para mim e, durante todo o trajeto até a casa dos Kornakov, manteve-se calado e tristonho.

Ao lado de Volódia, entrei cheio de coragem na casa dos Kornakov; mas quando a princesa me convidou para dançar e eu, por algum motivo, apesar de ter ido lá só com a ideia de dançar muito, respondi que não dançava, fiquei acanhado e, me vendo sozinho, no meio de desconhecidos, caí na minha timidez de costume, inexorável e cada vez maior. Fiquei a noite inteira calado, no mesmo lugar.

Na hora da valsa, uma das princesas se aproximou de mim e, com a amabilidade oficial comum a toda a sua família, me perguntou por que eu não dançava. Lembro como me encabulei diante da pergunta, mas ao mesmo tempo, de modo totalmente involuntário, um sorriso presunçoso desabrochou no meu rosto e comecei a falar em francês, na linguagem mais empolada do mundo, cheia de orações intercaladas, e disse coisas tão absurdas que mesmo agora, dezenas de anos mais tarde, me dá vergonha lembrar. Talvez a música tenha me afetado, abalado meus nervos e, como eu supunha, abafado a parte mais incompreensível de minhas palavras. Falei algo sobre a alta sociedade, sobre o vazio das pessoas e das mulheres e acabei me embrulhando a tal ponto nas próprias mentiras que parei na metade de uma palavra de alguma frase que era de todo impossível concluir.

Até a princesa, mundana de nascença, mostrou-se confusa e me olhou com ar de censura. Sorri. Naquele momento crítico, Volódia, que, notando que eu conversava com ardor, na certa desejava saber de que modo eu compensava com as conversas o fato de não dançar, aproximou-se de nós, acompanhado por Dúbkov. Quando viu meu rosto sorridente e a fisionomia assustada da princesa e escutou a terrível bobagem com que encerrei minha fala, Volódia ficou vermelho e deu meia-volta. A princesa levantou-se e afastou-se de mim. Apesar disso, eu sorria, porém naquele momento eu sofria a tal ponto com a consciência de minha tolice que tinha vontade de abrir um buraco na terra e me enfiar lá dentro e sentia também a necessidade de me mexer e, a qualquer preço, dizer algo capaz de remediar minha situação. Aproximei-me de Dúbkov e perguntei se havia dançado muitas valsas com *ela*. Eu me fazia de brincalhão e alegre, mas no fundo implorava ajuda ao mesmo Dúbkov a quem eu gritara: "Cale-se!", naquele almoço no Iar. Dúbkov fingiu não me escutar, virou-se e seguiu para o outro lado. Fui até Volódia e, a muito custo, também tentando dar um tom jocoso à minha voz, disse: "E então, Volódia, *você se acabou*?". Mas Volódia olhou para mim como se quisesse dizer: "Você não fala assim comigo quando estamos a sós", e se afastou sem dizer nada, obviamente temeroso de que eu, de alguma forma, me grudasse nele.

"Meu Deus, até meu irmão me abandona", pensei.

No entanto, por alguma razão, não tive forças para ir embora. Até o fim da festa, fiquei de pé no mesmo lugar, com ar soturno, e só quando todos já se retiravam, aglomerando-se no vestíbulo, e o lacaio, ao vestir em mim o sobretudo, o prendeu na ponta do chapéu de tal modo que ele empinou, dei uma risada por trás de lágrimas doloridas e, sem me dirigir, no entanto, a ninguém em especial, falei: *Comme c'est gracieux.*[51]

---

51 "Como é encantador." [N.A.]

39. A farra

Embora, por força da influência de Dmítri, eu ainda não tivesse me entregado às habituais diversões de estudantes, chamadas de *farras*, já naquele inverno uma vez me aconteceu de participar de uma dessas folias, da qual saí com uma sensação nada agradável. Eis o que ocorreu. No início do ano, durante uma aula, o barão Z., jovem alto e louro, o rosto de uma expressão absolutamente séria e íntegra, convidou todos nós para uma festa de camaradas em sua casa. Todos nós — ou seja, todos os camaradas mais ou menos *comme il faut* de nossa série, entre os quais, é claro, não figuravam nem Grap nem Semiónov nem Óperov, bem como todos os colegas de categoria inferior. Volódia sorriu com desdém quando soube que eu ia à farra dos calouros; entretanto, eu esperava um prazer grande e extraordinário naquele passatempo, completamente desconhecido para mim, e, na hora marcada, às oito da noite em ponto, cheguei à casa do barão Z.

De casaca desabotoada e colete branco, o barão Z. recebia os convidados no salão iluminado e na sala de visitas da casa pequena onde moravam seus pais, que lhe haviam cedido os cômodos principais para aquela comemoração. No corredor, viam-se os vestidos e as cabeças das criadas curiosas e, no bufê, vi de relance o vestido de uma senhora, que tomei pela própria baronesa. Eram mais ou menos vinte convidados, todos estudantes, exceto o sr. Frost, que viera com Ívin, e um senhor vermelho, alto e vestido à paisana, que organizava o banquete e era conhecido de todos como um parente do barão e como ex-aluno da universidade de Derpt.[52] A iluminação clara demais e a decoração formal de costume nos cômodos principais da casa produziram, de início, um tal efeito de esfriamento em todo aquele grupo jovem que todos, de modo inconsciente, se postaram junto às paredes, exceto alguns mais atrevidos e o estudante de Derpt, que, com o colete já desabotoado, parecia estar ao mesmo tempo em todos os cômodos e em todos os cantos de cada cômodo e parecia encher a sala inteira com sua agradável e retumbante voz de tenor, que nunca se calava. Já os camaradas, em sua maioria, se mantinham calados ou conversavam discretamente sobre os professores, as ciências, as provas, assuntos em geral sérios e sem interesse. Todos, sem exceção, lançavam olhares para a porta do bufê e, embora tentassem disfarçar, tinham uma expressão que dizia: "Puxa, já está na hora de começar". Eu também sentia que era hora de começar e esperava o *início* com uma alegria impaciente.

Depois do chá que o lacaio serviu aos convidados, o estudante de Derpt perguntou para Frost, em russo:

— Sabe fazer o ponche, Frost?

— Oh, *ja!* — respondeu Frost, sacudindo as panturrilhas.

Mas o estudante de Derpt lhe disse, de novo, em russo:

— Então você cuida desse assunto. — Eles se tratavam por "você", como camaradas da universidade de Derpt.

E Frost, dando largas passadas com as pernas musculosas e arqueadas, começou a andar da sala para o bufê, do bufê para a sala, e dali a pouco surgiu sobre a mesa uma sopeira bem grande, na qual havia um cone de açúcar de dez libras,[53] com três espadas de estudante cruzadas por baixo. O barão Z., enquanto isso, não parava de se aproximar de todos os convidados, que tinham se reunido na sala de visitas, olhava para a sopeira e, com o rosto inabalavelmente sério, dizia a todos quase a mesma coisa:

---

52 Ou Tartu, cidade na Estônia. **53** Um *funt* (libra russa) equivale a 409,5 gramas.

"Vamos, senhores, bebamos uma rodada como bons estudantes, uma *Bruderschaft*,[54] do contrário não haverá nenhuma camaradagem em nossa turma. Vamos, desabotoem ou tirem mesmo os abrigos, como ele fez, vejam". De fato, o estudante de Derpt, depois de tirar a casaca, arregaçou as mangas brancas da camisa acima dos cotovelos brancos, afastou resolutamente as pernas e já estava ateando fogo ao rum, dentro da sopeira.

— Senhores! Apaguem as velas — gritou o estudante de Derpt, de repente, tão alto e animado como se todos nós tivéssemos gritado juntos.

Entretanto, todos olhávamos calados para a sopeira, para a camisa branca do estudante de Derpt, e todos sentimos que havia começado o momento solene.

— *Löschen Sie die Lichter aus, Frost!*[55] — gritou de novo o estudante de Derpt, agora em alemão, na certa por estar muito inflamado.

Frost e todos nós tratamos de apagar as velas. A sala ficou escura, só as mangas e as mãos brancas, que seguravam o cone de açúcar sobre as espadas, surgiam iluminadas pelas chamas azuis. A voz alta de tenor do estudante já não ressoava sozinha, porque em todos os cantos da sala riam e falavam. Muitos tiraram as casacas (em especial aqueles que estavam de camisas finas e bem frescas), fiz o mesmo e entendi que *havia começado*. Embora não houvesse ocorrido ainda nada de divertido, eu tinha, no entanto, a firme convicção de que seria maravilhoso quando todos bebêssemos um copo da bebida que estavam preparando.

A bebida ficou pronta. O estudante de Derpt, sujando bastante a mesa, servia o ponche em copos, enquanto gritava: "Pronto, senhores, é agora, vamos lá". Quando cada um de nós estava com um copo cheio e pegajoso na mão, o estudante de Derpt e Frost começaram a cantar uma canção alemã, na qual

---

54 "Fraternidade", em alemão. **55** "Apague as velas, Frost!" [N.A.]

se repetia muitas vezes a exclamação *Juche!* Todos nós começamos a cantar desafinadamente junto com eles, nos pusemos a brindar, estalando os copos, berrávamos, elogiando o ponche e, de braços dados, ficamos simplesmente bebendo o líquido açucarado e forte. Agora, já não havia mais nada que esperar, a farra estava no auge. Eu tinha bebido um copo inteiro de ponche, me serviram outro, minhas têmporas latejavam, o fogo parecia vermelho escuro, à minha volta tudo eram gritos e risos; no entanto, não só não parecia haver alegria, como eu até estava convencido de que eu e todos estávamos entediados — e que eu e todos, por algum motivo, apenas julgávamos necessário fingir que estávamos muito alegres. Só o estudante de Derpt talvez não fingisse; ficava cada vez mais vermelho e onipresente, enchia os copos vazios de todos e alagava cada vez mais a mesa, que agora estava toda açucarada e melosa. Não lembro a ordem nem como se deram os fatos, mas lembro que naquela noite senti um amor tremendo pelo estudante de Derpt e por Frost, aprendi de cor a canção alemã e beijei os dois, nos lábios adocicados; lembro também que, naquela noite, tive ódio do estudante de Derpt e senti vontade de bater nele com uma cadeira, mas me contive; lembro que, exceto pelo sentimento de insubordinação dos braços e das pernas, que experimentara também no dia do almoço no Iar, minha cabeça naquela noite doía e rodava tanto que senti um medo pavoroso de morrer ali mesmo, naquele instante; lembro também que, por algum motivo, sentamos todos no chão, sacudimos os braços, imitando o movimento de remadores, e cantamos "Descendo pela mãezinha Volga"[56] e que, naquele momento, pensei que não havia a menor necessidade de fazer isso; lembro ainda que, deitado no chão, enganchando uma perna na outra, lutei à maneira cigana, torci

---

56 Canção folclórica russa, dos remadores do rio Volga.

o pescoço de alguém e pensei que aquilo não aconteceria se ele não estivesse embriagado; lembro também que jantamos e bebemos outra coisa, que saí ao ar livre para me revigorar, senti frio na cabeça e, no caminho de volta para casa, notei que estava tremendamente escuro, que o estribo da caleche estava torto e escorregadio, e que era impossível me segurar em Kuzmá, porque ele tinha ficado fraco e balançava como um trapo; mas me lembro também aquilo que é o mais importante: que, durante toda aquela noite, eu sentia o tempo inteiro que agia de modo muito idiota, fingindo que estava muito alegre, fingindo que adorava beber e que não sabia que estava embriagado, e sentia o tempo todo que os outros também agiam de modo muito idiota, fingindo as mesmas coisas. Parecia-me que cada um, em particular, assim como eu, não achava naquilo nada de agradável, mas, supondo que só ele experimentava essa sensação desagradável, cada um se considerava obrigado a fingir que estava alegre, para não estragar a alegria geral; aliás, é estranho dizer isso, eu me considerava obrigado a fingir, porque haviam despejado, dentro da sopeira, três garrafas de champanhe de dez rublos e dez garrafas de rum de quatro rublos, o que ao todo dava setenta rublos, fora o jantar. Eu estava a tal ponto convencido disso que, no dia seguinte, na aula, fiquei incrivelmente admirado de ver que meus camaradas que tinham ido à festa na casa do barão Z. não só não se envergonhavam de lembrar o que tinham feito como falavam da festa de modo que os outros estudantes pudessem ouvir. Diziam que tinha sido uma farra maravilhosa, que os estudantes de Derpt eram mestres no assunto, que vinte pessoas tinham bebido quarenta garrafas de rum e que muitos tinham acabado deitados como defuntos, embaixo das mesas. Eu não conseguia entender por que, além de contarem tudo aquilo, ainda por cima mentiam sobre si mesmos.

40. A amizade com os Nekhliúdov

Naquele inverno, eu não apenas me encontrava a sós muitas vezes com Dmítri, que não raro vinha à nossa casa, como me encontrava também com toda a sua família, com a qual comecei a ganhar intimidade.

Os Nekhliúdov — mãe, tia e filha — passavam todas as noites em casa, e a princesa gostava de receber a visita da juventude à noitinha, homens de um tipo que, como ela dizia, fossem capazes de passar uma noite sem baralho e sem dança. Mas, pelo visto, homens assim eram poucos, porque eu, que ia à sua casa quase toda noite, raramente encontrava ali outras visitas. Habituei-me às pessoas da família, a seu estado de ânimo variável, cheguei a formar uma ideia clara de suas relações recíprocas, habituei-me aos cômodos e à mobília e, quando não havia visitas, sentia-me completamente à vontade, exceto nos casos em que me via sozinho com Várienka. Sempre me parecia que, por não ser muito bonita, Várienka gostaria muito que eu me apaixonasse por ela. Mas também esse embaraço começou a se desfazer. Ela se mostrava tão natural, para ela era tão indiferente falar comigo, com o irmão ou com Liubov Serguêievna, que adquiri o hábito de olhar para ela simplesmente como uma pessoa para quem nada havia de vergonhoso ou de perigoso em demonstrar que sua companhia me dava prazer. Durante todo o tempo de nosso convívio, ela me parecia — de um dia para o outro — ora bastante feia, ora não tão desagradável de olhar, mas nenhuma vez eu me perguntei se estava apaixonado por ela. Ocorreu-me de conversar diretamente com ela, porém, na maioria das vezes, conversava com Várienka me dirigindo a Liubov Serguêievna ou a Dmítri, e era essa a maneira que mais me agradava. Sentia grande satisfação de falar na presença dela, ouvi-la cantar e, no geral, saber que estava presente no mesmo local em que eu também me encontrava; mas a ideia das consequências de meu relacionamento com Várienka e os devaneios de me sacrificar por meu amigo, caso ele se apaixonasse por minha irmã, já raramente passavam pela minha cabeça. Se acaso me vinham tais devaneios e ideias, eu, de forma inconsciente, por me sentir satisfeito com o presente, me esforçava para repelir todo pensamento sobre o futuro.

Entretanto, apesar daquela aproximação, eu continuava a considerar que era meu dever inexorável esconder de todos os Nekhliúdov, e em especial de Várienka, meus verdadeiros sentimentos e tendências, e me esforçava para me apresentar como um jovem completamente distinto do que era, na realidade, e até mesmo como alguém que não pode existir, na realidade. Tentava parecer fervoroso, dado a entusiasmos e a exclamações, fazia gestos apaixonados, quando algo supostamente me agradava muito, e ao mesmo tempo tentava parecer indiferente a qualquer incidente extraordinário que via ou que me contavam; tentava parecer cruelmente sarcástico, uma pessoa para quem nada havia de sagrado, e ao mesmo tempo um observador agudo; tentava parecer lógico em todos os meus atos, preciso e cuidadoso na vida, e ao mesmo tempo desdenhoso de tudo o que era material. Posso me atrever a afirmar que eu era, na realidade, imensamente melhor do que a estranha criatura que eu tanto me empenhava em representar; todavia, mesmo da forma como eu simulava ser, os Nekhliúdov me amavam e, para minha sorte, ao que parece, não acreditavam em minha simulação. Só Liubov Serguêievna, que me considerava um supremo egoísta, ateu e sarcástico, ao que parece, não me amava e muitas vezes discutia comigo, zangava-se e me atacava com suas frases incompletas e desencontradas. Mas Dmítri persistia nas mesmas relações estranhas e amistosas com ela, dizia que ninguém a compreendia e que ela lhe fazia um bem extraordinário. E, da mesma forma, sua amizade com ela continuava a afligir toda a família.

Certa vez, ao conversar comigo sobre aquela relação, incompreensível para todos, Várienka explicou-a assim:

— Dmítri é vaidoso. É orgulhoso demais e, apesar de toda a sua inteligência, adora o elogio e a admiração, adora ser sempre o primeiro, e a *titia*, na inocência de sua alma, vive deslumbrada com ele e não tem tato bastante para esconder essa admiração, por isso ela o lisonjeia, não de forma fingida, mas sinceramente.

Esse raciocínio ficou na minha memória e depois, ao analisá-lo, não pude deixar de pensar que Várienka era muito inteligente e, com prazer, por causa disso, eu a fiz subir bastante em meu conceito. Tal ascensão, apesar do prazer que me deu, devido à inteligência que descobri em Várienka, além de outras qualidades morais, eu a cumpri com uma espécie de contenção rigorosa e, mesmo em seu ponto máximo, aquela ascensão nunca chegou a alcançar o nível do entusiasmo. E assim, quando Sófia Ivánovna, que não cansava de falar de sua sobrinha, me contou que Várienka, no campo, quando menina, quatro anos antes, tinha dado, sem permissão, todas as suas roupas e sapatos para crianças camponesas, de tal modo que depois foi preciso recolher tudo de volta, eu não aceitei o fato, de pronto, como algo digno de elevá-la em meu conceito e ainda fiz troça, mentalmente, de sua maneira tão pouco prática de encarar as coisas.

Quando havia visitas na casa dos Nekhliúdov — e, entre elas, às vezes, estavam Volódia e Dúbkov —, eu, com certa condescendência, e com a consciência tranquila de minha força por ser uma pessoa de casa, me retirava para o último plano, nada falava, apenas ouvia o que os outros diziam. E tudo o que diziam me parecia tão inacreditavelmente tolo que, no fundo, me admirava que uma mulher tão inteligente e lógica como a princesa e toda a sua família tão lógica pudessem dar ouvidos a tamanhas tolices e ainda responder a elas. Se, na ocasião, me viesse a ideia de comparar o que os outros diziam com o que eu mesmo falava, quando estava sozinho, seguramente não veria nenhum motivo para me admirar. E ficaria menos admirado ainda se acreditasse que as mulheres de nossa casa — Avdótia Vassílievna, Liúbotchka e Kátienka — eram iguais a todas, em nada inferiores às outras, e se também lembrasse como conversavam Dúbkov, Kátienka e Avdótia Vassílievna, durante noites inteiras, sorrindo com alegria; se eu lembrasse que Dúbkov, quase sempre, e sob qualquer pretexto, recitava com emoção os versos: *"Au banquet de la vie, infortuné convive..."*[57] ou fragmentos de "O Demônio"[58] e se lembrasse que absurdos ele falava, em geral, e com que satisfação, durante várias horas seguidas.

Está claro que, quando havia visitas, Várienka me dava menos atenção do que quando estávamos sozinhos — e, naquelas ocasiões, já não havia nem a leitura nem a música, que eu tanto gostava de ouvir. Quando conversava com as visitas, ela perdia o que, para mim, era seu principal encanto: a sensatez serena e a simplicidade. Lembro como suas conversas com meu irmão Volódia sobre o teatro e sobre o clima me causavam uma impressão estranha. Eu sabia que Volódia, mais que tudo no mundo, evitava e desprezava a banalidade e eu sabia também que Várienka sempre zombava das conversas falsamente descontraídas sobre o clima e assuntos semelhantes — e então

---

57 "No banquete da vida, o conviva infortunado...", poema do francês Nicolas J. F. Gilbert (1750-80). 58 Do poeta russo Mikhail Liérmontov (1814-41).

por que, ao se encontrarem, os dois conversavam com insistência sobre as mais acintosas trivialidades e pareciam sentir vergonha um do outro? Depois daquelas conversas, eu sempre me enfurecia com Várienka, em segredo, e no dia seguinte zombava das visitas da véspera, mas experimentava um prazer ainda maior de estar sozinho no círculo familiar dos Nekhliúdov.

De todo modo, eu começava a ter mais prazer quando estava com Dmítri na sala de visitas de sua mãe do que quando estava a sós com ele.

41. A amizade com Nekhliúdov

Justamente nessa ocasião, minha amizade com Dmítri estava por um fio. Já havia tempo demais que eu o observava para não descobrir seus defeitos; na primeira mocidade, só amamos com fervor e, por isso, só amamos pessoas perfeitas. Porém, como bem cedo a neblina do fervor começa a se dissipar pouco a pouco, ou, mesmo contra nossa vontade, através dela começam a irromper os raios claros da razão e vemos o objeto de nosso fervor em sua feição real, com qualidades e defeitos — só os defeitos, por serem o elemento inesperado, saltam aos nossos olhos de modo claro e exagerado, e o sentimento da atração pela novidade e as esperanças de que não é impossível encontrar a perfeição em outra pessoa nos impelem não só à frieza como até à aversão pelo anterior objeto de nosso fervor, e nós, sem pena, o descartamos e partimos em frente, depressa, em busca de uma nova perfeição. Se comigo não ocorreu isso com relação a Dmítri, devo apenas a seu afeto obstinado, pedante, mais cerebral do que emotivo, e que eu teria muita vergonha de trair. Além disso, nosso estranho código de franqueza nos mantinha unidos. Se nos separássemos, cada um de nós temia muito deixar sob o poder do outro todos os vergonhosos segredos morais, confessados mutuamente. No entanto, estava bem claro para ambos que nosso código de franqueza já não era observado havia bastante tempo e, muitas vezes, nos causava embaraços e criava situações estranhas.

Naquele inverno, quase toda vez que eu ia à casa de Dmítri, encontrava ali seu camarada de universidade, o estudante Bezobiédov,[59] com quem ele estudava. Bezobiédov era miúdo, magro, tinha marcas de varíola, mãozinhas minúsculas, cobertas de sardas, vasta cabeleira ruiva despenteada, estava sempre andrajoso e sujo, era mal-educado e não ia bem nos estudos. A relação entre Bezobiédov e Dmítri, como no caso de Liubov Serguêievna, era incompreensível para mim. O único motivo para Dmítri escolher Bezobiédov, entre todos os seus camaradas, só podia ser o fato de não haver, em toda a universidade, nenhum estudante de pior aspecto. Porém, talvez fosse exatamente por isso que Dmítri apreciava afrontar a todos, oferecendo a ele sua amizade. Em todas as suas relações com aquele estudante, exprimia-se o seguinte sentimento de orgulho: "Olhem só, para mim tanto faz quem é ou quem não é, tanto faz, eu gosto dele e pronto, e isso quer dizer que ele é bom".

Eu ficava admirado de ver como devia ser penoso, para Dmítri, forçar-se o tempo todo daquela forma e como o pobre Bezobiédov suportava sua situação incômoda. Aquela amizade não me agradava nem um pouco.

Certa vez, cheguei à tardinha à casa de Dmítri para passarmos o início da noite juntos, na sala de sua mãe, conversar e ouvir as canções ou as leituras de Várienka; mas Bezobiédov estava no primeiro andar. Em tom brusco, Dmítri me respondeu que não podia descer para a sala, porque, como eu estava vendo, ele tinha visitas.

— E o que tem lá embaixo de tão divertido? — acrescentou. — É muitíssimo melhor ficar aqui, jogando conversa fora.

Embora não me seduzisse a ideia de ficar uma ou duas horas com Bezobiédov, não me decidi a descer sozinho para a sala e, com desgosto na alma por conta da esquisitice de meu amigo,

59 Em russo, significa "sem almoço".

sentei na cadeira de balanço e, calado, comecei a me balançar. Fiquei muito desgostoso com Dmítri e Bezobiédov por terem me privado do prazer de ficar lá embaixo; eu esperava que Bezobiédov fosse logo embora e me enfurecia com ele e com Dmítri, enquanto escutava calado a conversa dos dois. "Que visita simpática! Pois que fique com ele!", pensei, quando o lacaio trouxe o chá e Dmítri teve de pedir umas cinco vezes a Bezobiédov que pegasse o copo, porque o tímido convidado julgou que era sua obrigação recusar o primeiro e o segundo copos e dizer: "Beba o senhor". Dmítri, visivelmente forçando a si mesmo, entretinha o convidado com uma conversa na qual, por várias vezes, tentou em vão me incluir. Eu me mantinha calado e de cara feia.

"Não adianta nada fazer uma cara que não deixe ninguém desconfiar que estou aqui morrendo de tédio" — era o que eu dizia em pensamento para Dmítri, enquanto me balançava ritmadamente, em silêncio, na cadeira. Cada vez mais, e com certo prazer, eu atiçava em mim um sentimento mudo de ódio por meu amigo. "Mas que idiota", pensava eu, a respeito dele, "podia passar uma noite agradável com suas parentas encantadoras... Mas não, fica fechado aqui, com esse animal; e agora o tempo está passando, logo já será tarde para ir para a sala." E, do canto onde estava a cadeira, eu olhava para meu amigo. A mão, a pose, o pescoço, em especial a nuca e os joelhos me pareciam repulsivos e ultrajantes a tal ponto que, naquele momento, e com muito prazer, eu seria capaz de fazer com ele algo até muito desagradável.

Por fim, Bezobiédov se levantou, mas Dmítri não podia deixar uma visita tão simpática ir embora de pronto; convidou-o para passar a noite em sua casa, o que Bezobiédov recusou, felizmente, e foi embora.

Depois de acompanhá-lo, Dmítri voltou e, sorrindo de leve, satisfeito consigo mesmo, esfregava as mãos — na certa, porque, apesar de tudo, mantivera sua atitude e porque, afinal, tinha se livrado do tédio — e se pôs a andar pelo quarto, olhando para mim muito raramente. Ele me causou ainda mais aversão. "Como se atreve a ficar andando para lá e para cá e sorrir?", pensei.

— Por que está com raiva? — perguntou Dmítri, de repente, parando na minha frente.

— Não estou com raiva nenhuma — respondi, como todos respondem, nesses casos. — Só fiquei aborrecido porque você está fingindo, para mim, para Bezobiédov e para si mesmo.

— Que absurdo! Eu nunca finjo nada, para ninguém.

— Eu não esqueço nosso código de franqueza, estou falando com você de maneira franca. Estou convicto — disse eu — de que esse Bezobiédov é tão insuportável para você quanto é para mim, porque é um tolo, só Deus sabe de onde saiu, mas você gosta de se gabar diante dele.

— Não! Em primeiro lugar, Bezobiédov é uma pessoa maravilhosa...

— Pois eu digo que é assim; e lhe digo mais uma coisa: sua amizade com Liubov Serguêievna também se baseia no fato de ela achar que você é um Deus.

— Pois eu garanto que não é assim.

— Já eu digo que é, pois sei disso por experiência própria — respondi com o ardor do desgosto reprimido e no intuito de deixá-lo desarmado com minha sinceridade. — Eu lhe disse e repito que sempre me parece que amo as pessoas que me dizem coisas agradáveis, porém, quando analiso melhor, vejo que não existe afeição verdadeira.

— Não — prosseguiu Dmítri, ajeitando a gravata com um movimento irritado do pescoço. — Quando eu amo, nem elogios nem injúrias podem alterar meu sentimento.

— Não é verdade; pois já confessei a você que, quando papai me chamou de lixo, durante algum tempo tive ódio dele e queria sua morte; você é igual...

— Fale só por si. Lamento muito, se você é assim...

— Ao contrário — exclamei, levantando da cadeira com um pulo e fitando-o nos olhos com a coragem do desespero. — Não é correto o que você está dizendo; afinal, você não me falou sobre meu irmão? Não fico lembrando isso, porque seria desonesto... Mas, afinal, não foi você quem me disse?... Mas vou lhe dizer como eu entendo agora.

E, tentando ferir Dmítri mais ainda do que ele a mim, passei a dar provas de que ele não amava ninguém e apresentar tudo aquilo que, a meu ver, me dava o direito de acusá-lo. Fiquei muito satisfeito de extravasar tudo, esquecendo por completo que o único propósito possível daquele discurso, que era levá-lo a confessar os defeitos que eu havia denunciado, não poderia ser alcançado naquele momento, quando ele estava tomado pela irritação. Numa situação de calma, em que ele pudesse admitir tudo aquilo, eu jamais falaria assim.

A discussão já tinha se tornado uma briga quando de repente Dmítri se calou e fugiu de mim, indo para outro quarto. Cheguei a ir atrás, continuando a falar, mas ele não me respondia. Eu sabia que, no rol de seus defeitos, figurava o temperamento irascível e, agora, ele estava tentando se controlar. Eu imprecava contra todos os seus planos.

Portanto, foi a isso que nos levou nossa regra de *dizer um ao outro tudo que sentíamos e nunca revelar a terceiros nada sobre o outro*. No fervor da franqueza, às vezes chegávamos às confissões mais despudoradas, tomando, para nossa própria vergonha, uma hipótese e um sonho por um desejo e por um sentimento, como, por exemplo, aquilo que eu havia acabado de lhe dizer; e tais confissões não só não estreitavam mais o laço que nos unia como secavam o próprio sentimento e nos apartava um do outro; mas agora, de súbito, o orgulho não lhe permitia fazer sequer a confissão mais trivial e, no calor da discussão, usávamos as armas que antes havíamos dado um ao outro e que nos feriam com uma dor terrível.

42. A madrasta

Embora papai só quisesse vir com a esposa para Moscou depois do Ano-Novo, acabou voltando em outubro, no outono, época em que, no campo, ainda era possível fazer ótimas caçadas com cães. Papai disse que mudou de intenção porque seu processo no Senado estava para ser julgado; porém Mimi contou que Avdótia Vassílievna, no campo, andava tão entediada, falava tanto em Moscou e tanto fingia estar doente que papai resolveu satisfazer o desejo dela.

— Acontece que ela nunca o amou, apenas enchia os ouvidos de todo mundo, falando de seu amor, com a intenção de casar com um homem rico — acrescentou Mimi, suspirando, pensativa, como se dissesse: "Não é assim que agiriam com ele *certas pessoas* se ele soubesse lhes dar valor".

Certas pessoas estavam sendo injustas com Avdótia Vassílievna; seu amor por papai, o apaixonado e devotado amor da abnegação, era patente a cada palavra, olhar e gesto. Porém tal amor não a impedia de modo nenhum de, junto com o desejo de não se separar do marido adorado, desejar também uma extraordinária touca da madame Annete, um chapéu com uma extraordinária pena azul de avestruz e um vestido azul-escuro de veludo veneziano, que deixaria habilmente à mostra o peito branco e os braços, até então nunca expostos a mais ninguém que não o marido e as criadas. Kátienka, é claro, tomava o partido da mãe e, entre nós e a madrasta, se estabeleceram de pronto, desde o dia de sua chegada, relações estranhas e jocosas. Assim que ela desembarcou da carruagem, Volódia, fazendo cara séria, de olhos turvos, curvando-se em reverências e balançando o corpo, aproximou-se dela e disse, como se representasse um papel:

— Tenho a honra de saudar a querida mãezinha por sua chegada e beijar sua mãozinha.

— Ah, filhinho querido! — respondeu Avdótia Vassílievna, com seu sorriso bonito e sempre igual.

— E não esqueça o segundo filhinho — falei, aproximando-me também para beijar sua mão, tentando, de modo inconsciente, imitar a expressão do rosto e a voz de Volódia.

Se nós e a madrasta estivéssemos convictos de uma afeição mútua, essa maneira de nos expressar poderia denotar o menosprezo pela exibição de sinais exteriores de amor; se já estivéssemos mutuamente indispostos, aquilo poderia denotar ironia ou desprezo pelo fingimento ou o desejo de esconder do pai, ali presente, nossas relações verdadeiras, bem como muitos outros sentimentos e ideias; porém, no caso, essa maneira de nos expressar, que muito agradou a Avdótia Vassílievna, não significava rigorosamente nada, apenas escondia a ausência de relações, quaisquer que fossem. Mais tarde, observei muitas vezes esse mesmo tipo de relação jocosa, sonsa, também em outras famílias, quando seus membros pressentem que as relações reais não serão nada boas; e foram essas relações que, querendo ou não, se estabeleceram entre nós e Avdótia Vassílievna. Quase nunca saíamos do âmbito dessas relações, éramos sempre melosamente cordiais com ela, falávamos em francês, fazíamos reverências e a chamávamos de *chère maman*, a que ela sempre respondia com gracinhas do mesmo tipo e com um sorriso bonito e sempre igual. Apenas a chorosa Liúbotchka, com seus pezinhos de ganso e suas conversas ingênuas, se tomou de amores pela madrasta e, com total inocência e, às vezes, de modo desastrado, tentava aproximá-la de toda a nossa família; por outro lado, afora seu amor apaixonado por papai, a única pessoa no mundo por quem Avdótia Vassílievna sentia pelo menos um pingo de afeição era Liúbotchka. Avdótia Vassílievna mostrava por ela até uma espécie de admiração extasiada e um respeito humilde, que muito me admirava.

No início, quando chamava a si mesma de madrasta, Avdótia Vassílievna muitas vezes gostava de mencionar que as crianças e os criados sempre encaram as madrastas com maus olhos e que, por isso, sua situação era penosa. Porém, mesmo prevendo todo o incômodo daquela situação, ela nada fez para esquivar-se: era carinhosa com um, dava presentes a outro, não se mostrava rabugenta, o que de resto era muito fácil, pois por natureza era pouco exigente e muito bondosa. E não apenas não fez isso como, ao contrário, prevendo todo o incômodo de sua situação, ela se preparava para a defesa, sem atacar, e supondo que todos em casa queriam, por todos os meios, lhe causar algum mal e alguma afronta, enxergava em tudo alguma intenção e supunha que o mais digno era suportar em silêncio e, está claro, com sua passividade, não obtinha amor, mas sim antipatia. Além do mais, havia nela tamanha ausência daquela capacidade de entendimento que, em nossa casa, como já falei, era desenvolvida no mais alto grau, e seus hábitos eram tão avessos àqueles já arraigados em nossa casa que só isso bastava para nos indispor contra ela. Em nossa casa arrumada, ordenada, ela vivia o tempo todo como se tivesse acabado de chegar: levantava e deitava ora cedo, ora tarde; ora vinha almoçar, ora não vinha; ora jantava, ora não jantava. Quando não havia visitas, quase sempre ficava sem se vestir completamente, não se envergonhava conosco e até diante da criadagem se mostrava em saia branca, coberta por um xale, com os braços nus. De início, essa simplicidade me agradava, mas depois, bem depressa, e justamente por causa dessa simplicidade, perdi o último respeito que tinha por ela. Ainda mais estranho para nós era o fato de haver nela, quando havia visitas ou quando não havia, duas mulheres completamente distintas: com visitas, era uma beldade jovem, saudável e fria, vestida com luxo, nem tola nem inteligente, mas alegre; sem visitas, já era uma mulher mais madura, esgotada, melancólica, negligente e entediada, embora amorosa. Muitas vezes, ao olhar para ela, quando voltava de alguma visita, com o rosto rosado por causa do ar frio do inverno, sorridente, na consciência feliz da própria beleza, e tirava o chapéu e se aproximava do espelho para se olhar, ou quando, ao sair num farfalhante vestido de baile decotado, com vergonha ou com orgulho diante dos criados, ela passava ligeiro rumo à carruagem, ou quando havia uma pequena festa em casa e ela, num fechado vestido de seda, com finas rendas em torno do pescoço delicado, irradiava em todas as direções um sorriso monótono, mas bonito — ao olhar para ela naquelas ocasiões, eu pensava: "O que não diriam aqueles que ficam maravilhados com ela, se a vissem tal como eu a vejo, em casa, depois da meia-noite, esperando o marido voltar do clube, metida numa capa qualquer, com os cabelos despenteados, vagando como uma sombra pelos cômodos da casa mal iluminados?". Ora ela se aproximava do piano e, com o rosto franzido de tensão, tocava a única valsa que sabia; ora pegava um romance na prateleira e, depois de ler algumas linhas do meio do volume, jogava-o para o lado; ora ia ela mesma ao armário da cozinha, para não incomodar os criados, pegava um pepino e um pouco de carne de vitela fria e ficava comendo, de pé, junto à janelinha de vidro do armário da cozinha; ora vagava de novo a esmo, de um cômodo para outro, sem nenhum propósito, fatigada, melancólica. Porém o que mais nos distanciava dela era a falta de compreensão, que se expressava, sobretudo, em sua forma peculiar de atenção condescendente, quando lhe falavam sobre coisas que ela não entendia. Ela não tinha culpa de ter adquirido o hábito inconsciente de sorrir de leve, só com os lábios, e inclinar a cabeça, quando lhe contavam coisas que achava pouco interessantes (e nada lhe interessava, exceto ela mesma e seu marido); mas o sorriso e a inclinação da cabeça, repetidos com frequência, se tornaram insuportáveis e repulsivos. Sua alegria, que parecia zombar dela mesma, de nós e de todo o mundo, também era inconveniente, não contagiava ninguém; seu sentimentalismo era meloso demais. E o principal: ela não se envergonhava de falar o tempo todo, para todo mundo, sobre seu amor por papai. Embora não estivesse mentindo em nada, ao dizer que toda a sua vida se resumia no amor ao marido, e, embora toda a sua vida, de fato, demonstrasse aquilo, a nosso ver, tamanho aniquilamento diante do próprio amor era algo detestável, e sentíamos vergonha dela, quando falava assim diante de estranhos, mais ainda do que quando cometia erros ao falar francês.

Ela amava o marido mais que tudo no mundo e o marido também a amava, em especial nos primeiros tempos, quando percebeu que não era só ele que admirava a esposa. O único objetivo de sua vida era obter o amor do marido; porém, ela parecia, de propósito, fazer tudo o que pudesse ser desagradável a ele, e sempre com a finalidade de lhe dar provas da força de seu amor e da disposição de sacrificar-se.

Ela adorava roupas bonitas e papai adorava ver a esposa como uma beldade que despertava elogios e admiração na sociedade; por papai, ela sacrificava sua paixão por roupas bonitas e, cada vez mais, se acostumava a ficar em casa, numa blusinha cinzenta. Papai, que sempre teve a liberdade e a igualdade como condições necessárias nas relações conjugais, esperava que sua favorita, Liúbotchka, e a esposa jovem e bondosa se tornassem amigas sinceras. Porém, Avdótia Vassílievna se sacrificava e considerava necessário mostrar pela verdadeira senhora da casa, como chamava Liúbotchka, um respeito descabido, que ofendia papai amargamente. Naquele inverno, ele jogou muito, acabou perdendo muito e, como sempre, já que não queria misturar o jogo com a vida familiar, escondia de todos, em casa, seus negócios no jogo. Avdótia Vassílievna se sacrificava, às vezes doente, e mesmo quando já estava grávida, no fim do inverno, considerava seu dever, mesmo às quatro ou cinco horas da madrugada, de blusa cinzenta e com o cabelo despenteado, ir cambaleante receber o papai, quando ele, às vezes cansado e envergonhado de tanto perder, depois de pagar oito multas no jogo, chegava de volta do clube. Ela perguntava, de forma distraída, se tivera sorte no jogo e, sorrindo e balançando a cabeça com atenção condescendente, escutava o que o marido lhe contava sobre o que tinha feito no clube, enquanto ele, pela centésima vez, pedia que a esposa não ficasse esperando por ele até tarde. Mesmo assim, embora as perdas e os ganhos no jogo, dos quais dependia toda a fortuna de papai, não tivessem para ela o menor interesse, toda noite era ela a primeira pessoa a recebê-lo em casa, quando ele regressava do clube. Entretanto, além de sua paixão pelo sacrifício, o que impelia Avdótia Vassílievna a recebê-lo toda noite era também um ciúme escondido, que a fazia sofrer em altíssimo grau. Ninguém no mundo conseguia persuadi-la de que era do clube que papai voltava tarde, e não da casa de uma amante. Ela tentava decifrar no rosto de papai seus segredos amorosos; e, como nada conseguia decifrar, era com certa volúpia do desgosto que ela suspirava e se rendia à contemplação da própria infelicidade.

Por causa desses e de muitos outros sacrifícios constantes, nos últimos meses daquele inverno, nos quais papai perdeu muito no jogo e, por isso, passava a maior parte do tempo de mau humor, já começou a se fazer notar, nas relações entre ele e a esposa, um intermitente sentimento de ódio mudo, de contida repulsa ao objeto da afeição, que se expressava numa aspiração inconsciente de causar àquele objeto todos os pequeninos vexames morais possíveis.

43. Novos camaradas

Sem ninguém notar, o inverno passou e, mais uma vez, o degelo estava começando; na universidade, já tinham sido divulgadas as datas dos exames, quando de repente me dei conta de que teria de responder a questões sobre dezoito matérias, cujas aulas eu havia frequentado, mas sem prestar atenção, sem anotar nada e sem ter estudado nenhuma delas. É estranho que uma pergunta tão óbvia — Como vou passar nas provas? — não tenha se apresentado a mim nenhuma vez. Porém passei todo o inverno envolto em tamanho nevoeiro, cuja origem era o prazer de eu já ser adulto e *comme il faut*, que quando, afinal, me veio à cabeça a questão "como vou passar nas provas?", eu me comparei com meus camaradas e pensei: "Eles vão passar nos exames, e a maioria ainda não é *comme il faut*, portanto eu ainda levo uma grande vantagem sobre eles e devo ser aprovado". Eu só ia à aula porque tinha me habituado e porque papai me obrigava a sair de casa. Além disso, eu tinha muitos conhecidos e, em geral, ir à universidade também era divertido. Eu gostava do barulho, das conversas, das risadas nos auditórios; gostava de sentar na última fila, durante a aula, ficar sonhando, ao som monótono da voz do professor, e observar os camaradas; às vezes, gostava de dar uma fugida com alguém até a cantina Materne e tomar vodca, beliscar alguma coisa e depois — ciente de que, mais tarde, poderiam repreender o professor por minha causa — abrir a porta timidamente, com um rangido, e entrar de volta no auditório; eu gostava de participar das bagunças, quando alunos de todas as séries se aglomeravam no corredor. Tudo aquilo era muito divertido.

Entretanto, quando todos tinham começado a frequentar as aulas com mais assiduidade e o professor de física encerrou seu curso, despedindo-se até as provas, e os estudantes começaram a juntar seus cadernos e a reunir-se em grupos para estudar, me dei conta de que eu também precisava estudar. Eu e Óperov continuávamos a nos cumprimentar, mas nossa relação era extremamente fria, como eu já disse, mesmo assim ele não só me ofereceu os cadernos como me convidou para estudarmos com outros colegas. Agradeci e aceitei, na esperança de, com tal honra, expiar por completo o mal-entendido anterior, apenas pedi que todos sempre se reunissem na minha casa, pois meu quarto era bom.

Responderam que haveria um revezamento do local de estudo, ora na casa de um, ora na de outro, e sempre onde fosse mais perto. Na primeira vez, nos reunimos na casa de Zúkhin. Era um quartinho pequeno, atrás de um tabique, numa casa grande, no bulevar Trúbni. No primeiro dia marcado, me atrasei e cheguei quando já estavam estudando. O quartinho estava cheio de fumaça de cigarro, e não era do tabaco *bakchtaf*, mas do *makhórka*,[60] que Zúkhin fumava. Sobre a mesa, estava uma botija de vodca, uma taça, pão, sal e um osso de carneiro.

Sem se levantar, Zúkhin convidou-me a beber vodca e tirar o casaco.

— Creio que o senhor não está habituado a essas farras — acrescentou.

Todos vestiam camisas sujas de chita e peitilhos. Esforçando-me para não deixar transparecer meu desprezo por eles, tirei o casaco e deitei no divã, com ar de camaradagem. Zúkhin

---

60 Tipos de tabaco. O primeiro é mais refinado; o segundo é a *Nicotiana rustica*, muito mais forte, hoje usada em pesticidas.

lia, de vez em quando conferia nos cadernos, os demais o interrompiam, faziam perguntas, e ele explicava de forma sucinta, inteligente e exata. Comecei a escutar com atenção e, sem entender grande coisa, porque desconhecia o que tinha sido dito antes, fiz uma pergunta.

— Eh, meu caro, se o senhor não sabe isso, nem adianta acompanhar — disse Zúkhin. — Vou lhe dar os cadernos e o senhor leia para amanhã; do contrário, não dá para explicar.

Tive vergonha de minha ignorância e, ao mesmo tempo, sentindo toda a justiça da resposta de Zúkhin, parei de prestar atenção e me entretive observando os novos camaradas. À luz da divisão das pessoas entre os *comme il faut* e os que não eram *comme il faut*, obviamente eles pertenciam à segunda categoria e, portanto, despertaram em mim não apenas um sentimento de desprezo como também certo ódio pessoal, que eu sentia porque, não sendo *comme il faut*, eles pareciam me considerar não só igual a si mesmos como também, generosamente, me apadrinhavam. Era esse sentimento que despertavam em mim seus pés e suas mãos sujas, as unhas roídas, a única unha comprida na mão de Óperov, no dedo mínimo, as camisas cor-de-rosa e os peitilhos, os palavrões que dirigiam uns aos outros em tom afetuoso, o quarto imundo, o costume de Zúkhin de assoar o nariz o tempo todo, apertando uma narina com a ponta do dedo e, em especial, a maneira da falar, o emprego e a entonação de certas palavras. Por exemplo, empregavam a palavra "boçal" em vez de "tolo", *na mosca* em vez de "exatamente", "colossal" em vez de "maravilhoso", derivações incomuns como "movente" etc., o que me parecia livresco e repulsivamente impróprio. Porém o que mais atiçava em mim aquele ódio *comeilfoso*[61] eram as entonações que eles aplicavam a certas palavras russas e, em especial, estrangeiras: falavam "maquína" em vez

---

61 Tolstói cria um adjetivo a partir da forma francesa *comme il faut*.

de "máquina", "ativedade" em vez de "atividade", "na pêdra" em vez de "na pedra", "Chékspir" em vez de "Shakespeare" etc.

No entanto, apesar de sua aparência inapelavelmente repulsiva, para mim, na época, eu pressentia naquelas pessoas algo de bom e invejava a camaradagem alegre que os unia, experimentava uma atração por eles e desejava aproximar-me, por mais difícil que fosse aquilo para mim. O humilde e honesto Óperov eu já conhecia; agora, o vivaz Zúkhin, inteligente ao extremo, sem dúvida o líder do grupo, me agradava tremendamente. Era um moreno baixo e corpulento, de rosto um pouco balofo e sempre lustroso, mas perspicaz, vivo e independente de uma forma incomum. O que lhe dava essa expressão era, sobretudo, a testa baixa, mas arqueada, acima dos olhos negros e profundos, os cabelos eriçados e curtos e a barba preta e espessa, que sempre parecia não ter sido raspada. Pelo visto, ele não pensava em si mesmo (algo que sempre me agradava nas pessoas, de modo especial), mas se percebia que a inteligência jamais o deixava sem ter o que fazer. Tinha um daqueles rostos expressivos que, poucas horas depois que os vemos pela primeira vez, de repente se transformam completamente, aos nossos olhos. Aconteceu isso com o rosto de Zúkhin, diante de meus olhos, quase no fim da noite. De súbito, surgiram rugas novas em seu rosto, os olhos fugiram mais para o fundo, o sorriso ficou diferente, e todo o rosto se modificou de tal forma que eu teria dificuldade para reconhecê-lo.

Quando terminaram de estudar, Zúkhin, eu e outros estudantes, a fim de demonstrar nosso desejo de sermos camaradas, bebemos vodca na taça até não restar quase nada na botija. Zúkhin perguntou quem tinha vinte e cinco copeques para mandar uma velha, sua criada, comprar mais vodca. Ofereci meu dinheiro, mas Zúkhin, como se não tivesse me ouvido, voltou-se para Óperov, e Óperov, pegando uma carteira enfeitada de miçangas, lhe deu a moeda pedida.

— Olhe lá, não vá encher a cara — disse Óperov, que não bebia nada.

— Claro que não — respondeu Zúkhin, enquanto chupava o tutano do osso de carneiro. Lembro que, naquele momento, pensei: "É por isso que é inteligente, come muito tutano".[62] — Claro que não — prosseguiu Zúkhin, sorrindo de leve, e seu sorriso era tal que ninguém podia deixar de notá-lo e sentir-se grato a ele, pelo sorriso. — Mesmo que eu me embriague, isso não é o fim do mundo; e agora, meu caro, vamos ver quem é que vai superar o outro, ele a mim ou eu a ele. Estou pronto, meu caro — acrescentou, dando uma sonora palmada na testa. — Quem dera que o Semiónov não tivesse sumido, parece que ele caiu na farra para valer.

De fato, aquele mesmo Semiónov de cabelos cinzentos que, na primeira prova, me deu tamanha alegria por ter uma aparência pior do que a minha e que, depois de aprovado em segundo lugar no exame de admissão, frequentou as aulas com assiduidade no primeiro mês letivo, caiu na farra ainda antes das aulas de revisão e, no final do curso, já nem aparecia mais na universidade.

— Por onde ele anda? — perguntou alguém.

— Eu já o perdi de vista — respondeu Zúkhin. — Na última vez em que nos vimos, pusemos abaixo o Lisboa. Foi uma coisa incrível. Dizem que depois aconteceu um caso estranho... Que cabeça! Que fogo tem dentro daquele sujeito! Que inteligência! Que pena que ele vai se perder. E não há dúvida de que vai se perder: já não é criança para ficar sentado nos bancos da universidade, com aqueles seus impulsos.

Depois de falar mais um pouco, todos começaram a se dispersar, combinando de reunir-se no dia seguinte na casa de Zúkhin, porque ficava mais perto do que os outros endereços.

---

62 Em russo, "tutano" e "cérebro" correspondem à mesma palavra.

Quando saíram, senti certa vergonha por todos irem a pé e só eu ir de carruagem e, envergonhado, propus a Óperov levá-lo até sua casa. Zúkhin saiu junto conosco, pediu um dinheiro emprestado a Óperov e foi passar a noite fora, na casa de alguém. No caminho, Óperov me contou muitas coisas sobre o caráter e o modo de vida de Zúkhin e, ao chegar em casa, demorei a pegar no sono, pensando naquelas pessoas novas e desconhecidas para mim. Por muito tempo, sem dormir, hesitei entre, de um lado, o respeito por eles, por causa de sua cultura, simplicidade, franqueza, audácia e poesia da juventude e, de outro lado, a repulsa por sua aparência desleixada. Apesar de toda vontade que eu sentia, era rigorosamente impossível unir-me a eles naquela época. Nossa compreensão das coisas era completamente distinta. Havia muitas nuances que, para mim, constituíam todo o encanto e todo o sentido da vida e que eram totalmente incompreensíveis para eles, e vice-versa. Mas a principal causa da impossibilidade da aproximação era o tecido de vinte rublos do meu casaco, minha carruagem e minha camisa holandesa. Essa causa era especialmente importante para mim: parecia-me que eu os afrontava com os sinais de minha riqueza. Sentia-me culpado diante deles e, ora me humilhando, ora me rebelando contra aquela humilhação, que eu não merecia, e passando, por isso, a me mostrar arrogante, eu não conseguia de jeito nenhum tratá-los com sinceridade e de igual para igual. Naquela época, o lado grosseiro e vicioso do caráter de Zúkhin era a tal ponto abafado, dentro de mim, pela pujante poesia da audácia que eu supunha haver nele, que aquele lado de seu caráter acabava produzindo, em mim, um efeito nada desagradável.

Por quase duas semanas, fui toda noite estudar na casa de Zúkhin. Aprendia muito pouco, porque, como já disse, estava atrasado em relação aos camaradas e, como não tinha força de vontade para estudar sozinho e alcançá-los, apenas fingia escutar e compreender o que estavam lendo. Parece-me que os camaradas adivinhavam meu fingimento e, muitas vezes, eu notava que pulavam trechos que já sabiam, sem me perguntar nada.

Dia a dia, cada vez mais, eu desculpava o desleixo daquele círculo, adaptava-me a seu modo de ser e descobria muito de poético naquilo. Só minha palavra de honra, dada a Dmítri, de nunca ir para a farra com eles, barrava meu desejo de compartilhar seus divertimentos.

Certa vez, diante deles, eu quis me gabar de meus conhecimentos sobre literatura, em especial a francesa, e desviei a conversa para esse tema. Para minha surpresa, revelou-se que, embora falassem em russo os títulos estrangeiros, eles liam muito mais do que eu, conheciam e estimavam escritores ingleses e até espanhóis, além de Lesage, dos quais eu nunca tinha ouvido falar. Para eles, Púchkin e Jukóvski eram literatura (e não, como para mim, meros livrinhos de capa amarela, que eu lia e decorava quando criança). Desprezavam igualmente Dumas, Sue e Féval; analisavam a literatura, especialmente Zúkhin, muito melhor e com muito mais clareza do que eu, e era impossível não admitir isso. Nos conhecimentos sobre música, eu também não estava em vantagem nenhuma em relação a eles. Também para minha grande surpresa, Óperov tocava violino, outro estudante do nosso grupo de estudos tocava violoncelo e piano e ambos tocavam na orquestra da universidade, conheciam bem música e tinham bom gosto. Em suma, tudo de que eu queria me gabar diante deles, exceto a pronúncia das línguas francesa e alemã, eles sabiam melhor do que eu e não se vangloriavam disso nem um pouco. Eu poderia me gabar de minhas relações na alta sociedade, mas, ao contrário de Volódia, eu não tinha tais relações. Então, afinal, o que era aquela altura da qual eu olhava para eles? Minha relação com o príncipe Ivan Ivánitch? A pronúncia da língua francesa?

A carruagem? A camisa holandesa? As unhas? Mas, afinal, tudo isso não era um absurdo? Era o que, às vezes, começava a me passar pela cabeça, sob a influência do sentimento de inveja da camaradagem e da alegria jovial e bem-humorada que eu via diante de mim. Todos se tratavam por "você". Sua simplicidade no trato beirava a grosseria, mas por baixo desse aspecto grosseiro se percebia, o tempo todo, o temor de se ofenderem uns aos outros, por pouco que fosse. "Canalha" e "porco", termos empregados por eles em sentido carinhoso, só chocavam a mim e me davam motivo para caçoar deles mentalmente, porém tais palavras não os ofendiam nem os impediam de manter relações da mais sincera intimidade. Entre si, eram muito cuidadosos e atenciosos, como só ocorre com pessoas muito pobres e muito jovens. Mas o principal era que eu farejava algo de vasto e libertino no caráter de Zúkhin e em suas aventuras no Lisboa. Pressentia que aquelas farras deviam ser algo completamente distinto daquele simulacro, com rum flambado e champanhe, de que eu havia participado na casa do barão Z.

44. Zúkhin e Semiónov

Não sei a que classe social pertencia Zúkhin, mas sei que havia estudado no liceu de S., que não tinha dinheiro nem, ao que parece, qualquer título de nobreza. Na época, tinha dezoito anos, embora parecesse muito mais velho. Era de uma inteligência extraordinária e especialmente perspicaz: para ele, era mais fácil captar em seu todo, e de um só relance, uma questão complexa, e prever todas as suas particularidades e consequências, do que, por meio da consciência, examinar as leis que produziam tais consequências. Sabia que era inteligente, orgulhava-se disso e, por causa desse orgulho, era simples e cordial no trato com todos, sem distinções. Na certa, havia experimentado muitas coisas na vida. Sua natureza impetuosa, receptiva, já tivera ocasião de experimentar os reflexos do amor, da amizade, dos negócios e do dinheiro. Embora em pequena escala, e apesar de se encontrar nas camadas inferiores da sociedade, não havia nada que Zúkhin, depois de experimentá-lo, não encarasse com desprezo, com uma espécie de indiferença e desatenção, que advinham da facilidade excessiva com que alcançava tudo. Parecia atirar-se com tamanho fervor a toda novidade apenas para, depois de alcançado o objetivo, desprezar o que havia conseguido, e sua natureza bem-dotada sempre alcançava tanto os objetivos quanto o direito de desprezá-los. Em relação à ciência, era a mesma coisa: estudava pouco, não tomava notas, sabia matemática a fundo e não era por presunção que dizia que ia deixar o professor para trás. Achava que havia muita bobagem no que lhe ensinavam, porém, com a esperteza prática e instintiva própria à sua natureza, ele prontamente manobrava para se adaptar às necessidades de cada professor e todos os professores o adoravam. Era franco com as autoridades, mas as autoridades o respeitavam. Ele não apenas não apreciava e não respeitava as ciências como desprezava até as pessoas que estudavam com afinco aquilo que lhe havia custado tão pouco esforço para aprender. As ciências, tal como as compreendia, não ocupavam nem um décimo de suas capacidades; em sua condição de estudante, a vida não apresentava nada a que ele pudesse dedicar-se por inteiro, pois uma natureza impetuosa e ativa, como ele dizia, exigia da vida mais do que isso, e ele entregava-se a esbórnias do tipo que seus recursos permitiam, atirava-se àquilo com um ardor apaixonado e com o desejo de fugir de si mesmo, *com todas as minhas forças*. Então, antes das provas, o prognóstico de Óperov se realizou. Zúkhin sumiu por mais ou menos duas semanas e, portanto, nos últimos dias, ficamos estudando na casa de outro colega. Mas, na primeira prova, pálido, exausto, de mãos trêmulas, Zúkhin apareceu na sala e, de forma brilhante, passou para a segunda série.

Desde o início do ano letivo, Zúkhin farreou com uma turma de umas oito pessoas, da qual era o líder. Entre eles, de início, estavam Ikónin e Semiónov, mas o primeiro afastou-se do grupo, incapaz de acompanhar a orgia desenfreada a que eles se entregaram no início do ano, ao passo que o segundo se afastou também, mas porque aquilo tudo ainda lhe parecia pouco. No início, todos em nossa série encarávamos o grupo com uma espécie de horror e, uns para os outros, contávamos suas proezas.

Os heróis principais daquelas proezas eram Zúkhin e, no fim do ano, Semiónov. Ao final do ano, todos encaravam Semiónov com uma espécie de horror; quando ele aparecia na aula, o que era bem raro acontecer, uma agitação percorria o auditório.

Só um pouco antes da data das provas, Semiónov encerrou suas atividades de farrista — e da maneira mais enérgica e original, o que pude testemunhar graças à minha amizade com Zúkhin. Aconteceu o seguinte: certa vez, à noite, quando mal havíamos começado nossa reunião na casa de Zúkhin, e Óperov, depois de baixar a cabeça na direção do caderno, tendo antes colocado a seu lado, além de uma vela de sebo num castiçal, outra vela de sebo na boca de uma garrafa, começou a ler com sua voz fina o que estava escrito em letras miúdas em seus cadernos de física, de repente a senhoria entrou no quarto e avisou a Zúkhin que alguém havia trazido um bilhete para ele.

Zúkhin saiu e logo voltou, de cabeça baixa, o rosto pensativo, segurando nas mãos um bilhete aberto, num papel cinzento, e duas notas de dez rublos.

— Senhores! Houve um acontecimento extraordinário — disse, levantando a cabeça e olhando para nós com ar solene e grave.

— O que foi, recebeu o dinheiro das aulas particulares? — disse Óperov, folheando seu caderno.

— Está certo, mas agora vamos continuar a leitura — disse alguém.

— Não, senhores! Não vou estudar mais — prosseguiu Zúkhin, no mesmo tom. — Estou dizendo a vocês, é um acontecimento inconcebível! Por intermédio de um soldado, Semiónov me enviou estes vinte rublos aqui, que pegou emprestado de mim nem sei quando, e escreve que, se eu quiser vê-lo, devo ir ao quartel. Vocês sabem o que isso quer dizer? — acrescentou, olhando em redor para nós. Ficamos todos calados. — Vou agora mesmo falar com ele — prosseguiu Zúkhin. — Quem quiser, venha.

Na mesma hora, todos vestimos os casacos e nos aprontamos para ir ao encontro de Semiónov.

— Será que não vai ficar estranho — disse Óperov, com sua voz fininha — irmos todos juntos lá, como se fosse para ver uma coisa rara?

Eu estava plenamente de acordo com a observação de Óperov, sobretudo em relação a mim, que era quase um desconhecido para Semiónov; no entanto, agradava-me também saber que, naquele caso, participava da camaradagem geral e sentia tanta vontade de ver Semiónov que não disse nada a respeito da observação de Óperov.

— Bobagem! — respondeu Zúkhin. — O que pode haver de estranho no fato de irmos todos nos despedir de nosso camarada, onde quer que ele esteja? Tolices! Quem quiser, venha.

Chamamos alguns coches de aluguel, convidamos o soldado para ir junto e partimos. A princípio, o sargento de plantão não quis nos deixar entrar no quartel, mas Zúkhin o persuadiu, não sei como, e o mesmo soldado que levou o bilhete nos conduziu para um salão grande, quase escuro, muito mal iluminado por algumas lamparinas, onde, de ambos os lados, recrutas de cabeça raspada e capotes cinzentos estavam sentados ou deitados sobre catres enfileirados. Ao entrar no quartel, fiquei particularmente impressionado com o cheiro pesado, o barulho do ronco de algumas centenas de pessoas e, enquanto caminhava atrás de nosso guia e de Zúkhin, que a passos firmes avançava à frente de todos, entre os catres, eu observava com um calafrio a situação de cada recruta e, a cada um deles, aplicava a figura forte e musculosa de Semiónov, cuja imagem ficara em minha memória, de cabelos compridos, desgrenhados e quase grisalhos, dentes brancos e olhos radiosos e escuros. No final do alojamento, no canto, junto à última lamparina de barro, cheia de um óleo preto, na qual pendia fumegante um pavio, que queimara até virar um morrão fuliginoso, Zúkhin acelerou os passos e, de repente, parou.

— Olá, Semiónov — disse para um recruta de cabeça raspada, como os demais, que, em roupas de baixo de pano grosso, usadas pelos soldados, e com um capote cinzento jogado por cima dos ombros, estava sentado com os pés em cima do catre, comendo algo, enquanto conversava com outro recruta.

Era *ele*, com o cabelo grisalho cortado bem rente, a fronte azul raspada e a fisionomia de sempre, soturna e enérgica. Eu temia que meu olhar o ofendesse, por isso me virei para o lado. Óperov, pelo visto, também compartilhava minha opinião e ficou atrás de todos; mas o som da voz de Semiónov, quando, com sua costumeira fala truncada, saudou Zúkhin e os demais, nos tranquilizou por completo e nos apressamos em ir para a frente e lhe dar eu minha mão e Óperov sua tabuleta, mas Semiónov, antes mesmo de nós, estendeu a mão morena e grande, poupando-nos assim do sentimento desagradável de parecer que estávamos lhe fazendo uma grande honra. Relutante e calmo, como sempre, ele disse:

— Olá, Zúkhin. Obrigado por ter vindo. Mas, senhores, vamos sentar. Desculpe, Kudriachka — dirigiu-se ao recruta com quem estava jantando e conversando. — Vamos conversar depois. Agora se sentem. E então? Ficou espantado, não foi, Zúkhin? Hein?

— Vindo de você, nada me espanta — respondeu Zúkhin, sentando-se a seu lado, sobre o catre, com a expressão um pouco semelhante à do médico que se senta junto ao leito do doente. — Ficaria espantado se você não viesse fazer as provas, isso sim. Mas, diga lá, onde é que você se meteu e como foi que isso aconteceu?

— Onde eu me meti? — respondeu, com sua voz grossa e forte. — Eu me meti nas tabernas, nas cantinas; esse tipo de estabelecimento, em geral. Mas sentem-se todos, vamos, senhores, tem bastante lugar. E você, encolha as pernas — gritou, autoritário, deixando à mostra por um instante os dentes brancos, dirigindo-se ao recruta que estava deitado no catre à esquerda e que, com a cabeça apoiada na mão, olhava para nós com uma curiosidade preguiçosa. — Pois é, fiquei na farra. Foi nojento. E foi bom — prosseguiu, alterando a expressão do rosto enérgico a cada frase truncada. — A história do comerciante, você sabe: o sem-vergonha morreu. Quiseram me pôr para fora. E dinheiro tinha... Só que torrei tudo. Mas isso até que não foi o pior. De matar mesmo eram as dívidas, de meter medo. Eu não tinha com que pagar. Bom, foi isso.

— Mas como é que uma ideia dessa pôde passar pela sua cabeça? — disse Zúkhin.

— Olha, foi assim: uma vez, caí na farra lá no Iaroslav, sabe, na rua Stojenka, caí na farra com um comerciante endinheirado. Ele estava recrutando gente para o Exército. Falei: "Me dá mil rublos que eu vou". E fui.

— Mas como é que você pôde? É um nobre[63] — disse Zúkhin.

— Bobagem! O Kiril Ivánov resolveu tudo.

— Quem é Kiril Ivánov?

— Foi quem me comprou. — E, ao dizer isso, seus olhos brilharam de modo estranho, gaiato, irônico, numa espécie de sorriso. — Conseguimos autorização do Senado. Fiquei na farra mais um pouco, paguei as dívidas e pronto, lá fui eu. Acabou-se. Pois então, me chicotear eles não podem... Tenho cinco rublos... E quem sabe a guerra...

Depois, começou a contar para Zúkhin suas aventuras estranhas, inconcebíveis, toda hora alterando a expressão do rosto enérgico, enquanto os olhos brilhavam, soturnos.

Quando já não era mais possível continuar no quartel, começamos a nos despedir. Ele deu a mão a todos, apertou

---

63 Na Rússia tsarista, os nobres já entravam no Exército no posto de oficiais.

nossas mãos com força e, sem levantar-se para nos acompanhar até a saída, disse:

— Venham aqui de novo me ver, algum dia, senhores. Dizem que só vão nos enxotar no mês que vem — e, de novo, pareceu sorrir.

Zúkhin, no entanto, tendo dado alguns passos, voltou. Tive vontade de ver a despedida deles, parei e vi que Zúkhin tirou um dinheiro do bolso, entregou para ele e Semiónov repeliu sua mão. Depois, vi que os dois se beijaram e ouvi como Zúkhin, ao vir em nossa direção, gritou bem alto:

— Adeus, comandante! Na certa, antes de eu passar para a próxima série na faculdade, você já será oficial.

Em resposta, Semiónov, que nunca ria, deu uma gargalhada sonora e fora do comum, que me causou uma impressão extremamente dolorosa. Saímos.

Durante todo o caminho para casa, que fizemos a pé, Zúkhin ficou calado e assoava o nariz de leve, o tempo todo, apertando com o dedo ora uma narina, ora a outra. Ao chegar em casa, na mesma hora nos deixou e, a partir daquele dia, até as provas, não parou de beber.

45. Sou reprovado

Enfim, veio a primeira prova, diferenciais e integrais, e eu continuava no meio daquele nevoeiro estranho e não me dava conta clara do que estava à minha espera. À noite, em minha casa, depois da companhia de Zúkhin e de outros camaradas, me vinha a ideia de que era preciso mudar alguma coisa em minhas convicções, que algo nelas estava errado e não era bom, mas de manhã, com a luz do sol, de novo eu me tornava *comme il faut*, me sentia muito satisfeito com isso e não desejava mais mudança nenhuma em mim mesmo.

Foi nesse estado de espírito que cheguei à primeira prova. Sentei no banco, no lado da sala onde sentavam os príncipes, os condes e os barões, comecei a conversar com eles em francês e (por mais estranho que pareça) nem de longe me vinha à cabeça a ideia de que dali a pouco eu teria de responder a perguntas sobre um assunto que eu desconhecia por completo. Olhava impassivelmente para os estudantes que se aproximavam para ser interrogados e até me permitia caçoar de alguns.

— E então, Grap — disse eu para Ílienka, quando voltou da banca examinadora. — Não morreu de medo?

— Pois vamos ver como é que você se sai — respondeu Ílienka, que, desde quando entrou na universidade, se rebelara completamente contra minha influência, não sorria quando eu falava com ele e vivia aborrecido comigo.

Sorri com desdém para a resposta de Ílienka, embora a dúvida que ele exprimiu tenha me causado um temor repentino.

Porém, de novo, o nevoeiro abafou aquele sentimento e continuei a me mostrar distraído e indiferente, tanto assim que prometi ir com o barão Z. comer alguma coisa no Materne, logo depois de ser examinado (como se, para mim, aquilo fosse a coisa mais irrelevante do mundo). Quando me chamaram junto com Ikónin, ajeitei a aba do uniforme e, com total serenidade, me aproximei da banca examinadora.

Um leve calafrio de medo percorreu minhas costas só na hora em que um professor jovem, o mesmo que havia me examinado na prova de admissão, olhou direto para meu rosto e eu toquei na folha de papel em que estavam escritas as questões. Ikónin, embora tenha pegado sua folha de papel com o mesmo bambolear de todo o corpo com que apanhava seu ponto nos exames anteriores, deu uma resposta qualquer e muito ruim; já eu fiz o que Ikónin tinha feito nos primeiros exames, e fiz até pior, porque peguei outra folha de papel e também não respondi. O professor olhou para meu rosto com pesar e, em voz serena, mas firme, disse:

— O senhor não vai passar para o segundo ano, sr. Irtiéniev. É melhor não fazer as outras provas. É preciso depurar a faculdade. E o senhor também, sr. Ikónin — acrescentou.

Ikónin pediu autorização para fazer o exame de recuperação, como se fosse uma esmola, mas o professor respondeu que, em dois dias, ele não ia conseguir o que não fizera em um ano inteiro e que não ia passar de jeito nenhum. Ikónin implorou de novo, em tom patético, humilhante; mas o professor, novamente, recusou.

— Podem ir, senhores — disse ele com a mesma voz baixa, mas firme.

Só então decidi me afastar da mesa e me veio a vergonha de, com minha presença muda, ter dado a impressão de participar das súplicas humilhantes de Ikónin. Não lembro como atravessei a sala, no meio dos estudantes, o que respondi a eles, como saí para o vestíbulo e como cheguei em casa. Estava ofendido, humilhado, sinceramente infeliz.

Passei três dias sem sair do quarto, não via ninguém e, como na infância, encontrava prazer nas próprias lágrimas e chorava muito. Procurei pistolas com as quais pudesse me matar, se me desse muita vontade de fazer isso. Pensei que Ílienka Grap ia cuspir na minha cara quando me encontrasse e, ao fazer isso, estaria sendo justo; que Óperov ia se alegrar com minha desgraça e falaria sobre isso com todo mundo; que Kolpikov teve toda razão ao me cobrir de vergonha no Iar; que minhas palavras tolas para a princesa Kornakova não poderiam mesmo ter outra consequência etc. etc. Um depois do outro, todos os momentos difíceis e aflitivos para minha autoestima me vieram à cabeça; eu tentava pôr em alguém a culpa de minha infelicidade: pensava que alguém tinha feito aquilo de propósito, inventei toda uma intriga armada contra mim, resmungava contra os professores, contra os camaradas, Volódia, Dmítri, papai, por ter me entregado à universidade; resmungava contra a Providência, por permitir que eu sofresse tamanho vexame. Por fim, sentindo-me definitivamente liquidado aos olhos de todos que me conheciam, pedi ao papai que me mandasse para os hussardos ou para o Cáucaso. Papai estava descontente comigo, mas, vendo meu desgosto terrível, me consolou, dizendo que, por mais atroz que fosse a situação, tudo podia ser corrigido, caso eu me transferisse para outra faculdade. Volódia, que também não via em minha desgraça nada de tão horrível, disse que, em outra faculdade, pelo menos eu não sentiria vergonha diante dos novos colegas.

Nossas damas absolutamente não entendiam nem queriam ou conseguiam entender o que era uma prova, o que era ser reprovado, e tinham pena de mim só porque viam minha amargura.

Dmítri vinha me visitar todo dia e foi, o tempo todo, extremamente gentil e atencioso; no entanto, justamente por isso, me parecia que ele estava mais frio comigo. Eu sempre me sentia magoado e ofendido quando ele subia ao meu quarto, sentava calado perto de mim, com uma expressão um pouco parecida com a do médico que senta junto à cama de um doente grave. Por intermédio dele, Sófia Ivánovna e Várienka me mandavam livros que, antes, eu desejava ler, e elas queriam também que eu fosse à sua casa; mas, justamente nessa atenção, eu via a condescendência orgulhosa — e, para mim, ofensiva — com que se trata uma pessoa que já tombou fundo demais. Três dias depois me acalmei um pouco, mas não saí de casa nem uma vez até a partida para o campo, pensando o tempo todo em minha desgraça, vagando à toa de um cômodo para outro, tentando me esquivar de todos os familiares.

Pensei, pensei e, por fim, certa vez, tarde da noite, sentado no térreo e escutando a valsa de Avdótia Vassílievna, de repente me levantei, subi correndo para meu quarto, peguei o caderno no qual estava escrito "As regras da vida", abri e me veio um minuto de arrependimento e de exaltação moral. Comecei a chorar, mas já não eram lágrimas de desespero. Quando me refiz, resolvi escrever mais uma vez as regras da vida e estava firmemente convencido de que nunca mais faria nada de ruim, não passaria nenhum minuto ocioso e nunca trairia minhas regras.

Se essa exaltação moral durou muito, em que ela consistia e que novos princípios trouxe para meu desenvolvimento moral, contarei na metade seguinte, e mais feliz, da juventude.

24 de setembro,
Iásnaia Poliana

LIEV TOLSTÓI nasceu em 1828, em Iásnaia Poliana, na Rússia, e morreu em 1910. Depois de interromper os estudos em Kazan e de se entregar a um período de dissipação em Moscou e São Petersburgo, Tolstói participou da Guerra da Crimeia e se casou em 1862 com Sofia Behrs, com quem teve 13 filhos. De volta à vasta propriedade da família, dedicou-se a educar os camponeses e escreveu algumas das obras mais importantes da literatura ocidental, como *Guerra e paz* (1869), *Anna Kariênina* (1877) e *A morte de Ivan Ilitch* (1886), além de numerosas reflexões sobre arte, sociedade e educação.

RUBENS FIGUEIREDO nasceu em 1956, no Rio de Janeiro. Como escritor, publicou os romances *Barco a seco* e *Passageiro do fim do dia*, além dos livros de contos *As palavras secretas* e *O livro dos lobos*, entre outros. Como tradutor, verteu as obras de grandes autores como Anton Tchékhov, Ivan Turguêniev, Liev Tolstói e Isaac Bábel.

© Todavia, 2018
© *tradução e apresentação*, Rubens Figueiredo, 2018
Todos os direitos desta edição reservados à Todavia.

Grafia atualizada segundo o Acordo Ortográfico da Língua
Portuguesa de 1990, que entrou em vigor no Brasil em 2009.

capa
Pedro inoue
preparação
Andressa Bezerra Corrêa
revisão
Huendel Viana
Valquíria Della Pozza

Dados Internacionais de Catalogação na Publicação (CIP)

——

Tolstói, Liev (1828-1910)
Infância Adolescência Juventude: Liev Tolstói
Tradução: Rubens Figueiredo
São Paulo: Todavia, 1ª ed., 2018
496 páginas

ISBN 978-85-93828-82-9

1. Literatura russa 2. Romance
I. Figueiredo, Rubens II. Título

CDD 891.7

——

Índice para catálogo sistemático:
1. Literatura russa: Romance 891.7

todavia
Rua Luís Anhaia, 44
05433.020 São Paulo SP
T. 55 11. 3094 0500
www.todavialivros.com.br

fonte
Register*
papel
Munken print cream
80 g/m²
impressão
Ipsis